老舍画像

老舍（1899—1966），原名舒庆春，另有笔名絜青、鸿来、非我等，字舍予。生于北京，满族正红旗人。中国现代小说家、著名作家，杰出的语言大师，新中国第一位获得"人民艺术家"称号的作家。1924年远赴英国，任教于伦敦大学东方学院，并开始创作长篇小说。归国后曾在齐鲁大学、青岛大学教书。1949年后任中国作家协会副主席、北京市文联主席等职。1966年8月24日，含冤自沉于北京太平湖。著有《四世同堂》、《骆驼祥子》、《老张的哲学》、《二马》、《正红旗下》、《茶馆》、《月牙儿》等大量深受读者喜爱的作品。

老舍 著

正红旗下

二马

重庆出版集团
重庆出版社

图书在版编目（CIP）数据

正红旗下·二马／老舍著.—重庆：重庆出版社，2017.10

ISBN 978-7-229-11290-5

Ⅰ.①正… Ⅱ.①老… Ⅲ.①长篇小说—小说集—中国—现代 Ⅳ.① I246.5

中国版本图书馆 CIP 数据核字（2016）第133937号

正红旗下·二马
ZHENGHONGQIXIA·ERMA
老舍 著

策　　划：支大朋
责任编辑：刘　喆　赵仲夏
责任校对：杨　婧
装帧设计：何海林

重庆出版集团
重庆出版社　出版

重庆市南岸区南滨路162号1幢　邮政编码：400061　http://www.cqph.com
自贡兴华印务有限公司印刷
重庆出版集团图书发行有限公司发行
全国新华书店经销

开本：889×1194mm　1/32　印张：12.25　字数：280千
2017年10月第1版　2017年10月第1次印刷
ISBN 978-7-229-11290-5
定价：42.00元

如有印装质量问题，请向本集团图书发行有限公司调换：023-61520678

版权所有　侵权必究

出版说明

本书收入一部自传体小说《正红旗下》和一部长篇小说《二马》。

《正红旗下》是在1961年至1962年间于北京所写，未完成。发表于1979年3月至5月《人民文学》第3期至第5期。人民文学出版社1980年6月初版。

老舍在这部作品中以自传为线索，表现社会风习与历史的变迁，与他过去的写作不同的是，他在这部作品中对本民族的历史——清末旗人的生活习气作了出色的表现。对这一目的来说，自传性提供了一个很好的观察、进入历史与审视民族风习的视角。

《二马》是在1928年至1929年间于伦敦写成。发表于1929年5月至12月《小说月报》第20卷第5号至第12号。商务印书馆1931年4月初版。

《二马》一文把视线转向了帝国主义对于中国人民的欺压和凌辱。《二马》的中心，是描述马则仁、马威父子在伦敦经营古玩店时的生活和遭遇，也揭露了帝国主义的种族歧视和金钱主宰一切的现实，特别是深入描述了由于祖国的衰弱给中国人民带来的痛苦和屈辱，表现了作者深沉的爱国主义精神。

以上作品，收入本书时都根据初版本校勘，并增加一些必要的简注。

正红旗下

一

假若我姑母和我大姐的婆母现在还活着，我相信她们还会时常争辩：到底在我降生的那一晚上，我的母亲是因生我而昏迷过去了呢，还是她受了煤气。

幸而这两位老太太都遵循着自然规律，到时候就被亲友们护送到坟地里去；要不然，不论我庆祝自己的花甲之喜，还是古稀大寿，我心中都不会十分平安。是呀，假若大姐婆婆的说法十分正确，我便根本不存在啊！

似乎有声明一下的必要：我生得迟了些，而大姐又出阁早了些，所以我一出世，大姐已有了婆婆，而且是一位有比金刚石还坚硬的成见的婆婆。是，她的成见是那么深，我简直不敢叫她看见我。只要她一眼看到我，她便立刻把屋门和窗子都打开，往外散放煤气！

还要声明一下：这并不是为来个对比，贬低大姐婆婆，以便高抬我的姑母。那用不着。说真的，姑母对于我的存在与否，并不十分关心；要不然，到后来，她的烟袋锅子为什么常常敲在我的头上，便有些费解了。是呀，我长着一个脑袋，不是一块破砖头！

尽管如此，姑母可是坚持实事求是的态度，和我大姐的婆婆进行激辩。按照她的说法，我的母亲是因为生我，失血过多，而昏了过去的。据我后来调查，姑母的说法颇为正确，因为自从她中年居孀以后，就搬到我家来住，不可能不掌握些第一手的消息与资料。我的啼哭，吵得她不能安眠。那么，我一定不会是一股煤气！

我也调查清楚：自从姑母搬到我家来，虽然各过各的日子，她可是以大姑子的名义支使我的母亲给她沏茶灌水，擦桌子扫地，名正言顺，心安理得。她的确应该心安理得，我也不便给她造谣：想想看，在那年月，一位大姑子而不欺负兄弟媳妇，还怎么算作大姑子呢？

在我降生前后，母亲当然不可能照常伺候大姑子，这就难怪在我还没落草儿①，姑母便对我不大满意了。不过，不管她多么自私，我可也不能不多少地感激她：假若不是她肯和大姐婆婆力战，甚至于混战，我的生日与时辰也许会发生些混乱，其说不一了。我舍不得那个良辰吉日！

那的确是良辰吉日！就是到后来，姑母在敲了我三烟锅子之后，她也不能不稍加考虑，应否继续努力。她不能不想想，我是腊月二十三日酉时，全北京的人，包括着皇上和文武大臣，都在欢送灶王爷上天的时刻降生的呀！

在那年代，北京在没有月色的夜间，实在黑的可怕。大街上没有电灯，小胡同里也没有个亮儿，人们晚间出去若不打着灯笼，就会越走越怕，越怕越慌，迷失在黑暗里，找不着家。有时候，他们会在一个地方转来转去，一直转一夜。按照那时代的科学说法，这叫作"鬼打墙"。

---

①落草儿，降生。落读作 lào（涝）。

可是，在我降生的那一晚上，全北京的男女，千真万确，没有一个遇上"鬼打墙"的！当然，那一晚上，在这儿或那儿，也有饿死的、冻死的，和被杀死的。但是，这都与鬼毫无关系。鬼，不管多么顽强的鬼，在那一晚上都在家里休息，不敢出来，也就无从给夜行客打一堵墙，欣赏他们来回转圈圈了。

大街上有多少卖糖瓜与关东糖①的呀！天一黑，他们便点上灯笼，把摊子或车子照得亮堂堂的。天越黑，他们吆喝得越起劲，洪亮而急切。过了定更②，大家就差不多祭完了灶王，糖还卖给谁去呢！就凭这一片卖糖的声音，那么洪亮，那么急切，胆子最大的鬼也不敢轻易出来，更甭说那些胆子不大的了——据说，鬼也有胆量很小很小的。

再听吧，从五六点钟起，已有稀疏的爆竹声。到了酉时左右（就是我降生的伟大时辰），连铺户带人家一齐放起鞭炮，不用说鬼，就连黑、黄、大、小的狗都吓得躲在屋里打哆嗦。花炮的光亮冲破了黑暗的天空，一闪一闪，能够使人看见远处的树梢儿。每家院子里都亮那么一阵：把灶王像请到院中来，燃起高香与柏枝，灶王就急忙吃点关东糖，化为灰烬，飞上天宫。

灶王爷上了天，我却落了地。这不能不叫姑母思索思索："这小子的来历不小哇！说不定，灶王爷身旁的小童儿因为贪吃糖果，没来得及上天，就留在这里了呢！"这么一想，姑母对我就不能不在讨厌之中，还有那么一点点敬意！

---

①糖瓜与关东糖，又叫"灶糖"，祭灶时的贡品，用麦芽做成。
②定更，即初更，晚上七时至九时。

灶王对我姑母的态度如何，我至今还没探听清楚。我可是的确知道，姑母对灶王的态度并不十分严肃。她的屋里并没有灶王龛。她只在我母亲在我们屋里给灶王与财神上了三炷香之后，才搭讪着过来，可有可无地向神像打个问心①。假若我恰巧在那里，她必狠狠地瞪我一眼；她认准了我是灶王的小童儿转世，在那儿监视她呢！

说到这里，就很难不提一提我的大姐婆婆对神佛的态度。她的气派很大。在她的堂屋里，正中是挂着黄围子的佛桌，桌上的雕花大佛龛几乎高及顶棚，里面供着红脸长髯的关公。到春节，关公面前摆着五碗②小塔似的蜜供、五碗红月饼，还有一堂干鲜果品。财神、灶王，和张仙③（就是"打出天狗去，引进子孙来"的那位神仙）的神龛都安置在两旁，倒好像她的"一家之主"不是灶王，而是关公。赶到这位老太太对丈夫或儿子示威的时候，她的气派是那么大，以至把神佛都骂在里边，毫不留情！"你们这群！"她会指着所有的神像说："你们这群！吃着我的蜜供、鲜苹果，可不管我的事，什么东西！"

可是，姑母居然敢和这位连神佛都敢骂的老太太分庭抗礼，针锋相对地争辩，实在令人不能不暗伸大指！不管我怎么不喜爱姑

---

①问心，拜一拜。心字轻读。

②碗，供品的单位量词。旧俗，过年时，献给神佛供品的底座，常垫以饭碗，内盛小米，与碗口齐平，并覆盖红绵纸，然后上面再摆月饼、蜜供等食品，谓之一碗。

③张仙，送子之神。传说是五代时游青城山而得道的张远霄。宋代苏洵曾梦见他挟着两个弹子，以为是"诞子"之兆，便日夜供奉起来，以后果然生了苏轼和苏辙两个儿子，都成为有名的文学家。

母,当她与大姐婆婆作战的时候,我总是站在她这一边的。

经过客观的分析,我从大姐婆婆身上实在找不到一点可爱的地方。是呀,直到如今,我每一想起什么"虚张声势"、"瞎唬事"等等,也就不期然而然地想起大姐的婆婆来。我首先想起她的眼睛。那是一双何等毫无道理的眼睛啊!见到人,不管她是要表示欢迎,还是马上冲杀,她的眼总是瞪着。她大概是想用二目圆睁表达某种感情,在别人看来却空空洞洞,莫名其妙。她的两腮多肉,永远阴郁地下垂,像两个装着什么毒气的口袋似的。在咳嗽与说话的时候,她的嗓子与口腔便是一部自制的扩音机。她总以为只要声若洪钟,就必有说服力。她什么也不大懂,特别是不懂怎么过日子。可是,她会瞪眼与放炮,于是她就懂了一切。

虽然我也忘不了姑母的烟袋锅子(特别是那里面还有燃透了的兰花烟的),可是从全面看来,她就比大姐的婆婆多着一些风趣。从模样上说,姑母长得相当秀气,两腮并不像装着毒气的口袋。她的眼睛,在风平浪静的时候,黑白分明,非常的有神。不幸,有时候不知道为什么就来一阵风暴。风暴一来,她的有神的眼睛就变成有鬼,寒光四射,冷气逼人!不过,让咱们还是别老想她的眼睛吧。她爱玩棱儿胡①。每逢赢那么三两吊钱的时候,她还会低声地哼几句二黄。据说,她的丈夫,我的姑父,是一位唱戏的!在那个改良的……哎呀,我忘了一件大事!

你看,我只顾了交代我降生的月、日、时,可忘了说是哪一

---

①棱儿胡,一种纸牌。"玩棱儿胡"又叫"逗棱儿胡",后文"凑十胡"也是这个意思。

年!那是有名的戊戌年啊!戊戌政变①!

说也奇怪,在那么大讲维新与改良的年月,姑母每逢听到"行头"、"拿份儿"②等等有关戏曲的名词,便立刻把话岔开。只有逢年过节,喝过两盅玫瑰露酒之后,她才透露一句:"唱戏的也不下贱啊!"尽管如此,大家可是都没听她说过:我姑父的艺名叫什么,他是唱小生还是老旦。

大家也都怀疑,我姑父是不是个旗人。假若他是旗人,他可能是位耗财买脸的京戏票友儿③。可是,玩票是出风头的事,姑母为什么不敢公开承认呢?他也许真是个职业的伶人吧?可又不大对头:那年月,尽管酝酿着革新与政变,堂堂的旗人而去以唱戏为业,不是有开除旗籍的危险么?那么,姑父是汉人?也不对呀!他要是汉人,怎么在他死后,我姑母每月去领好几份儿钱粮呢?

直到如今,我还弄不清楚这段历史。姑父是唱戏的不是,关系并不大。我总想不通:凭什么姑母,一位寡妇,而且是爱用烟锅子敲我的脑袋的寡妇,应当吃几份儿饷银呢?我的父亲是堂堂正正的旗兵,负着保卫皇城的重任,每月不过才领三两银子,里面还每每搀着两小块假的;为什么姑父,一位唱小生或老旦的,还可能是

----

①戊戌年,一八九八年。戊戌政变——指这年六月光绪皇帝推行的资产阶级维新变法,又叫"百日维新"。

②行头,戏曲术语,指演员扮戏时所穿戴的衣服、头盔等。行读作xíng(型)。拿份儿,即"戏份儿",戏曲演员的工资。最早的工资按月计算,叫"包银",后来改按场次计算,即是"戏份儿"。

③ 票友儿,指不是"科班"出身的、偶一扮演的业余戏曲演员。与下文"玩票"同义。

汉人，会立下那么大的军功，给我姑母留下几份儿钱粮呢？看起来呀，这必定在什么地方有些错误！

不管是皇上的，还是别人的错儿吧，反正姑母的日子过得怪舒服。她收入的多，开销的少——白住我们的房子，又有弟媳妇做义务女仆。她是我们小胡同里的"财主"。

恐怕呀，这就是她敢跟大姐的婆婆顶嘴抬杠的重要原因之一。大姐的婆婆口口声声地说：父亲是子爵，丈夫是佐领，儿子是骁骑校①这都不假。可是，她的箱子底儿上并没有什么沉重的东西。有她的胖脸为证，她爱吃。这并不是说，她有钱才要吃好的。不！没钱，她会以子爵女儿、佐领太太的名义去赊。她不但自己爱赊，而且颇看不起不敢赊，不喜欢赊的亲友。虽然没有明说，她大概可是这么想：不赊东西，白做旗人！

我说她"爱"吃，而没说她"讲究"吃。她只爱吃鸡鸭鱼肉，而不会欣赏什么山珍海味。不过，她可也有讲究的一面：到十冬腊月，她要买两条丰台暖洞子②生产的碧绿的、尖上还带着一点黄花的王瓜，摆在关公面前；到春夏之交，她要买些用小蒲包装着的，头一批成熟的十三陵大樱桃，陈列在供桌上。这些，可只是为显示她的气派与排场。当她真想吃的时候，她会买些冒充樱桃的"山豆子"，大把大把地往嘴里塞，既便宜又过瘾。不管怎么说吧，她经

---

① 子爵，古代五等爵公、侯、伯、子、男的第四等。清代子爵又分一二三等，是比较小的世袭爵位。佐领，旗兵制，以三百人为一"牛录"（后增至四百人），统领"牛录"的军官，满语叫做"牛录额真"，汉译"佐领"，是地位比较低的武官。骁骑校，"佐领"下面的小军官。

② 暖洞子，即温室。

常拉下亏空，而且是债多了不愁，满不在乎。

这几句豪迈有力的话语，不难令人想起二百多年前清兵入关时候的威风，因而往往足以把债主子打退四十里。不幸，有时候这些话并没有发生预期的效果，她也会瞪着眼笑那么一两下，叫债主子吓一大跳；她的笑，说实话，并不比哭更体面一些。她的刚柔相济，令人啼笑皆非。

她打扮起来的时候总使大家都感到遗憾。可是，气派与身份有关，她还非打扮不可。该穿亮纱，她万不能穿实地纱；该戴翡翠簪子，决不能戴金的。于是，她的几十套单、夹、棉、皮、纱衣服，与冬夏的各色首饰，就都循环地出入当铺，当了这件赎那件，博得当铺的好评。据看见过阎王奶奶的人说：当阎王奶奶打扮起来的时候，就和盛装的大姐婆婆相差无几。

因此，直到今天，我还摸不清她的丈夫怎么会还那么快活。在我幼年的时候，我觉得他是个很可爱的人。是，他不但快活，而且可爱！除了他也爱花钱，几乎没有任何缺点。我首先记住了他的咳嗽，一种清亮而有腔有调的咳嗽，叫人一听便能猜到他至小是四品官儿。他的衣服非常整洁，而且带着樟脑的香味，有人说这是因为刚由当铺拿出来，不知正确与否。

无论冬夏，他总提着四个鸟笼子，里面是两只红颏，两只蓝靛颏儿。他不养别的鸟，红、蓝颏儿雅俗共赏，恰合佐领的身份。只有一次，他用半年的俸禄换了一只雪白的麻雀。不幸，在白麻雀的声誉刚刚传遍九城①的大茶馆之际，也不知怎么就病故了，所以他后来即使看见一只雪白的老鸦也不再动心。

在冬天，他特别受我的欢迎：在他的怀里，至少藏着三个蝈蝈葫芦，每个都有摆在古玩铺里去的资格。我并不大注意葫芦。使我兴奋的是它们里面装着的嫩绿蝈蝈，时时轻脆地鸣叫，仿佛夏天忽然从哪里回到北京。

在我的天真的眼中，他不是来探亲家，而是和我来玩耍。他一讲起养鸟、养蝈蝈与蛐蛐的经验，便忘了时间，以至我母亲不管怎样为难，也得给他预备饭食。他也非常天真。母亲一暗示留他吃饭，他便咳嗽一阵，有腔有调，有板有眼，而后又哈哈地笑几声才说："亲家太太，我还真有点饿了呢！千万别麻烦，到天泰轩叫一个干炸小丸子、一卖②木樨肉、一中碗酸辣汤，多加胡椒面和香菜，就行啦！就这么办吧！"

这么一办，我母亲的眼圈儿就分外湿润那么一两天！不应酬吧，怕女儿受气；应酬吧，钱在哪儿呢？那年月走亲戚，用今天的话来说，可真不简单！

亲家爹虽是武职，四品顶戴的佐领，却不大爱谈怎么带兵与打仗。我曾问过他是否会骑马射箭，他的回答是咳嗽了一阵，而后马上又说起养鸟的技术来。这可也的确值得说，甚至值得写一本书！

---

①传遍九城，九城，即九门，指明代永乐十八年重修的北京内城九门：正阳、崇文、宣武、安定、德胜、东直、朝阳、西直、阜城。后来人们常以"九门"、"四九城"来代指北京城内外。传遍九城，即传遍了整个儿北京城。后文"誉满九城"也是这个意思。

②旧时酒馆中称一整份菜为"一卖"。

看,不要说红、蓝颏儿们怎么养,怎么遛,怎么"押",在换羽毛的季节怎么加意饲养,就是那四个鸟笼子的制造方法,也够讲半天的。不要说鸟笼子,就连笼里的小磁食罐,小磁水池,以及清除鸟粪的小竹铲,都是那么考究,谁也不敢说它们不是艺术作品!是的,他似乎已经忘了自己是个武官,而把毕生的精力都花费在如何使小罐小铲、咳嗽与发笑都含有高度的艺术性,从而随时沉醉在小刺激与小趣味里。

他还会唱呢!有的王爷会唱须生,有的贝勒①会唱《金钱豹》②,有的满族官员由票友而变为京剧名演员……戏曲和曲艺成为满人生活中不可缺少的东西,他们不但爱去听,而且喜欢自己粉墨登场。他们也创作,大量地创作,岔曲、快书、鼓词等等。我的亲家爹也当然不甘落后。遗憾的是他没有足够的财力去组成自己的票社,以便亲友家庆祝孩子满月,或老太太的生日,去车马自备、清茶恭候地唱那么一天或一夜,耗财买脸,傲里夺尊,誉满九城。他只能加入别人组织的票社,随时去消遣消遣。他会唱几段联珠快书。他的演技并不很高,可是人缘很好,每逢献技都博得亲友们热烈喝彩。美中不足,他走票的时候,若遇上他的夫人也盛装在场,他就不由得想起阎王奶奶来,而忘了词儿。这样丢了脸之后,他回到家来可也不闹气,因为夫妻们大吵大闹会喊哑了他的嗓子。倒是大姐的婆婆先发制人,把日子不好过,债务越来越多,统统归罪于他爱玩票,不务正业,闹得没结没完。他一声也不出,只等到她喘气的时

---

①贝勒,满语王或侯的意思,是清代的世袭爵位,地位仅次于亲王和郡王。
②《金钱豹》,传统戏剧,演孙悟空降服金钱豹的故事。

候,他才用口学着三弦的声音,给她弹个过门儿:"登根儿哩登登。"艺术的熏陶使他在痛苦中还能够找出自慰的办法,所以他快活——不过据他的夫人说,这是没皮没脸,没羞没臊!

他们夫妇谁对谁不对,我自幼到而今一直还没有弄清楚。那么,书归正传,还说我的生日吧。

在我降生的时候,父亲正在皇城的什么角落值班。男不拜月,女不祭灶①,自古为然。姑母是寡妇,母亲与二姐也是妇女;我虽是男的,可还不堪重任。全家竟自没有人主持祭灶大典!姑母发了好几阵脾气。她在三天前就在英兰斋满汉饽饽铺买了几块真正的关东糖。所谓真正的关东糖者就是块儿小而比石头还硬,放在口中若不把门牙崩碎,就把它粘掉的那一种,不是摊子上卖的那种又泡又松,见热气就容易化了的低级货。她还买了一斤什锦南糖。这些,她都用小缸盆扣起来,放在阴凉的地方,不叫灶王爷与一切的人知道。她准备在大家祭完灶王,偷偷地拿出一部分,安安顿顿地躺在被窝里独自享受,即使粘掉一半个门牙,也没人晓得。可是,这个计划必须在祭灶之后执行,以免叫灶王看见,招致神谴。哼!全家居然没有一个男人!她的怒气不打一处来。我二姐是个忠厚老实的姑娘,空有一片好心,而没有克服困难的办法。姑母越发脾气,二姐心里越慌,只含着眼泪,不住地叫:"姑姑!姑姑!"

幸而大姐及时地来到。大姐是个极漂亮的小媳妇:眉清目秀,

---

①男不拜月,女不祭灶,迷信的人认为灶王是一家之主,祭灶之礼,必须由男子祭拜,妇女不得参与;月为太阴星君,中秋拜月,也只能由妇女行之,男子不得参与,故俗谚谓之"男不拜(圆)月,女不祭灶"。

小长脸，尖尖的下颏像个白莲花瓣似的。不管是穿上大红缎子的氅衣，还是蓝布旗袍，不管是梳着两把头，还是绾着旗髻，她总是那么俏皮利落，令人心旷神怡。她的不宽的腰板总挺得很直，亭亭玉立；在请蹲安的时候，直起直落，稳重而飘洒。只有在发笑的时候，她的腰才弯下一点去，仿佛喘不过气来，笑得那么天真可怜。亲戚、朋友，没有不喜爱她的，包括着我的姑母。只有大姐的婆婆认为她既不俊美，也不伶俐，并且时常讥诮：你爸爸不过是三两银子的马甲①！

大姐婆婆的气派是那么大，讲究是那么多，对女仆的要求自然不能不极其严格。她总以为女仆都理当以身殉职，进门就累死。自从娶了儿媳妇，她干脆不再用女仆，而把一个小媳妇当作十个女仆使用。大姐的两把头往往好几天不敢拆散，就那么带着那小牌楼似的家伙睡觉。梳头需要相当长的时间，万一婆婆已经起床，大声地咳嗽着，而大姐还没梳好了头，过去请安，便是一行大罪！大姐须在天还没亮就起来，上街给婆婆去买热油条和马蹄儿烧饼。大姐年轻，贪睡。可是，出阁之后，她练会把自己惊醒。醒了，她便轻轻地开开屋门，看看天上的三星。假若还太早，她便回到炕上，穿好衣服，坐着打盹，不敢再躺下，以免睡熟了误事。全家的饭食、活计、茶水、清洁卫生，全由大姐独自包办。她越努力，婆婆越给她添活儿，加紧训练。婆婆的手，除了往口中送饮食，不轻易动一动。手越不动，眼与嘴就越活跃，她一看见儿媳妇的影子就下好几道紧急命令。

---

①马甲，蒙马之甲，代称骑兵。

事情真多！大姐每天都须很好地设计，忙中要有计划，以免发生混乱。出嫁了几个月之后，她的眉心出现了两条细而深的皱纹。这些委屈，她可不敢对丈夫说，怕挑起是非。回到娘家，她也不肯对母亲说，怕母亲伤心。当母亲追问的时候，她也还是笑着说：没事！真没事！奶奶放心吧！（我们管母亲叫作奶奶。）

大姐更不敢向姑母诉苦，知道姑母是爆竹脾气，一点就发火。可是，她并不拒绝姑母的小小的援助。大姐的婆婆既要求媳妇打扮得像朵鲜花似的，可又不肯给媳妇一点买胭脂、粉、梳头油等等的零钱，所以姑母一问她要钱不要，大姐就没法不低下头去，表示口袋里连一个小钱也没有。姑母是不轻易发善心的，她之所以情愿帮助大姐者是因为我们满人都尊敬姑奶奶。她自己是老姑奶奶，当然要同情小姑奶奶，以壮自己的声势。况且，大姐的要求又不很大，有几吊钱就解决问题，姑母何必不大仁大义那么一两回呢。这个，大姐婆婆似乎也看了出来，可是不便说什么；娘家人理当贴补出了嫁的女儿，女儿本是赔钱货嘛。在另一方面，姑母之所以敢和大姐婆婆分庭抗礼者，也在这里找到一些说明。

大姐这次回来，并不是因为她梦见了一条神龙或一只猛虎落在母亲怀里，希望添个将来会"出将入相"①的小弟弟。快到年节，她还没有新的绫绢花儿、胭脂宫粉，和一些杂拌儿②。这末一项，是为给她的丈夫的。大姐夫虽已成了家，并且是不会骑马的骁骑校，可

---

①出将入相，"出将"和"入相"是传统戏剧舞台上的"上场门"和"下场门"，这里借用"将""相"，有盼成大器的意思。

②杂拌儿，各种果子做的果脯。

是在不少方面还像个小孩子，跟他的爸爸差不多。是的，他们老爷儿俩到时候就领银子，终年都有老米吃，干吗注意天有多么高，地有多么厚呢？生活的意义，在他们父子看来，就是每天要玩耍，玩得细致，考究，入迷。大姐丈不养靛颏儿，而英雄气概地玩鹞子和胡伯喇①，威风凛凛地去捕几只麻雀。这一程子，他玩腻了鹞子与胡伯喇，改为养鸽子。他的每只鸽子都值那么一二两银子；"满天飞元宝"是他爱说的一句豪迈的话。他收藏的几件鸽铃都是名家制作，由古玩摊子上搜集来的。

大姐夫需要杂拌儿。每年如是：他用各色的洋纸糊成小高脚碟，以备把杂拌儿中的糖豆子、大扁杏仁等等轻巧地放在碟上，好像是为给他自己上供。一边摆弄，一边吃；往往小纸碟还没都糊好，杂拌儿已经不见了；尽管是这样，他也得到一种快感。杂拌儿吃完，他就设计糊灯笼，好在灯节悬挂起来。糊完春灯，他便动手糊风筝。这些小事情，他都极用心地去做；一两天或好几天，他逢人必说他手下的工作，不管人家爱听不爱听。在不断的商讨中，往往得到启发，他就重新设计，以期出奇制胜，有所创造。若是别人不愿意听，他便都说给我大姐，闹得大姐脑子里尽是春灯与风筝，以至耽误了正事，招得婆婆鸣炮一百零八响！

他们玩耍，花钱，可就苦了我的大姐。在家庭经济不景气的时候，他们不能不吵嘴，以资消遣。十之八九，吵到下不来台的时候，就归罪于我的大姐，一致进行讨伐。大姐夫虽然对大姐还不

---

①胡伯喇，一种小而凶的鸟，喙长，利爪，饲养者多以其擒食麻雀为戏。北京土话，称无所事事者为"玩鹞鹰子"，作者以这个细节寓刺游手好闲。

错，可是在混战之中也不敢不骂她。好嘛，什么都可以忍受，可就是不能叫老人们骂他怕老婆。因此，一来二去，大姐增添了一种本事：她能够在炮火连天之际，似乎听到一些声响，又似乎什么也没听见。似乎是她给自己的耳朵安上了避雷针。可怜的大姐！

大姐来到，立刻了解了一切。她马上派二姐去请"姥姥"，也就是收生婆。并且告诉二姐，顺脚儿去通知婆家：她可能回去的晚一些。大姐婆家离我家不远，只有一里多地。二姐飞奔而去。

姑母有了笑容，递给大姐几张老裕成钱铺特为年节给赏与压岁钱用的、上边印着刘海戏金蟾的、崭新的红票子，每张实兑大钱两吊。同时，她把弟妇生娃娃的一切全交给大姐办理，倘若发生任何事故，她概不负责。

二姐跑到大姐婆家的时候，大姐的公公正和儿子在院里放花炮。今年，他们负债超过了往年的最高纪录。腊月二十三过小年，他们理应想一想怎么还债，怎么节省开支，省得在年根底下叫债主子们把门环子敲碎。没有，他们没有那么想。大姐婆婆不知由哪里找到一点钱，买了头号的大糖瓜，带芝麻的和不带芝麻的，摆在灶王面前，并且瞪着眼下命令："吃了我的糖，到天上多说几句好话，别不三不四地顺口开河，瞎扯！"两位男人呢，也不知由哪里弄来一点钱，都买了鞭炮。老爷儿俩都脱了长袍。老头儿换上一件旧狐皮马褂，不系纽扣，而用一条旧布褡包松拢着，十分潇洒。大姐夫呢，年轻火力壮，只穿着小棉袄，直打喷嚏，而连说不冷。鞭声先起，清脆紧张，一会儿便火花急溅，响成一片。儿子放单响的麻雷子，父亲放双响的二踢脚，间隔停匀，有板有眼：噼啪噼啪，咚；噼啪噼啪，咚——当！这样放完一阵，父子相视微笑，都觉得放炮的技巧九城第一,理应得到四邻的热情夸赞。不管二姐说什么,中间都夹着麻雷子与二踢脚的巨响。于是,大姐的婆婆仿佛听见了:亲家母受了煤气。"是嘛!"她以压倒鞭炮的声音告诉二姐:"你们穷人总是不懂得怎么留神,大概其喜欢中煤毒!"她把"大概"总说成"大概其",有个"其"字,显着多些文采,说完,她就去换衣裳,要亲自出马,去抢救亲家母的性命,大仁大义。佐领与骁骑校根本没注意二姐说了什么,专心一志地继续放爆竹。即使听明白了二姐的报告,他们也不能一心二用,去考虑爆竹以外的问题。

我生下来,母亲昏了过去。大姐的婆母躲在我姑母屋里,二目圆睁,两腮的毒气肉袋一动一动地述说解救中煤毒的最有效的偏方。姑母老练地点起兰花烟,把老玉烟袋嘴儿斜放在嘴角,眉毛挑起多高,准备挑战。

"偏方治大病!"大姐婆婆引经据典地说。

"生娃娃用不着偏方!"姑母开始进攻。

"那也看谁生娃娃!"大姐婆婆心中暗喜已到人马列开的时机。

"谁生娃娃也不用解煤气的偏方!"姑母从嘴角撤出乌木长烟袋,用烟锅子指着客人的鼻子。

"老姑奶奶!"大姐婆婆故意称呼对方一句,先礼后兵,以便进行歼灭战。"中了煤气就没法儿生娃娃!"

在这激烈舌战之际,大姐把我揣在怀里,一边为母亲的昏迷不醒而落泪,一边又为小弟弟的诞生而高兴。二姐独自立在外间屋,低声地哭起来。天很冷,若不是大姐把我揣起来,不管我的生命力有多么强,恐怕也有不小的危险。

二

姑母高了兴的时候，也格外赏脸地逗我一逗，叫我"小狗尾巴"，因为，正如前面所交代的，我是生在戊戌年（狗年）的尾巴上。连她高了兴，幽默一下，都不得人心！我才不愿意当狗尾巴呢！伤了一个孩子的自尊心，即使没有罪名，也是个过错！看，直到今天，每逢路过狗尾巴胡同，我的脸还难免有点发红！

不过，我还要交代些更重要的事情，就不提狗尾巴了吧。可以这么说：我只赶上了大清皇朝的"残灯末庙"。在这个日落西山的残景里，尽管大姐婆婆仍然常常吹嘘她是子爵的女儿、佐领的太太，可是谁也明白她是虚张声势，威风只在嘴皮子上了。是呀，连向她讨债的卖烧饼的都敢指着她的鼻子说："吃了烧饼不还钱，怎么，还有理吗？"至于我们穷旗兵们，虽然好歹地还有点铁杆庄稼，可是已经觉得脖子上仿佛有根绳子，越勒越紧！

以我们家里说，全家的生活都仗着父亲的三两银子月饷，和春秋两季发下来的老米维持着。多亏母亲会勤俭持家，这点收入才将将使我们不至沦为乞丐。

二百多年积下的历史尘垢，使一般的旗人既忘了自谴，也忘了自励。我们创造了一种独具风格的生活方式：有钱的真讲究，没钱的穷讲究。生命就这么沉浮在有讲究的一汪死水里。是呀，以大姐的公公来说吧，他为官如何，和会不会冲锋陷阵，倒似乎都是次要的。他和他的亲友仿佛一致认为他应当食王禄，唱快书，和养四只靛颏儿。同样地，大姐丈不仅满意他的"满天飞元宝"，而且情愿随时为一只鸽子而牺牲了自己。是，不管他去办多么要紧的公事或私事，他的眼睛总看着天空，决不考虑可能撞倒一位老太太或自己的头上碰个大包。他必须看着天空。万一有那么一只掉了队的鸽子，飞得很低，东张西望，分明是十分疲乏，急于找个地方休息一下。见此光景，就是身带十万火急的军令，他也要飞跑回家，放起几只鸽子，把那只自天而降的"元宝"裹了下来。能够这样俘获一只别人家的鸽子，对大姐夫来说，实在是最大最美的享受！至于因此而引起纠纷，那，他就敢拿刀动杖，舍命不舍鸽子，吓得大姐浑身颤抖。

是，他们老爷儿俩都有聪明、能力、细心，但都用在从微不足道的事物中得到享受与刺激。他们在蛐蛐罐子、鸽铃、干炸丸子等等上提高了文化，可是对天下大事一无所知。

他们的一生像做着个细巧的，明白而又有点胡涂的梦。妇女们极讲规矩。是呀，看看大姐吧！她在长辈面前，一站就是几个钟头，而且笑容始终不懈地摆在脸上。同时，她要眼观四路，看着每个茶碗，随时补充热茶；看着水烟袋与旱烟袋，及时地过去装烟，吹火纸捻儿。她的双手递送烟袋的姿态多么美丽得体，她的嘴唇微动，一下儿便把火纸吹燃，有多么轻巧美观。这些，都得到老太太们（不包括她的婆婆）的赞叹，而谁也没注意她的腿经常浮肿着。在长辈面前，她不敢多说话，又不能老在那儿呆若木鸡地侍立。她须精心选择最简单而恰当的字眼，在最合适的间隙，像舞台上的锣鼓点儿似的那么准确，说那么一两小句，使老太太们高兴，从而谈得更加活跃。

这种生活艺术在家里得到经常的实践，以备特别加工，拿到较大的场合里去。亲友家给小孩办三天、满月，给男女做四十或五十整寿，都是这种艺术的表演竞赛大会。至于婚丧大典，那就更须表演的特别精彩，连笑声的高低，与请安的深浅，都要恰到好处，有板眼，有分寸。姑母和大姐的婆婆若在这种场合相遇，她们就必须出奇制胜，各显其能，用各种笔法，旁敲侧击，打败对手，传为美谈。办理婚丧大事的主妇也必须眼观六路、耳听八方，随时随地使这种可能产生严重后果的耍弄与讽刺大事化小，小事化无。同时，她还要委托几位负有重望的妇女，帮助她安排宾客们的席次，与入席的先后次序。安排得稍欠妥当，就有闹得天翻地覆的危险。她们必须知道谁是二姥姥的姑舅妹妹的干儿子的表姐，好来与谁的小姨子的公公的盟兄弟的寡嫂，做极细致的分析比较，使她们的席位各得其所，心服口服，吃个痛快。经过这样的研究，而两位客人是半斤八两，不差一厘，可怎么办呢？要不怎么，不但必须记住亲友们的生年月日，而且要记得落草儿的时辰呢！这样分量完全相同的客人，也许还是同年同月同日生的呀！可是二嫂恰好比六嫂早生了一点钟，这就解决了问题。当然，六嫂虽晚生了六十分钟，而丈夫是三品顶戴，比二嫂的丈夫高着两品，这就又须从长研究，另作安排了。是的，我大姐虽然不识一个字，她可是一本活书，记得所有的亲友的生辰八字儿。不管她的婆婆要怎样惑乱人心，我可的确知道我是戊戌年腊月二十三日酉时生的，毫不动摇，因为有大姐给我作证！

这些婚丧大典既是那么重要，亲友家办事而我们缺礼，便是大逆不道。母亲没法把送礼这笔支出打在预算中，谁知道谁什么时候死，什么时候生呢？不幸而赶上一个月里发生好几件红白事，母亲的财政表格上便有了赤字。她不能为减少赤字,而不给姑姑老姨儿们去拜寿,不给胯骨上的亲戚①吊丧或贺喜。不去给亲友们行礼等于自绝于亲友,没脸再活下去,死了也欠光荣。而且,礼到人不到还不行啊。这就须于送礼而外,还得整理鞋袜,添换头绳与绢花,甚至得做非做不可的新衣裳。这又是一笔钱。去吊祭或贺喜的时候,路近呢自然可以勉强走了去,若是路远呢,难道不得雇辆骡车么?在那文明的年月,北京的道路一致是灰沙三尺,恰似香炉。好嘛,打扮得漂漂亮亮的,而在香炉里走十里八里,到了亲友家已变成了土鬼,岂不是大笑话么?骡车可是不能白坐,这又是个问题!去行人情,岂能光拿着礼金礼品,而腰中空空如也呢。假若人家主张凑凑十胡什么的,难道可以严词拒绝么?再说,见了晚一辈或两辈的孙子们,不得给二百钱吗?是呀,办婚丧大事的人往往倾家荡产,难道亲友不应当舍命陪君子么?

母亲最怕的是亲友家娶媳妇或聘姑娘而来约请她做娶亲太太或送亲太太。这是一种很大的荣誉:不但寡妇没有这个资格,就是属虎的或行为有什么不检之处的"全口人"②也没有资格。只有堂堂正正,一步一个脚印的妇人才能负此重任。人家来约请,母亲没法儿拒绝。谁肯把荣誉往外推呢?可是,去做娶亲太太或送亲太太不但必须坐骡车,而且平日既无女仆,就要雇个临时的、富有经验的、干净利落的老妈子。有人搀着上车下车、出来进去,才像个娶亲太太或送亲太太呀!至于服装首饰呢,用不着说,必须格外出色,才

---

①胯骨上的亲戚,比喻关系极远,极不沾边的亲戚。
②全口人,指丈夫子女俱在、有"福气"的妇女。口字轻读,作ke。

能压得住台。母亲最恨向别人借东西，可是她又绝对没有去置办几十两银子一件的大缎子、绣边儿的氅衣，和真金的扁方、耳环，大小头簪。她只好向姑母开口。姑母有成龙配套的衣裳与首饰，可就是不愿出借！姑母在居孀之后，固然没有做娶亲或送亲太太的资格，就是在我姑父活着的时候，她也很不易得到这种荣誉。是呀，姑父到底是唱戏的不是，既没有弄清楚，谁能够冒冒失失地来邀请姑母出头露面呢？大家既不信任姑母，姑母也就不肯往外借东西，作为报复。

于是，我父亲就须亲自出马，向姑母开口。亲姐弟之间，什么话都可以说。大概父亲必是完全肯定了"唱戏的并不下贱"，姑母才把带有樟脑味儿的衣服，和式样早已过了时而分量相当重的首饰拿出来。

这些非应酬不可的应酬，提高了母亲在亲友眼中的地位。大家都夸她会把钱花在刀刃儿上。可也正是这个刀刃儿使母亲关到钱粮发愁，关不下来更发愁。是呀，在我降生的前后，我们的铁杆儿庄稼虽然依然存在，可是逐渐有点歉收了，分量不足，成色不高。赊欠已成了一种制度。卖烧饼的、卖炭的、倒水的都在我们的，和许多人家的门垛子上画上白道道，五道儿一组，颇像鸡爪子。我们先吃先用，钱粮到手，按照鸡爪子多少还钱。母亲是会过日子的人，她只许卖烧饼的、卖炭的、倒水的在我们门外画白道道，而绝对不许和卖酥糖的，卖糖葫芦的等等发生鸡爪子关系。姑母白吃我们的水，随便拿我们的炭，而根本不吃烧饼——她的红漆盒子里老储存着"大八件"一级的点心。因此，每逢她看见门垛子上的鸡爪图案，就对门神爷眨眨眼，表明她对这些图案不负责任！我大姐婆家门外，这种图案最为丰富。除了我大姐没有随便赊东西的权利，其余的人是凡能赊者必赊之。大姐夫说得好：反正钱粮下来就还钱，一点不丢人！

在门外的小贩而外，母亲只和油盐店、粮店，发生赊账的关系。我们不懂吃饭馆，我们与较大的铺户，如绸缎庄、首饰楼，同仁堂老药铺等等都没有什么贸易关系。我们每月必须请几束高香，买一些茶叶末儿，香烛店与茶庄都讲现钱交易，概不赊欠。

虽然我们的赊账范围并不很大，可是这已足逐渐形成寅吃卯粮的传统。这就是说：领到饷银，便去还债。还了债，所余无几，就再去赊。假若出了意外的开销，像获得做娶亲太太之类的荣誉，得了孙子或外孙子，还债的能力当然就减少，而亏空便越来越大。因此，即使关下银子来，母亲也不能有喜无忧。

姑母经常出门：去玩牌、逛护国寺、串亲戚、到招待女宾的曲艺与戏曲票房去听清唱或彩排，非常活跃。她若是去赌钱，母亲便须等到半夜。若是忽然下了雨或雪，她和二姐还得拿着雨伞去接。母亲认为把大姑子伺候舒服了，不论自己吃多大的苦，也比把大姑子招翻了强得多。姑母闹起脾气来是变化万端，神鬼难测的。假若她本是因嫌茶凉而闹起来，闹着闹着就也许成为茶烫坏她的舌头，而且把我们的全家，包括着大黄狗，都牵扯在内，都有意要烫她的嘴，使她没法儿吃东西，饿死！这个蓄意谋杀的案件至少要闹三四天！

与姑母相反，母亲除了去参加婚丧大典，不大出门。她喜爱有条有理地在家里干活儿。她能洗能做，还会给孩子剃头，给小媳妇们绞脸——用丝线轻轻地勒去脸上的细毛儿，为是化装后，脸上显着特别光润。可是，赶巧了，父亲正去值班，而衙门放银子，母亲就须亲自去领取。我家离衙门并不很远，母亲可还是显出紧张，好像要到海南岛去似的。领了银子（越来分两越小），她就手儿在街上兑换了现钱。那时候，山西人开的烟铺、回教人开的蜡烛店，和银号钱庄一样，也兑换银两。母亲是不喜欢算计一两文钱的人，但是这点银子关系着家中的"一月大计"，所以她也既腼腆又坚决地多问几家，希望多换几百钱。有时候，在她问了两家之后，恰好银盘儿落了，她饶白跑了腿，还少换了几百钱。

　　拿着现钱回到家，她开始发愁。二姐赶紧给她倒上一碗茶——用小沙壶沏的茶叶末儿，老放在炉口旁边保暖，茶汁很浓，有时候也有点香味。二姐可不敢说话，怕搅乱了母亲的思路。她轻轻地出去，到门外去数墙垛上的鸡爪图案，详细地记住，以备作母亲制造预算的参考材料。母亲喝了茶，脱了刚才上街穿的袍罩，盘腿坐在炕上。她抓些铜钱当算盘用，大点儿的代表一吊，小点的代表一百。她先核计该还多少债，口中念念有词，手里掂动着几个铜钱，而后摆在左方。左方摆好，一看右方（过日子的钱）太少，就又轻轻地从左方撤下几个钱，心想：对油盐店多说几句好话，也许可以少还几个。想着想着，她的手心上就出了汗，很快地又把撤下的钱补还原位。不，她不喜欢低三下四地向债主求情；还！还清！剩多剩少，就是一个不剩，也比叫掌柜的或大徒弟高声申斥好的多。是呀，在太平天国、英法联军、甲午海战等等风波之后，不但高鼻子的洋人越来越狂妄，看不起皇帝与旗兵，连油盐店的山东人和钱铺的山西人也对旗籍主顾们越来越不客气了。他们竟敢瞪着包子大的眼睛挖苦、笑骂吃了东西不还钱的旗人，而且威胁从此不再记账,连块冻豆腐都须现钱交易!母亲虽然不知道国事与天下事,可是深刻地了解这种变化。即使她和我的父亲商议,他——负有保卫皇城重大责任的旗兵,也只会惨笑一下,低声地说:先还债吧!左方的钱码比右方的多着许多!母亲的鬓角也有了汗珠!她坐着发愣,左右为难。最后,二姐搭讪着说了话:"奶奶!还钱吧,心里舒服!这个月,头绳、锭儿粉、梳头油,咱们都不用买!咱们娘儿俩多给灶王爷磕几个头,告诉他老人家:以后只给他上一炷香,省点香火!"

母亲叹了口气:"唉!叫灶王爷受委屈,于心不忍哪!""咱们也苦着点,灶王爷不是就不会挑眼了吗?"二姐提出具体的意见:"咱们多端点豆汁儿,少吃点硬的;多吃点小葱拌豆腐,少吃点炒菜,不就能省下不少吗?""二姐,你是个明白孩子!"母亲在愁苦之中得到一点儿安慰。"好吧,咱们多勒勒裤腰带吧!你去,还是我去?""您歇歇吧,我去!"

母亲就把铜钱和钱票一组一组地分清楚,交给二姐,并且嘱咐了又嘱咐:"还给他们,马上就回来!你虽然还梳着辫子,可也不小啦!见着便宜坊①的老王掌柜,不准他再拉你的骆驼;告诉他:你是大姑娘啦!"

"嗐,老王掌柜快七十岁了,叫他拉拉也不要紧!"二姐笑着,紧紧握着那些钱,走了出去。所谓拉骆驼者,就是年岁大的人用中指与食指夹一夹孩子的鼻子,表示亲热。

---

①便宜坊,北京的一家卖熟肉和生猪肉的铺子,后成为著名的烤鸭店。便读作biàn(遍)。

二姐走后,母亲呆呆地看着炕上那一小堆儿钱,不知道怎么花用,才能对付过这一个月去。以她的洗做本领和不怕劳苦的习惯,她常常想去向便宜坊老王掌柜那样的老朋友们说说,给她一点活计,得些收入,就不必一定非喝豆汁儿不可了。二姐也这么想,而且她已经学的很不错:下至纳鞋底袜底,上至扎花儿、钉纽襻儿,都拿得起来。二姐还以为拉过她的骆驼的那些人,像王老掌柜与羊肉床子上的金四把①叔叔,虽然是汉人与回族人,可是在感情上已然都不分彼此,给他们洗洗做做,并不见得降低了自己的身份。况且,大姐曾偷偷地告诉过她:金四把叔叔送给了大姐的公公两只大绵羊,就居然补上了缺,每月领四两银子的钱粮。二姐听了,感到十分惊异:金四叔?他是回族人哪!大姐说:是呀!千万别喧嚷出去呀!叫上边知道了,我公公准得丢官罢职!二姐没敢去宣传,大姐的公公于是也就没有丢官罢职。有这个故事在二姐心里,她就越觉得大伙儿都是一家人,谁都可以给谁干点活儿,不必问谁是旗人,谁是汉人或回族人。她并且这么推论:既是送绵羊可以得钱粮,若是赠送骆驼,说不定还能做王爷呢!到后来,我懂了点事的时候,我觉得二姐的想法十分合乎逻辑。

可是,姑母绝对不许母亲与二姐那么办。她不反对老王掌柜与金四把,她跟他们,比起我们来,有更多的来往:在她招待客人的

---

①羊肉床子,即羊肉铺。把,即"爷",在回民中,这样称呼有年纪的人,显着亲切尊敬(与称"爷爷"为"把把"不同)。如常七把即常七爷,金四把即金四爷。

时候,她叫得起便宜坊的苏式盒子;在过阴天①的时候,可以定买金四把的头号大羊肚子或是烧羊脖子。我们没有这种气派与财力。她的大道理是:妇女卖苦力给人家做活、洗衣裳,是最不体面的事!"你们要是那么干,还跟三河县的老妈子有什么分别呢?"母亲明知三河县的老妈子是出于饥寒所迫,才进城来找点事做,并非天生来的就是老妈子,像皇上的女儿必是公主那样。但是,她不敢对大姑子这么说,只笑了笑,就不再提起。

在关饷发愁之际,母亲若是已经知道,东家的姑娘过两天出阁,西家的老姨娶儿媳妇,她就不知须喝多少沙壶热茶。她不饿,只觉得口中发燥。除了对姑母说话,她的脸上整天没个笑容!可怜的母亲!

我不知道母亲年轻时是什么样子。我是她四十岁后生的"老"儿子。但是,从我一记事儿起,直到她去世,我总以为她在二三十岁的时节,必定和我大姐同样俊秀。是,她到了五十岁左右还是那么干净体面,倒仿佛她一点苦也没受过似的。她的身量不高,可是因为举止大方,并显不出矮小。她的脸虽黄黄的,但不论是发着点光,还是暗淡一些,总是非常恬静。有这个脸色,再配上小而端正的鼻子,和很黑很亮、永不乱看的眼珠儿,谁都可以看出她有一股正气,不会有一点坏心眼儿。乍一看,她仿佛没有什么力气,及至看到她一气就洗出一大堆衣裳,就不难断定:尽管她时常发愁,可决不肯推卸责任。

是呀,在生我的第二天,虽然她是那么疲倦虚弱,嘴唇还是白

---

①过阴天,指阴天下雨,出不了门,在家寻事消遣。

的，她可还是不肯不操心。她知道：平常她对别人家的红白事向不缺礼，不管自己怎么发愁为难。现在，她得了"老"儿子，亲友怎能不来贺喜呢？大家来到，拿什么招待呢？父亲还没下班儿，正月的钱粮还没发放。向姑母求援吧，不好意思。跟二姐商议吧，一个小姑娘可有什么主意呢。看一眼身旁的瘦弱的、几乎要了她的命的"老"儿子，她无可如何地落了泪。

三

果然，第二天早上，二哥福海搀着大舅妈，声势浩大地来到。他们从哪里得到的消息，至今还是个疑问。不管怎样吧，大舅妈是非来不可的。按照那年月的规矩，姑奶奶坐月子，须由娘家的人来服侍。这证明姑娘的确是赔钱货，不但出阁的时候须由娘家陪送四季衣服、金银首饰，乃至箱柜桌椅，和鸡毛掸子；而且在生儿养女的时节，娘家还须派人来服劳役。

大舅妈的身量小，咳嗽的声音可很洪亮。一到冬天，她就犯喘，咳嗽上没完。咳嗽稍停，她就拿起水烟袋咕噜一阵，预备再咳嗽。她还离我家有半里地，二姐就惊喜地告诉母亲：大舅妈来了！大舅妈来了！母亲明知娘家嫂子除了咳嗽之外，并没有任何长处，可还是微笑了一下。大嫂冒着风寒，头一个来贺喜，实在足以证明娘家人对她的重视，嫁出的女儿并不是泼出去的水。母亲的嘴唇动了动。二姐没听见什么，可是急忙跑出去迎接舅妈。

二哥福海和二姐耐心地搀着老太太，从街门到院里走了大约二十多分钟。二姐还一手搀着舅妈,一手给她捶背。因此,二姐没法儿接过二哥手里提的水烟袋、食盒(里面装着红糖与鸡蛋),和蒲包儿(内装破边的桂花"缸炉"与槽子糕)①。好容易喘过一口气来,大舅妈嘟囔了两句。二哥把手中的盒子与蒲包交给了二姐,而后搀着妈妈去拜访我姑母。不管喘得怎么难过,舅妈也忘不了应当先去看谁。可是也留着神,把食品交给我二姐,省得叫我姑母给扣下。姑母并不缺嘴,但是看见盒子与蒲包,总觉得归她收下才合理。大舅妈的访问纯粹是一种外交礼节,只须叫声老姐姐,而后咳嗽一阵,就可以交代过去了。姑母对大舅妈本可以似有若无地笑那么一下就行了,可是因为有二哥在旁,她不能不表示欢迎。

在亲友中,二哥福海到处受欢迎。他长得短小精悍,既壮实又秀气,漂亮又老成,圆圆的白净子脸,双眼皮,大眼睛。他还没开口,别人就预备好听两句俏皮而颇有道理的话。及至一开口,他的眼光四射,满面春风,话的确俏皮,而不伤人;颇有道理,而不老气横秋。他的脑门以上总是青青的,像年画上胖娃娃的青头皮那么清鲜,后面梳着不松不紧的大辫子,既稳重又飘洒。他请安请得最好看:先看准了人,而后俯首急行两步,到了人家的身前,双手扶膝,前腿实,后腿虚,一趋一停,毕恭毕敬。安到话到,亲切诚挚地叫出来:"二婶儿,您好!"而后,从容收腿,挺腰敛胸,双臂垂直,两手向后稍拢,两脚并齐"打横儿"。这样的一个安,叫每

---

①蒲包儿,旧时送礼用的点心或水果包,以香蒲编成。缸炉,北京的一种混糖糕点,正六边形,数个连在一起,掰而食之。因为掰得不整齐,所以说是"破边",炉读作lào。

个接受敬礼的老太太都哈腰儿还礼,并且暗中赞叹:我的儿子要能够这样懂得规矩,有多么好啊!

他请安好看,坐着好看,走道儿好看,骑马好看,随便给孩子们摆个金鸡独立,或骑马蹲裆式就特别好看。他是熟透了的旗人,既没忘记二百多年来的骑马射箭的锻炼,又吸收了汉族、蒙族和回族的文化。论学习,他文武双全;论文化,他是"满汉全席"。他会骑马射箭,会唱几段(只是几段)单弦牌子曲,会唱几句(只是几句)汪派的《文昭关》①,会看点风水,会批八字儿。他知道怎么养鸽子,养鸟,养骡子与金鱼。可是他既不养鸽子、鸟,也不养骡子与金鱼。他有许多正事要做,如代亲友们去看棺材,或介绍个厨师傅等等,无暇养那些小玩意儿。大姐夫虽然自居内行,养着鸽子,或架着大鹰,可是每逢遇见福海二哥,他就甘拜下风,颇有意把他的满天飞的元宝都廉价卖出去。福海二哥也精于赌钱,牌九、押宝、抽签子、掷骰子、斗十胡、踢球、"打老打小",他都会。但是,他不赌。只有在老太太们想玩十胡而凑不上手的时候,他才逢场作戏,陪陪她们。他既不多输,也不多赢。若是赢了几百钱,他便买些糖豆大酸枣什么的分给儿童们。

他这个熟透了的旗人其实也就是半个、甚至于是三分之一的旗人。这可与血统没有什么关系。以语言来说,他只会一点点满文,谈话,写点什么,他都运用汉语。他不会吟诗作赋,也没学过作八股或策论,可是只要一想到文艺,如编个岔曲,写副春联,他总是

---

①汪派,即汪桂芬,清光绪间与谭鑫培、孙菊仙齐名的著名京剧老生。《文昭关》,传统戏剧,演《列国演义》中伍子胥的故事。

用汉文去思索，一回也没考虑过可否试用满文。当他看到满、汉文并用的匾额或碑碣，他总是欣赏上面的汉字的秀丽或刚劲，而对旁边的满字便只用眼角照顾一下，敬而远之。至于北京话呀，他说的是那么漂亮，以至使人认为他是这种高贵语言的创造者。即使这与历史不大相合，至少他也应该分享"京腔"创作者的一份儿荣誉。是的，他的前辈们不但把一些满文词儿收纳在汉语之中，而且创造了一种轻脆快当的腔调；到了他这一辈，这腔调有时候过于轻脆快当，以至有时候使外乡人听不大清楚。

可是，惊人之笔是在这里：他是个油漆匠！我的大舅是三品亮蓝顶子的参领①，而儿子居然学过油漆彩画，谁能说他不是半个旗人呢？我大姐的婚事是我大舅给做的媒人。大姐婆婆是子爵的女儿、佐领的太太，按理说她绝对不会要个旗兵的女儿做儿媳妇，不管我大姐长得怎么俊秀，手脚怎么利落。大舅的亮蓝顶子起了作用。大姐的公公不过是四品呀。在大姐结婚的那天，大舅亲自出马做送亲老爷，并且约来另一位亮蓝顶子的，和两位红顶子的，二蓝二红，都戴花翎，组成了出色的送亲队伍。而大姐的婆婆呢，本来可以约请四位红顶子的来迎亲，可是她以为我们绝对没有能力组织个强大的队伍，所以只邀来四位五品官儿，省得把我们都吓坏了。结果，我们取得了绝对压倒的优势，大快人心！受了这个打击，大姐婆婆才不能不管我母亲叫亲家太太，而姑母也乘胜追击，郑重声明：她

---

①参领，八旗兵制，五"牛录"设一"甲喇"，统领"甲喇"的军官，满语叫做"甲喇额真"，汉译参领，其位在"佐领"之上。亮蓝顶子，即三品官的蓝宝石或蓝色明玻璃顶戴。

的丈夫（可能是汉人！）也做过二品官！

大姐后来嘱咐过我，别对她婆婆说，二哥福海是拜过师的油漆匠。是的，若是当初大姐婆婆知道二哥的底细，大舅做媒能否成功便大有问题了，虽然他的失败也不见得对大姐有什么不利。

二哥有远见，所以才去学手艺。按照我们的佐领制度，旗人是没有什么自由的，不准随便离开本旗，随便出京；尽管可以去学手艺，可是难免受人家的轻视。他应该去当兵，骑马射箭，保卫大清皇朝。可是，旗族人口越来越多，而旗兵的数目是有定额的。于是，老大老二也许补上缺，吃上钱粮，而老三老四就只好赋闲。这样，一家子若有几个白丁，生活就不能不越来越困难。这种制度曾经扫荡南北，打下天下；这种制度可也逐渐使旗人失去自由，失去自信，还有多少人终身失业。

同时，吃空头钱粮的在在皆是，又使等待补缺的青年失去有缺即补的机会。我姑母，一位寡妇，不是吃着好几份儿钱粮么？

我三舅有五个儿子，都虎头虎脑的，可都没有补上缺。可是，他们住在郊外，山高皇帝远。于是这五虎将就种地的种地，学手艺的学手艺，日子过得很不错。福海二哥大概是从这里得到了启发，决定自己也去学一门手艺。二哥也看得很清楚：他的大哥已补上了缺，每月领四两银子；那么他自己能否也当上旗兵，就颇成问题。以他的聪明能力而当一辈子白丁，甚至连个老婆也娶不上，可怎么好呢？他的确有本领，骑术箭法都很出色。可是，他的本领只足以叫他去做枪手①，替崇家的小罗锅，或明家的小瘸子去箭中红心，

――――――――
① 枪手，即代人应试者。

得到钱粮。是呀，就是这么一回事：他自己有本领，而补不上缺，小罗锅与小瘸子肯花钱运动，就能通过枪手而当兵吃饷！二哥在得一双青缎靴子或几两银子的报酬而外，还看明白：怪不得英法联军直入公堂地打进北京，烧了圆明园！凭吃几份儿饷银的寡妇、小罗锅、小瘸子，和像大姐公公那样的佐领、像大姐夫那样的骁骑校，怎么能挡得住敌兵呢！他决定去学手艺！是的，历史发展到一定的阶段，总会有人，像二哥，多看出一两步棋的。

大哥不幸一病不起，福海二哥才有机会补上了缺。于是，到该上班的时候他就去上班，没事的时候就去做点油漆活儿，两不耽误。老亲旧友们之中，有的要漆一漆寿材，有的要油饰两间屋子以备娶亲，就都来找他。他会替他们省工省料，而且活儿做得细致。

当二哥做活儿的时候，他似乎忘了他是参领的儿子，吃着钱粮的旗兵。他的工作服，他的认真的态度，和对师兄师弟的亲热，都叫他变成另一个人，一个汉人，一个工人，一个顺治与康熙所想像不到的旗人。

二哥还信白莲教①！他没有造反、推翻皇朝的意思，一点也没有。他只是为坚守不动烟酒的约束，而入了"理门"②。本来，在友人让烟让酒的时候，他拿出鼻烟壶，倒出点茶叶末颜色的闻药来，抹在鼻孔上，也就够了。大家不会强迫一位"在理儿的"破戒。可

---

①白莲教，原为明末农民起义组织，清末的义和团运动，继承了白莲教的战斗传统，老百姓仍有时也把义和团叫做白莲教。

②理门，即"在理会"，又称"在家里"，旧时流行在我国北方的一种会道门。入会者禁吸烟，供奉观音像。

是，他偏不说自己"在理儿"，而说：我是白莲教！不错，"理门"确与白莲教有些关系，可是在一般人的心目中，"在理儿"是好事，而白莲教便有些可怕了。母亲便对他说过："老二，在理儿的不动烟酒，很好！何必老说白莲教呢，叫人怪害怕的！"二哥听了，便爽朗地笑一阵："老太太！我这个白莲教不会造反！"母亲点点头："对！那就好！"

大姐夫可有不同的意见。在许多方面，他都敬佩二哥。可是，他觉得二哥的当油漆匠与自居为白莲教徒都不足为法。大姐夫比二哥高着一寸多。二哥若是虽矮而不显着矮，大姐夫就并不太高而显着晃晃悠悠。干什么他都慌慌张张，冒冒失失。长脸，高鼻子、大眼睛，他坐定了的时候显得很清秀体面。可是，他总坐不住，像个手脚不识闲的大孩子。一会儿，他要看书，便赶紧拿起一本《五虎平西》——他的书库里只有一套《五虎平西》①，一部《三国志演义》，四五册小唱本儿，和他幼年读过的一本《六言杂字》②。刚拿起《五虎平西》，他想起应当放鸽子，于是顺手儿把《五虎平西》放在窗台上，放起鸽子来。赶到放完鸽子，他到处找《五虎平西》，急得又嚷嚷又跺脚。及至一看它原来就在窗台上，便不去管它，而哼哼唧唧地往外走，到街上去看出殡的。

他很珍视这种想干什么就干什么的"自由"。他以为这种自由是祖宗所赐，应当传之永远，"子子孙孙永宝用"！因此，他觉得福海二哥去当匠人是失去旗人的自尊心，自称白莲教是同情叛逆。

---

① 《五虎平西》，演义小说，写宋代狄青平西故事。
② 《六言杂字》，一种极普通的六言韵文识字读本。

前些年，他不记得是哪一年了，白莲教不是造过反吗？

在我降生前的几个月里，我的大舅、大姐的公公和丈夫，都真着了急。他们都激烈地反对变法。大舅的理由很简单，最有说服力：祖宗定的法不许变！大姐公公说不出更好的道理来，只好补充了一句：要变就不行！事实上，这两位官儿都不大知道要变的是哪一些法，而只听说：一变法，旗人就须自力更生，朝廷不再发给钱粮了。

大舅已年过五十，身体也并不比大舅妈强着多少，小辫儿须续上不少假头发才勉强够尺寸，而且因为右肩年深日久地向前探着，小辫儿几乎老在肩上扛着，看起来颇欠英武。自从听说要变法，他的右肩更加突出，差不多是斜着身子走路，像个断了线的风筝似的。

大姐的公公很硬朗，腰板很直，满面红光。他每天一清早就去遛鸟儿，至少要走五六里路。习以为常，不走这么多路，他的身上就发僵，而且鸟儿也不歌唱。尽管他这么硬朗，心里海阔天空，可是听到铁杆庄稼有点动摇，也颇动心，他的咳嗽的音乐性减少了许多。他找了我大舅去。

笼子还未放下，他先问有猫没有。变法虽是大事，猫若扑伤了蓝靛颏儿，事情可也不小。

"云翁！"他听说此地无猫，把鸟笼放好，有点急切地说，"云翁！"

大舅的号叫云亭。在那年月，旗人越希望永远做旗人，子孙万代，可也越爱模仿汉人。最初是高级知识分子，在名字而外，还要起个字雅音美的号。慢慢地，连参领佐领们也有名有号，十分风雅。到我出世的时候，连原来被称为海二哥和恩四爷的旗兵或白丁，也都什么臣或什么甫起来。是的，亭、臣、之、甫是四个最时行的字。大舅叫云亭，大姐的公公叫正臣，而大姐夫别出心裁地自称多甫，并且在自嘲的时节，管自己叫豆腐。多甫也罢，豆腐也罢，总比没有号好得多。若是人家拱手相问：您台甫①？而回答不出，岂不比豆腐更糟么？

大舅听出客人的语气急切，因而不便马上动问。他比客人高着一品，须拿出为官多年，经验丰富，从容不迫的神态来。于是，他先去看鸟，而且相当内行地夸赞了几句。直到大姐公公又叫了两声云翁，他才开始说正经话："正翁！我也有点不安！真要是自力更生，您看，您看，我五十多了，头发掉了多一半，肩膀越来越歪，可叫我干什么去呢？这不是什么变法，是要我的老命！"

"嗐！是！"正翁轻嗽了两下，几乎完全没有音乐性。"是！出那样主意的人该劚！正翁，您看我，我安分守己，自幼儿就不懂要个星星，要月亮！可是，我总得穿得整整齐齐，干干净净吧？我总得炒点腰花，来个木樨肉下饭吧？我总不能不天天买点嫩羊肉，喂我的蓝靛颏儿吧？难道这些都是不应该的？应该！应该！"

"咱们哥儿们没做过一件过分的事！"

"是嘛！真要是不再发钱粮，叫我下街去卖……"正翁把手捂在耳朵上，学着小贩的吆喝，眼中含着泪，声音凄楚："赛梨口耶，辣来换！我，我……"他说不下去了。"正翁，您的身子骨儿比我结实多了。我呀，连卖半空儿多给，都受不了啊！"

"云翁！云翁！您听我说！就是给咱们每人一百亩地，自耕自

---

①台甫，问人家表字时的敬辞。

种，咱们有办法没有？"

"由我这儿说，没有！甭说我拿不动锄头，就是拿得动，我要不把大拇脚指头锄掉了，才怪！"

老哥俩又讨论了许久，毫无办法。于是就一同到天泰轩去，要了一斤半柳泉居自制的黄酒，几个小烧（烧子盖与炸鹿尾之类），吃喝得相当满意。吃完，谁也没带着钱，于是都争取记在自己的账上，让了有半个多钟头。

可是，在我降生的时候，变法之议已经完全作罢，而且杀了几位主张变法的人。云翁与正翁这才又安下心去，常在天泰轩会面。每逢他们听到卖萝卜的"赛梨口耶，辣来换"的呼声，或卖半空花生的"半空儿多给"的吆喝，他们都有点怪不好意思；做了这么多年的官儿，还是沉不住气呀！

多甫大姐夫，在变法潮浪来得正猛的时节，佩服了福海二哥，并且不大出门，老老实实地在屋中温习《六言杂字》。他非常严肃地跟大姐讨论："福海二哥真有先见之明！我看咱们也得想个法！"

"对付吧！没有过不去的事！"大姐每逢遇到难以解决的问题，总是拿出这句名言来。

"这回呀，就怕对付不过去！"

"你有主意，就说说吧！多甫！"大姐这样称呼他，觉得十分时髦、漂亮。

"多甫？我是大豆腐！"大姐夫惨笑了几声。"现而今，当瓦匠、木匠、厨子、裱糊匠什么的，都有咱们旗人。""你打算……"大姐微笑地问，表示嫁鸡随鸡，嫁狗随狗，他去学什么手艺，她都不反对。

"学徒,来不及了!谁收我这么大的徒弟呢?我看哪,我就当鸽贩子去,准行!鸽子是随心草儿,不爱,白给也不要;爱,十两八两也肯花。甭多了,每月我只做那么一两号俏买卖①,就够咱们俩吃几十天的!"

"那么么好啊!"大姐信心不大地鼓舞着。

大姐夫挑了两天,才狠心挑出一对紫乌头来,去做第一号生意。他并舍不得出手这一对,可是朝廷都快变法了,他还能不坚强点儿么?及至到了鸽子市上,认识他的那些贩子们一口一个多甫大爷,反倒卖给他两对鸽铃,一对凤头点子。到家细看,凤头是用胶水粘合起来的。他没敢再和大姐商议,就偷偷撤销了贩卖鸽子的决定。

变法的潮浪过去了,他把大松辫梳成小紧辫,模仿着库兵②,横眉立目地满街走,倒仿佛那些维新派是他亲手消灭了的。同时,他对福海二哥也不再那么表示钦佩。反之,他觉得二哥是脚踩两只船,有钱粮就当兵,没有钱粮就当油漆匠,实在不能算个地道的旗人,而且难免白莲教匪的嫌疑。

书归正传:大舅妈拜访完了我的姑母,就同二哥来看我们。大舅妈问长问短,母亲有气无力地回答,老姐儿们都落了点泪。收起眼泪,大舅妈把我好赞美了一顿:多么体面哪!高鼻子,大眼睛,耳朵有多么厚实!

福海二哥笑起来:"老太太,这个小兄弟跟我小时候一样的不体面!刚生下来的娃娃都看不出模样来!你们老太太呀……"他没

---

①俏买卖,即销路很好的生意。
②库兵,指看管内府银钱、缎匹、颜料等库的兵丁。

往下说,而又哈哈了一阵。

母亲没表示意见,只叫了声:"福海!"

"是!"二哥急忙答应,他知道母亲要说什么。"您放心,全交给我啦!明天洗三①,七姥姥八姨的总得来十口八口儿的,这儿二妹妹管装烟倒茶,我跟小六儿(小六儿是谁,我至今还没弄清楚)当厨子,两杯水酒,一碟炒蚕豆,然后是羊肉酸菜热汤儿面,有味儿没味儿,吃个热乎劲儿。好不好?您哪!"

母亲点了点头。

"有爱玩小牌儿的,四吊钱一锅。您一丁点心都别操,全有我呢!完了事,您听我一笔账,决不会叫您为难!"说罢,二哥转向大舅妈:"我到南城有点事,太阳偏西,我来接您。"大舅妈表示不肯走,要在这儿陪伴着产妇。

二哥又笑了:"奶奶,您算了吧!凭您这全本连台的咳嗽,谁受得了啊!"

这句话正碰在母亲的心坎上。她需要多休息、睡眠,不愿倾听大舅妈的咳嗽。二哥走后,大舅妈不住地叨唠:这个二鬼子!这个二鬼子!

可是"二鬼子"的确有些本领,使我的洗三办得既经济,又不完全违背"老妈妈论"②的原则。

---

①洗三,婴儿出生第三天,给他洗澡的一种仪式。
②老妈妈论,指陈规陋习。论读作lìng。

四

大姐既关心母亲,又愿参加小弟弟的洗三典礼。况且,一回到娘家,她便是姑奶奶,受到尊重:在大家的眼中,她是个有出息的小媳妇,既没给娘家丢了人,将来生儿养女,也能升为老太太,代替婆婆——反正婆婆有入棺材的那么一天。她渴望回家。是的,哪怕在娘家只呆半天儿呢,她的心中便觉得舒畅,甚至觉得只有现在多受些磨炼,将来才能够成仙得道,也能像姑母那样,坐在炕沿上吸两袋兰花烟。是呀,现在她还不敢吸兰花烟,可是已经学会了嚼槟榔——这大概就离吸兰花烟不太远了吧。

有这些事在她心中,她睡不踏实,起来得特别早。也没顾得看三星在哪里,她就上街去给婆婆买油条与烧饼。在那年月,粥铺是在夜里三点左右就开始炸油条,打烧饼的。据说,连上早朝的王公大臣们也经常用烧饼、油条当作早点。大姐婆婆的父亲,子爵,上朝与否,我不知道。子爵的女儿可的确继承了吃烧饼与油条的传统,并且是很早就起床,梳洗完了就要吃,吃完了发困可以再睡。于是,这个传统似乎专为折磨我的大姐。

西北风不大,可很尖锐,一会儿就把大姐的鼻尖、耳唇都吹红。她不由得说出来:"喝!干冷!"这种北京特有的干冷,往往冷得使人痛快。即使大姐心中有不少的牢骚,她也不能不痛快地这么说出来。说罢,她加紧了脚步。身上开始发热,可是她反倒打了个冷战,由心里到四肢都那么颤动了一下,很舒服,像吞下一小块冰那么舒服。她看了看天空,每颗星都是那么明亮,清凉,轻颤,使她想起孩子们的纯洁、发光的眼睛来。她笑了笑,嘟囔着:只要风别大起来,今天必是个晴美的日子!小弟弟有点来历,洗三遇上这么好的天气!

想到这里,她恨不能马上到娘家去,抱一抱小弟弟!

不管她怎样想回娘家,她可也不敢向婆婆去请假。假若她大胆地去请假,她知道,婆婆必定点头,连声地说:克吧!克吧!("克"者"去"也)她是子爵的女儿,不能毫无道理地拒绝儿媳回娘家。可是,大姐知道,假若她依实地"克"了,哼,婆婆的毒气口袋就会垂到胸口上来。不,她须等待婆婆的命令。

命令始终没有下来。首先是:别说母亲只生了一个娃娃,就是生了双胞胎,只要大姐婆婆认为她是受了煤气,便必定是受了煤气,没有别的可说!第二是:虽然她的持家哲理是:放胆去赊,无须考虑怎样还债;可是,门口儿讨债的过多,究竟有伤子爵女儿、佐领太太的尊严。她心里不大痛快。于是,她喝完了粳米粥,吃罢烧饼与油条,便计划先跟老头子闹一场。可是,佐领提前了遛鸟的时间,早已出去。老太太扑了个空,怒气增长了好几度,赶快拨转马头,要生擒骁骑校。可是,骁骑校偷了大姐的两张新红票子,很早就到街上吃了两碟子豆儿多、枣儿甜的盆糕,喝了一碗杏仁茶。老太太找不到男的官校,只好向女将挑战。她不发命令,而端坐在炕沿上叨唠:这,这哪像过日子!都得我操心吗?现成的事,摆在眼皮子前边的事,就看不见吗?没长着眼睛吗?有眼无珠吗?有珠无神吗?不用伺候我,我用不着谁来伺候!佛爷,连佛爷也不伺候吗？眼看就过年，佛桌上的五供①擦了吗？

大姐赶紧去筛炉灰，筛得很细，预备去擦五供。端着细炉灰面子，到了佛桌前，婆婆已经由神佛说到人间：啊！箱子、柜子、连三②上的铜活③就不该动动手吗？我年轻的时候，凡事用不着婆婆开口，该做什么就做什么！

大姐不敢回话。无论多么好听的话，若在此刻说出来，都会变成反抗婆婆，不服调教。可是，要是什么也不说，低着头干活儿呢，又会变成：对！拿蜡扦儿杀气，心里可咒骂老不死的，老不要脸的！那，那该五雷轰顶！

大姐含着泪，一边擦，一边想主意：要在最恰当的时机，去请教婆母怎么做这，或怎么做那。她把回娘家的念头完全放在了一边。待了一会儿，她把泪收起去，用极大的努力把笑意调动到脸上来：奶奶，您看看，我擦得还像一回事儿吗？婆婆只哼了一声，没有指示什么，原因很简单，她自己并没擦过五供。

果然是好天气，刚到九点来钟，就似乎相当暖和了。天是那么高，那么蓝，阳光是那么亮，连大树上的破老鸹窝看起来都有些画意了。俏皮的喜鹊一会儿在东，一会儿在西，喳喳地赞美着北京的冬晴。

大姐婆婆叨唠到一个阶段，来到院中，似乎是要质问太阳与青天，干么这样晴美，可是，一出来便看见了多甫养的鸽子，于是就

---

①五供，指佛桌上的五件供器：香炉、香筒、油灯和一对烛台。
②连三，指一种三屉两门的长桌。
③铜活，指家具上的铜饰，如铜环、铜锁等。

谴责起紫乌与黑玉翅来：养着你们干什么？就会吃！你们等着吧，一高兴，我全把你们宰了！

大姐在屋里大气不敢出。她连叹口气的权利也没有！

在我们这一方面，母亲希望大姐能来。前天晚上，她几乎死去。既然老天爷没有收回她去，她就盼望今天一家团圆，连出嫁了的女儿也在身旁。可是，她也猜到大女儿可能来不了。谁叫人家是佐领，而自己的身份低呢！母亲不便于说什么，可是脸上没有多少笑容。

姑母似乎在半夜里就策划好：别人办喜事，自己要不发发脾气，那就会使喜事办得平平无奇，缺少波澜。到九点钟，大姐还没来，她看看太阳，觉得不甩点闲话，一定对不起这么晴朗的阳光。

"我说，"她对着太阳说，"太阳这么高了，大姑奶奶怎么还不露面？一定，一定又是那个大酸枣眼睛的老梆子不许她来！我找她去，跟她讲讲理！她要是不讲理，我把她的酸枣核儿抠出来！"

母亲着了急。叫二姐请二哥去安慰姑母："你别出声，叫二哥跟她说。"

二哥正跟小六儿往酒里兑水。为省钱，他打了很少的酒，所以得设法使这一点酒取之不尽，用之不竭。二姐拉了拉他的袖子，往外指了指。他拿着酒壶出来，极亲热地走向姑母："老太太，您闻闻，有酒味没有？"

"酒嘛，怎能没酒味儿，你又憋着什么坏呢？"

"是这么回事，要是酒味儿太大，还可以再兑点水！""你呀，老二，不怪你妈妈叫你二鬼子！"姑母无可如何地笑了。

"穷事儿穷对付，就求个一团和气！是不是？老太太！"见没把姑母惹翻，急忙接下去："吃完饭，我准备好，要赢您四吊钱，买一斤好杂拌儿吃吃！敢来不敢？老太太！""好小子，我接着你的！"姑母听见要玩牌，把酸枣眼睛完全忘了。

母亲在屋里叹了口气，十分感激内侄福海。

九点多了，二哥所料到要来贺喜的七姥姥八姨们陆续来到。二姐不管是谁，见面就先请安，后倒茶，非常紧张。她的脸上红起来，鼻子上出了点汗，不说什么，只在必要的时候笑一下。因此，二哥给她起了个外号，叫"小力笨"①。姑母催开饭，为是吃完好玩牌。二哥高声答应："全齐喽！"

所谓"全齐喽"者，就是腌疙疸缨儿炒大蚕豆与肉皮炸辣酱都已炒好，酒也兑好了水，千杯不醉。"酒席"虽然如此简单，入席的礼让却丝毫未打折扣："您请上坐！""那可不敢当！不敢当！""您要不那么坐，别人就没法儿坐了！"直到二哥发出呼吁："快坐吧，菜都凉啦！"大家才恭敬不如从命地坐下。酒过三巡（谁也没有丝毫醉意），菜过两味（蚕豆与肉皮酱），"宴会"进入紧张阶段——热汤面上来了。大家似乎都忘了礼让，甚至连说话也忘了，屋中好一片吞面条的响声，排山倒海，虎啸龙吟。二哥的头上冒了汗："小六儿，照这个吃法，这点面兜不住啊！"小六儿急中生智："多兑点水！"二哥轻轻呸了一声："呸！面又不是酒，兑水不成了糨糊吗？快去！"二哥掏出钱来（这笔款，他并没向我母亲报账）："快去，到金四把那儿，能烙饼，烙五斤大饼；要是等的功夫太大，就拿些芝麻酱烧饼来，快！"（那时候的羊肉

---

①小力笨，指小伙计。

铺多数带卖烧饼、包子、并代客烙大饼。)

小六儿聪明：看出烙饼需要时间，就拿回一炉热烧饼和两屉羊肉白菜馅的包子来。风卷残云，顷刻之间包子与烧饼踪影全无。最后，轮到二哥与小六儿吃饭。可是，吃什么呢？二哥哈哈地笑了一阵，而后指示小六儿："你呀，小伙子，回家吃去吧！"我至今还弄不清小六儿是谁，可是每一想到我的洗三典礼，便觉得对不起他！至于二哥吃了没吃，我倒没怎么不放心，我深知他是有办法的人。

快到中午，天晴得更加美丽。蓝天上，这儿一条，那儿一块，飘着洁白光润的白云。西北风儿稍一用力，这些轻巧的白云便化为长长的纱带，越来越长，越薄，渐渐又变成一些似断似续的白烟，最后就不见了。小风儿吹来各种卖年货的呼声：卖供花[①]的、松柏枝的、年画的……一声尖锐，一声雄浑，忽远忽近，中间还夹杂着几声花炮响，和剃头师傅的"唤头"[②]声。全北京的人都预备过年，都在这晴光里活动着，买的买，卖的卖，着急的着急，寻死的寻死，也有乘着年前娶亲的，一路吹着唢呐，打着大鼓。只有我静静地躺在炕中间，垫着一些破棉花，不知道想些什么。

据说，冬日里我们的屋里八面透风，炕上冰凉，夜间连杯子里的残茶都会冻上。今天，有我在炕中间从容不迫地不知想些什么，屋中的形势起了很大的变化。屋里很暖，阳光射到炕上，照着我的小红脚丫儿。炕底下还生着一个小白铁炉子。里外的暖气合流，使

[①] 供花，供品上所插的纸制或绒制的花签，如福寿字、八仙人等等。
[②] 唤头，沿街理发者所持的吆喝工具，铁制，形如巨镊。

人们觉得身上，特别是手背与耳唇，都有些发痒。从窗上射进的阳光里面浮动着多少极小的，发亮的游尘，像千千万万无法捉住的小行星，在我的头上飞来飞去。

这时候，在那达官贵人的晴窗下，会晒着由福建运来的水仙。他们屋里的大铜炉或地炕发出的热力，会催开案上的绿梅与红梅。他们的摆着红木炕桌，与各种古玩的小炕上，会有翠绿的蝈蝈，在阳光里展翅轻鸣。他们的廊下挂着的鸣禽，会对着太阳展展双翅，唱起成套的歌儿来。他们的厨子与仆人会拿进来内蒙的黄羊、东北的锦鸡，预备做年菜。阳光射在锦鸡的羽毛上，发出五色的闪光。

我们是最喜爱花木的，可是我们买不起梅花与水仙。我们的院里只有两株歪歪拧拧的枣树，一株在影壁后，一株在南墙根。我们也爱小动物，可是养不起画眉与靛颏儿，更没有时间养过冬的绿蝈蝈。只有几只麻雀一会儿落在枣树上，一会儿飞到窗台上，向屋中看一看。这几只麻雀也许看出来：我不是等待着梅花与水仙吐蕊，也不是等待着蝈蝈与靛颏儿鸣叫，而是在一小片阳光里，等待着洗三，接受几位穷苦旗人们的祝福。

外间屋的小铁炉上正煎着给我洗三的槐枝艾叶水。浓厚的艾香与老太太们抽的兰花烟味儿混合在一处，香暖而微带辛辣，也似乎颇为吉祥。大家都盼望"姥姥"快来，好祝福我不久就成为一个不受饥寒的伟大人物。

姑母在屋里转了一圈儿，向炕上瞟了一眼，便与二哥等组织牌局，到她的屋中鏖战。她心中是在祝福我，还是诅咒我，没人知道。

正十二点，晴美的阳光与尖溜溜的小风把白姥姥和她的满腹吉祥话儿，送进我们的屋中。这是老白姥姥，五十多岁的一位矮白胖子。她的腰背笔直，干净利落，使人一见就相信，她一天接下十个八个男女娃娃必定胜任愉快。她相当地和蔼，可自有她的威严——我们这一带的二十来岁的男女青年都不敢跟她开个小玩笑，怕她提起：别忘了谁给你洗的三！她穿得很素静大方，只在俏美的缎子"帽条儿"后面斜插着一朵明艳的红绢石榴花。

前天来接生的是小白姥姥，老白姥姥的儿媳妇。小白姥姥也干净利落，只是经验还少一些。前天晚上出的岔子，据她自己解释，并不能怨她，而应归咎于我母亲的营养不良，身子虚弱。这，她自己可不便来对我母亲说，所以老白姥姥才亲自出马来给洗三。老白姥姥现在已是名人，她从哪家出来，人们便可断定又有一位几品的世袭罔替的官儿或高贵的千金降世。那么，以她的威望而肯来给我洗三，自然是含有道歉之意。这，谁都可以看出来，所以她就不必再说什么。我母亲呢，本想说两句，可是又一想，若是惹老白姥姥不高兴而少给老儿子说几句吉祥话，也大为不利。于是，母亲也就一声没出。

姑母正抓到一手好牌，传过话来：洗三典礼可以开始，不必等她。

母亲不敢依实照办。过了一会儿，打发二姐去请姑母，而二姐带回来的话是："我说不必等我，就不必等我！"典礼这才开始。

白姥姥在炕上盘腿坐好，宽沿的大铜盆（二哥带来的）里倒上了槐枝艾叶熬成的苦水，冒着热气。参加典礼的老太太们、媳妇们，都先"添盆"，把一些铜钱放入盆中，并说着吉祥话儿。几个花生，几个红、白鸡蛋，也随着"连生贵子"等祝词放入水中。这些钱与东西，在最后，都归"姥姥"拿走。虽然没有去数，我可是知道落水的铜钱并不很多。正因如此，我们才不能不感谢白姥姥的降格相从，亲自出马，同时也足证明小白姥姥惹的祸大概并不小。

边洗边说，白姥姥把说过不知多少遍的祝词又一句不减地说出来："先洗头，做王侯；后洗腰，一辈倒比一辈高；洗洗蛋，做知县；洗洗沟，做知州！"大家听了，更加佩服白姥姥——她明知盆内的铜钱不多，而仍把吉祥话说得完完全全，不偷工减料，实在不易多得！虽然我后来既没做知县，也没做知州，我可也不能不感谢她把我的全身都洗得干干净净，可能比知县、知州更干净一些。

洗完，白姥姥又用姜片艾团灸了我的脑门和身上的各重要关节。因此，我一直到年过花甲都没闹过关节炎。她还用一块新青布，沾了些清茶，用力擦我的牙床。我就在这时节哭了起来；误投误撞，这一哭原是大吉之兆！在老妈妈们的词典中，这叫做"响盆"。有无始终坚持不哭、放弃吉利的孩子，我就不知道了。最后，白姥姥拾起一根大葱打了我三下，口中念念有词："一打聪明，二打伶俐！"这到后来也应验了，我有时候的确和大葱一样聪明。

这棵葱应当由父亲扔到房上去。就在这紧要关头，我父亲回来了。屋中的活跃是无法形容的！他一进来，大家便一齐向他道喜。他不知请了多少安，说了多少声"道谢啦！"可是眼睛始终瞭着炕中间。我是经得起父亲的鉴定的，浑身一尘不染，满是槐枝与艾叶的苦味与香气，头发虽然不多不长，却也刚刚梳过。我的啼声也很雄壮。父亲很满意，于是把褡裢中两吊多钱也给了白姥姥。

父亲的高兴是不难想像的。母亲生过两个男娃娃，都没有养住，虽然第一个起名叫"黑妞"，还扎了耳朵眼，女贱男贵，贱者易活,可是他竟自没活许久。第二个是母亲,在除夕吃饺子的时候,到门外去叫:"黑小子、白小子,上炕吃饺子!"那么叫来的白小子。可是这么来历不凡的白小子也没有吃过多少回饺子便"回去"了,原因不明,而确系事实。后来,我每逢不好好地睡觉,母亲就给我讲怎么到门外叫黑小子、白小子的经过,我便赶紧蒙起头来,假装睡去,唯恐叫黑、白二小子看见!

父亲的模样,我说不上来,因为还没到我能记清楚他的模样的时候,他就逝世了。这是后话,不用在此多说。我只能说,他是个"面黄无须"的旗兵,因为在我八九岁时,我偶然发现了他出入皇城的那面腰牌,上面烫着"面黄无须"四个大字。

虽然大姐没有来,小六儿没吃上饭,和姑母既没给我"添盆",反倒赢了好几吊钱,都是美中不足,可是整个的看来,我的洗三典礼还算过得去,既没有人挑眼,也没有喝醉了吵架的——十分感谢二哥和他的"水酒"!假若一定问我,有什么值得写入历史的事情,我倒必须再提一提便宜坊的老王掌柜。他也来了,并且送给我们一对猪蹄子。

老王掌柜是胶东人,从八九岁就来京学习收拾猪蹄与填鸭子等技术。到我洗三的时候,他已在北京过了六十年,并且一步一步地由小力笨升为大徒弟,一直升到跑外的掌柜。他从庆祝了自己的三十而立的诞辰起,就想自己去开个小肉铺,独力经营,大展经纶。可是,他仔细观察,后起的小肉铺总是时开时闭,站不住脚。就连他的东家们也把便宜坊的雅座撤销,不再附带卖酒饭与烤鸭。他注意到,老主顾们,特别是旗人,越来买肉越少,而肉案子上切肉的技术不能不有所革新——须把生肉切得片儿大而极薄极薄,像纸那么薄,以便看起来块儿不小而分量很轻,因为买主儿多半是每次只买一二百钱的(北京是以十个大钱当作一吊的,一百钱实在是一个大钱)。

老王掌柜常常用他的胶东化的京腔,激愤而缠绵地说:钱都上哪儿气(去)了?上哪儿气了!

那年月,像王掌柜这样的人,还不敢乱穿衣裳。直到他庆贺花甲之喜的时节,他才买了件缎子面的二茬儿羊皮袍,可是每逢穿出来,上面还罩上浆洗之后像铁板那么硬的土蓝布大衫。他喜爱这种土蓝布。可是,一来二去,这种布几乎找不到了。他得穿那刷刷乱响的竹布。乍一穿起这有声有色的竹布衫,连家犬带野狗都一致汪汪地向他抗议。后来,全北京的老少男女都穿起这种洋布,而且差不多把竹布衫视为便礼服,家犬、野狗才也逐渐习惯下来,不再乱叫了。老王掌柜在提着钱口袋去要账的时候,留神观看,哼,大街上新开的铺子差不多都有个"洋"字,洋货店,洋烟店等等。就是那小杂货铺也有洋纸洋油出售,连向来带卖化妆品,而且自造鹅胰宫皂的古色古香的香烛店也陈列着洋粉、洋碱,与洋沤子①。甚至于串胡同收买破鞋烂纸的妇女们,原来吆喝"换大肥头子儿",也竟自改为"换洋取灯儿"②!

一听见"换洋取灯儿"的呼声,老王掌柜便用力敲击自己的火镰,燃起老关东烟。可是,这有什么用呢?洋缎、洋布、洋粉、洋取灯儿、洋钟、洋表、还有洋枪,像潮水一般地涌进来,绝对不是

---

①沤子,一种搽脸用的水粉化妆品。
②取灯儿,火柴。

他的火镰所能挡住的。他是商人，应当见钱眼开，可是他没法去开一座洋猪肉铺，既卖熏鸡酱肉，也卖洋油洋药！他是商人，应当为东家们赚钱。若是他自己开了买卖，便须为自己赚钱。可是，钱都随着那个"洋"字流到外洋去了！他怎么办呢？

"钱都上哪儿气了？"似乎已有了答案。他放弃了独力经营肉铺，大发财源的雄心，而越来越恨那个"洋"字。尽管他的布衫是用洋针、洋线、洋布做成的，无可抗拒，可是他并不甘心屈服。他公开地说，他恨那些洋玩意儿！及至他听到老家胶东闹了教案①，洋人与二洋人②骑住了乡亲们的脖子，他就不只恨洋玩意儿了。

在他刚一入京的时候，对于旗人的服装打扮，规矩礼节，以及说话的腔调，他都看不惯、听不惯，甚至有些反感。他也看不上他们的逢节按令挑着样儿吃，赊着也得吃的讲究与作风，更看不上他们的提笼架鸟，飘飘欲仙地摇来晃去的神气与姿态。可是，到了三十岁，他自己也玩上了百灵，而且和他们一交换养鸟的经验，就能谈半天儿，越谈越深刻，也越亲热。他们来到，他既要作揖，又要请安，结果是发明了一种半揖半安的，独具风格的敬礼。假若他们来买半斤肉，他却亲热地建议：拿只肥母鸡！看他们有点犹疑，他忙补充上：拿吧！先记上账！

赶到他有个头疼脑热，不要说提笼架鸟的男人们来看他，给

---

①教案，指十九世纪末，在外国资本主义势力侵入我国内地的情势下，我国人民掀起的反对外国教会侵略的斗争。此处是指一八九九年山东人民反对教会、教民的斗争。

②二洋人，又叫"二毛子"，是对入了"洋教"而又仗势欺人的民族败类的蔑称。

他送来清瘟解毒丸，连女人们也派孩子来慰问。他不再是"小山东儿"，而是王掌柜，王大哥，王叔叔。他渐渐忘了他们是旗人，变成他们的朋友。虽然在三节①要账的时候，他还是不大好对付，可是遇到谁家娶亲，或谁家办满月，他只要听到消息，便拿着点东西来致贺。"公是公，私是私"，他对大家交代清楚。他似乎觉得：清朝皇上对汉人如何是另一回事，大家伙儿既谁也离不开谁，便无妨做朋友。于是，他不但随便去串门儿，跟大家谈心，而且有权拉男女小孩的"骆驼"。在谈心的时候，旗兵们告诉了他，上边怎样克扣军饷，吃空头钱粮，营私舞弊，贪污卖缺。他也说出汉人们所受的委屈，和对洋布与洋人的厌恶。彼此了解了，也就更亲热了。

拿着一对猪蹄子，他来庆祝我的洗三。二哥无论怎么让他，他也不肯进来，理由是："年底下了，柜上忙！"二哥听到"年底下"，不由得说出来："今年家家钱紧，您……"王掌柜叹了口气："钱紧也得要账，公是公，私是私！"说罢，他便匆忙地走开。大概是因为他的身上有酱肉味儿吧，我们的大黄狗一直乖乖地把他送到便宜坊门外。

五

是的，我一辈子忘不了那件事。并不因为他是掌柜的，也不因

---

①三节，五月初五的端阳节、八月十五的中秋节和大年三十的除夕，当此三节，债主子们多来讨账。

为他送来一对猪蹄子。因为呀,他是汉人。不错,在那年月,某些有房产的汉人宁可叫房子空着,也不肯租给满人和回民。可是,来京做生意的山东人、山西人,和一般的卖苦力吃饭的汉人,都和我们穷旗兵们谁也离不开谁,穿堂过户。某些有钱有势的满人也还看不起汉人与回民,因而对我们这样与汉人、回民来来往往也不大以为然。不管怎样吧,他们是他们,我们是我们,谁也挡不住人民互相友好。

过了我的三天,就该过年。姑母很不高兴。她要买许多东西,而母亲在月子里,不能替她去买。幸而父亲在家,她不好意思翻脸,可是眉毛拧得很紧,腮上也时时抽动那么一下。二姐注意到:火山即快爆发。她赶快去和父亲商量。父亲决定:把她调拨给姑母,做采购专员。二姐明知这是最不好当的差事,可是无法推却。

"半斤高醋,到山西铺子去打;别心疼鞋;别到小油盐店去!听见没有?"姑母数了半天,才狠心地把钱交给小力笨兼专员。

醋刚打回来,二姐还没站稳。"还得去打香油,要小磨香油,懂吧?"姑母又颁布了旨意。

是的,姑母不喜欢一下子交出几吊钱来,一次买几样东西。她总觉得一样一样地买,每次出钱不多,便很上算。二姐是有耐心的。姑母怎么支使,她怎么办。她一点不怕麻烦,只是十分可怜她的鞋。赶到非买贵一些的东西不可了,姑母便亲自出马。她不愿把许多钱交给二姐,同时也不愿二姐知道她买那么贵的东西。她乘院里没人的时候,像偷偷溜走的小鱼似的溜出去。到街上,她看见什么都想买,而又都嫌太贵。在人群里,她挤来挤去,看看这,看看那,非常冷静,以免上当。结果,绕了两三个钟头,她什么也没买回来。直到除夕了，非买东西不可了，她才带着二姐一同出征。二姐提着筐子，筐子里放着各种小瓶小罐。这回，姑母不再冷静，在一个摊子上就买好几样东西，而且买得并不便宜。但是，她最忌讳人家说她的东西买贵了。所以二姐向母亲汇报的时候，总是把嘴放在母亲的耳朵上，而且用手把嘴遮得严严的才敢发声。

我们的新年过得很简单。母亲还不能下地，二姐被调去做专员，一切都须由父亲操持。父亲虽是旗兵，可是已经失去二百年前的叱咤风云的气势。假若给他机会，他也会像正翁那样玩玩靛颏儿，坐坐茶馆，赊两只烧鸡，哼几句二黄或牌子曲。可是，他没有机会戴上顶子与花翎。北城外的二三十亩地早已被前人卖掉，只剩下一亩多，排列着几个坟头儿。旗下分给的住房，也早被他的先人先典后卖，换了烧鸭子吃。据说，我的曾祖母跟着一位满族大员到过云南等遥远的地方。那位大员得到多少元宝，已无可考查。我的曾祖母的任务大概是搀扶着大员的夫人上轿下轿，并给夫人装烟倒茶。在我们家里，对曾祖母的这些任务都不大提起，而只记得我们的房子是她购置的。

是的，父亲的唯一的无忧无虑的事就是每月不必交房租，虽然在六七月下大雨的时候，他还不能不着点急——院墙都是碎砖头儿砌成的，一遇大雨便塌倒几处。他没有嗜好，既不抽烟，也不赌钱，只在过节的时候喝一两杯酒，还没有放下酒杯，他便面若重枣。他最爱花草，每到夏季必以极低的价钱买几棵姥姥不疼、舅舅不爱的五色梅。至于洋麻绳菜与草茉莉等等，则年年自生自长，甚至不用浇水，也到时候就开花。到上班的时候，他便去上班。下了班，他照直地回家。回到家中，他识字不多，所以不去读书；家中只藏着一张画匠画的《王羲之爱鹅》,也并不随时观赏,因为每到除夕才找出来挂在墙上,到了正月十九就摘下来①。他只出来进去,劈柴,看看五色梅,或刷一刷米缸。有人跟他说话,他很和气,低声地回答两句。没人问他什么,他便老含笑不语,整天无话可说。对人,他颇有礼貌。但在街上走的时候,他总是目不斜视,非到友人们招呼他,他不会赶上前去请安。每当母亲叫他去看看亲友,他便欣然前往。没有多大一会儿,他便打道回府。"哟!怎这么快就回来了?"我母亲问。父亲便笑那么一下,然后用布掸子啪啪地掸去鞋上的尘土。一辈子,他没和任何人打过架,吵过嘴。他比谁都更老实。可是,谁也不大欺负他,他是带着腰牌的旗兵啊。

在我十来岁的时候,我总爱刨根问底地问母亲:父亲是什么样子?母亲若是高兴,便把父亲的那些特点告诉给我。我总觉得父亲是个很奇怪的旗兵。

父亲把打过我三下的那棵葱扔到房上去,非常高兴。从这时候起,一直到他把《王羲之爱鹅》找出来,挂上,他不但老笑着,而且也先开口对大伙儿说话。他几乎是见人便问:这小子该叫什么呢?

研究了再研究,直到除夕给祖先焚化纸钱的时候,才决定了我的官名叫常顺,小名叫秃子,暂缺"台甫"。

在这之外,父亲并没有去买什么年货,主要的原因是没有钱。

---

① 正月十九摘画,北京旧俗,正月十八日"开市",工人上工,商店开业,学生念书,官兵执差如常。新年期间的一应节日陈设,都应在十九日以前撤去。又,正月十九为"燕九节",灯节通常要到这个时候才收灯。所以,挂了近二十天的画《王羲之爱鹅》也要摘下来。

他可是没有忽略了神佛，不但请了财神与灶王的纸像，而且请了高香、大小红烛，和五碗还没有烙熟的月饼。他也煮了些年饭，用特制的小饭缸盛好，上面摆上几颗红枣，并覆上一块柿饼儿，插上一枝松枝，枝上还悬着几个小金纸元宝，看起来颇有新年气象。他简单地说出心中的喜悦："咱们吃什么不吃什么的都不要紧，可不能委屈了神佛！神佛赏给了我一个老儿子呀！"

除夕，母亲和我很早地就昏昏睡去，似乎对过年不大感兴趣。二姐帮着姑母做年菜，姑母一边工作，一边叨唠，主要是对我不满。"早不来，晚不来，偏偏在过年的时候来捣乱，贼秃子！"每逢她骂到满宫满调的时候，父亲便过来，笑着问问："姐姐，我帮帮您吧！"

"你？"姑母打量着他，好像向来不曾相识似的。"你不想想就说话！你想想，你会干什么？"

父亲含笑想了想，而后像与佐领或参领告辞那样，倒退着走出来。

街上，祭神的花炮逐渐多起来。胡同里，每家都在剁饺子馅儿，响成一片。赶到花炮与剁饺子馅的声响汇合起来，就有如万马奔腾，狂潮怒吼。在这一片响声之上，忽然这里，忽然那里，以压倒一切的声势，讨债的人敲着门环，啪啪啪啪，像一下子就连门带门环一齐敲碎，惊心动魄，人人肉跳心惊，连最顽强的大狗也颤抖不已，不敢轻易出声。这种声音引起多少低卑的央求，或你死我活的吵闹，夹杂着妇女与孩子们的哭叫。一些既要脸面，又无办法的男人们，为躲避这种声音，便在这诸神下界、祥云缭绕的夜晚，偷偷地去到城根或城外，默默地结束了这一生。

父亲独自包着素馅的饺子。他相当紧张。除夕要包素馅饺子是我家的传统，既为供佛，也省猪肉。供佛的作品必须精巧，要个儿娇小，而且在边缘上捏出花儿来，美观而结实——把饺子煮破了是不吉祥的。他越紧张，饺子越不听话，有的形似小船，有的像小老鼠，有的不管多么用力也还张着嘴。

除了技术不高，这恐怕也与"心不在焉"有点关系。他心中惦念着大女儿。他虽自己也是寅吃卯粮，可是的确知道这个事实，因而不敢不算计每一个钱的用途，免得在三节叫债主子敲碎门环子。而正翁夫妇与多甫呢，却以为赊到如白捡，绝对不考虑怎么还债。若是有人愿意把北海的白塔赊给他们，他们也毫不迟疑地接受。他想不明白，他们有什么妙策闯过年关，也就极不放心自己的大女儿。

母亲被邻近的一阵敲门巨响惊醒。她并没有睡实在了，心中也七上八下地惦记着大女儿。可是，她打不起精神来和父亲谈论此事，只说了声：你也睡吧！

除夕守岁，彻夜不眠，是多少辈子所必遵守的老规矩。父亲对母亲的建议感到惊异。他嗯了一声，照旧包饺子，并且找了个小钱，擦干净，放在一个饺子里，以便测验谁的运气好——得到这个饺子的，若不误把小钱吞下去，便会终年顺利！他决定要守岁，叫油灯、小铁炉、佛前的香火，都通宵不断。他有了老儿子，有了指望，必须叫灯火都旺旺的，气象峥嵘，吉祥如意！他还去把大绿瓦盆搬进来，以便储存脏水，过了"破五"①再往外倒。在又包了一个像老鼠的饺子之后，他拿起皇历，看清楚财神、喜神的方位，以便

---

①破五，正月初五。旧俗，破五之内不得以生米为炊，妇女不得出门。至初六，方可互相道贺。

明天清早出了屋门便面对着他们走。他又高兴起来，以为只要自己省吃俭用，再加上神佛的保佑，就必定会一顺百顺，四季平安！

夜半，街上的花炮更多起来，铺户开始祭神。父亲又笑了。他不大晓得云南是在东边，还是在北边，更不知道英国是紧邻着美国呢，还是离云南不远。只要听到北京有花炮咚咚地响着，他便觉得天下太平，皆大欢喜。

二姐噘着嘴进来，手上捧着两块重阳花糕，泪在眼圈儿里。她并不恼帮了姑母这么好几天，连点压岁钱也没得到。可是，接到两块由重阳放到除夕的古老的花糕，她冒了火！她刚要往地上扔，就被父亲拦住。"那不好，二妞！"父亲接过来那两块古色古香的点心，放在桌上。"二妞，别哭，别哭！那不吉祥！"二姐忍住了泪。

父亲掏出几百钱来，交给二姐："等小李过来，买点糖豆什么的，当作杂拌吧！"他知道小李今夜必定卖到天发亮，许多买不起正规杂拌儿的孩子都在等着他。

不大会儿，小李果然过来了。二姐刚要往外走，姑母开开了屋门："二妞，刚才，刚才我给你的……喂了狗吧！来，过来！"她塞到二姐手中一张新红钱票，然后哺地一声关上了门。二姐出去，买了些糖豆大酸枣儿，和两串冰糖葫芦。回来，先问姑母："姑姑，您不吃一串葫芦吗？白海棠的！"姑母回答了声："睡觉喽！明年见！"

父亲看出来，若是叫姑母这么结束了今年，大概明年的一开头准会顺利不了。他赶紧走过去，在门外吞吞吐吐地问："姐姐！不跟我、二姐，玩会儿牌吗？"

"你们存多少钱哪？"姑母问。

"赌铁蚕豆的!"

姑母哈哈地笑起来,笑完了一阵,"叱"地一声,吹灭了灯!

父亲回来,低声地说:"我把她招笑了,大概明天不至于闹翻了天啦!"

父女二人一边儿吃着糖豆儿,一边儿闲谈。

"大年初六,得接大姐回来。"二姐说。

"对!"

"给她什么吃呢?公公婆婆挑着样儿吃,大姐可什么也吃不着!"

父亲没出声。他真愿意给大女儿弄些好吃的,可是……"小弟弟满月,又得……"二姐也不愿往下说了。

父亲本想既节约又快乐地度过除夕,可是无论怎样也快乐不起来了。他不敢怀疑大清朝的一统江山能否亿万斯年。可是,即使大清皇帝能够永远稳坐金銮宝殿,他的儿子能够补上缺,也当上旗兵,又怎么样呢?生儿子是最大的喜事,可是也会变成最发愁的事!

"小弟弟长大了啊,"二姐口中含着个铁蚕豆,想说几句漂亮的话,叫父亲高兴起来。"至少也得来个骁骑校,五品顶戴,跟大姐夫一样!"

"那又怎么样呢?"父亲并没高兴起来。

"要不,就叫他念多多的书,去赶考,中个进士!"

"谁供给得起呢?"父亲脸上一点笑容也没有了。"干脆,叫他去学手艺!跟福海二哥似的!"二姐自己也纳闷,今天晚上为什么想起这么多主意,或者是糖豆与铁蚕豆发生了什么作用。

"咱们旗人,但分①能够不学手艺,就不学!"父女一直谈到早晨三点,始终没给小弟弟想出出路来。二姐把糖葫芦吃罢,一歪,便睡着了。父亲把一副缺了一张"虎头"的骨牌②找出来,独自给老儿子算命。初一,头一个来拜年的自然是福海二哥。他刚刚磕完头,父亲就提出给我办满月的困难。二哥出了个不轻易出的主意:"您拜年去的时候,就手儿辞一辞吧!"

父亲坐在炕沿上,捧着一杯茶,好大半天说不出话来。他知道,二哥出的是好主意。可是,那么办实在对不起老儿子!一个增光耀祖的儿子,怎可以没办过满月呢?

"您看,就是挨家挨户去辞,也总还有拦不住的。咱们旗人喜欢这一套!"二哥笑了笑。"不过,那可就好办了。反正咱们先说了不办满月,那么,非来不可的就没话可说了;咱们清茶恭候,他们也挑不了眼!"

"那也不能清茶恭候!"父亲皱着眉头儿说。

"就是说!好歹地弄点东西吃吃,他们不能挑剔,咱们也总算给小弟弟办了满月!"

父亲连连点头,脸上有了笑容:"对!对!老二,你说的对!"倒仿佛好歹地弄点东西吃吃,就不用花一个钱似的。"二姐,拿套裤!老二,走!我也拜年去!"

"您忙什么呀?"

"早点告诉了亲友,心里踏实!"

---

①但分,只要。极甚之辞。
②虎头,骨牌中的一张,十一点,排列状如虎头。

二姐找出父亲的那条枣红缎子套裤。套裤比二姐大着两岁，可并不显着太旧，因为只在拜年与贺喜时才穿用。初六，大姐回来了，我们并没有给她到便宜坊叫个什锦火锅或苏式盒子。母亲的眼睛总跟着大姐，仿佛既看不够她，又对不起她。大姐说出心腹话来："奶奶，别老看着我，我不争吃什么！只要能够好好地睡睡觉，歇歇我的腿，我就念佛！"说的时候，她的嘴唇有点颤动，可不敢落泪，她不愿为倾泻自己的委屈而在娘家哭哭啼啼，冲散新春的吉祥气儿。到初九，她便回了婆家。走到一阵风刮来的时候，才落了两点泪，好归罪于沙土迷了她的眼睛。

姑母从初六起就到各处去玩牌，并且颇为顺利，赢了好几次。因此，我们的新年在物质上虽然贫乏，可是精神上颇为焕发。在元宵节晚上，她居然主动地带着二姐去看灯，并且到后门①西边的城隍庙观赏五官往外冒火的火判儿。她这几天似乎颇重视二姐，大概是因为二姐在除夕没有拒绝两块古老花糕的赏赐。那可能是一种试探，看看二姐到底是否真老实，真听话。假若二姐拒绝了，那便是表示不承认姑母在这个院子里的霸权，一定会受到惩罚。

我们屋里，连汤圆也没买一个。我们必须节约，好在我满月的那天招待拦而拦不住的亲友。

到了那天，果然来了几位贺喜的人。头一位是多甫大姐夫。他的脸瘦了一些，因为从初一到十九，他忙得几乎没法儿形容。他逛遍所有的庙会。在初二，他到财神庙借了元宝，并且确信自己十分虔诚，今年必能发点财。在白云观，他用铜钱打了桥洞里坐着的

---

①后门，即地安门。元宵节张灯，旧时以东四牌楼和地安门为最盛。

老道，并且用小棍儿敲了敲放生的老猪的脊背，看它会叫唤不会。在厂甸，他买了风筝与大串的山里红。在大钟寺，他喝了豆汁，还参加了没白没票的抓彩，得回手指甲大小的一块芝麻糖。各庙会中的练把式的、说相声的、唱竹板书的、变戏法儿的……都得到他的赏钱，被艺人们称为财神爷。只在白云观外的跑马场上，他没有一显身手，因为他既没有骏马，即使有骏马他也不会骑。他可是在入城之际，雇了一匹大黑驴，项挂铜铃，跑得相当快，博得游人的喝彩。他非常得意，乃至一失神，黑驴落荒而逃，把他留在沙土窝儿里。在十四、十五、十六，他连着三晚上去看东单西四鼓楼前的纱灯、牛角灯、冰灯、麦芽龙灯；并赶到内务府大臣的门外，去欣赏燃放花盒，把洋绉马褂上烧了个窟窿。

他来贺喜，主要的是为向一切人等汇报游玩的心得，传播知识。他跟我母亲、二姐讲说，她们都搭不上茬儿。所以，他只好过来启发我：小弟弟，快快地长大，我带你玩去！咱们旗人，别的不行，要讲吃喝玩乐，你记住吧，天下第一！

父亲几次要问多甫，怎么闯过了年关，可是话到嘴边上又咽回去。一来二去，倒由多甫自己说出来：把房契押了出去，所以过了个肥年。父亲听了，不住地皱眉。在父亲和一般的老成持重的旗人们看来，自己必须住着自己的房子，才能根深蒂固，永远住在北京。因做官而发了点财的人呢，"吃瓦片"①是最稳当可靠的。以正翁与多甫的收入来说，若是能够勤俭持家，早就应该有了几处小房，月月取租钱。可是，他们把房契押了出去！多甫看父亲皱眉，

---

①吃瓦片，指以收取房租为生的人。

不能不稍加解释：您放心，没错儿，押出去房契，可不就是卖房！俸银一下来，就把它拿回来！

"那好！好！"父亲口中这么说，心中可十分怀疑他们能否再看到自己的房契。

多甫见话不投机，而且看出并没有吃一顿酒席的希望，就三晃两晃不见了。

大舅妈又犯喘，福海二哥去上班，只有大舅来坐了一会儿。大家十分恳切地留他吃饭，他坚决不肯。可是，他来贺喜到底发生了点作用。姑母看到这样清锅冷灶，早想发脾气，可是大舅以参领的身份，到她屋中拜访，她又有了笑容。大舅走后，她质问父亲：为什么不早对我说呢？三两五两银子，我还拿得出来！这么冷冷清清的，不大像话呀！父亲只搭讪着嘻嘻了一阵，心里说：好家伙，用你的银子办满月，我的老儿子会叫你给骂化了！

这一年，春天来的较早。在我满月的前几天，北京已经刮过两三次大风。是的，北京的春风似乎不是把春天送来，而是狂暴地要把春天吹跑。在那年月，人们只知道砍树，不晓得栽树，慢慢的山成了秃山，地成了光地。从前，就连我们的小小的坟地上也有三五株柏树，可是到我父亲这一辈，这已经变为传说了。北边的秃山挡不住来自塞外的狂风，北京的城墙，虽然那么坚厚，也挡不住它。寒风，卷着黄沙，鬼哭神号地吹来，天昏地昏，日月无光。青天变成黄天，降落着黄沙。地上，含有马尿驴粪的黑土与鸡毛蒜皮一齐得意地飞向天空。半空中，黑黄上下，渐渐混合，结成一片深灰的沙雾，遮住阳光。太阳所在的地方，黄中透出红来，像凝固了的血块。

风来了，铺户外的冲天牌楼唧唧吱吱地乱响，布幌子吹碎，带来不知多少里外的马嘶牛鸣。大树把梢头低得不能再低，干枝子与干槐豆纷纷降落，树杈上的鸦巢七零八散。甬路与便道上所有的灰土似乎都飞起来，对面不见人。不能不出门的人们，像鱼在惊涛骇浪中挣扎，顺着风走的身不自主地向前飞奔；逆着风走的两腿向前，而身子后退。他们的身上、脸上落满了黑土，像刚由地下钻出来；发红的眼睛不断流出泪来，给鼻子两旁冲出两条小泥沟。

那在屋中的苦人们，觉得山墙在摇动，屋瓦被揭开，不知哪一会儿就连房带人一齐被刮到什么地方去。风从四面八方吹进来，把一点点暖气都排挤出去，水缸里白天就冻了冰。桌上、炕上，落满了腥臭的灰土，连正在熬开了的豆汁，也中间翻着白浪，而锅边上是黑黑的一圈。

一会儿，风从高空呼啸而去；一会儿，又擦着地皮袭来，击撞着院墙，呼隆呼隆地乱响，把院中的破纸与干草叶儿刮得不知上哪里去才好。一阵风过去，大家一齐吐一口气，心由高处落回原位。可是，风又来了，使人感到眩晕。天、地，连皇城的红墙与金銮宝殿似乎都在颤抖。太阳失去光彩，北京变成任凭飞沙走石横行无忌的场所。狂风和日落，大家都盼着那不像样子的太阳及早落下去。傍晚，果然静寂下来。大树的枝条又都直起来，虽然还时时轻摆，可显着轻松高兴。院里比刚刚扫过还更干净，破纸什么的都不知去向，只偶然有那么一两片藏在墙角里。窗棂上堆着些小小的坟头儿，土极干极细。窗台上这里厚些，那里薄些，堆着一片片的浅黄色细土，像沙滩在水退之后，留下水溜的痕迹。大家心中安定了一些，都盼望明天没有一点儿风。可是，谁知道准怎么样呢！那时候，没有天气预报啊。

　　要不怎么说，我的福气不小呢！我满月的那一天，不但没有风，而且青天上来了北归较早的大雁。虽然是不多的几只，可是清亮的鸣声使大家都跑到院中，抬着头指指点点，并且念叨着："七九河开，八九雁来"，都很兴奋。大家也附带着发现，台阶的砖缝里露出一小丛嫩绿的香蒿叶儿来。二姐马上要脱去大棉袄，被母亲喝止住："不许脱！春捂秋冻！"

　　正在这时候，来了一辆咯噔咯噔响的轿车，在我们的门外停住。紧跟着，一阵比雁声更清亮的笑声，由门外一直进到院中。大家都吃了一惊！

六

　　随着笑声，一段彩虹光芒四射，向前移动。朱红的帽结子发着光，青缎小帽发着光，帽沿上的一颗大珍珠发着光，二蓝团龙缎面的灰鼠袍子发着光，米色缎子坎肩发着光，雪青的褡包在身后放着光，粉底官靴发着光。众人把彩虹挡住，请安的请安，问候的问候，这才看清一张眉清目秀的圆胖洁白的脸，与漆黑含笑的一双眼珠，也都发着光。听不清他说了什么，虽然他的嗓音很清亮。他的话每每被他的哈哈哈与啊啊啊扰乱；雪白的牙齿一闪一闪地发着光。

　　光彩进了屋，走到炕前，照到我的脸上。哈哈哈，好！好！他不肯坐下，也不肯喝一口茶，白胖细润的手从怀中随便摸出一张二两的银票,放在我的身旁。他的大拇指戴着个翡翠扳指①,发出柔和温润的光泽。好!好啊!哈哈哈!随着笑声,那一身光彩往外移动。不送,不送,都不送!哈哈哈!笑着,他到了街门口。笑着,他跨上车沿。鞭子轻响,车轮转动,咯噔咯噔……笑声渐远,车出了胡同,车后留下一些飞尘。

姑母急忙跑回来,立在炕前,呆呆地看着那张银票,似乎有点不大相信自己的眼睛。大家全回来了,她出了声:"定大爷,定大爷!他怎么会来了呢?他由哪儿听说的呢?"大家都要说点什么,可都想不起说什么才好。我们的胡同里没来过那样体面的轿车。我们从来没有接过二两银子的"喜敬"——那时候,二两银子可以吃一桌高级的酒席!父亲很后悔:"你看,我今年怎么会忘了给他去拜年呢?怎么呢?"

"你没拜年去,他听谁说的呢?"姑母还问那个老问题。"你放心吧,"母亲安慰父亲,"他既来了,就一定没挑了眼!定大爷是肚子里撑得开船的人!"

"他到底听谁说的呢?"姑母又追问一次。

没人能够回答姑母的问题,她就默默地回到自己屋中,心中既有点佩服我,又有点妒意。无可如何地点起兰花烟,她不住地骂贼秃子。

我的曾祖母不是跟过一位满族大员,到云南等处。他的官印②是定禄。他有好几个号:子丰、裕斋、富臣、少甫,有时候还自称霜

---

①扳指,套在右手拇指上的象牙或晶玉的装饰品,原为射箭钩弓时的用具。
②官印,原指官府所用之印,后以敬称人的大名。

清老人，虽然他刚过二十岁。刚满六岁，就有三位名儒教导他，一位教满文，一位讲经史，一位教汉文诗赋。先不提宅院有多么大，光说书房就有带廊子的六大间。书房外有一座精致的小假山，霜清老人高了兴便到山巅拿个大顶。山前有牡丹池与芍药池，每到春天便长起香蒿子与兔儿草，颇为茂盛；牡丹与芍药都早被"老人"揪出来，看看离开土还能开花与否。书房东头的粉壁前，种着一片翠竹，西头儿有一株紫荆。竹与紫荆还都活着。好几位满族大员的子弟，和两三位汉族富家子弟，都来此附学。他们有的中了秀才，有的得到差事，只有霜清老人才学出众，能够唱整出的《当锏卖马》①，文武双全。他是有才华的。他喜欢写字，高兴便叫书童研一大海碗墨，供他写三尺大的福字与寿字，赏给他的同学们；若不高兴，他就半年也不动一次笔，所以他的字写得很有力量，只是偶然地缺少两笔，或多了一撇。他也很爱吟诗。灵感一来，他便写出一句，命令同学们补足其余。他没学会满文，也没学好汉文，可是自信只要一使劲，马上就都学会，于是暂且不忙着使劲。他也偶然地记住一二古文中的名句，如"落霞与孤鹜齐飞，秋水共长天一色"之类，随时引用，出口成章。兴之所至，他对什么学术、学说都感兴趣，对什么三教九流的人物都乐意交往。他自居为新式的旗人，既有文化，又宽宏大量。他甚至同情康、梁的维新的主张与办法。他的心地良善，只要有人肯叫"大爷"，他就肯赏银子。

他不知道他父亲比祖父更阔了一些，还是差了一些。他不知道他们给他留下多少财产。每月的收支，他只听管事的一句话。他不

---

① 《当锏卖马》，一出极为流行的京剧，演唱《隋唐演义》中秦叔宝的故事。

屑于问一切东西的价值，只要他爱，花多少钱也肯买。自幼儿，他就拿金银锞子与玛瑙翡翠做玩具，所以不知道它们是贵重物品。因此，不少和尚与道士都说他有仙根，海阔天空，悠然自得。他一看到别人为生活发愁着急，便以为必是心田狭隘，不善解脱。

他似乎记得，又似乎不大记得，他的祖辈有什么好处，有什么缺点，和怎么拾来那些元宝。他只觉得生下来便被绸缎裹着，男女仆伺候着，完全因为他的福大量大造化大。他不能不承认自己是满人，可并不过度地以此自豪，他有时候编出一些刻薄的笑话，讥诮旗人。他渺茫地感到自己是一种史无前例的特种人物，既记得几个满洲字，又会作一两句汉文诗，而且一使劲便可以成圣成佛。他没有能够取得功名，似乎也无意花钱去捐个什么官衔，他愿意无牵无挂，像行云流水那么闲适而又忙碌。

他与我们的关系是颇有趣的。虽然我的曾祖母在他家帮过忙，我们可并不是他的家奴①。他的祖父、父亲，与我的祖父、父亲，总是那么似断似续地有点关系，又没有多大关系。一直到他当了家，这种关系还没有断绝。我们去看他，他也许接见，也许不接见，那全凭他的高兴与否。他若是一时心血来潮呢，也许来看看我们。这次他来贺喜，后来我们才探听到，原来是因为他自己得了个女娃娃，也是腊月生的，比我早一天。他非常高兴，觉得世界上只有他们夫妇才会生个女娃娃，别人不会有此本领与福气。大概是便宜坊的老王掌柜，在给定宅送账单去，走漏了消息：在祭灶那天，那个时辰，一位文曲星或扫帚星降生在一个穷旗兵家里。

———————
①家奴，又称包衣，指在藩邸勋门永世为奴的人。

是的，老王掌柜和定宅的管事的颇有交情。每逢定大爷想吃熏鸡或烤鸭，管事的总是照顾王掌柜，而王掌柜总是送去两只或三只，便在账上记下四只或六只。到年节要账的时候，即使按照三只或四只还账，王掌柜与管事的也得些好处。老王掌柜有时候受良心的谴责，认为自己颇欠诚实，可是管事的告诉他：你想想吧，若是一节只欠你一两银子，我怎么向大爷报账呢？大爷会说：怎么，凭我的身份就欠他一两？没有的事！不还！告诉你，老掌柜，至少开十两，才像个样子！受了这点教育之后，老掌柜才不再受良心的谴责，而安心地开花账了。定大爷看见了我，而且记住了我。是的，当我已经满了七岁，而还没有人想起我该入学读书，就多亏他又心血来潮，忽然来到我家。哈哈了几声，啊啊了几声，他把我扯到一家改良私塾里去，叫我给孔夫子与老师磕头。他替我交了第一次的学费。第二天，他派人送来一管"文章一品"，一块"君子之风"，三本小书，①和一丈蓝布——摸不清是做书包用的呢，还是叫我做一身裤褂。

不管姑母和别人怎样重视定大爷的光临，我总觉得金四把叔叔来贺喜更有意义。

在北京，或者还有别处，受满族统治者压迫最深的是回民。以金四叔叔的身体来说，据我看，他应当起码做个武状元。他真有功夫：近距离摔跤，中距离拳打，远距离脚踢，真的，十个八个壮小伙子甭想靠近他的身子。他又多么体面，多么干净，多么利落！他

---

①文章一品，毛笔；君子之风，墨；三本小书，《三字经》、《百家姓》、《千字文》，均为儿童启蒙读物。

的黄净子脸上没有多余的肉,而处处发着光;每逢阴天,我就爱多看看他的脸。他干净,不要说他的衣服,就连他切肉的案子都刷洗得露出木头的花纹来。到我会去买东西的时候,我总喜欢到他那里买羊肉或烧饼,他那里是那么清爽,以至使我相信假若北京都属他管,就不至于无风三尺土了。他利落,无论干什么都轻巧干脆;是呀,只要遇上他,我必要求他"举高高"。他双手托住我的两腋,叫声"起",我便一步登天,升到半空中。体验过这种使我狂喜的活动以后,别人即使津贴我几个铁蚕豆,我也不同意"举高高"!

我就不能明白:为什么皇上们那么和回民过不去!是呀,在北京的回民们只能卖卖羊肉,烙烧饼,做小买卖,至多不过是开个小清真饭馆。我问过金四叔:"四叔,您干吗不去当武状元呢?"四叔的极黑极亮的眼珠转了几下,拍拍我的头,才说:"也许,也许有那么一天,我会当上武状元!秃子,你看,我现在不是吃着一份钱粮吗?"

这个回答,我不大明白。跟母亲仔细研究,也久久不能得到结论。母亲说:"是呀,咱们给他请安,他也还个安,不是跟咱一样吗?可为什么……"

我也跟福海二哥研究过,二哥也很佩服金四叔,并且说:"恐怕是因为隔着教①吧?可是,清真古教是古教啊,跟儒、释、道一样的好啊!"

那时候,我既不懂儒、释、道都是怎么一回事,也就不懂二哥的话意。看样子,二哥反正不反对跟金四叔交朋友。

----
①隔着教,又叫"截着教",俗称与"汉教"不同之"回教"。

在我满月的那天,已经快到下午五点钟了,大家已经把关于定大爷的历史与特点说得没有什么可补充的了,金四叔来到。大家并没有大吃一惊,像定大爷来到时那样。假若大家觉得定大爷是自天而降,对金四把的来到却感到理当如此,非常亲切。是的,他的口中除了有时候用几个回民特有名词,几乎跟我们的话完全一样。我们特有的名词,如牛录、甲喇、格格①……他不但全懂,而且运用得极为正确。一些我们已满、汉兼用的,如"牛录"也叫作"佐领",他却偏说满语。因此,大家对他的吃上一份钱粮,都不怎么觉得奇怪。我们当然不便当面提及此事,可是他倒有时候自动地说出来,觉得很可笑,而且也必爽朗地笑那么一阵。他送了两吊钱,并祝我长命百岁。大家让座的让座,递茶的递茶。可是,他不肯喝我们的茶。他严守教规,这就使我们更尊敬他,都觉得:尽管他吃上一份钱粮,他可还是个真正的好回回。是的,当彼此不相往来的时候,不同的规矩与习惯使彼此互相歧视。及至彼此成为朋友,严守规矩反倒受到对方的称赞。我母亲甚至建议:"四叔,我把那个有把儿的茶杯给你留起来,专为你用,不许别人动,你大概就会喝我们的茶了吧?"四叔也回答得好:"不!赶明儿我自己拿个碗来,存在这儿!"四叔的嗓子很好,会唱几句《三娘教子》②。虽然不能上胡琴,可是大家都替他可惜:"凭这条嗓子,要是请位名师教一教,准成个大名角儿!"可是,他拜不着名师。于是只好在走

---

①格格,对清代皇族女儿的称呼。如亲王女儿称"和硕格格",贝勒女儿称"多罗格格"。

②《三娘教子》,传统戏剧,演王春娥教子的故事。

在城根儿的时候，痛痛快快地喊几句。

今天，为是热闹热闹，大家恳请他消遣一段儿。"嗐！我就会那么几句！"金四叔笑着说。可是，还没等再让，他已经唱出"小东人"①来了。

那时候，我还不会听戏，更不会评论，无法说出金四把到底唱得怎样。可是，我至今还觉得怪得意的：我的满月吉日是受过回族朋友的庆祝的。

七

在满洲饽饽里，往往有奶油，我的先人们也许是喜欢吃牛奶、马奶，以及奶油、奶酪的。可是，到后来，在北京住过几代了，这个吃奶的习惯渐渐消失。到了我这一代，我只记得大家以杏仁茶、面茶等做早点，就连喝得起牛奶的，如大舅与大姐的公公也轻易不到牛奶铺里去。只有姑母还偶尔去喝一次，可也不过是为表示她喝得起而已。至于用牛奶喂娃娃，似乎还没听说过。

这可就苦了我。我同皇太子还是婴儿的时候大概差不多，要吃饱了才能乖乖地睡觉。我睡不安，因为吃不饱。母亲没有多少奶，而牛奶与奶粉，在那年月，又不见经传。于是，尽管我有些才华，也不能不表现在爱哭上面。我的肚子一空，就大哭起来，并没有多少眼泪。姑母管这种哭法叫做"干嚎"。

---

①小东人，《三娘教子》里一句唱词儿的头三字，即小主人之意。

她讨厌这种干嚎,并且预言我会给大家招来灾难。

为减少我的干嚎与姑母的闹气,母亲只好去买些杨村糕干,糊住我的小嘴。因此,大姐夫后来时常嘲弄我:吃糨糊长大的孩子,大概中不了武状元!而姑母呢,每在用烟锅子敲我的时节,也嫌我的头部不够坚硬。

姑母并没有超人的智慧,她的预言不过是为讨厌我啼哭而发的。可是,稍稍留心大事的人会看出来,小孩们的饥啼是大风暴的先声。是呀,听听吧,在我干嚎的时候,天南地北有多少孩子,因为饿,因为冷,因为病,因为被卖出去,一齐在悲啼啊!

黄河不断泛滥,像从天而降,海啸山崩滚向下游,洗劫了田园,冲倒了房舍,卷走了牛羊,把千千万万老幼男女飞快地送到大海中去。在没有水患的地方,又连年干旱,农民们成片地倒下去,多少婴儿饿死在胎中。是呀,我的悲啼似乎正和黄河的狂吼,灾民的哀号,互相呼应。

同时,在北京,在天津,在各大都市,作威作福的叱喝声,胁肩谄笑的献媚声,鬻官卖爵的叫卖声,一掷千金的狂赌声,熊掌驼峰的烹调声,淫词浪语的取乐声,与监牢中的锁镣声,公堂上的鞭板夹棍声,都汇合到一处,"天堂"与地狱似乎只隔着一堵墙,狂欢与惨死相距咫尺,想像不到的荒淫和想像不到的苦痛同时并存。这时候,侵略者的炮声还隐隐在耳,瓜分中国的声浪荡漾在空中。这时候,切齿痛恨暴政与国贼的诅咒,与仇视侵略者的呼声,在农村,在乡镇,像狂潮激荡,那最纯洁善良的农民已忍无可忍,想用拳,用石头,用叉耙扫帚,杀出一条活路!

就是在我不住哭嚎的时候,我们听见了"义和拳"(后来改为义和团）这个名称。

老王掌柜的年纪越大，越爱说：得回家去看看喽！可是，最近三年，他把回家的假期都让给了年岁较轻的伙计们。他懒得动。他越想家，也越爱留在北京。北京似乎有一种使他不知如何是好的魔力。他经常说，得把老骨头埋在家乡去。可是，若是有人问他：埋在北京不好吗？他似乎也不坚决反对。

他最爱他的小儿子。在他的口中，十成（他的小儿子的名字）仿佛不是个男孩，而是一种什么标准。提到年月，他总说：在生十成的那一年，或生十成后的第三年……讲到东西的高度，他也是说：是呀，比十成高点，或比十成矮着一尺……附带着说，十成本来排三，但是"三成"有歉收之意，故名十成。我们谁也没见过十成，可是认识王掌柜的人，似乎也都认识十成。在大家问他接到家信没有的时候，总是问：十成来信没有？

正是夏天农忙时节，王十成忽然来到北京！王掌柜又惊又喜。喜的是儿子不但来了，而且长得筋是筋、骨是骨，身量比爸爸高出一头，虽然才二十岁。惊的是儿子既没带行李，又满身泥土，小褂上还破了好几块。他急忙带着儿子去买了一身现成的蓝布裤褂，一双青布双脸鞋，然后就手去拜访了两三家满汉家庭，巡回展览儿子。过了两天，不知十成说了些什么，王掌柜停止了巡回展览。可是，街坊四邻已经知道了消息，不断地来质问：怎么不带十成上我们家去？看不起我们呀？这使他受了感动，可也叫他有点为难，只好不作普遍拜访，而又不完全停止巡回。

已是下午，母亲正在西荫凉下洗衣裳；我正在屋中半醒半睡、半饥半饱，躺着唖裹自己的手指头；大黄狗正在枣树下东弹弹、西啃啃地捉狗蝇，王家父子来到。

"这就是十成！"王掌柜简单地介绍。

母亲让他们到屋里坐，他们不肯，只好在院里说话儿。在夏天，我们的院里确比屋里体面：两棵枣树不管结枣与否，反正有些绿叶。顺着墙根的几棵自生自长的草茉莉，今年特别茂盛。因为给我添购糕干，父亲今年只买了一棵五色梅，可是开花颇卖力气。天空飞着些小燕，院内还偶尔来一两只红的或黄的蜻蜓。房上有几丛兔儿草，虽然不利于屋顶，可是葱绿可喜。总起来说，我们院中颇不乏生趣。

虽然天气已相当的热，王掌柜可讲规矩，还穿着通天扯地的灰布大衫。十成的新裤褂呢，裤子太长，褂子太短，可是一致地发出热辣辣凶蓝靛味儿。母亲给了王掌柜一个小板凳，他坐下，不错眼珠地看着十成。十成说"有功夫"，无论怎么让，也不肯坐下。

母亲是受过娘家与婆家的排练的，尽管不喜多嘴多舌，可是来了亲友，她总有适当的一套话语，酬应得自然而得体。是呀，放在平日，她会有用之不竭的言词，和王掌柜专讨论天气。今天，也不知怎么，她找不到话说。她看看王掌柜，王掌柜的眼总盯着十成的脸上与身上，似乎这小伙子有什么使他不放心的地方。十成呢，像棵结实的小松树似的，立在那里，生了根，只有两只大手似乎没有地方安置，一会儿抬起来，一会儿落下去。他的五官很正，眼珠与脑门都发着光，可是严严地闭着嘴，决定能不开口就不开口。母亲不知如何是好，连天气专题也忘了。愣了一会儿，十成忽然蹲下去，用手托住双腮，仿佛思索着什么极重大的问题。

正在这时候，福海二哥来了。大黄狗马上活跃起来，蹦蹦跳跳地跑前跑后，直到母亲说了声："大黄，安顿点！"大黄才回到原位去继续捉狗蝇。

二哥坐下，十成立了起来，闭得紧紧的嘴张开，似笑不笑地叫了声"二哥"。

二哥拿着把黑面、棕竹骨的扇子，扇动了半天才说："十成我想过了，还是算了吧！"

"算了？"十成看了看父亲，看了看二哥。"算了？"他用力咽了口唾沫。"那是你说！"

母亲不晓得什么时候十成认识了福海，也听不懂他们说的是什么，只好去给他们沏茶。

王掌柜一边思索着一边说，所以说得很慢："十成，我连洋布大衫都看不上，更甭说洋人、洋教了！可是……""爹！"十成在新裤子上擦了擦手心上的汗："爹！你多年不在乡下，你不知道我们受的是什么！大毛子听二毛子的撺掇，官儿们听大毛子的旨意，一个老百姓还不如这条狗！"十成指了指大黄。"我顶恨二毛子，他们忘了本！"王掌柜和二哥都好一会儿没说出话来。

"也、也有没忘本的呀！"二哥笑着说，笑得很欠自然。"忘了本的才是大毛子的亲人！"十成的眼对准了二哥的，二哥赶紧假装地去看枣树叶上的一个"花布手巾"①。

王掌柜仍然很慢地说："你已经……可是没……！"二哥赶快补上："得啦，小伙子！"

---

①花布手巾，又叫"花大姐儿"，即天牛，一种色黑、长须、背有星点的鞘翅目的昆虫。

十成的眼又对准了二哥的："别叫我小伙子，我一点也不小！我练了拳，练了刀，还要练善避刀枪！什么我也不怕！不怕！"

"可是，你没打胜！"二哥冷笑了一下。"不管你怎么理直气壮，官兵总帮助毛子们打你！你已经吃了亏！"王掌柜接过话去："对！就是这么一笔账！"

"我就不服这笔账，不认这笔账！败了，败了再打！"十成说完，把嘴闭得特别严，腮上轻动，大概是咬牙呢。"十成！"王掌柜耐心地说："十成，听我说！先在这儿住下吧！先看一看，看明白了再走下一步棋，不好吗？我年纪这么大啦，有你在跟前……"

"对！十成！你父亲说的对！"二哥心里佩服十成，而口中不便说造反的话；他是旗兵啊。

十成又蹲下了，一声不再出。

二哥把扇子打开，又并上，并上又打开，发出轻脆的响声。他心里很乱。有意无意地他又问了句："十成，你们有多少人哪？"

"多了！多了！有骨头的……"他狠狠地看了二哥一眼。"在山东不行啊，我们到直隶来，一直地进北京！"

王掌柜猛地立起来，几乎是喊着："不许这么说！"母亲拿来茶。可是十成没说什么，立起来，往外就走。母亲端着茶壶，愣在那里。

"您忙去吧，我来倒茶！"二哥接过茶具，把母亲支开，同时又让王掌柜坐下。刚才，他被十成的正气给压得几乎找不出话说；现在，只剩下了王掌柜，他的话又多起来："王掌柜，先喝碗！别着急！我会帮助您留下十成！"

"他、他在这儿，行吗？"王掌柜问。

"他既不是强盗,又不是杀人凶犯!山东闹义和团,我早就听说了!我也听说,上边决不许老百姓乱动!十成既然跑到这儿来,就别叫他再回去。在这儿,有咱们开导他,他老老实实,别人也不会刨根问底!"二哥一气说完,又恢复了平日的诸葛亮气度。

"叫他老老实实?"王掌柜惨笑了一下。"他说的有理,咱们劝不住他!"

二哥又低下头去。的确,十成说的有理!"嗐!老王掌柜,我要光是个油漆匠,不是旗兵啊,我也……"王掌柜也叹了口气,慢慢地走出去。

母亲过来问二哥:"老二,都是怎么一回事啊?十成惹了什么祸?"

"没有!没有!"二哥的脸上红了些,他有时候很调皮,可是不爱扯谎。"没事!您放心吧!"

"我看是有点事!你可得多帮帮王掌柜呀!"

"一定!"

这时候,姑母带着"小力笨"从西庙回来。姑母心疼钱,又不好意思白跑一趟,所以只买了一包刷牙用的胡盐。"怎么样啊?老二!"姑母笑着问。

按照规律,二哥总会回答:"听您的吧,老太太!"可是,今天他打不起精神凑凑十胡什么的。十成的样子、话语还在他的心中,使他不安、惭愧,不知如何是好。"老太太,我还有点事!"他笑着回答。然后又敷衍了几句,用扇子打了大腿一下:"我还真该走啦!"便走了出去。

出了街门,他放慢了脚步。他须好好地思索思索。对世界形势,他和当日的王爷们一样,不大知道。他只知道外国很厉害。可是,不管外国怎么厉害,他却有点不服气。因此,他佩服十成。不过,他也猜得到,朝廷决不许十成得罪外国人,十成若是傻干,必定吃亏。他是旗兵,应当向着朝廷呢?还是向着十成呢?他的心好像几股麻绳绕在一块儿,撕拉不开了。他的身上出了汗,小褂贴在背上,袜子也粘住脚心,十分不好过。

糊里糊涂地,他就来到便宜坊门外。他决定不了,进去还是不进去。

恰好,十成出来了。看见二哥,十成立定,嘴又闭得紧紧的。他的神气似乎是说:你要捉拿我吗?好,动手吧!

二哥笑了笑,低声地说:"别疑心我!走!谈谈去!"十成的嘴唇动了动,而没说出什么来。

"别疑心我!"二哥又说了一遍。

"走!我敢做敢当!"十成跟着二哥往北走。

他们走得飞快,不大会儿就到了积水滩。这里很清静,苇塘边上只有两三个钓鱼的,都一声不出。两个小儿跑来,又追着一只蜻蜓跑去。二哥找了块石头坐下,擦着头上的汗,十成在一旁蹲下,呆视着微动的苇叶。

二哥要先交代明白自己,好引出十成的真心话来。"十成,我也恨欺侮咱们的洋人!可是,我是旗兵,上边怎么交派,我怎么做,我不能自主!不过,万一有那么一天,两军阵前,你我走对了面,我决不会开枪打你!我呀,十成,把差事丢了,还能挣饭吃,我是油漆匠!"

"油漆匠?"十成看了二哥一眼。"你问吧!""我不问教里的事。"

"什么教？"

"你们不是八卦教？教里的事不是不告诉外人吗？"二哥得意地笑了笑。"你看，我是白莲教。按说，咱们是师兄弟！"

"你是不敢打洋人的白莲教！别乱扯师兄弟！"

二哥以为这样扯关系，可以彼此更亲热一点；哪知道竟自碰了回来，他的脸红起来。"我、我在理儿！""在理儿就说在理儿，干吗扯上白莲教？"十成一句不让。"算了，算了！"二哥沉住了气。"说说，你到底要怎样！""我走！在老家，我们全村受尽了大毛子、二毛子的欺负，我们造了反！我们叫官兵打散了，死了不少人！我得回去，找到朋友们，再干！洋人，官兵，一齐打！我们的心齐，我们有理，谁也挡不住我们！"十成立了起来，往远处看，好像一眼就要看到山东去。

"我能帮帮你吗？"二哥越看越爱这个天不怕地不怕的小伙子。他生在北京，长在北京，没见过像十成这样淳朴，这样干净，这样豪爽的人。

"我马上就走，你去告诉我爹，叫他老人家看明白，不打不杀，谁也没有活路儿！叫他看明白，我不是为非作歹，我是要干点好事儿！你肯吗？"十成的眼直视着二哥的眼。"行！行！十成，你知道，我的祖先也不怕打仗！可是，现在……算了，不必说了！问你，你有盘缠钱没有？""没有！用不着！"

"怎么用不着？谁会白给你一个烧饼？"二哥的俏皮话又来了，可是赶紧控制住。"我是说，行路总得有点钱。""看！"十成解开小褂，露出一条已经被汗沤得深一块浅一块的红布腰带来。

"有这个,我就饿不着!"说完,他赶紧把小褂又扣好。

"可是,叫二毛子看见,叫官兵看见,不就……""是呀!"十成爽朗地笑了一声。"我这不是赶快系好了扣子吗?二哥,你是好人!官兵要都像你,我们就顺利多了!哼,有朝一日,我们会叫皇上也得低头!"

"十成,"二哥掏出所有的几吊钱来,"拿着吧,不准不要!""好!"十成接过钱去。"我数数!记上这笔账!等把洋人全赶走,我回家种地,打了粮食还给你!"他一边说,一边数钱。"四吊八!"他把钱塞在怀里。"再见啦!"他往东走去。二哥赶上去,"你认识路吗?"

十成指了指德胜门的城楼:"那不是城门?出了城再说!"

十成不见了,二哥还在那里立着。这里是比较凉爽的地方,有水,有树,有芦苇,还有座不很高的小土山。二哥可是觉得越来越热。他又坐在石头上。越想,越不对,越怕;头上又出了汗。不管怎样,一个旗兵不该支持造反的人!他觉得自己一点也不精明,做了极大的错事!假若十成被捉住,供出他来,他怎么办?不杀头,也得削除旗籍,发到新疆或云南去!

"也不至于!不至于!"他安慰自己。"出了事,花钱运动运动就能逢凶化吉!"这么一想,他又觉得他不是同情造反,而是理之当然了——什么事都可以营私舞弊,有银子就能买到官,赎出命来。这成何体统呢?他没读过经史,可是听过不少京戏和评书,哪一朝不是因为不成体统而垮了台呢?

再说,十成是要打洋人。一个有良心的人,没法不佩服他,大家伙儿受了洋人多少欺侮啊!别的他不知道,他可忘不了甲午之战,和英法联军焚烧圆明园啊。他镇定下来。十成有理,他也有理,有理的人心里就舒服。他慢慢地立起来,想找王掌柜去。已走了几步,他又站住了。不好!不能去!他答应下王掌柜,帮他留下十成啊!再说,王掌柜的嘴快,会到处去说:儿子跑了,福海知道底细!这不行!

可是,不去安慰王掌柜,叫老头子到处去找儿子,也不对!怎么办呢?

他急忙回了家,用左手写了封信:"父亲大人金安:儿回家种地,怕大人不准回去,故不辞而别也,路上之事,到家再禀。儿十成顿首。"写完,封好,二哥说了声"不好!"赶紧又把信拆开。"十成会写字不会呢?不知道!"想了好大半天,打不定主意,最后:"算了,就是它!"他又把信粘好,决定在天黑之后,便宜坊上了门,从门缝塞进去。

八

王掌柜本来不喜欢洋人、洋东西,自从十成不辞而别,他也厌恶洋教与二毛子了。他在北京住了几十年,又是个买卖地的人,一向对谁都是一团和气,就是遇见永远不会照顾他的和尚,他也恭敬地叫声大师父。现在,他越不放心十成,就越注意打听四面八方怎么闹教案,也就决定不便对信洋教的客客气气。每逢他路过教堂,他便站住,多看一会儿;越看,心里越别扭。那些教堂既不像佛庙,又不像道观,而且跟两旁的建筑是那么不谐调,叫他觉得它们里边必有洋枪洋炮,和什么洋秘密、洋怪物。赶上礼拜天,他更要多站一会儿,看看都是谁去做礼拜。他认识不少去做礼拜的人,其中有的是很好的好人,也有他平素不大看得起的人。这叫他心里更弄不清楚了:为什么那些好人要信洋教呢?为什么教堂收容那些不三不四的人呢?他想不明白。更叫他想不通的是:教徒里有不少旗人!他知道旗人有自己的宗教(他可是说不上来那是什么教),而且又信佛教、道教和孔教。据他想,这也就很够了,为什么还得去信洋教呢?越想,他心里越绕得慌!

他决定问问多二爷。多二爷常到便宜坊来买东西,非常守规矩,是王掌柜所敬重的一个人。他的服装还是二三十年前的料子与式样,宽衣博带,古色古香。王掌柜因为讨厌那哗哗乱响的竹布,就特别喜爱多二爷的衣服鞋帽,每逢遇上他,二人就以此为题,谈论好大半天。多二爷在旗下衙门里当个小差事,收入不多。这也就是他的衣冠古朴的原因,他做不起新的。他没想到,这会得到王掌柜的夸赞,于是遇到有人说他的衣帽过了时,管他叫"老古董",他便笑着说:"哼!老王掌柜还夸我的这份儿老行头呢!"因此,他和王掌柜的关系就越来越亲密。但是,他并不因此而赊账。每逢王掌柜说:"先拿去吃吧,记上账!"多二爷总是笑着摇摇头:"不,老掌柜!我一辈子不拉亏空!"是,他的确是个安分守己的人。他的衣服虽然陈旧,可是老刷洗得干干净净,容易磨破的地方都事先打好补丁。

他的脸很长,眉很重,不苟言笑。可是,遇到他所信任的人,他也爱拉不断扯不断地闲谈,并且怪有风趣。

他和哥哥分居另过。多大爷不大要强,虽然没做过、也不敢做什么很大的伤天害理的事,可是又馋又懒,好贪小便宜。无论去做什么事,他的劈面三刀总是非常漂亮,叫人相信他是最勤恳,没事儿会找事做的人。吃过了几天饱饭之后,他一点也不再勤恳,睡觉的时候连灯都懒得吹灭,并且声明:"没有灯亮儿,我睡不着!"

他入了基督教。全家人都反对他入教,他可是非常坚决。他的理由是:"你看,财神爷,灶王爷,都不保佑我,我干吗不试试洋神仙呢?这年头儿,什么都是洋的好,睁开眼睛看看吧!"

反对他入教最力的是多二爷。多老二也并摸不清基督教的信仰是什么,信它有什么好处或什么坏处。他的最重要的理由是:"哥哥,难道你就不要祖先了吗?入了教不准上坟烧纸!"

"那,"多大爷的脸不像弟弟的那么长,而且一急或一笑,总把眉眼口鼻都挤到一块儿去,像个多褶儿的烧卖。此时,他的脸又皱得像个烧卖。"那,我不去上坟,你去,不是两面都不得罪吗?告诉你,老二,是天使给我托了梦!前些日子,我一点辙也没有①。可是,我梦见了天使,告诉我:'城外有生机'。我就出了城,顺着护城河慢慢地走。忽然,我听见了蛙叫,咕呱,咕呱!我一想,莫非那个梦就应验在田鸡身上吗?连钓带捉,我就捉到二十多只田鸡。你猜,我遇见了谁?"他停住口,等弟弟猜测。

多老二把脸拉得长长的,没出声。

多老大接着说:"在法国府……"

多老二反倒在这里插了话:"什么法国府?"

---

① 一点辙也没有,意为一点办法也没有。辙,车辙,借指办法,此处指生计。

"法国使馆嘛!"

"使馆不就结了,干吗说法国府?"

"老二,你呀发不了财!你不懂洋务!"

"洋务?李鸿章懂洋务,可是大伙儿管他叫汉奸!""老二!"多老大的眉眼口鼻全挤到一块儿,半天没有放松。"老二!你敢说李中堂①是……!算了,算了,我不跟你扳死杠!还说田鸡那回事儿吧!"

"大哥,说点正经的!"

"我说的正是最正经的!我呀,拿着二十多只肥胖的田鸡,进了城。心里想:看看那个梦灵不灵!正这么想呢,迎头来了法国府的大师傅,春山,也是咱们旗人,镶黄旗的。你应该认识他!他哥哥春海,在天津也当洋厨子。""不认识!"

"哼,洋面上的人你都不认识!春山一见那些田鸡,就一把抓住了我,说:'多老大,把田鸡卖给我吧!'我一看他的神气,知道其中有事,就沉住了气。我说:'我找这些田鸡,是为配药用的,不卖!'我这么一说,他更要买了。敢情啊,老二,法国人哪,吃田鸡!你看,老二,那个梦灵不灵!我越不卖,他越非买不可,一直到我看他拿出两吊钱来,我才把田鸡让给他!城外有生机,应验了!从那个好日子以后,我隔不了几天,就给他送些田鸡去。可是,到了冬天,田鸡都藏起来,我又没了办法。我还没忘了天使,天使也没忘了我,又给我托了个梦:'老牛有生机'。这可

---

① 李中堂,即李鸿章。李曾官至文华殿大学士,在公私礼节上,对"大学士"敬称"中堂"。

不大好办！你看，田鸡可以白捉，牛可不能随便拉走啊！有一天，下着小雪，我在街上走来走去，一点辙也没有。走着走着，一看，前面有个洋人。反正我也没事儿做，就加快了脚步，跟着他吧。你知道，洋人腿长，走得快。一边走，我一边念道：'老牛有生机。'那个洋人忽然回过头来，吓了我一跳。他用咱们的话问我：'你叫我，不叫我？'咳，他的声音，他的说法，可真别致，另有个味儿！我还没想起怎么回答，他可又说啦：'我叫牛又生。'你就说，天使有多么灵！牛有生，牛又生，差不多嘛！他敢情是牛又生，牛大牧师，真正的美国人！一听说他是牧师，我赶紧说：'牛大牧师，我有罪呀！'这是点真学问！你记住，牧师专收有罪的人，正好像买破烂的专收碎铜烂铁。牛牧师高兴极了，亲亲热热地把我拉进教堂去，管我叫迷失了的羊。我想：他是牛，我是羊，可以算差不多。他为我祷告，我也学着祷告。他叫我入查经班，白送给我一本《圣经》，还给了我两吊钱！"

"大哥！你忘了咱们是大清国的人吗？饿死，我不能去巴结洋鬼子！"多老二斩钉截铁地说。

"大清国？哈哈！"多老大冷笑着，"连咱们的皇上也怕洋人！"

"说的好！"多老二真急了。"你要是真敢信洋教，大哥，别怪我不准你再进我的门！"

"你敢！我是你哥哥，亲哥哥！我高兴几时来就几时来！"多老大气哼哼地走出去。

一个比别的民族都高着一等的旗人若是失去自信，像多老大这样，他便对一切都失去信心。他觉得自己是天底下最可怜的人，因而他干什么都应当邀得原谅。他入洋教根本不是为信仰什么，而是对社会的一种挑战。他仿佛是说：谁都不管我呀，我去信洋教，给你们个苍蝇吃①。他也没有把信洋教看成长远之计；多咱洋教不灵了，他会退出来，改信白莲教，假若白莲教能够给他两顿饭吃。思索了两天，他去告诉牛牧师，决定领洗入教，改邪归正。

教堂里还有位中国牧师，很不高兴收多大爷这样的人做教徒。可是，他不便说什么，因为他怕被牛牧师问倒：教会不救有罪的人，可救谁呢？况且，教会是洋人办的，经费是由外国来的，他何必主张什么呢？自从他当上牧师那天起，他就决定毫无保留地把真话都禀明上帝，而把假话告诉牛牧师。不管牛牧师说什么，他总点头，心里可是说："你犯错误，你入地狱！上帝看得清楚！"

牛牧师在国内就传过道，因为干别的都不行。他听说地球上有个中国，可是与他毫无关联，因而也就不在话下。自从他的舅舅从中国回来，他开始对中国发生了兴趣。他的舅舅在年轻的时候偷过人家的牲口，被人家削去了一只耳朵，所以逃到中国去，卖卖鸦片什么的，发了不小的财。发财还乡之后，亲友们，就是原来管他叫流氓的亲友们，不约而同地称他为中国通。在他的面前，他们一致地避免说"耳朵"这个词儿，并且都得到了启发——混到山穷水尽，便上中国去发财，不必考虑有一只、还是两只耳朵。牛牧师也非例外。他的生活相当困难，到圣诞节都不一定能够吃上一顿烤火鸡。舅舅指给他一条明路："该到中国去！在这儿，你连在圣诞节都吃不上烤火鸡；到那儿，你天天可以吃肥母鸡，大鸡蛋！在这儿，你永远雇不起仆人；到那儿，你可以起码用一男一女，两个仆

---

① 给你们个苍蝇吃，故意招人恶心的意思。此指"旗人"信"洋教"的事。

人！去吧！"

于是，牛牧师就决定到中国来。作了应有的准备，一来二去，他就来到了北京。舅舅果然说对了：他有了自己独住的小房子，用上一男一女两个仆人；鸡和鸡蛋是那么便宜，他差不多每三天就过一次圣诞节。他开始发胖。

对于工作，他不大热心，可又不敢太不热心。他想发财，而传教毕竟与贩卖鸦片有所不同。他没法儿全心全意地去工作。可是，他又准知道，若是一点成绩做不出来，他就会失去刚刚长出来的那一身肉。因此，在工作上，他总是忽冷忽热，有冬有夏。在多老大遇见他的那一天，他的心情恰好是夏天的，想把北京所有的罪人都领到上帝面前来，做出成绩。在这种时候，他羡慕天主教的神甫们。天主教的条件好，势力厚，神甫们可以用钱收买教徒，用势力庇护教徒，甚至修建堡垒，藏有枪炮。神甫们几乎全像些小皇帝。他，一个基督教的牧师，没有那么大的威风。想到这里，他不由得也想起舅舅的话来："对中国人，别给他一点好颜色！你越厉害，他们越听话！"好，他虽然不是天主教的神甫，可到底是牧师，代表着上帝！于是，在他讲道的时候，他就用他的一口似是而非的北京话，在讲坛上大喊大叫：地狱，魔鬼，世界末日……震得小教堂的顶棚上往下掉尘土。这样发泄一阵，他觉得痛快了一些，没有发了财，可是发了威，也是一种胜利。

对那些借着教会的力量，混上洋事，家业逐渐兴旺起来的教友，他有些反感。他们一得到好处，就不大热心做礼拜来了。可是，他也不便得罪他们，因为在圣诞节给他送来值钱的礼物的正是他们。有些教友呢，家道不怎么强，而人品很好。他们到时候就来礼拜，而不巴结牧师。牛牧师以为这种人，按照他舅舅对中国人的看法，不大合乎标准，所以在喊地狱的时候，他总看着他们——你们这些自高自大的人，下地狱！下地狱！他最喜爱的是多老大这类的人。他们合乎标准：穷，没有一点架子，见了他便牧师长，牧师短，叫得震心。跟他们在一道，他觉得自己多少像个小皇帝了。他的身量本来不算很矮，可是因为近来吃得好，睡得香，全身越发展越圆，也就显着矮了一些。他的黄头发不多，黄眼珠很小；因此，他很高兴：生活在中国，黄颜色多了，对他不利。他的笑法很突出：咔、咔地往外挤，好像嗓子上扎着一根鱼刺。每逢遇到教友们，他必先咔咔几下，像大人见着个小孩，本不想笑，又不好不逗一逗那样。

不论是在讲坛上，还是在日常生活中，他都说不出什么大道理来。他没有什么学问，也不需要学问。他觉得只凭自己来自美国，就理当受到尊敬。他是天生的应受尊敬的人，连上帝都得怕他三分。因此，他最讨厌那些正派的教友。当他们告诉他，或在神气上表示出：中国是有古老文化的国家，在古代就把最好的磁器、丝绸，和纸、茶等等送给全人类，他便赶紧提出轮船、火车，把磁器什么的都打碎，而后胜利地咔咔几声。及至他们表示中国也有过岳飞和文天祥等英雄人物，他最初只眨眨眼，因为根本不晓得他们是谁。后来，他打听明白了他们是谁，他便自动地，严肃地，提起他们来：你们的岳飞和文天祥有什么用呢？你们都是罪人，只是上帝能拯救你们！说这些话的时候，他的脸便红起来，手心里出了汗。他不晓得自己为什么那样激动，只觉得这样脸红脖子粗的才舒服，才对得起真理。

人家多老大就永远不提岳飞和文天祥。人家多老大冬夏长青地用一块破蓝布包着《圣经》，夹在腋下，而且巧妙地叫牛牧师看见。而后，他进一步，退两步地在牧师前面摆动，直到牧师咔咔了两声，他才毕恭毕敬地打开《圣经》，双手捧着，前去请教。这样一来，明知自己没有学问的牛牧师，忽然变成有学问的人了。

"牧师！"多老大恭敬而亲热地叫，"牧师！牛牧师，咱们敢情都是土做的呀？"

"对！对！'创世记'①上说得明明白白：上帝用土造人，将生气吹在他鼻内，人就成了生灵。"牛牧师指着《圣经》说。"牧师！牛牧师！那么，土怎么变成了肉呢？"多大爷装傻充愣地问。

"不是上帝将生气吹在鼻子里了吗？"

"对！牧师！对！我也是这么想，可是又怕想错了！"多大爷把《旧约》的"历代"翻开，交给牧师，而后背诵："亚当生塞特，塞特生以挪士，以挪士生该南，该南生玛勒列……"②

"行啦！行啦！"牧师高兴地劝阻。"你是真用了功！一个中国人记这些名字，不容易呀！"

"真不容易！第一得记性好，第二还得舌头灵！牧师，我还有个弄不清楚的事儿，可以问吗？"

"当然可以！我是牧师！"多老大翻开"启示录"③。"牧师，

---

①创世记，《旧约》的第一章，讲"上帝创造天地"。

②亚当生塞特，"创世记"第五章的内容。

③启示录，《新约》的最后一章。多老大以《圣经》的一头一尾向牧师发问，表示自己已经通读。"宝座中……遍体长满了眼睛"是"启示录"第四章的原文。

我不懂,为什么'宝座中,和宝座四围有四个活物,前后遍体都长满了眼睛'?这是什么活物呢?"

"下面不是说:第一个活物像狮子,第二个活物像牛犊,第三个活物有脸像人,第四个活物像飞鹰吗?"

"是呀!是呀!可为什么遍体长满了眼睛呢?""那,"牛牧师抓了抓稀疏的黄头发。"那,'启示录'是最难懂的。在我们国内,光说解释'启示录'的书就有几大车,不,几十大车!你呀,先念'四福音书'①吧,等到功夫深了再看'启示录'!"牛牧师虚晃了一刀,可是晃得非常得体。

"对!对!"多老大连连点头。在点头之际,他又福至心灵地想出警句:"牧师,我可识字不多,您得帮助我!"他的确没有读过多少书,可是无论怎么说,他也比牛牧师多认识几个汉字。他佩服了自己:一到谄媚人的时候,他的脑子就会那么快,嘴会那么甜!他觉得自己是一朵刚吐蕊的鲜花,没法儿不越开越大、越香!

"一定!一定!"牛牧师没法子不拿出四吊钱来了。他马上看出来:即使自己发不了大财,可也不必愁吃愁穿了——是呀,将来回国,他可以去做教授!好嘛,连多老大都求他帮助念《圣经》,汉语的《圣经》,他不是个汉学家,还是什么呢?舅舅,曾经是偷牲口的流氓,现在不是被称为中国通么?接过四吊钱来,多老大拐弯抹角地说出:他不仅是个旗人,而且祖辈做过大官,戴过红顶子。

"呕!有没有王爷呢?"牛牧师极严肃地问。王爷、皇帝,甚

---

①四福音书,基督教把凡是耶稣所说的话或其门徒传布的教义,都称为"福音"。《新约全书》中有马太、马可、路加、约翰四福音,均为最基本的教义。

至于一个子爵,对牛牧师来说,总有那么不小的吸引力。他切盼教友中有那么一两位王爷或子爵的后裔,以便向国内打报告的时候,可以大书特书:两位小王爷或子爵在我的手里受了洗礼!

"不记得有王爷。我可是的确记得,有两位侯爷!"多老大运用想像,创造了新的家谱。是的,就连他也不肯因伸手接那四吊钱而降低了身份。他若是侯爷的后代呢,那点钱便差不多是洋人向他献礼的了。

"侯爷就够大的了,不是吗?"牛牧师更看重了多老大,而且咔咔地笑着,又给他添了五百钱。

多老大包好《圣经》,揣好四吊多钱,到离教堂至少有十里地的地方,找了个大酒缸①。一进去,多老大把天堂完全忘掉了。多么香的酒味呀!假若人真是土做的,多老大希望,和泥的不是水,而是二锅头!坐在一个酒缸的旁边,他几乎要晕过去,屋中的酒味使他全身的血管都在喊叫:拿二锅头来!镇定了一下,他要了一小碟炒麻豆腐,几个腌小螃蟹,半斤白干。

喝到他的血管全舒畅了一些,他笑了出来:遍身都是眼睛,嘻嘻嘻!他飘飘然走出来,在门外精选了一块猪头肉,一对熏鸡蛋,几个白面火烧,自由自在地,连吃带喝地,享受了一顿。用那块破蓝布擦了擦嘴,他向酒缸主人告别。

吃出点甜头来以后,多老大的野心更大了些。首先他想到:要是像旗人关钱粮似的,每月由教会发给他几两银子,够多么好呢!

---

①酒缸,指酒馆。从前的酒馆,多置有合围的大酒缸,盖以木板或石板,当作酒桌。酒缸,即作酒馆的代称。

他打听了一下，这在基督教教会不易做到。这使他有点伤心，几乎要责备自己，为什么那样冒失，不打听明白了行市就受洗入了教。

他可是并不灰心。不！既来之则安之，他必须多动脑子，给自己打出一条活路来。是呀，能不能借着牛牧师的力量，到"美国府"去找点差事呢？刚刚想到这里，他自己赶紧打了退堂鼓：不行，规规矩矩地去当差，他受不了！他愿意在闲散之中，得到好吃好喝，像一位告老还乡的宰相似的。是的，在他的身上，历史仿佛也不是怎么走错了路。在他的血液里，似乎已经没有一点什么可以燃烧起来的东西。他的最高的理想是天上掉下馅饼来，而且恰好掉在他的嘴里。

他知道，教会里有好几家子，借着洋气儿开了大铺子，贩卖洋货，发了不小的财。他去拜访他们，希望凭教友的情谊，得点好处。可是，他们的爱心并不像他所想像的那么深厚，都对他非常冷淡。他们之中，有好几位会说洋话。他本来以为"亚当生塞特……"就是洋话；敢情并不是。他模仿着牛牧师的官话腔调把"亚当生塞特"说成"牙当生鳃特"，人家还是摇头。他问人家那些活物为什么满身是眼睛，以便引起学术研究的兴趣，人家干脆说"不知道"！人家连一杯茶都没给他喝！多么奇怪！

多老大苦闷。他去问那些纯正的教友，他们说信教是为追求真理，不为发财。可是，真理值多少钱一斤呢？

他只好去联合吃教的苦哥儿们，想造成一种势力。他们各有各的手法与作风，不愿跟他合作。他们之中，有的借着点洋气儿，给亲友们调停官司，或介绍买房子卖地，从中取得好处；也有的买点别人不敢摸的赃货，如小古玩之类，送到外国府去；或者奉洋人之命，去到古庙里偷个小铜佛什么的，得些报酬。他们各有门道，都不传授给别人，特别是多老大。他们都看不上他的背诵"亚当生塞特"和讨论"遍身是眼睛"，并且对他得到几吊钱的赏赐也有那么点忌妒。他是新入教的，不该后来居上，压下他们去。一来二去，他们管他叫做"眼睛多"，并且有机会便在牛牧师的耳旁说他的坏话。牛牧师有"分而治之"的策略在胸，对他并没有表示冷淡，不过赶到再讨论"启示录"的时候，他只能得到一吊钱了，尽管他暗示：他的小褂也像那些活物，遍身都是眼睛！怎么办呢？

唉，不论怎么说，非得点好处不可！不能白入教！

先从小事儿做起吧。在他入教以前，他便常到老便宜坊赊点东西吃，可是也跟别的旗人一样，一月倒一月，钱粮下来就还上账。现在，他决定只赊不还，看便宜坊怎么办。以前，他每回不过是赊二百钱的生肉，或一百六一包的盒子菜什么的；现在，他敢赊整只的酱鸡了。

王掌柜从多二爷那里得到了底细。他不再怀疑十成所说的了。他想：眼睛多是在北京，假若是在乡下，该怎样横行霸道呢？怪不得十成那么恨他们。

"王掌柜！"多二爷含羞带愧地叫："王掌柜！他欠下几个月的了？"

"三个多月了，没还一个小钱！"

"王掌柜！我、我慢慢地替他还吧！不管怎么说，他总是我的哥哥！"多二爷含着泪说。

"怎能那么办呢？你们分居另过，你手里又不宽绰！""分居另过……他的祖宗也是我的祖宗！"多二爷狠狠地咽了口唾沫。

"你、你甭管！我跟他好好地讲讲理！"

"王掌柜！老大敢做那么不体面的事，是因为有洋人给他撑腰；咱们斗不过洋人！王掌柜，那点债，我还！我还！不管我怎么为难，我还！"

王掌柜考虑了半天，决定暂且不催多老大还账，省得多老大真把洋人搬出来。他也想到：洋人也许不会管这样的小事吧？可是，谁准知道呢？"还是稳当点好！"他这么告诉自己。

这时候，多老大也告诉自己："行！行！这一手儿不坏，吃得开！看，我既不知道闹出事儿来，牛牧师到底帮不帮我的忙，也还没搬出他来吓唬王掌柜，王掌柜可是已经不言不语地把酱鸡送到我手里，仿佛儿子孝顺爸爸似的，行，行，有点意思儿！"

他要求自己更进一步："是呀，赶上了风，还不拉起帆来吗？"可是，到底牛牧师支持他不呢？他心里没底。好吧，喝两盅儿壮壮胆子吧。喝了四两，烧卖脸上红扑扑的，他进了便宜坊。这回，他不但要赊一对肘子，而且向王掌柜借四吊钱。

王掌柜冒了火。已经忍了好久，他不能再忍。虽然做了一辈子买卖，他可究竟是个山东人，心直气壮。他对准了多老大的眼睛，看了两分钟。他以为多老大应当明白这是什么意思，希望他知难而退。可是，多老大没有动，而且冷笑了两声。这逼得王掌柜出了声："多大爷！肘子不赊！四吊钱不借！旧账未还，免开尊口！你先还账！"

多老大没法儿不搬出牛牧师来了。要不然，他找不着台阶儿走出去。"好！王掌柜！我可有洋朋友，你咂摸咂摸①这个滋味儿吧！你要是懂得好歹的话，顶好把肘子、钱都给我送上门去，我恭候大驾！"他走了出去。

为索债而和穷旗人们吵闹，应当算是王掌柜的工作。他会喊叫、争论，可是不便真动气。是呀，他和人家在除夕闹得天翻地覆，赶到大年初一见面，彼此就都赶上前去，深施一礼，连祝发财，倒好像从来都没红过脸似的。这回，他可动了真气。多老大要用洋人的势力敲诈他，他不能受！他又想起十成，并且觉得有这么个儿子实在值得自豪！

可是，万一多老大真搬来洋人，怎么办呢？他和别人一样，不大知道到底洋人有多大力量，而越摸不着底就越可怕。他赶紧去找多老二。

多老二好大半天没说出话来，恐怕是因为既很生气，又要控制住怒气，以便想出好主意来。"王掌柜，你回去吧。我找他去！"多老二想出主意来，并且决定马上行动。"你……"

"走吧！我找他去！请在铺子里等我吧！"多老二是老实人，可是一旦动了气，也有个硬劲。

他找到了老大。

"哟！老二！什么风儿把你吹来了？"老大故意耍俏，心里说：你不高兴我入教，睁眼看看吧，我混得比从前强了好多：炒麻豆腐、腌小螃蟹、猪头肉、二锅头、乃至于酱鸡，对不起，全先偏

---

①咂摸，寻思，反复研究。

过了①! 看看我,是不是长了点肉?"大哥!听着!"老二是那么急切、严肃,把老大的笑容都一下子赶跑。"听着!你该便宜坊的钱,我还!我去给便宜坊写个字据,一个小钱不差,慢慢地都还清!你,从此不许再到那儿赊东西去!"

眼睛多心里痒了一下。他没想到王掌柜会这么快就告诉了老二,可见王掌柜是发了慌,害了怕。他不知道牛牧师愿意帮助他不愿意,可是王掌柜既这么发慌,那就非请出牛牧师来不可了!怎么知道牛牧师不愿帮助他呢?假若牛牧师肯出头,哎呀,多老大呀,多老大,前途光明的没法儿说呀!"老二,谢谢你的好意,我谢谢你!可是,你顶好别管我的事,你不懂洋务啊!"

"老大!"完全出于愤怒,老二跪下了,给哥哥磕了个响头。"老大!给咱们的祖宗留点脸吧,哪怕是一丁点儿呢!别再拿洋人吓唬人,那无耻!无耻!"老二的脸上一点血色也没有了,双手不住地发颤,想走出去,可又迈不开步。

老大愣了一会儿,扑哧一笑:"老二!老二!"

"怎样?"老二希望哥哥回心转意。"怎样?""怎样?"老大又笑了一下,而后冷不防地:"你滚出去!滚!"

老二极镇定地、狠狠地看了哥哥一眼,慢慢地走了出来。出了门,他已不知道东西南北。他一向是走路不愿踩死个蚂蚁,说话不得罪一条野狗的人。对于兄长,他总是能原谅就原谅,不敢招他生气。可是,谁想到哥哥竟自做出那么没骨头的事来——狗着②洋

---

①偏过了,指已用过餐,有私自占先之意
②狗着,指溜须拍马,曲意逢迎。

人，欺负自己人！他越想越气，出着声儿叨唠：怎么呢？怎么这种事叫我碰上了呢？怎么呢？堂堂的旗人，会变成这么下贱呢？难道是二百多年前南征北战的祖宗们造下的孽，叫后代都变成猪狗去赎罪吗？不知道怎样走的，他走回了家。一头扎在炕上，他哭起来。多老大也为了难。到底该为这件事去找牛牧师不该呢？去吧，万一碰了钉子呢？不去吧，又怎么露出自己的锋芒呢？嗯——去！去！万一碰了钉子，他就退教，叫牛牧师没脸再见上帝！对！就这么办！"牛牧师！"他叫得亲切、缠绵，使他的嗓子、舌头都那么舒服，以至没法儿不再叫一声："牛牧师！""有事快说，我正忙着呢！"牛牧师一忙就忘了抚摸迷失了的羊羔，而想打它两棍子。

"那，您就先忙着吧，我改天再来！"口中这么说，多老大的脸上和身上可都露出进退两难的样子，叫牧师看出他有些要紧的事儿急待报告。

"说说吧！说说吧！"牧师赏了脸。

大起大落，多老大首先提出他听到的一些有关教会的消息——有好多地方闹了教案。"我呀，可真不放心那些位神甫、牧师！真不放心！"

"到底是教友啊，你有良心！"牛牧师点头夸赞。"是呀，我不敢说我比别人好，也不敢说比别人坏，我可是多少有点良心！"多老大非常满意自己这句话，不卑不亢，恰到好处。然后，他由全国性的问题，扯到北京："北京怎么样呢？"

牛牧师当然早已听说，并且非常注意，各地方怎么闹乱子。虽然各处教会都得到胜利，他心里可还不大安静。教会胜利固然可喜，可是把自己的脑袋耍掉了，恐怕也不大上算。他给舅舅写了信，请求指示。舅舅是中国通，比上帝都更了解中国人。在信里，他暗示：虽然母鸡的确肥美，可是丢掉性命也怪别扭。舅舅的回信简而明："很奇怪，居然有怕老鼠的猫——我说的是你！乱子闹大了，我们会出兵，你怕什么呢？在一个野蛮国家里，越闹乱子，对我们越有利！问问你的上帝，是这样不是？告诉你句最有用的话：没有乱子，你也该制造一个两个的！你要躲开那儿吗？你算把牧师的气泄透了！祝你不平安！祝天下不太平！"

接到舅舅的信，牛牧师看到了真理。不管怎么说，舅舅发了财是真的。那么，舅舅的意见也必是真理！他坚强起来。一方面，他推测中国人一定不敢造反；另一方面，他向使馆建议，早些调兵，有备无患。

"北京怎样？告诉你，连人带地方，都又脏又臭！咔，咔，咔！"

听了这样随便、亲切、叫他完全能明白的话，多老大从心灵的最深处掏出点最地道的笑意，摆在脸上。牛牧师成为他的知己，肯对他说这么爽直，毫不客气的话。趁热打铁，他点到了题：便宜坊的王掌柜是奸商，欺诈教友，诽谤教会。"好，告他去！告他！"牛牧师不能再叫舅舅骂他是怕老鼠的猫！再说，各处的教案多数是天主教制造的，他自己该为基督教争口气。再说，教案差不多都发生在乡间，他要是能叫北京震动那么一下，岂不名扬天下，名利双收！再说，使馆在北京，在使馆的眼皮子下面闹点事，调兵大概就不成问题了。再说……越想越对，不管怎么说，王掌柜必须是个奸商！

多老大反倒有点发慌。他拿什么凭据去控告王掌柜呢？自己的弟弟会去做证人，可是证明自己理亏！怎么办？他请求牛牧师叫王掌柜摆一桌酒席，公开道歉；要是王掌柜不肯，再去打官司。

牛牧师也一时决定不了怎么做才好,愣了一会儿,想起主意:"咱们祷告吧!"他低下头、闭上了眼。

多老大也赶紧低头闭眼,盘算着:是叫王掌柜在前门外的山东馆子摆酒呢,还是到大茶馆去吃白肉呢?各有所长,很难马上作出决定,他始终没想起对上帝说什么。牛牧师说了声"阿门",睁开了眼。

多老大把眼闭得更严了些,心里空空的,可挺虔诚。"好吧,先叫他道歉吧!"牛牧师也觉得先去吃一顿更实惠一些。

九

眼睛多没有学问,所以看不起学问。他也没有骨头,所以也看不起骨头——他重视,极其重视,酱肉。

他记得几个零七八碎的,可信可不信的,小掌故。其中的一个是他最爱说道的,因为它与酱肉颇有关系。

他说呀:便宜坊里切熟肉的木墩子是半棵大树。为什么要这么高呢?在古时候,切肉的墩子本来很矮。后来呀,在旗的哥儿们往往喜爱伸手指指点点,挑肥拣瘦,并且有时候捡起肉丝或肉块儿往嘴里送。这样,手指和飞快的刀碰到一起,就难免流点血什么的,造成严重的纠纷,甚至于去打官司。所以,墩子一来二去就长了身量,高高在上,以免手指和快刀发生关系。

在他讲说这个小掌故的时候,他并没有提出自己的看法,到底应否把肉墩子加高,使手指与快刀隔离。

可是，由他所爱讲的第二件小事情来推测，我们或者也可以找到点那弦外之音。

他说呀：许多许多旗籍哥儿们爱闻鼻烟。客人进了烟铺，把烟壶儿递出去，店伙必先把一小撮鼻烟倒在柜台上，以便客人一边闻着，一边等着往壶里装烟。这叫做规矩。是呀，在北京做买卖都得有规矩，不准野调无腔。在古时候，店中的伙计并不懂先"敬"烟，后装烟这个规矩，叫客人没事可做，等得不大耐烦。于是，旗人就想出了办法：一见柜台上没个小小的坟头儿，便把手掌找了伙计的脸去。这样，一来二去，就创造了，并且巩固下来，那条"敬"烟的规矩。

假若我们把这二者——肉墩子与"敬"烟，放在一块儿去咂摸，我们颇可以肯定地说，眼睛多对那高不可及的半棵大树是有意见的。我们可以替他说出来，假若便宜坊也懂得先"敬"点酱肉，够多么好呢！

多老大对自己是不是在旗，和是否应当保持旗人的尊严，似乎已不大有意。可是，每逢他想起那个"敬"烟的规矩，便又不能不承认旗人的优越。是呀，这一条，和类似的多少条规矩，无论怎么说，也不能不算旗人们的创造。在他信教以后，他甚至这么想过：上帝创造了北京人，北京的旗人创造了一切规矩。

对！对！还得继续创造！王掌柜不肯赊给他一对肘子，不肯借给他四吊钱，好！哈哈，叫他摆一桌酒席，公开道歉！这只是个开端，新规矩还多着哩！多老大的脸日夜不息地笑得像个烧卖，而且是三鲜馅儿的。

可是，王掌柜拒绝了道歉！

眼睛多几乎晕了过去!

王掌柜心里也很不安。他不肯再找多老二去。多老二是老实人,不应再去叫他为难。他明知毛病都在洋人身上;可是,怎样对付洋人,他没有一点经验。他需要帮助。一想,他就想到福海二哥。不是想起一个旗人,而是想起一个肯帮忙的朋友。

自从十成走后,二哥故意地躲着王掌柜。今天,王掌柜忽然来找他,他吓了一跳,莫非十成又回来了,还是出了什么岔子?直到正掌柜说明了来意,他才放下心去。

可是,王掌柜现在所谈的更不好办。他看明白:这件事和十成所说的那些事的根子是一样的。他管不了!在外省,连知府知州知县都最怕遇上这种事,他自己不过是个旗兵,而且是在北京。

他可是不肯摇头。事在人为,得办办看,先摇头是最没出息的办法。他始终觉得自己在十成面前丢了人;现在,他不能不管王掌柜的事,王掌柜是一条好汉子的父亲。再说,眼睛多是旗人,给旗人丢人的旗人,特别可恨!是,从各方面来看,他都得管这件事。

"老掌柜,您看,咱们找找定大爷去,怎样?""那行吗?"王掌柜并非怀疑定大爷的势力,而是有点不好意思——每到年、节,他总给定府开点花账。"这么办:我的身份低,又嘴上无毛,办事不牢,不如请上我父亲和正翁,一位参领,一位佐领,一同去见定大爷,或者能有门儿!对!试试看!您老人家先回吧,别急,听我的回话儿!"

云亭大舅对于一个忘了本,去信洋教的旗人,表示厌恶。"旗人信洋教,那么汉人该怎么样呢?"在日常生活里,他不愿把满、汉的界限划得太清了;是呀,谁能够因为天泰轩的掌柜的与跑堂的都是汉人，就不到那里去喝茶吃饭呢？可是，遇到大事，像满汉应否通婚，大清国的人应否信洋教，他就觉得旗人应该比汉人高明，心中有个准数儿，不会先犯错误。

他看不起多老大，不管他是眼睛多，还是鼻子多。

及至听到这件事里牵涉着洋人，他赶紧摇了摇头。他告诉二哥："少管闲事！"对了，大舅很喜欢说"少管闲事"。每逢这么一说，他就觉得自己为官多年，经验富，阅历深。

二哥没再说什么。他们爷儿俩表面上是父慈子孝，可心里并不十分对劲儿。二哥去找正翁。

八月未完，九月将到，论天气，这是北京最好的时候。风不多，也不大，而且暖中透凉，使人觉得爽快。论色彩，二八月，乱穿衣，大家开始穿出颜色浓艳的衣裳，不再像夏天的那么浅淡。果子全熟了，街上的大小摊子上都展览着由各地运来的各色的果品，五光十色，打扮着北京的初秋。皇宫上面的琉璃瓦，白塔的金顶，在晴美的阳光下闪闪发光。风少，灰土少，正好油饰门面，发了财的铺户的匾额与门脸儿都添上新的色彩。好玩鸟儿的人们，一夏天都用活蚂蚱什么的加意饲养，把鸟儿喂得羽毛丰满，红是红，黄是黄，全身闪动着明润的光泽，比绸缎更美一些。

二哥的院里有不少棵枣树，树梢上还挂着些熟透了的红枣儿。他打下来一些，用包袱兜好，拿去送给正翁夫妇。那年月，旗人们比较闲在，探望亲友便成为生活中的要事一端。常来常往，大家都观察得详细，记得清楚：谁家院里有一棵歪脖的大白杏，谁家的二门外有两株爱开花而不大爱结果的"虎拉车"①。记得清楚,自然到时候就期望有些果子送上门来,亲切而实惠。大姐婆婆向来不赠送别人任何果子,因为她从前种的白枣和蜜桃什么的都叫她给瞪死了,后来就起誓不再种果树。这可就叫她有时间关心别人家的桃李和苹果,到时候若不给她送来一些,差不多便是大逆不道!因此,二哥若不拿着些枣子,便根本不敢前去访问。

多甫大姐夫正在院里放鸽子。他仰着头,随着鸽阵的盘旋而轻扭脖颈,眼睛紧盯着飞动的"元宝"。他的脖子有点发酸,可是"不苦不乐",心中的喜悦难以形容。看久了,鸽子越飞越高,明朗的青天也越来越高,在鸽翅的上下左右仿佛还飞动着一些小小的金星。天是那么深远,明洁,鸽子是那么黑白分明,使他不能不微张着嘴,嘴角上挂着笑意。人、鸽子、天,似乎通了气,都爽快、高兴、快活。

今天,他只放起二十来只鸽子,半数以上是白身子,黑凤头,黑尾巴的"黑点子",其余的是几只"紫点子"和两只黑头黑尾黑翅边的"铁翅乌"。阵势不大,可是配合得很有考究。是呀,已到初秋,天高,小风儿凉爽,若是放起全白的或白尾的鸽儿,岂不显着轻飘,压不住秋景与凉风儿么?看,看那短短的黑尾,多么厚深有力啊。看,那几条紫尾确是稍淡了一些,可是鸽子一转身或一侧身啊,尾上就发出紫羽特有的闪光呀!由全局看来,白色似乎还是过多了一些,可是那一对铁翅乌大有作用啊:中间白,四边黑,像两朵奇丽的大花!这不就使鸽阵于素净之中又不算不花哨么?有考

---

①虎拉车,即花红,俗称沙果。虎读作huǒ(火)。

究！真有考究！看着自己的这一盘儿鸽子，大姐夫不能不暗笑那些阔人们——他们一放就放起一百多只，什么颜色的都有，杂乱无章，叫人看着心里闹得慌！"贵精不贵多呀"！他想起古人的这句名言来。虽然想不起到底是哪一位古人说的，他可是觉得"有诗为证"，更佩服自己了。

在愉快之中，他并没忘了警惕。玩嘛，就得全心全意，一丝不苟。虽然西风还没有吹黄了多少树叶，他已不给鸽子戴上鸽铃，怕声闻九天，招来"鸦虎子"——一种秋天来到北京的鹞子，鸽子的敌人。一点不能大意，万一鸦虎子提前几天进了京呢，可怎么办？他不错眼珠地看着鸽阵，只要鸽子露出点惊慌，不从从容容地飞旋，那必是看见了敌人。他便赶紧把它们招下来，决不冒险。今天，鸽子们并没有一点不安的神气，可是他还不敢叫它们飞得过高了。鸦虎子专会在高空袭击。他打开鸽栅，放出几只老弱残兵，飞到房上。空中的鸽子很快地都抿翅降落。他的心由天上回到胸膛里。

二哥已在院中立了一会儿。他知道，多甫一玩起来便心无二用，听不见也看不见旁的，而且讨厌有人闯进来。见鸽子都安全地落在房上，他才敢开口："多甫，不错呀！""哟！二哥！"多甫这才看见客人。他本想说两句道歉的话，可是一心都在鸽子上，爽兴就接着二哥的话茬儿说下去："什么？不错？光是不错吗？看您说的！这是点真学问！我叫下它们来，您细瞧瞧！每一只都值得瞧半天的！"他往栅子里撒了一把高粱，鸽子全飞了下来。"您看！您要是找紫点子和黑点子的样本儿，都在这儿呢！您看看，全是凤头的，而且是多么大，多么俊的凤头啊！美呀！飞起来，美；落下来，美；这才算地道玩意儿！"没等二哥细细欣赏那些美丽的凤头,多甫又指着一对"紫老虎帽儿"说:"二哥!看看这一对宝贝吧!帽儿一直披过了肩,多么好的尺寸,还一根杂毛儿也没有啊!告诉您,没地方找去!"他放低了声音,好像怕隔墙有耳:"庆王府的!府里的秀泉,秀把式偷出来的一对蛋!到底是王府里的玩意儿,孵出来的哪是鸽子,是凤凰哟!"

"嗯!是真体面!得送给秀把式一两八钱的吧?""二哥,您是怎么啦?一两八钱的,连看也不叫看一眼啊!靠着面子,我给了他三两。可是,这一对小活宝贝得值多少银子啊?二哥,不信您马上拍出十两银子来,看我肯让给您不肯!"

"那,我还留着银子娶媳妇呢!"

"那,也不尽然!"多甫把声音放得更低了些,"您记得博胜之博二爷,不是用老婆换了一对蓝乌头吗?"这时候,他才看见二哥手里的包袱。"二哥,您家里的树熟儿①吧?嘿!我顶爱吃您那儿的那种'莲蓬子儿',甜酸,核儿小,皮嫩!太好啦!我道谢啦!"他请了个安,把包袱接过去。进了堂屋,二哥给二位长亲请了安,问了好,而后献礼:"没什么孝敬您的,自家园的一点红枣儿!"

大姐进来献茶,然后似乎说了点什么,又似乎没说什么,就那么有规有矩地找到最合适的地方,垂手侍立。

多甫一心要吃枣子,手老想往包袱里伸。大姐婆婆的眼睛把他的手瞪了回去,而后下命令:"媳妇,放在我的盒子里去!"大姐把包袱拿走,大姐夫心里凉了一阵。

---

①树熟儿,指树上熟透了的果实。

有大姐婆婆在座,二哥不便提起王掌柜的事,怕她以子爵的女儿的资格,拦头给他一杠子。她对什么事,不管懂不懂,都有她自己的见解与办法。一旦她说出"不管",正翁就绝对不便违抗。这并不是说正翁有点怕老婆,而是他拥护一条真理——"不管"比"管"更省事。二哥有耐性儿,即使大姐婆婆在那儿坐一整天,他也会始终不动,滔滔不绝地瞎扯。

大姐不知在哪儿那么轻嗽了一下。只有大姐会这么轻嗽,叫有心听的能听出点什么意思来,叫没心听的也觉得挺悦耳,叫似有心听又没心听的既觉得挺悦耳,还可能听出点什么意思来。这是她的绝技。大姐婆婆听见了,瞪了瞪眼,欠了欠身。二哥听到了那声轻嗽,也看见了这个欠身,赶紧笑着说:"您有事,就请吧!"大姐婆婆十分庄严地走出去。二哥这才对二位男主人说明了来意。

多甫还没把事情完全听明白,就怒从心中起,恶向胆边生。"什么?洋人?洋人算老几呢?我斗斗他们!大清国是天朝上邦,所有的外国都该进贡称臣!"他马上想出来具体的办法:"二哥,您甭管,全交给我吧!善扑营①的、当库兵的哥儿们,多了没有,约个三十口子,四十口子,还不算不现成!

"打群架吗?"二哥笑着问。 他眼睛多呀,就是千眼佛,我也把他揍瞎了!

"对!拉躺下,打!打得他叫了亲爹,拉倒!不叫,往死里打!"多甫立起来,晃着两肩,抡抡拳头,还狠狠地啐了两口。

---

①善扑营,善扑,摔跤。清代设置的善扑营,是专门训练为演习用的摔跤、射箭、骑马等技艺的军营。

"多甫，"旗人的文化已经提到这么高，正翁当着客人面前，称儿子的号而不呼名了。"多甫，你坐下！"看儿子坐下了，正翁本不想咳嗽，可是又似乎有咳嗽的必要，于是就有腔有调地咳嗽了一会儿，而后问二哥："定大爷肯管这个事吗？"

"我不知道，所以才来请您帮帮忙！"

"我看，我看，拿不准的事儿，顶好不做！"正翁做出很有思想的样子，慢慢地说。

"先打了再说嘛，有什么拿不准的？"多甫依然十分坚决。"是呀，我可以去请两位黄带子①来，打完准保没事！""多甫，"正翁掏出四吊钱的票子来，"给你，出去蹓蹓！看有好的小白梨，买几个来，这两天我心里老有点火。"多甫接过钱来，扭头就走，大有子路负米的孝心与勇气。"二哥，您坐着，我给老爷子找小白梨去！什么时候打，我听您一句话，决不含糊！"他摇晃着肩膀走了出去。"正翁，您……"二哥问。

"老二，"正翁亲切地叫，"老二！咱们顶好别去蹚浑水！"这种地方，正翁与云翁有些不同：云翁在拒绝帮忙的时候，设法叫人家看出来他的身份，理当不轻举妄动。正翁呢，到底是玩鸟儿、玩票惯了，虽然拒绝帮忙，说得可怪亲切，照顾到双方的利益。"咱们爷儿俩听听书去吧！双厚坪、恒永通，双说'西游'，可真有个听头！"

"我改天，改天陪您去！今儿个……"二哥心里很不高兴，虽

---

①黄带子，清代的宗室，都系着金黄色的带子，俗称宗室为"黄带子"。此处是指能在宗室中请出朋友。

然脸上不露出来——也许笑容反倒更明显了些,稍欠自然一些。他看不上多甫那个虚假劲儿:明知自己不行,却还爱说大话,只图嘴皮子舒服。即使他真想打群架,那也只是证明他糊涂;他难道看不出来,旗人的威风已不像从前那么大了吗?对正翁,二哥就更看不上了。他对于这件事完全漠不关心,他一心想去听《西游记》!

大姐婆婆在前,大姐在后,一同进来。大姐把包袱退还给二哥,里边包着点东西。不能叫客人拿着空包袱走,这是规矩,这也就是婆媳二人躲开了半天的原因。大姐婆婆好吃,存不下东西。婆媳二人到处搜寻,才偶然地碰到了一小盒杏仁粉,光绪十六年的出品。"就行啦!"大姐安慰着婆婆,"反正有点东西压着包袱,就说得过去啦!"

二哥拿着远年的杏仁粉,请安道谢,告退。出了大门,打开包袱,看了看,顺手儿把小盒扔在垃圾堆上——那年月,什么地方都有垃圾堆,很"方便"。

十

福海二哥是有这股子劲头的:假若听说天德堂的万应锭这几天缺货,他就必须亲自去问问;眼见为实,耳听是虚。他一点不晓得定大爷肯接见他不肯。他不过是个普通的旗兵。可是,他决定去碰碰;碰巧了呢,好;碰一鼻子灰呢,再想别的办法。

他知道,他必须买通了定宅的管家,才会有见到定大爷的希望。他到便宜坊拿了一对烧鸡,并没跟王掌柜说什么。帮忙就帮到家，他不愿意叫王老头儿多操心。

提着那对鸡——打了个很体面的蒲包，上面盖着红纸黑字的门票，也鲜艳可喜——他不由得笑了笑，心里说：这算干什么玩呢！他有点讨厌这种送礼行贿的无聊，可又觉得有点好玩儿。他是旗人，有什么办法能够从蒲包儿、烧鸡的圈圈里冲出去呢？没办法！

见了管家，他献上了礼物，说是王掌柜求他来的。是的，王掌柜有点小小的、比针尖大不了多少的困难，希望定大爷帮帮忙。王掌柜是买卖地儿的人，不敢来见定大爷，所以才托他登门拜见。是呀，二哥转弯抹角地叫管家听明白，他的父亲是三品顶子的参领——他知道，定大爷虽然有钱有势，可是还没做过官。二哥也叫管家看清楚，他在定大爷面前，一定不会冒冒失失地说出现在一两银子能换多少铜钱，或烧鸡卖多少钱一只。他猜得出，定宅的银盘儿和物价都与众不同，完全由管家规定。假若定大爷万一问到烧鸡，二哥会说：这一程子，烧鸡贵得出奇！二哥这些话当然不是直入公堂说出来的。他也不是怎么说着说着，话就那么一拐弯儿，叫管家听出点什么意思来，而后再拐弯儿，再绕回来。这样拐弯抹角，他说了一个钟头。连这样，管家可是还没有替他通禀一声的表示。至此，二哥也就露出，即使等三天三夜，他也不嫌烦——好在有那对烧鸡在那儿摆着，管家还不至把他轰了出去。

管家倒不耐烦了，只好懒懒地立起来。"好吧，我给你回一声儿吧！"

恰好定大爷这会儿很高兴，马上传见。

定大爷是以开明的旗人自居的。他的祖父、父亲都做过外任官，到处拾来金银元宝，珍珠玛瑙。定大爷自己不急于做官，因为那些元宝还没有花完，他满可以从从容容地享些清福。在戊戌变法的时候，他甚至于相当同情维新派。他不像云翁与正翁那么顾虑到一变法就丢失了铁杆儿庄稼。他用不着顾虑，在他的宅院附近，半条街的房子都是他的，专靠房租，他也能舒舒服服地吃一辈子。他觉得自己非常清高，有时候他甚至想到，将来他会当和尚去，像贾宝玉似的。因此，他也轻看做生意。朋友们屡屡劝他拿点资本，帮助他们开个买卖，他总是摇头。对于李鸿章那伙兴办实业的人，他不愿表示意见，因为他既不明白实业是什么，又觉得"实业"二字颇为时髦，不便轻易否定。对了，定大爷就是这么样的一个阔少爷，时代潮浪动荡得那么厉害，连他也没法子听而不闻，没法子不改变点老旗人的顽固看法。可是，他的元宝与房产又遮住他的眼睛，使他没法子真能明白点什么。所以，他一阵儿明白，一阵儿胡涂，像个十岁左右、聪明而淘气的孩子。

他只有一个比较具体的主张：想叫大清国强盛起来，必须办教育。为什么要办教育呢？因为识文断字的人多起来，社会上就会变得文雅风流了。到端午、中秋、重阳，大家若是都作些诗，喝点黄酒，有多好呢！哼，那么一来，天下准保太平无事了！从实际上想，假若他捐出一所不大不小的房子作校址，再卖出一所房子购置桌椅板凳，就有了一所学堂啊！这容易做到，只要他肯牺牲那两所房子，便马上会得到毁家兴学的荣誉。

定大爷极细心地听取二哥的陈述，只在必要的地方"啊"一下或"哈"一下。二哥原来有些紧张，看到定大爷这么注意听，他脸上露出真的笑意。他心里说：哼，不亲自到药铺问问，就不会真知道有没有万应锭！心中虽然欢喜，二哥可也没敢加枝添叶，故意刺激定大爷。他心里没底——那个旗人是天之骄子，所向无敌的老底。

二哥说完，定大爷闭上眼，深思。而后，睁开眼，他用细润白胖，大指上戴着个碧绿明润的翡翠扳指的手，轻脆地拍了胖腿一下："啊！啊？我看你不错，你来给我办学堂吧！""啊？"二哥吓了一跳。

"你先别出声，听我说！"定大爷微微有点急切地说："大清国为什么……啊？"凡是他不愿明说的地方，他便问一声"啊"，叫客人去揣摩。"旗人，像你说的那个什么多，啊？去巴结外国人？还不都因为幼而失学，不明白大道理吗？非办学堂不可！非办不可！你就办去吧！我看你很好，你行！哈哈哈！"

"我，我去办学堂？我连学堂是什么样儿都不知道！"二哥是不怕困难的人，可是听见叫他去办学堂，真有点慌了。

定大爷又哈哈地笑了一阵。平日他所接触到的人，没有像二哥这么说话的。不管他说什么，即使是叫他们去挖祖坟，他们也嚇嚇是是地答应着。他们知道，过一会儿他就忘说过什么，他们也就无须去挖坟了。二哥虽然很精明，可到底和定大爷这样的人不大来往，所以没能沉住了气。定大爷觉得二哥的说话法儿颇为新颖，就仿佛偶然吃一口窝窝头也怪有个意思儿似的。"我看你可靠！可靠的人办什么也行！啊？我找了不是一天啦，什么样的人都有，就是没有可靠的！你就看我那个管家吧，啊？我叫他去买一只小兔儿，他会赚一匹骆驼的钱！哈哈哈！"

"那，为什么不辞掉他呢？"这句话已到唇边，二哥可没敢说出来，省得定大爷又笑一阵。

"啊！我知道你要说什么！我五年前就想辞了他！可是，他走

113

了，我怎么办呢？怎见得找个新人来，买只小兔，不赚三匹骆驼的钱呢？"

二哥要笑，可是没笑出来；他也不怎么觉得一阵难过。他赶紧把话拉回来："那，那什么，定大爷，您看王掌柜的事儿怎么办呢？"

"那，他不过是个老山东儿！"

这句话伤了二哥的心。他低下头去，半天没说出话来。"怎么啦？怎么啦？"定大爷相当急切地问。在他家里，他是个小皇帝。可也正因如此，他有时候觉得寂寞、孤独。他很愿意关心国计民生，以备将来时机一到，大展经纶，像出了茅庐的诸葛亮似的。可是，自幼儿娇生惯养，没离开过庭院与花园，他总以为老米白面，鸡鸭鱼肉，都来自厨房；鲜白藕与酸梅汤什么的都是冰箱里产出来的。他接触不到普通人所遇到的困难与问题。他有点苦闷，觉得孤独。是呀，在家里，一呼百诺；出去探望亲友，还是众星捧月；看见的老是那一些人，听到的老是那一套奉承的话。他渴望见到一些新面孔，交几个真朋友。因此，他很容易把初次见面的人当作宝贝，希望由此而找到些人与人之间的新关系，增加一些人生的新知识。是的，新来上工的花把式或金鱼把式，总是他的新宝贝。有那么三四天，他从早到晚跟着他们学种花或养鱼。可是，他们也和那个管家一样，对他总是那么有礼貌，使他感到难过，感到冷淡。新鲜劲儿一过去，他就不再亲自参加种花和养鱼，而花把式与鱼把式也就默默地操作着，对他连看也不多看一眼，好像不同种的两只鸟儿相遇，谁也不理谁。

这一会儿，二哥成为定大爷的新宝贝。是呀，二哥长得体面，能说会道,既是旗人,又不完全像个旗人——至少是不像管家那样的旗人。哼,那个管家,无论冬夏,老穿着护着脚面的长袍,走路没有一点声音,像个两条腿的大猫似的!

二哥这会儿很为难,怎么办呢?想来想去,嗯,反正定大爷不是他的佐领,得罪了也没太大的关系。实话实说吧:"定大爷!不管他是老山东儿,还是老山西儿,他是咱们的人,不该受洋人的欺侮!您,您不恨欺压我们的洋人吗?"说罢,二哥心里痛快了一些,可也知道恐怕这是砂锅砸蒜,一锤子的买卖,不把他轰出去就是好事。

定大爷愣了一会儿:这小伙子,教训我呢,不能受!可是,他忍住了气;这小伙子是新宝贝呀,不该随便就扔掉。"光恨可有什么用呢?啊?咱们得自己先要强啊!"说到这里,定大爷觉得自己就是最要强的人:他不吸鸦片,晓得有个林则徐;他还没做官,所以很清廉;他虽爱花钱,但花的是祖辈留下来的,大爷高兴把钱都打了水漂儿玩,谁也管不着……"定大爷,您也听说了吧,四外闹义和团哪!"

二哥这么一提,使定大爷有点惊异。他用翡翠扳指蹭了蹭上嘴唇上的黑而软的细毛——他每隔三天刮一次脸。关于较比重大的国事、天下事,他以为只有他自己才配去议论。是呀,事实是这样:他的亲友之中有不少贵人,即使他不去打听,一些紧要消息也会送到他的耳边来。对这些消息,他高兴呢,就想一想;不高兴呢,就由左耳进来,右耳出去。他想一想呢,是关心国家大事;不去想呢,是沉得住气,不见神见鬼。不管怎么说吧,二哥,一个小小的旗兵,不该随便谈论国事。对于各处闹教案,他久有所闻,但没有特别注意，因为闹事的地方离北京相当的远。当亲友中做大官的和他讨论这些事件的时候，在感情上，他和那些满族大员们一样，都很讨厌那些洋人；在理智上，他虽不明说，可是暗中同意那些富贵双全的老爷们的意见：忍口气，可以不伤财。是的，洋人不过是要点便宜，给他们就是了，很简单。至于义和团，谁知道他们会闹出什么饥荒来呢？他必须把二哥顶回去："听说了，不该闹！你想想，凭些个拿着棍子棒子的乡下佬儿，能打得过洋人吗？啊？啊？"他走到二哥的身前，嘴对着二哥的脑门子，又问了两声："啊？啊？"

二哥赶紧立起来。定大爷得意地哈哈了一阵。二哥不知道外国到底有多么大的力量，也不晓得大清国到底有多么大的力量。最使他难以把定大爷顶回去的是，他自己也不知道自己有多大力量。他只好改变了口风："定大爷，咱们这一带可就数您德高望重，也只有您肯帮助我们！您要是揣起手儿不管，我们这些小民可找谁去呢？"

定大爷这回是真笑了，所以没出声。"麻烦哪！麻烦！"他轻轻地摇着头。二哥看出这种摇头不过是作派，赶紧再央求："管管吧！管管吧！"

"可怎么管呢？"

二哥又愣住了。他原想定大爷一出头，就能把教会压下去。看样子，定大爷并不准备那么办。他不由得又想起十成来。是，十成做的对！官儿们不管老百姓的事，老百姓只好自己动手！就是这么一笔账！

"我看哪，"定大爷想起来了，"我看哪，把那个什么牧师约来，我给他一顿饭吃，大概事情也就可以过去了。啊？"

二哥不十分喜欢这个办法。可是，好容易得到这么个结果，他不便再说什么。"那，您就分心吧！"他给定大爷请了个安。他急于告辞。虽然这里的桌椅都是红木的，墙上挂着精裱的名人字画，而且小书童隔不会儿就进来，添水或换茶叶，用的是景德镇细磁盖碗，沏的是顶好的双熏茉莉花茶，他可是觉得身上和心里都很不舒服。首先是，他摸不清定大爷到底是怎么一个人，不知对他说什么才好。他愿意马上走出去，尽管街上是那么乱七八糟，飞起的尘土带着马尿味儿，他会感到舒服，亲切。

　　可是，定大爷不让他走。他刚要走，定大爷就问出来："你闲着的时候，干点什么？养花？养鱼？玩蛐蛐？"不等二哥回答，他先说下去，也许说养花，也许说养鱼，说着说着，就又岔开，说起他的一对蓝眼睛的白狮子猫来。二哥听得出来，定大爷什么都知道一点，什么可也不真在行。二哥决定只听，不挑错儿，好找机会走出去。

　　二哥对定大爷所用的语言，也觉得有点奇怪。他自己的话，大致可以分作两种：一种是日常生活中用的，里边有不少土话，歇后语，油漆匠的行话，和旗人惯用的而汉人也懂得的满文词儿。他最喜欢这种话，信口说来，活泼亲切。另一种是交际语言，在见长官或招待贵宾的时候才用。他没有上过朝，只能想像：皇上若是召见他，跟他商议点国家大事，他大概就须用这种话回奏。这种话大致是以云亭大舅的语言为标准，第一要多用些文雅的词儿，如"台甫"，"府上"之类，第二要多用些满文，如"贵牛录"，"几栅栏"等等。在说这种话的时候，吐字要十分清楚，所以顶好有个腔调，并且随时要加入"嗻是"，毕恭毕敬，二哥不大喜爱这种拿腔作势的语言，每一运用，他就觉自己是在装蒜。它不亲切。可是，正因为不亲切，才听起来像官腔，像那么回事儿。

定大爷不耍官腔，这叫二哥高兴；定大爷没有三、四品官员的酸味儿。使二哥不大高兴的是：第一，定大爷的口里还有不少好几年前流行而现在已经不大用的土语。这叫他感到不是和一位青年谈话呢。听到那样的土语，他就赶紧看一看对方，似乎怀疑定大爷的年纪。第二，定大爷的话里有不少虽然不算村野，可也不算十分干净的字眼儿。二哥想得出来：定大爷还用着日久年深的土语，是因为不大和中、下层社会接触，或是接触得不及时。他可是想不出，为什么一个官宦之家的，受过教育的子弟，嘴里会不干不净。是不是中等旗人的语言越来越文雅，而高等旗人的嘴里反倒越来越简单，俗俚呢？二哥想不清楚。

更叫他不痛快的是：定大爷的话没头没脑，说着说着金鱼，忽然转到："你看，赶明儿个我约那个洋人吃饭，是让他进大门呢？还是走后门？"这使二哥很难马上作出妥当的回答。他正在思索，定大爷自己却提出答案："对，叫他进后门！那，头一招，他就算输给咱们了！告诉你，要讲斗心路儿，红毛儿鬼子可差多了！啊？"

有这么几次大转弯，二哥看清楚：定大爷是把正经事儿掺在闲话儿说，表示自己会于谈笑之中，指挥若定。二哥也看清楚：表面上定大爷很随便，很天真，可是心里并非没有自己的一套办法。这套办法必是从日常接触到的达官贵人那里学来的，似乎有点道理，又似乎很荒唐。二哥很不喜欢这种急转弯，对鬼子进大门还是走后门这类的问题，也不大感觉兴趣。他急于告别，一来是他心里不大舒服，二来是很怕定大爷再提起叫他去办学堂。

十一

牛牧师接到了请帖。打听明白了定大爷是何等人,他非常兴奋。来自美国,他崇拜阔人。他只尊敬财主,向来不分析财是怎么发的。因此,在他的舅舅发了财之后,若是有人暗示:那个老东西本是个流氓。他便马上反驳:你为什么没有发了财呢?可见你还不如流氓!因此,他拿着那张请帖,老大半天舍不得放下,几乎忘了定禄是个中国人,他所看不起的中国人。这时候,他心中忽然来了一阵民主的热气:黄脸的财主是可以做白脸人的朋友的!同时,他也想起:他须抓住定禄,从而多认识些达官贵人,刺探些重要消息,报告给国内或使馆,提高自己的地位。他赶紧叫仆人给他擦鞋、烫衣服,并找出一本精装的《新旧约全书》,预备送给定大爷。

他不知道定大爷为什么请他吃饭,也不愿多想。眼睛多倒猜出一点来,可是顾不得和牧师讨论。他比牧师还更高兴:"牛牧师!牛牧师!准是翅席哟!准是!嘿!"他咂摸着滋味,大口地咽口水。

眼睛多福至心灵地建议:牛牧师去赴宴,他自己愿当跟班的,头戴红缨官帽,身骑高大而老实的白马,给牧师拿着礼物什么的。他既骑马,牧师当然须坐轿车。"对!牛牧师!我去雇一辆车,准保体面!到了定宅,我去喊:'回事'!您听,我的嗓音儿还像那么一回事吧?"平日,他不敢跟牧师这么随便说话。今天,他看出牧师十分高兴,而自己充当跟随,有可能吃点残汤腊水,或得到两吊钱的赏赐,所以就大胆一些。

"轿车?"牛牧师转了转眼珠。

"轿车!对!"眼睛多不知吉凶如何,赶紧补充:"定大爷出门儿就坐轿车,别叫他小看了牧师!"

"他坐轿车,我就坐大轿!我比他高一等!"

眼睛多没有想到这一招,一时想不出怎么办才好。"那,那,轿子,不,不能随便坐呀!"

"那,你等着瞧!我会叫你们的皇上送给我一乘大轿,八个人抬着!"

"对!牧师!牧师应当是头品官!您可别忘了,您戴上红顶子,可也得给我弄个官衔!我这儿先谢谢牧师啦!"眼睛多规规矩矩地请了个安。

牧师咔咔咔地笑了一阵。

商议了许久,他们最后决定:牧师不坚持坐大轿,眼睛多也不必骑马,只雇一辆体面的骡车就行了。眼睛多见台阶就下,一来是他并没有不从马上掉下来的把握,尽管是一匹很老实的马,二来是若全不让步,惹得牧师推翻全盘计划,干脆连跟班的也不带,他便失去到定宅吃一顿或得点赏钱的机会。

宴会时间是上午十一点。牛牧师本想迟起一些,表示自己并不重视一顿好饭食。可是,他仍然起来得很早,而且加细地刮了脸。他不会去想,到定宅能够看见什么珍贵的字画,或艺术价值很高的陈设。他能够想像得到的是去看看大堆的金锭子、银锞子,和什么价值连城的夜光珠。他非常兴奋,以至把下巴刮破了两块儿。

眼睛多从看街的德二爷那里借来一顶破官帽。帽子太大,戴上以后，一个劲儿在头上打转儿。他很早就来在教堂门外，先把在那儿歇腿的几个乡下人，和几个捡煤核的孩子，都轰了走："这儿是教堂，站不住脚儿！散散！待会儿洋大人就出来，等着吃洋火腿吗？"看他们散去，他觉得自己的确有些威严，非常高兴。然后，他把牧师的男仆叫了出来："我说，门口是不是得动动笤帚呢？待会儿，牧师出来一看……是吧？"平日，他对男仆非常客气，以便随时要口茶喝什么的，怪方便。现在，他戴上了官帽，要随牧师去赴宴，他觉得男仆理当归他指挥了。男仆一声没出，只对那顶风车似的帽子翻了翻白眼。

十点半，牛牧师已打扮停妥。他有点急躁。在他的小小生活圈子里，穷教友们是他天天必须接触到的。他讨厌他们，鄙视他们，可又非跟他们打交道不可。没有他们，他的饭锅也就砸了。他觉得这是上帝对他的一种惩罚！他羡慕各使馆的那些文武官员，个个扬眉吐气，的确像西洋人的样子。他自己算哪道西洋人呢？他几乎要祷告：叫定大爷成为他的朋友，叫他打入贵人、财主的圈子里去！那，可就有个混头儿了！这时候，他想起许多自幼儿读过的廉价的"文学作品"来。那些作品中所讲的冒险的故事，或一对男女仆人的罗曼司，不能都是假的。是呀，那对仆人结了婚之后才发现男的是东欧的一位公爵，而女的得到一笔极大极大的遗产！是，这不能都是假的！

这时候，眼睛多进来请示，轿车已到，可否前去赴宴？平时，牧师极看不起眼睛多，可是又不能不仗着他表现自己的大慈大悲，与上帝的无所不知，无所不能。现在，他心中正想着那些廉价的罗曼司，忽然觉得眼睛多确有可爱之处，像一条丑陋而颇通人性的狗那么可笑又可爱。他爱那顶破官帽。他不由得想到：他若有朝一日发了财，就必用许多中国仆人，都穿一种由他设计的服装，都戴红缨帽。他看着那顶破帽子咔咔了好几声。眼睛多受宠若惊，乐得连腿都有点发软，几乎立不住了。

这是秋高气爽的时候，北京的天空特别晴朗可喜。正是十一点来钟，霜气散尽，日光很暖，可小西北风又那么爽利，使人觉得既暖和又舒服。

可惜，那时代的道路很坏：甬路很高，有的地方比便道高着三四尺。甬路下面往往就是臭泥塘。若是在甬路上翻了车，坐车的说不定是摔个半死，还是掉在臭泥里面。甬路比较平坦，可也黑土飞扬，只在过皇上的时候才清水泼街，黄土垫道，干净那么三五个钟头。

眼睛多雇来的轿车相当体面。这是他头一天到车口①上预定的，怕临时抓不着好车。

他恭恭敬敬地拿着那本精装《圣经》，请牧师上车。牛牧师不肯进车厢，愿跨车沿儿。

"牧师！牛牧师！请吧！没有跟班的坐里面，主人反倒跨车沿儿的，那不成体统！"眼睛多诚恳地劝说。牧师无可如何，只好往车厢里爬，眼睛多拧身跨上车沿，轻巧飘洒，十分得意。给洋人当跟随，满足了他的崇高愿望。车刚一动，牧师的头与口一齐出了声，头上碰了个大包。原来昨天去定车的时候，几辆车静静地排在一处，眼睛多无从看出来骡子瘸了一条腿。腿不大方便的骡子须费

---

①车口，停放车辆以等待雇主的地方。

很大的劲,才能够迈步前进,而牧师左摇右晃,手足失措,便把头碰在坚硬的地方。

"不要紧!不要紧!"赶车的急忙笑着说,"您坐稳点!上了甬路就好啦!别看它有点瘸,走几十里路可不算一回事!还是越走越快,越稳!"

牧师手捂着头,眼睛多赶紧往里边移动,都没说什么。车上了甬路。牧师的腿没法儿安置:开始,他拳着双腿,一手用力拄着车垫子,一手捂着头上;这样支持了一会儿,他试探着伸开一条腿。正在此时,瘸骡子也不怎么忽然往路边上一扭,牧师的腿不由得伸直。眼睛多正得意地用手往上推一推官帽,以便叫路上行人赏识他的面貌,忽然觉得腰眼上挨了一炮弹,或一铁锤。说时迟,那时快,他还没来得及"哎呀"一声,身子已飘然而起,直奔甬路下的泥塘。他想一拧腰,改变飞行的方向,可是恰好落在泥塘的最深处。别无办法,他只好极诚恳地高喊:救命啊!

几个过路的七手八脚地把他拉了上来。牛牧师见车沿已空,赶紧往前补缺。大家仰头一看,不约而同地又把眼睛多扔了回去。他们不高兴搭救洋奴。牛牧师催车夫快走。眼睛多独力挣扎了许久,慢慢地爬了上来,带着满身污泥,手捧官帽,骂骂咧咧地回了家。

定宅门外已经有好几辆很讲究的轿车,骡子也都很体面。定大爷原想叫牧师进后门,提高自己的身份,削减洋人的威风。可是,女眷们一致要求在暗中看看"洋老道"是什么样子。她们不大熟悉牧师这个称呼,而渺茫地知道它与宗教有关,所以创造了"洋老道"这一名词。定大爷觉得这很好玩,所以允许牛牧师进前门。这虽然给了洋人一点面子,可是暗中有人拿他当作大马猴似的看着玩，也就得失平衡，安排得当。

一个十三四岁的小童儿领着牧师往院里走。小童儿年纪虽小，却穿着件扑着脚面的长衫，显出极其老成，在老成之中又有点顽皮。牛牧师的黄眼珠东溜溜，西看看，不由得长吸了一口气。看，迎面是一座很高很长的雕砖的影壁，中间悬着个大木框，框心是朱纸黑字，好大的两个黑字。他不会欣赏那砖雕，也不认识那俩大黑字，只觉得气势非凡，的确是财主住的地方。影壁左右都有门，分明都有院落。"请！"小童儿的声音不高也不低，毫无感情。说罢，他向左手的门走去。门坎很高，牧师只顾看门上面的雕花，忘了下面。鞋头碰到门坎上，磕去一块皮，颇为不快。

进了二门，有很长的一段甬路，墁①着方砖，边缘上镶着五色的石子，石子儿四围长着些青苔。往左右看，各有月亮门儿。左边的墙头上露着些青青的竹叶。右门里面有座小假山，遮住院内的一切，牛牧师可是听到一阵妇女的笑声。他看了看小童儿，小童儿很老练而顽皮地似乎挤了挤眼，又似乎没有挤了挤眼。

又来到一座门，不很大，而雕刻与漆饰比二门更讲究。进了这道门，左右都是长廊，包着一个宽敞的院子。听不见一点人声，只有正房的廊下悬着一个长方的鸟笼，一只画眉独自在歌唱。靠近北房，有两大株海棠树，挂满了半红的大海棠果。一只长毛的小白猫在树下玩着一根鸡毛，听见脚步声，忽然地不见了。

顺着正房的西北角，小童儿把牧师领到后院。又是一片竹子，竹林旁有个小门。牧师闻到桂花的香味。进了小门，豁然开朗，是

---

①墁，铺。

一座不小的花园。牛牧师估计，从大门到这里，至少有一里地。迎门，一个汉白玉的座子，上边摆着一块细长而玲珑的太湖石。远处是一座小土山，这里那里安排着一些奇形怪状的石头，给土山添出些棱角。小山上长满了小树与杂花，最高的地方有个茅亭，大概登亭远望，可以看到青青的西山与北山。山前，有个荷花池，大的荷叶都已残破，可是还有几叶刚刚出水，半卷半开。顺着池边的一条很窄，长满青苔的小路走，走到山尽头，在一棵高大的白皮松下，有三间花厅。门外，摆着四大盆桂花，二金二银，正在盛开。"回事！"小童儿喊了一声。听到里面的一声轻嗽，他高打帘栊，请客人进去。然后，他立在大松下，抠弄树上的白皮儿，等候命令。

花厅里的木器一致是楠木色的，蓝与绿是副色。木制的对联，楠木地绿字；匾额，楠木地蓝字。所有的磁器都是青花的。只有一个小瓶里插着两朵红的秋玫瑰花。牛牧师扫了一眼，觉得很失望——没有金盘子银碗！

定大爷正和两位翰林公欣赏一块古砚。见牛牧师进来，他才转身拱手，很响亮地说："牛牧师！我是定禄！请坐！"牧师还没坐下，主人又说了话："啊，引见引见，这是林小秋翰林，这是纳雨声翰林，都坐！坐！"

两位翰林，一高一矮，一胖一瘦，一满一汉，都留着稀疏的胡子。汉翰林有点拘束。在拘束之中露出他既不敢拒绝定大爷的约请，又实在不高兴与洋牧师同席。满翰林是个矮胖子，他的祖先曾征服了全中国，而他自己又吸收了那么多的汉族文化，以至当上翰林，所以不像汉翰林那么拘束。他觉得自己是天之骄子，他的才华足以应付一切人，一切事。一切人，包括着白脸蓝眼珠的，都天生来的比他低着一等或好几等。他不知道世界列强的真情实况,可的确知道外国的枪炮很厉害,所以有点怕洋鬼子。不过,洋鬼子毕竟是洋鬼子,无论怎么厉害也是野人,只要让着他们一点,客气一点,也就可以相安无事了。不幸,非短兵相接,打交手仗不可,他也能在畏惧之中想出对策。他直看牛牧师的腿,要证实鬼子腿,像有些人说的那样,确是直的。假若他们都是直腿,一倒下就再也起不来,那便好办了——只须用长竹竿捅他们的磕膝,弄倒他们,就可以像捉仰卧的甲虫那样,从从容容地捉活的就是了。牛牧师的腿并不像两根小柱子。翰林有点失望,只好再欣赏那块古砚。

"贵国的砚台,以哪种石头为最好呢?"纳雨声翰林为表示自己不怕外国人,这样发问。

牛牧师想了想,没法儿回答,只好咔咔了两声。笑完,居然想起一句:"这块值多少钱?"

"珍秀斋刚送来,要八十两,还没给价儿。雨翁说,值多少?"定大爷一边回答牧师,一边问纳翰林。

"给五十两吧,值!"纳雨翁怕冷淡了林小秋,补上一句,"秋翁说呢?"

秋翁知道,他自己若去买,十两银子包管买到手,可是不便给旗官儿省钱,于是只点了点头。

牛牧师的鼻子上出了些细汗珠儿。他觉得自己完全走错了路。看,这里的人竟自肯花五十两买一块破石头!他为什么不早找个门路,到这里来,而跟眼睛多那些穷光蛋们瞎混呢?他须下决心,和这群人拉拢拉拢,即使是卑躬屈膝也好!等把钱拿到手,再跟他们瞪眼,也还不迟!他决定现在就开始讨他们的喜欢!正在这么盘算，他听见一声不很大而轻脆的响声。他偷眼往里间看，一僧一道正在窗前下围棋呢。他们聚精会神地看着棋盘，似乎丝毫没理会他的光临。

那和尚有五十多岁，虽然只穿件灰布大领僧衣，可是气度不凡：头剃得极光，脑门儿极亮，脸上没有一丝五十多岁人所应有的皱纹。那位道士的道袍道冠都很讲究，脸色黄黄的，静中透亮，好像不过五十来岁，可是一部胡须很美很长，完全白了。

牛牧师不由得生了气。他，和他的亲友一样，知道除了自己所信奉的，没有，也不应当有，任何配称为宗教的宗教。这包括着犹太教、天主教。至于佛教、道教……更根本全是邪魔外道，理当消灭！现在，定大爷竟敢约来僧道陪他吃饭，分明是戏弄他，否定他的上帝！他想牺牲那顿好饭食，马上告辞，叫他们下不来台。

一个小丫环托着个福建漆的蓝色小盘进来，盘上放着个青花磁盖碗。她低着头，轻轻把盖碗放在他身旁的小几上，轻俏地走出去。

他掀开了盖碗的盖儿，碗里边浮动着几片很绿很长的茶叶。他喝惯了加糖加奶的稠嘟嘟的红茶，不晓得这种清茶有什么好处。他觉得别扭，更想告辞了。

"回事！"小童在外边喊了一声。

两位喇嘛紧跟着走进来。他们满面红光，满身绸缎，还戴着绣花的荷包与褡裢，通体光彩照人。

牛牧师更坐不住了。他不止生气，而且有点害怕——是不是这些邪魔外道要跟他辩论教义呢？假若是那样，他怎么办呢？他的那点学问只能吓唬眼睛多，他自己知道！一位喇嘛胖胖的，说话声音很低,嘴角上老挂着笑意,看起来颇有些修养。另一位,说话声音很高,非常活泼,进门就嚷:"定大爷!我待会儿唱几句《辕门斩子》①,您听听!""那好哇!"定大爷眉飞色舞地说,"我来焦赞,怎样?啊,好!先吃饭吧!"他向门外喊:"来呀!开饭!"小童儿在园内回答:"嘁!全齐啦!"

"请!请!"定大爷对客人们说。

牛牧师听到开饭,也不怎么怒气全消,绝对不想告辞了。他决定抢先走,把僧、道、喇嘛,和翰林,都撂在后边。可是,定大爷说了话:"不让啊,李方丈岁数最大,请!"

那位白胡子道士,只略露出一点点谦让的神气,便慢慢往外走,小童儿忙进来搀扶。定大爷笑着说:"老方丈已经九十八了,还这么硬朗!"

这叫牛牧师吃了一惊,可也更相信道士必定有什么妖术邪法,可以长生不老。

和尚没等让,就随着道士走。定大爷也介绍了一下:"月朗大师,学问好,修持好,琴棋书画无一不佳!"

牛牧师心里想:这顿饭大概不容易吃!他正这么想,两位翰林和两位喇嘛都走了出去。牛牧师皱了皱眉,定大爷面有得色。牛牧师刚要走,定大爷往前赶了一步:"我领路!"牛牧师真想踢他一脚,可是又舍不得那顿饭,只好做了殿军。

酒席设在离花厅不远的一个圆亭里。它原来是亭子,后来才安

---

① 《辕门斩子》,传统戏剧,演杨六郎严正军法,欲斩其子杨宗保的故事。焦赞为该剧中的人物。

上玻璃窗，改成暖阁。定大爷在每次大发脾气之后，就到这里来陶真养性。假若尚有余怒，他可以顺手摔几件小东西。这里的陈设都是洋式的，洋钟、洋灯、洋磁人儿……地上铺着洋地毯。

本文著于1961至1962年，是作者的一部自传体长篇小说（未完）。

二马

第一段

1

马威低着头儿往玉石牌楼走。走几步儿，不知不觉得就愣磕磕地站住一会儿。抬起头来，有时候向左，有时候向右，看一眼。他看什么呢？他不想看什么，也真的没看见什么。他想着的那点事，像块化透了的鳔胶，把他的心整个儿糊满了；不但没有给外面的东西留个钻得进去的小缝儿，连他身上筋肉的一切动作也满没受他的心的指挥。他的眼光只是直着出去，又直着回来了，并没有带回什么东西来。他早把世界忘了，他恨不得世界和他自己一齐消灭了，立刻消灭了，何苦再看呢！

猛孤丁地他站定不走啦。站了总有两三分钟，才慢慢地把面前的东西看清楚了。

"啊，今天是礼拜。"他自己低声儿说。

礼拜下半天，玉石牌楼向来是很热闹的。绿草地上和细沙垫的便道上，都一圈儿一圈儿地站满了人。打着红旗的工人，伸着脖子，张着黑粗的大毛手，扯着小闷雷似的嗓子喊"打倒资本阶级"。把天下所有的坏事全加在资本家的身上，连昨儿晚上没睡好觉，也是资本家闹的。紧靠着这面红旗，便是打着国旗的守旧党，脖子伸得更长，（因为戴着二寸高的硬领儿，脖子是没法缩短的。）张着细白的大毛手，拼着命喊："打倒社会党！""打倒不爱国的奸细！"把天下所有的罪恶都撂在工人的肩膀上，连今天早晨下雨，和早饭的时候煮了一个臭鸡蛋，全是工人捣乱的结果。紧靠着这一圈儿是打蓝旗的救世军，敲着八角鼓，吹着小笛儿，没结没完地唱圣诗。他们赞美上帝越欢，红旗下的工人嚷得越加劲。有时候圣灵充满，他们唱得惊天动地，叫那边红旗下的朋友不得不用字典上找不出来的字骂街。紧靠着救世军便是天主教讲道的，再过去还有多少圈儿：讲印度独立的，讲赶快灭中国的，讲自由党复兴的；也有什么也不讲，大伙儿光围着个红胡子小干老头儿，彼此对看着笑。

　　红旗下站着的人们，差不多是小泥烟袋嘴里一叼，双手插在裤兜儿里。台上说什么，他们点头赞成什么。站在国旗下面听讲的，多半是戴着小硬壳儿黑呢帽，点头咂嘴地嘟囔着："对了！""可不是！"有时候两个人说对了劲，同时说出来："对了。"还彼此挤着眼，一咧嘴，从嘴犄角儿挤出个十分之一的笑。至于那些小圈儿就不像这些大圈儿这么整齐一致了。他们多半是以讨论辩驳为主体，把脑瓜儿挤热羊似的凑在一块儿，低着声儿彼此嚼争理儿。此外单有一群歪戴帽，横眉立目的年轻小伙子，绕着这些小圈儿，说俏皮话，打哈哈，不为别的，只为招大家一笑，露露自己的精细。圈儿外边围着三五成群的巡警，都是一边儿高，一样的大手大脚，好像伦敦的巡警都是一母所生的哥儿们。

　　这群人里最出风头，叫好儿的，是穿红军衣的禁卫军。他们的腰板儿挺得比图画板还平还直，裤子的中缝像里面撑着一条铁棍儿似的那么直溜溜地立着。个个干净抹腻，脸上永远是笑着，露着雪白的门牙，头发剪得正好露出青青的头皮儿。他们是什么也不听，光在圈儿外边最惹人注目的地方站着，眼睛往四下里溜。站个三五分钟，不知道怎么一股子劲儿，就把胳臂插在姑娘的白手腕上，然后干跺着脚后跟，一同在草地上谈心去了。

青草地上的男男女女，也有脸对脸坐着的，也有搂着脖子躺着的，也有单人孤坐拿着张晚报，不看报，光看姑娘的腿的。一群群的肥狗都撒着欢儿乱跳，莫明其妙地汪汪地咬着。小孩儿们，有的穿着满身的白羊绒，有的从头到脚一身红绒的连脚裤，都拐着胖腿东倒西歪地在草地上跑来跑去，奶妈子们戴着小白风帽，唠里唠叨地跟着这些小神仙们跑。马威站了好大半天，没心去听讲，也想不起上哪儿去好。

他大概有二十二三岁的样子。身量不矮，可是很瘦。黄白的脸色儿，瘦，可是不显着枯弱。两条长眉往上稍微地竖着一些，眼角儿也往上吊着一点；要是没有那双永远含笑的大眼睛，他的面目便有些可怕了。他的眼珠儿是非常地黑，非常地亮；黑与亮的调和，叫他的黑眼珠的边儿上浅了一些，恰好不让黑白眼珠像冥衣铺糊的纸人儿那样死呆呆的黑白分明。一条不很高的鼻子，因为脸上不很胖，看着高矮正合适。嘴唇儿往上兜着一点，和他笑眯眯的眼睛正好联成一团和气。

从他的面貌和年纪看起来，他似乎不应当这样愁苦。可是，他的眉毛拧着，头儿低着，脊梁也略弯着一点，青年活泼的气象确是丢了好些。

他穿着一身灰呢的衣裳，罩着一件黑呢大氅。衣裳做得是很讲究，可是，老没有掸刷，看着正像他的脸，因为颓丧把原来的光彩减少了一大些。拿他和那些穿红军衣，夹着姑娘胳臂的青年比起来，他真算是有点不幸了。

无心中的他掏出手巾擦了擦脸；擦完了，照旧地在那里愣磕磕的站着。

已经快落太阳了，一片一片的红云彩把绿绒似的草地照成紫不溜儿的。工人的红旗慢慢地变成一块定住了的紫血似的。听讲的人也一会儿比一会儿稀少了。

马威把手揣在大氅兜儿里，往前只走了几步，在草地边儿上的铁栏杆上靠住了。

西边的红云彩慢慢地把太阳的余光散尽了。先是一层一层地蒙上浅葡萄灰色，借着太阳最后的那点反照，好像野鸽脖子上的那层灰里透蓝的霜儿。这个灰色越来越深，无形地和地上的雾圈儿联成一片，把地上一切的颜色，全吞进黑暗里去了。工人的红旗也跟着变成一个黑点儿。远处的大树悄悄地把这层黑影儿抱住，一同往夜里走了去。

人们一来二去地差不多散净了。四面的煤气灯全点着了。围着玉石牌楼红的绿的大汽车，一闪一闪地绕着圈儿跑，远远地从雾中看过去，好像一条活动的长虹。

草地上没有人了，只是铁栏杆的旁边还有个黑影儿。

2

李子荣已经钻了被窝。正在往左伸伸腿，又往右挪挪手，半睡不睡的时候，恍恍忽忽地似乎听见门铃响了一声。眼睛刚要睁开，可是脑袋不由得往枕头下面溜了下去。心里还迷迷糊糊地记得：刚才有个什么东西响了一声。可是，……

"吱——啷！"门铃又响了。

他把才闭好的眼睛睁开了一小半，又慢慢把耳朵唇儿往枕头上面凑了一凑。

"吱——啷！"

"半夜三更鬼叫门！谁呢？"他一手支着褥子坐起来，一手把窗帘掀开一点往外看。胡同里虽有煤气灯，可是雾下得很厚，黑咕隆咚地什么也看不见。

"吱——啷！"比上一回的响声重了一些，也长了一些。

李子荣起来了。摸着黑儿穿上鞋，冰凉的鞋底碰上脚心的热汗，他不由得身上起了一层小鸡皮疙瘩；虽然是四月底的天气，可是夜间还是凉渗渗的。他摸着把电灯开开。然后披上大氅，大气不出地，用脚尖儿往楼下走。楼下的老太太已经睡了觉，一不小心把她吵醒了，是非挨骂不可的。他轻轻地开了门，问了声："谁呀？"他的声音真低，低得好像怕把外边的稠雾吓着似的。

"我。"

"马老？怎么一个劲儿地按铃儿呀！"

马威一声儿没言语，进来就往楼上走。李子荣把街门轻轻地对好，也一声不出地随着马威上了楼。快走到自己的屋门，他站住听了听，楼下一点声儿也没有，心里说："还好，老太太没醒。不然，明儿的早饭是一半面包，一半儿骂！"

两个人都进了屋子，马威脱了大氅放在椅子背儿上，还是一语不发。

"怎么啦，马老？又和老头儿拌了嘴？"李子荣问。马威摇了摇头。他的脸色在灯底下看，更黄得难瞧了。眉毛皱得要皱出水珠儿来似的。眼眶儿有一点发青，鼻子尖上出着些小碎汗珠儿。

"怎么啦？"李子荣又问了一句。

待了半天，马威叹了口气，又舐了舐干黄的嘴唇，才说："我乏极了，老李！我可以在你这儿住一夜吗？""这儿可就有一张床啊。"李子荣指着他的床，笑着说。"我来这张躺椅。"马威低着头说："好歹对付一夜，明天就好办了！"

"明天又怎么样呢？"李子荣问。

马威又摇了摇头。

李子荣知道马威的脾气！他要是不说，问也无益。"好吧，"李子荣抓了抓头发，还是笑着说："你上床去睡，我照顾照顾这个躺椅。"说着他就往椅子上铺毡子。"可有一样，一天亮你就得走，别让楼底下老太太瞧见！好，睡你的呀！"

"不，老李！你睡你的去，我在椅子上忍一会儿就成。"马威脸上带出一丁点儿笑容来："我天亮就走，准走！""上哪儿呢？"李子荣看见马威的笑容，又想往外套他的话："告诉我吧！不然，这一夜不用打算睡着觉！又跟老头儿闹了气，是不是？"

"不用提了！"马威打了个哈欠，"我本不想找你来，不凑巧今天晚上没走了，只好来打搅你！"

"上哪儿去，到底？"李子荣看出马威是决不上床去睡，一面说话，一面把他自己的大氅和毡子全细细地给马威围好。然后把电灯捻下去，自己又上了床。

"德国，法国，——没准儿！"

"给老头儿张罗买卖去?"

"父亲不要我啦!"

"啊!"李子荣愣磕磕地答应了一声,没说别的。两个人都不出声了。

街上静极了,只有远远的火车和轮船的笛儿,还一阵阵地响,什么别的声音也听不见了。

街后教堂的钟打了两点。

"你不冷啊?"李子荣问。

"不冷!"

…………

李子荣临睡的时候,心里边一个劲儿地盘算:"早早儿起来,别叫马老跑了!起来用凉水洗洗脸,给楼下老太太写个字条儿,告诉她:有急事,不必等吃早饭啦!然后和他出去,送他回家——对,还是上铺子去好,父子见面也不好意思在铺子里再捣乱……常有的事,父子拌嘴罢咧!……年轻,马老!……太认真……!"

在梦里他还不断地这么想着。……胡同里送牛奶的小车子咕碌咕碌地响起来了,街上汽车的声音也越来越多了。李子荣一机灵睁开了眼,太阳已经从窗帘的缝儿射进一条金丝儿。

"马老!"

毡子大氅都在椅子背儿上搭拉着,可是马威没影儿啦!他起来,把后面的窗帘打开,披上大氅,呆呆地站在窗子旁边。从窗子往外看,正看泰晤士河。河岸上还没有什么走道儿的,河上的小船可是都活动开了。岸上的小树刚吐出浅绿的叶子,树梢儿上绕着一层轻雾。太阳光从雾薄的地方射到嫩树叶儿上,一星星的闪着,像刚由水里捞出的小淡绿珠子。河上的大船差不多全没挂着帆,只有几只小划子挂着白帆,在大船中间忽悠忽悠地摇动,好像几只要往花儿上落的大白蝴蝶儿。

早潮正往上涨,一滚一滚地浪头都被阳光镶上了一层金鳞:高起来的地方,一拥一拥地把这层金光挤破;这挤碎了的金星儿,往下落的时候,又被后浪激起一堆小白花儿,真白,恰像刚由蒲公英梗子上挤出来的嫩白浆儿。

最远的那只小帆船慢慢地忽悠着走,河浪还是一滚一滚地往前追,好像这条金龙要把那个小蝴蝶儿赶跑似的。这样赶来赶去,小帆船拐过河湾去了。

李子荣呆呆地一直看着小帆船拐了河湾,才收了收神,走到前面靠街的窗子,把窗户挡儿打开。然后想收拾收拾书桌上的东西。桌子上有个小玩意儿,一闪一闪地发亮。这个小东西底下还放着一个小字条儿。他把这些东西一齐拿起来,心里凉了多半截。慢慢地走到躺椅那里去,坐下,细细地看纸条上的字。只有几个字,是用铅笔写的,笔画东扭西歪,好像是摸着黑儿写的:

"子荣兄:谢谢你!小钻石戒指一个祈交温都姑娘。再见!威。"

第二段

1

这段事情现在应从马威从李子荣那里走了的那一天往回倒退一年。

伊牧师是个在中国传过二十多年教的老教师。对于中国事儿，上自伏羲画卦，下至袁世凯做皇上，（他最喜欢听的一件事）他全知道。除了中国话说不好，简直的他可以算一本带着腿的"中国百科全书"。他真爱中国人：半夜睡不着的时候，总是祷告上帝快快地叫中国变成英国的属国；他含着热泪告诉上帝：中国人要不叫英国人管起来，这群黄脸黑头发的东西，怎么也升不了天堂！

伊牧师顺着牛津大街往东走，虽然六十多了，他走得还是飞快。

从太阳一出来直到半夜，牛津大街总是被妇女挤满了的。这条大街上的铺子，除了几个卖烟卷儿的，差不多全是卖妇女用的东西的。她们走到这条街上，无论有什么急事，是不会在一分钟里往前挪两步的。铺子里摆着的花红柳绿的帽子，皮鞋，小手套，小提箱儿……都有一种特别的吸力，把她们的眼睛，身体，和灵魂一齐吸住。伊牧师的宗教上的尊严到了这条街上至少要减去百分之九十九：往前迈一大步，那只高而碍事的鼻子非碰在老太太的小旱伞上不可；往回一煞步，大皮鞋的底儿（他永远不安橡皮底儿）十之八九是正放在姑娘的小脚指头上；伸手一掏手巾，胳臂肘儿准放在妇人提着的小竹筐儿里……每次他由这条街走过，至少回家要换一件汗衫，两条手巾。至于"对不起"、"没留神"这路的话，起码总说百八十个的。

好容易挤过了牛津圈了，他深深地吸了一口气，说了声"谢谢上帝！"脚底下更加了劲，一直往东走。汗珠子好像雪化了似的从雪白的鬓角儿往下流。

伊牧师虽然六十多岁了，腰板还挺得笔直。头发不多，可是全白了。没留胡子，腮上刮得晶亮；要是脸上没有褶儿，简直的像两块茶青色的磁砖。两只大眼睛，歇歇松松地安着一对小黄眼珠儿。眼睛上面挂着两条肉棱儿，大概在二三十年前棱儿上也长过眉毛。眼睛下面搭拉着一对小眼镜，因为鼻子过高的缘故，眼镜和眼睛的距离足有二寸来的；所以从眼镜框儿上边看东西，比从眼镜中间看方便多了。嘴唇儿很薄，而且嘴犄角往下垂着一点。传道的时候，两个小黄眼珠儿在眼镜框儿上一定，薄嘴片往下一垂，真是不用说话，就叫人发抖。可是平常见了人，他是非常地和蔼；传教师是非有两副面孔办不了事的。

到了博物院街，他往左拐了去。穿过陶灵吞大院，进了戈登胡同。

这一带胡同住着不少中国学生。

在伦敦的中国人，大概可以分作两等，工人和学生。工人多半是住在东伦敦，最给中国人丢脸的中国城。没钱到东方旅行的德国人，法国人，美国人，到伦敦的时候，总要到中国城去看一眼，为是找些写小说，日记，新闻的材料。中国城并没有什么出奇的地方，住着的工人也没有什么了不得的举动。就是因为那里住着中国人，所以他们要瞧一瞧。就是因为中国是个弱国，所以他们随便给那群勤苦耐劳，在异域找饭吃的华人加上一切的罪名。中国城要是住着二十个中国人，他们的记载上一定是五千；而且这五千黄脸鬼是个个抽大烟，私运军火，害死人把尸首往床底下藏，强奸妇女不问老少，和做一切至少该千刀万剐的事情的。做小说的，写戏剧的，做电影的，描写中国人全根据着这种传说和报告。然后看戏，看电影，念小说的姑娘，老太太，小孩子，和英国皇帝，把这种出乎情理的事牢牢地记在脑子里，于是中国人就变成世界上最阴险，最污浊，最讨厌，最卑鄙的一种两条腿儿的动物！

二十世纪的"人"是与"国家"相对待的：强国的人是"人"，弱国的呢？狗！

中国是个弱国，中国"人"呢？是——！

中国人！你们该睁开眼看一看了，到了该睁眼的时候了！你们该挺挺腰板了，到了挺腰板的时候了！——除非你们愿意永远当狗！

中国城有这样的"好名誉"，中国学生当然也不会吃香的。稍微大一点的旅馆就不租中国人，更不用说讲体面的人家了。只有大英博物院后面一带的房子，和小旅馆，还可以租给中国人；并不是这一带的人们特别多长着一分善心，是他们吃惯了东方人，不得不把长脸一拉，不得不和这群黄脸的怪物对付一气。鸡贩子养鸡不见得他准爱鸡，英国人把房子租给中国人又何尝是爱中国人呢。

戈登胡同门牌三十五号是温都寡妇的房子。房子不很大，三层小楼，一共不过七八间房。门外拦着一排绿栅栏。三层白石的台阶，刷得一丁点儿土也没有。一个小红漆门，门上的铜环子擦得晶光。一进门是一间小客厅。客厅后面是一间小饭厅。从这间小饭厅绕过去，由楼梯下去，还有三间小房子。楼上只有三间屋子，临街一间，后面两间。

伊牧师离着这个小红门还老远，就把帽子摘下来了。擦了擦脸上的汗，又正了正领带，觉得身上一点缺点没有了，才轻轻地上了台阶。在台阶上又站了一会儿，才拿着音乐家在钢琴上试音的那个轻巧劲儿，在门环上敲了两三下。

一串细碎的脚步儿从楼上跑下来，跟着，门儿稍微开开一个缝儿，温都太太的脸露出一半儿来。

"伊牧师！近来好？"她把门开大了一点，伸出小白手，在伊牧师的手上轻轻地挨了一挨。

伊牧师随着她进去，把帽子和大氅挂在过道儿的衣架上，然后同她进了客厅。

小客厅里收拾得真叫干净爽利，连挂画的小铜钉子都像含着笑。屋子当中铺着一块长方儿的绿毯子，毯子上放着两个不十分大的卧椅。靠着窗户摆着一只小茶几，茶几上一个小三彩中国磁瓶，插着两朵小白玫瑰花。茶几两旁是两把橡木椅子，镶着绿绒的椅垫儿。里手的山墙前面摆着一架小钢琴，琴盖儿上放着两三张照片儿。琴的前边放着一支小油漆凳儿。凳儿上卧着个白胖白胖的小狮子狗，见伊牧师进来，慌着忙着跳下来，摇头摆尾地在老牧师的腿中间乱蹿。顺着屋门的墙上挂着张油画，两旁配着一对小磁碟子。画儿底下一个小书架子，摆着些本诗集小说什么的。

温都寡妇坐在钢琴前面的小凳儿上，小白狗跳在她怀里，歪着头儿逗伊牧师。

伊牧师坐在卧椅上，把眼镜往上推了一推，开始夸奖小白狗。夸奖了好大半天，才慢慢地说道："温都太太，楼上的屋子还闲着吗？"

"可不是吗。"她一手抱着狗，一手把烟碟儿递给伊牧师。

"还想租人吗？"他一面装烟一面问。

"有合适的人才敢租。"她拿着尺寸这么回答。"有两位朋友，急于找房。我确知道他们很可靠。"他从眼镜框儿上面瞅了她一眼，把"确"字说得特别的清楚有劲。他停顿了一会儿，把声音放低了些；鼻子周围还画出个要笑的圈儿，"两个中国人——"说到"中国"两个字,他的声音差不多将将儿的能叫她听见:"两个极老实的中国人。""中国人?"温都寡妇整着脸说。

"极老实的中国人!"他又重了一句,又偷偷地看了她一眼。

"对不——"

"我担保!有什么错儿朝我说!"他没等温都太太说完,赶紧把话接过来:"我实在没地方给他们找房去,温都太太,你得成全成全我!他们是父子爷儿俩,父亲还是个基督徒。看上帝的面上,你得——"伊牧师故意不再往下说,看看"看上帝的面上"到底发生什么效力不发。

"可是——"温都太太好像一点没把上帝搁在心上,脸上挂着一千多个不耐烦的样子。

伊牧师又没等她说完就插嘴:"哪怕多要他们一点房租呢!看他们不对路,撵他们搬家,我也就不再——"他觉得往下要说的话似乎和《圣经》的体裁不大相合,于是吸了一口烟,连烟带话一齐咽下去了。"伊牧师!"温都太太站起来说,"你知道我的脾气:这条街的人们靠着租外国人发财的不少,差不多只剩我这一处,宁可少赚钱,不租外国人!这一点我觉得是很可以自傲的!你为什么不到别处给他们找找房呢?"

"谁说没找呢!"伊牧师露着很为难的样子说,"陶灵吞大院,高威胡同,都挨着门问到了,房子全不合适。我就是看你的楼上三间小屋子正好,正够他们住的:两间作他们的卧房,一间作书房,多么好!"

"可是,牧师!"她从兜儿里掏出小手绢擦了擦嘴,其实满没有擦的必要,"你想我能叫两个中国人在我的房子里煮老鼠吃吗?"

"中国人不——"他正想说:"中国人不吃老鼠,"继而一想,这么一说是分明给她个小钉子碰,房子还能租到手吗?于是连忙改嘴:"我自然嘱咐他们别吃老鼠!温都太太,我也不耽误你的工夫了;这么说吧:租给他们一个礼拜,看他们不好,叫他们搬家。房租呢,你说多少是多少。旅馆他们住不起,不三不四的人家呢,我又不肯叫两个中国人跟他们打交道。咱们都是真正的基督徒,咱们总得受点屈,成全成全他们爷儿两个!"

温都太太用手搓着小狗脖子下的长毛,半天没言语。心里一个劲儿颠算:到底是多租几个钱好呢,还是一定不伺候杀人放火吃老鼠的中国人好呢?想了半天,还是不能决定;又怕把伊牧师僵在那里,只好顺口支应着:

"他们也不抽鸦片?"

"不!不!"伊牧师连三并四地说。

她跟着又问了无数的问题,把她从小说,电影,戏剧,和传教士造的谣言里所得来的中国事儿,兜着底儿问了个水落石出。问完了,心里又后悔了:这么问,岂不是明明地表示已经有意把房租给他们吗?

"谢谢你!温都太太!"伊牧师笑着说,"就这么办了!四镑十五个先令一个礼拜,管早晚饭!"

"不准他们用我的澡盆!"

"对!我告诉他们,出去洗澡。"

伊牧师说完,连小狗儿也没顾得再逗一逗,抓起帽子大氅就跑。跑到街上,找了个清静地方才低声地说:"他妈的!为两个破中国人……"

2

马家父子从上海坐上轮船,一直忽忽悠悠地来到伦敦。马老先生在海上四十天的工夫,就扎挣着爬起来一回;刚一出舱门,船往外手里一歪,摔了个毛儿跟头;一声没出,又扶着舱门回去了。第二次起来的时候,船已经纹丝不动地在伦敦码头靠了岸。小马老先生比他父亲强多了,只是船过台湾的时候,头有点发晕;过了香港就一点事没有了。小马老先生的模样儿,我们已经看见过了。所不同的是:在船上的时候,他并不那么瘦,眉头子也不皱得那么紧。又是第一次坐海船出外,事事看着新鲜有趣;在船栏杆上一靠,卷着水花的海风把脸吹得通红,他心里差不多和海水一样开畅。

马老老先生的年纪至多也不过去五十,可是老故意带出颓唐的样子,好像人活到五十就应该横草不动,竖草不拿的,一天吃了睡,睡了吃;多迈一步,都似乎于理不合。他的身量比他的儿子还矮着一点,脸上可比马威富态多了。重重的眉毛,圆圆的脸,上嘴唇上留着小月牙儿似的黑胡子,在最近的一二年来才有几根惨白的。眼睛和马威的一样,又大,又亮,又好看;永远戴着玳瑁边的大眼镜。他既不近视,又不远视,戴着大眼镜只是为叫人看着年高有威。

马则仁(这是马老先生的名字)年轻的时候在美以美会的英文学校念过书。英文单字儿记得真不少,文法的定义也背得飞熟,可是考试的时候永远至多得三十五分。有时候拿着《英华字典》,把得一百分的同学拉到清静地方去:"来!咱们搞搞!你问咱五十个单字,咱问你五十个,倒得领教领教您这得一百分的怎么个高明法儿!"于是把那得一百分的英雄噘得干瞪眼。他把字典在夹肢窝里一夹,嘴里哼唧着"A Noun is……"把得三十五分的羞耻,算是一扫儿光,雪得干干净净。

他是广州人,自幼生在北京。他永远告诉人他是北京人,直到孙中山先生的三民主义价值增高,广东国民政府的势力扩大的时候,他才在名片上印上了"广州人"三个字。

在教会学校毕业后,便慌手忙脚地抓了个妻子。仗着点祖产,又有哥哥的帮助,小两口儿一心一气地把份小日子过得挺火炽。他考过几回学部的录事,白折子写不好,做录事的希望只好打消。托人找洋事,英文又跟不上劲。有人给他往学堂里荐举去教英文,做官心盛,哪肯去拿藤子棍儿当小教员呢。闲着没事也偷着去嫖一嫖,回来晚了,小夫妇也拌一通儿嘴,好在是在夜里,谁也不知道。还有时候把老婆的金戒指偷出去押了宝,可是永远笑着应许哥哥寄来钱就再给她买个新的。她半恼半笑地说他一顿,他反倒高了兴,把押输了的情形一五一十说给她听。

结婚后三年多,马威才降生了。马则仁在事前就给哥哥写信要钱,以备大办满月。哥哥的钱真来了,于是亲戚朋友全在马威降世的第三十天上,吃了个"泰山不下土";连街坊家的四眼狗也跟着啃了回猪脚鱼骨头。

现在小夫妇在世上的地位高多了,因为已经由"夫妇"变成"父母"。他们对于作父母的责任虽然没十分细想,可是作父母的威严和身份总得拿出来。于是马则仁老爷把上嘴唇的毫毛留住不剃,两三个月的工夫居然养成一部小黑胡子。马夫人呢,把脸上的胭脂搽浅了半分，为是陪衬着他的小黑胡子？

最痛心的：马威八岁的时候，马夫人，不知道是吃多了，还是着了凉，一命呜呼地死了。马则仁伤心极了：扔下个八岁的孩子没人管，还算小事。结婚一场，并没给夫人弄个皇封官诰，这有多么对不起死去的灵魂！由不得大眼泪珠儿一串跟着一串地往下流，把小胡子都哭得像卖蜜麻花的那把小糖刷子！

丧事一切又是哥哥给的钱，不管谁的钱吧，反正不能不给死鬼个体面发送。接三，放焰口，出殡，办得比马威的满月又热闹多了。

一来二去的，马老先生的悲哀减少了。亲戚朋友们都张罗着给他再说个家室。他自己也有这个意思，可是选择个姑娘真不是件容易事。续弦不像初婚那么容易对付，现在他对于妇人总算有了经验：好看的得养活着，不好看的也得养活着，一样的养活着，为什么不来个好看的呢。可是，天下可有多少好看的妇人呢。这个续弦问题倒真不容易解决了：有一回差点儿就成功了，不知是谁多嘴爱说话，说马则仁先生好吃懒做没出息，于是女的那头儿打了退堂鼓。又有一回，也在快成功的时候，有人告诉他：女的鼻子上有三个星点儿，好像骨牌里的"长三"；又散了，娶媳妇哪能要鼻子上有"长三"的呢！

还有一层：马老先生唯一增光耀祖的事，就是做官。虽然一回官儿还没做过，可是做官的那点虔诚劲儿是永远不会歇松的。凡是能做官的机会，没有轻易放过去的；续弦也是个得官儿的机会，自然也不能随便地拍拍脑袋算一个。假如娶个官儿老爷的女儿，靠着老丈人的力量，还不来份差事？假如……他的"假如"多了，可是"假如"到底是"假如"，一回也没成了事实。

"假如我能娶个总长的女儿,至少咱还不弄个主事。"他常对人们说。

"假如总长有个女儿,能嫁你不能?"人们这样回答他。婚事和官事算是都没希望。

马威在家里把三本小书和《四书》念完之后,马老先生把他送到西城一个教会学堂里去,因为那里可以住宿,省去许多麻烦。没事的时候,马老老先生常到教会去看儿子;一来二去的,被伊牧师说活了心,居然领了洗入了基督教。左右是没事做,闲着上教会去逛逛,又透着虔诚,又不用花钱。领洗之后,一共有一个多礼拜没有打牌,喝酒;而且给儿子买了一本红皮的英文《圣经》。

在欧战停了的那年,马则仁的哥哥上了英国,做贩卖古玩的生意。隔个三五个月总给兄弟寄点钱来,有时候也托他在北京给搜寻点货物。马则仁是天生来看不起买卖人的,好歹地给哥哥买几个古瓶小茶碗什么的。每次到琉璃厂去买这些东西,总绕到前门桥头都一处去喝几碗黄酒,吃一顿炸三角儿。

马老先生的哥哥死在英国了,留下遗嘱教兄弟上伦敦来继续着做买卖。

这时候伊牧师已经回了英国二三年,马老先生拿着《英华字典》给他写了封长信,问他到底应该上英国去不去。伊牧师自然乐意有中国教友到英国来,好叫英国人看看:传教的人们在中国不是光吃饭拿钱不做事。他回了马老先生一封信,叫他们父子千万上英国来。于是马老先生带着儿子到上海,买了两张二等船票,两身洋服,几筒茶叶,和些个零七八碎的东西。轮船出了江口,马老先生把大眼镜摘下来,在船舱里一躺,身上纹丝不敢动,还觉得五脏一齐往上翻。

3

英国海关上的小官儿们,模样长像虽然不同,可是都有那么一点派头儿,叫长着眼睛的一看,就看得出来他们是干什么的。他们的眼睛总是一只看着人,那一只看着些早已撕破的旧章程本子。铅笔,永远是半截的,在耳朵上插着。鼻子老是皱皱着几个褶儿,为是叫脸上没一处不显着忙得"了不得"的样子。他们对本国人是极和气的,一边查护照,一边打哈哈说俏皮话;遇见女子,他们的话是特别地多。对外国人的态度,就不同了:肩膀儿往起一端,嘴犄角儿往下一扣,把帝国主义十足地露出来;有时候也微微地一笑,笑完了准是不许你登岸。护照都验完,他们和大家一同下了船,故意地搓着手告诉你:"天气很冷。"然后还夸奖你的英国话说得不错……

马家父子的护照验完了。马老先生有他哥哥的几件公文在手,小马老先生有教育部的留学证书,于是平平安安过去,一点麻烦没有。验完护照,跟着去验身体。两位马老先生都没有脏病,也没有五痨七伤,于是又平安地过了一关。而且大夫笑着告诉他们:在英国多吃点牛肉,身体还要更好;这次欧战,英国能把德国打败,就是英国兵天天吃牛肉的缘故。身体检查完了,父子又把箱子盒子都打开,叫人家查验东西。幸而他们既没带着鸦片,又没带着军火,只有马老先生的几件绸子衣裳,和几筒茶叶,上了十几镑钱的税。马老先生既不知为什么把这些宝贝带来,又不知为什么要上税;把小胡子一噘,糊里糊涂地交了钱完事。种种手续办完,马老先生差点没晕过去;心里说,早知道这么麻烦,要命也不上外国来!下了船就上火车,马老先生在车犄角儿一靠,什么没说,两眼一闭,又睡了。马威顺着窗子往外看:高高低低没有一处是平的,高的土岗儿是绿的,洼下去的地方也是绿的。火车跑得飞快,看不清别的东西,只有这个高低不平的绿地随着眼睛走,看哪儿,哪儿是绿的。火车越走越快,高低不平的绿地渐渐变成一起一落的一片绿浪,远远的有些牛羊,好像在春浪上飘着的各色花儿。

绿地越来越少了,楼房渐渐多起来。过了一会儿,车走得慢多了,车道两旁都是大街了。汽笛响了两声,车进了利务普街车站。

马老先生还小菩萨似的睡着,忽然咧了咧嘴,大概是说梦话呢。

站台上的人真多。"嘿喽,这边!"脚夫推着小车向客人招呼。"嘿喽,那边!"丈夫摇着帽子叫媳妇。那边的车开了,车上和站台上的人们彼此点手的点手,摇手巾的摇手巾,一溜黑烟,不见了。卖报的,卖花的,卖烟卷儿的,都一声不言语推着小车各处出溜,英国人做买卖和送殡是拿着一样的态度的。

马威把父亲推醒。马老先生打了个哈欠,刚要再睡,一位姑娘提着皮包往外走,使劲一开门,皮包的角儿正打在他的鼻子上。姑娘说了声"对不起,"马老先生摸了摸鼻子,算是醒过来了。马威七手八脚地把箱子什么的搬下去,正要往车外走,伊牧师跳上来了。他没顾得和马老先生拉手,提起最大的那只箱子就往外走。

"你们来得真快!海上没受罪?"伊牧师把大箱子放在站台上问马氏父子。

马老先生提着个小盒子,慢慢地下了车,派头满像前清"道台"下大轿似的。

"伊牧师好？"他把小盒子也放在站台上，对伊牧师说："伊太太好？伊小姐好？伊——？"

伊牧师没等马老先生问完了好，又把大箱子抄起来了："马威！把箱子搬到这边来！除了那只手提箱，你拿着，剩下的全搬过来！"

马威努着力随着伊牧师把箱子全搬到行李房去。马老先生手里什么也没拿，慢慢地扭过来。

伊牧师在柜台上把寄放东西的单子写好，问明白了价钱，然后向马老先生说："给钱，今天晚上，箱子什么的就全给你们送了去。这省事不省事？"

马老先生给了钱，有点不放心："箱子丢不了哇？""没错！"伊牧师用小黄眼珠绕着弯儿看了马老一眼，跟着向马威说："你们饿不饿？"

"不——"马老先生赶紧把话接过来，一来是：刚到英国就嚷嚷饿，未免太不合体统。二来是：叫伊牧师花钱请客，于心也不安。

伊牧师没等他把"饿"字说出来，就说："你们来吧！随便吃一点东西。不饿？我不信！"

马老先生不好意思再客气，低声地和马威用中国话说："他要请客，别驳他的面子。"

他们父子随着伊牧师从人群里挤出站台来。马威把腰板挺得像棺材板一样的直，脖子梗梗着，噔噔地往前走。马老先生两手撒着，大氅后襟往起噘着一点，慢条斯理地摇晃着。站台外边的大玻璃棚底下有两三家小酒馆，伊牧师领着他们进了一家。他挑了一张小桌,三个人围着坐下,然后问他们吃什么。马老先生依然说是不饿,可是肚子里直叫唤。马威没有他父亲那样客气,可是初来乍到,不知道要什么好。伊牧师看出来了:问是没用。于是出了主意:"这么着好不好?每人一杯啤酒,两块火腿面包。"说完了,他便走到柜上去要。马威跟着站起来,帮着把酒和面包端过来。马老连一动也没动,心里说:"花钱吃东西,还得他妈的自己端过来,哼!"

"我平常不喝酒,"伊牧师把酒杯端起来,对他们说,"只是遇着朋友,爱来一杯半碗的喝着玩儿。"他在中国喝酒的时候,总是偷偷地不叫教友们看见,今天和他们父子一块儿喝,不得不这么说明一下。一气下去了半杯,对马威开始夸奖酒馆的干净,然后夸奖英国的有秩序:"到底是老英国呀!马威,看见没有?啊!"嚼了一口面包,用假牙细细地磨着,好大半天才咽下去。"马威,晕船没有?"

"倒不觉得怎的,"马威说,"父亲可是始终没起来。""我说什么来着?马老先生!你还说不饿!马威,再去给你父亲要杯啤酒,啊,也再给我来一杯,爱喝着玩儿。马老先生,我已经给你们找好了房,回来我带你们去,你得好好地歇一歇!"

马威又给他们的酒端来,伊牧师一气灌下去,还一个劲儿说:"喝着玩儿。"

三个人都吃完了,伊牧师叫马威把酒杯和碟子都送回去,然后对马老先生说:"一个人一个先令。不对,咱们俩还多喝着一杯酒,马威是一个先令,你是一个零六,还有零钱?"马老老先生真没想到这一招儿,心里说:几个先令的事,你做牧师的还不花,你算哪道牧师呢!他故意地透着俏皮,反张罗着会伊牧师的账。

"不!不!到英国按着英国法子办,自己吃自己,不让!"伊牧师说。

三个人出了酒馆,伊牧师掏出六个铜子来,递着马威:"去,买三张票,两个铜子一张。说:大英博物馆,三张。会不会?"

马威只接过两个铜子,自己掏出四个来,往伊牧师指着的那个小窗户洞儿去买票。把票买来,伊牧师乐了:"好孩子!明白怎么买票了吧?"说着,在衣襟的里面掏了半天,掏出一张小地图来:"马威,给你这个。看,咱们现在是在利务普街。看见这条红线没有?再走四站就是博物院。这是伦敦中央地道火车。记着,别忘了!"

伊牧师领着二马下了地道。

4

温都先生死了十几多年了。他只给温都夫人留下一处小房子和一些股票。

每逢温都寡妇想起丈夫的时候,总把二寸见方的小手绢哭湿了两三块。除了他没死在战场上,和没给她留下几百万的财产,她对于死去的丈夫没有什么不满意的地方。可是这些问题是每逢一哭丈夫,就捎带脚儿想起来的。他设若死在战场上,除了得个为国捐躯的英名,至少她不得份儿恤金?恤金纵然赶不上几百万财产,到底也可以叫她一年多买几顶新帽子,几双长筒的丝袜子;礼拜天不喜欢上教堂的时候,还可以喝瓶啤酒什么的。

在她丈夫死后不久,欧洲就打开了大仗。她一来是为爱国,二来为挣钱，到一个汽油公司里去打字。那时候正当各处缺人，每个礼拜她能挣到三镑来钱。在打字的时候，忽然想起男人来，或者是恨男人死得早，错过了这个尽忠报国的机会，她的泪珠儿随着打字机键子的一起一落，吧嗒吧嗒地往下落。设若他还活着，至不济还不去打死百八十来个德国兵！万一把德皇生擒活捉，他岂不升了元帅，她还不稳稳当当地做元帅太太！她越这么想，越恨德国人，好像德国故意在她丈夫死后才开仗，成心不叫温都先生得个"战士"的英名。杀德国人！鸡犬不留！这么一想，手下的打字机响得分外有劲；打完了一看，竟会把纸戳破了好几个小窟窿——只好重新再打！

温都姑娘的年纪比她母亲小着一半。出了学校，就入了六个月的传习所，学习怎么卖帽子，怎么在玻璃窗里摆帽子，怎么替姑娘太太往头上试帽子。……出了传习所，就在伦敦城里帽铺找了个事，一个礼拜挣十六个先令。

温都寡妇在大战的时候剩了几个钱，战后她只在公司缺人的时候去帮十天半个月的忙，所以她总是在家里的时候多，出门的时候少。温都姑娘念书的时候，母女老是和和气气的，母亲说什么，女儿听什么。到了温都姑娘上帽铺做事以后，母女的感情可不像先前那么好了；时常的母女一顶一句地拌嘴。"叫她去她的！黄头发的小东西子！"温都太太含着泪对小狗儿说。说完，还在狗的小尖耳朵上要个嘴儿，小狗儿有时候也傻瓜似的陪着掉一对眼泪。

吃饭时间的问题，就是她们俩拌嘴的一个大原因。母亲是凡事有条有款，有一定的时候。女儿是初到外边做事，小皮包里老有自己挣的几个先令，回家的时候在卖糖的那里看几分钟，裁缝铺外边看几分钟，珠宝店外又看几分钟。一边看一边想：等着，慢慢地长薪水,买那包红盒子的皮糖,买那件绿绸子绣边儿的大衫。越看越爱看,越爱看越不爱走,把回家那回事简直的忘死了。不但光是回来晚了,吃完晚饭,立刻扣上小帽子,小鸟儿似的又飞出去了。她母亲准知道女儿是和男朋友出去玩,这本来不算怎么新奇;她所不高兴的是:姑娘夜间回来,把和男人出去的一切经过,没结没完地告诉母亲。跟着,还谈好些个结婚问题,离婚问题,谈得有来有去,一点拘束没有。有一回伊牧师来看她们,温都姑娘把情人给她的信,挑了几篇长的,念给老牧师听;牧师本是来劝温都姑娘礼拜天去上教堂,一听姑娘念的信,没等劝她,拿起帽子就跑了。

温都太太年轻的时候,一样的享过这种爱的生活。可是她的理想和她女儿的不同了。她心目中的英雄是一拳打死老虎,两脚踹倒野象,可是一见女人便千般的柔媚,万般的奉承。女的呢,总是腰儿很细,手儿很小,动不动就晕过去,晕的时候还永远是倒在英雄的胳臂上。这样的英雄美人,只能在月下花前没人的地方说些知心话,小树林里偷偷地要个嘴儿。如今温都姑娘的爱的理想和经验,与这种小说式的一点也不同了:一张嘴便是结婚后怎么和情人坐汽车一点钟跑八十英里;怎么性情不相投就到法厅离婚;怎么喜欢嫁个意大利的厨子,好到意国去看看墨索里尼到底长着胡子没有;要不然就是嫁个俄国人,到莫斯科去看一眼。专为看俄国妇人的裙子是将盖住磕膝盖儿,还是简直的光腿不穿裙子。

温都寡妇自从丈夫死后,有时候也想再嫁。再嫁最大的难处是经济问题,没有准进项的男人简直不敢拉拢。可是这点难处,她向来没跟别人提过。爱情的甜美是要暗中咂摸的,就是心中想到经济问题,也不能不设法包上一层爱的蜜皮儿。"去!去!嫁那个俄国鬼去！"温都太太急了，就这样对她女儿说。

"那是！在莫斯科买皮子一定便宜，叫他给我买一打皮袄，一天换一件，看美不美？啊？妈妈！"温都姑娘撒着娇儿说。温都太太一声不出，抱着小狗睡觉去了。

温都姑娘不但关于爱情的意见和母亲不同，穿衣裳，戴帽子，挂珠子的式样也都不一样。她的美的观念是：什么东西是越新越好，只要是新的便是好的，美不美不去管。衣裳越短越好，帽子越合时样越好。据她看：她母亲的衣裳都该至少剪去一尺；母亲的帽子不但帽沿儿大得过火，帽子上的长辫子花儿更可笑的要命。母亲一张嘴便是讲材料的好坏，女儿一张嘴便是巴黎出了什么新样子。说着说着，母女又说僵了。

母亲说："你要是再买那小鸡蛋壳似的帽子，不用再跟我一个桌儿上吃饭！"

女儿回答："你要是还穿那件乡下佬的青褂子，我再不和你一块儿上街！"

母女的长像儿也不一样。温都太太的脸是长长儿的，自上而下地往下溜，溜到下巴颏儿只剩下尖尖的一个小三角儿。浅黄的头发，已经有了几根白的，盘成两个圆髻儿，在脑瓢上扣着。一双黄眼珠儿，一只小尖鼻子，一张小薄嘴，只有笑的时候，才能把少年的俊俏露出一点来。身量不高，戴上宽沿帽子的时候更显得矮了。

温都姑娘和她母亲站在一块儿，她要高出一头来。那双大脚和她母亲的又瘦又尖的脚比起来，她们娘儿俩好像不是一家的人。因为要显着脚小，她老买比脚小着一号儿的皮鞋；系上鞋带儿，脚面上凸出两个小肉馒头。母亲走道儿好像小公鸡啄米粒儿似的，一逗一逗的好看。女儿走起道儿来是咚咚的山响,连脸蛋上的肉都震得一哆嗦一哆嗦的。顺着脚往上看,这一对儿长腿!裙子刚压住磕膝盖儿,连袜子带腿一年到头的老是公众陈列品。衣裳短,裙子瘦,又要走得快,于是走道儿的时候,总是介乎"跑"与"扭"之间;左手夹着旱伞皮包,右手因而不能不僵着一点摇晃,只用手腕贴着大腿一个一个地从左而右画半圆的小圈。帽子将把脑袋盖住,脖子不能不往回缩着一点(不然,脖子就显着太长了)。这样,周身上下整像个扣着盖儿的小圆缩脖坛子。

她的脸是圆圆的,胖胖的。两个笑涡儿,不笑的时候也老有两个像水泡儿将散了的小坑儿。黄头发剪得像男人一样。蓝眼珠儿的光彩真足,把她全身的淘气,和天真烂漫,都由这两个蓝点儿射发出来。笑涡四围的红润,只有刚下树儿的嫩红苹果敢跟她比一比。嘴唇儿往上兜着一点,而且是永远微微地动着。

温都太太看着女儿又可爱又可气,时常地说:"看你的腿!裙子还要怎么短!"

女儿把小笑涡儿一缩,拢着短头发说,"人家都这样吗!妈!"

5

温都太太整忙了一早晨,把楼上三间屋子全收拾得有条有理。头上罩着块绿绸子,把头发一丝不乱地包起来。袖子挽到胳臂肘儿上面,露着胳臂上的细青筋,好像地图上画着的山脉。裙子上系着条白布围裙。把桌子全用水洗了一遍。地毯全搬到小后院细细地抽了一个过儿。地板用油擦了。擦完了电灯泡儿,还换上两个新绿纱灯罩儿。

收拾完了，她插着手儿四围看了看，觉得书房里的粉色窗帘，和墙上的蓝花儿纸不大配合，又跑到楼下，把自己屋里的那幅浅蓝的，细白花的，摘下来换上。换完了窗帘，坐在一把小椅子上，把手放在磕膝盖儿上，轻轻地叹了口气。然后把"拿破仑"（那只小白胖狗）叫上来，抱在怀里；歪着头儿，把小尖鼻子搁在拿破仑的脑门儿上，说："看看！地板擦得亮不亮？窗户帘好看不好看？"拿破仑四下瞧了一眼，摇了摇尾巴。"两个中国人！他们配住这个房吗？"拿破仑又摇了摇尾巴。温都太太一看，狗都不爱中国人，心中又有点后悔了："早知道，不租给他们！"她一面唠叨着，一面抱着小狗下楼去吃午饭。

吃完了饭，温都太太慌忙着收拾打扮：把头发重新梳了一回，脸上也搽上点粉，把最心爱的那件有狐皮领子的青绉子袄穿上，（英国妇女穿皮子是不论时节的）预备迎接客人。她虽然由心里看不起中国人，可是既然答应了租给他们房子，就得当一回正经事儿做。换好了衣裳，才消消停停地在客厅里坐下，把狄·昆西的《鸦片鬼自状》找出来念；为是中国客人到了的时候，好有话和他们说。

快到了温都太太的门口，伊牧师对马老先生说："见了房东太太，她向你伸手，你可以跟她拉手；不然，你向她一点头就满够了。这是我们的规矩，你不怪我告诉你吧？"马老先生不但没怪伊牧师教训他，反说了声："谢谢您哪！"

三个人在门外站住，温都太太早已看见了他们。她赶紧又掏出小镜子照了一照，回手又用手指头肚儿轻轻地按按耳后的鬓儿。听见拍门,才抱着拿破仑出来。开开了门,拿破仑把耳朵竖起来吧吧地叫了两声。温都太太连忙地说:"淘气!不准!"小狗儿翻了翻眼珠,把耳朵耷拉下去,一声也不出了。

温都太太一手抱着狗,一手和伊牧师握手。伊牧师给马家父子和她介绍了一回,她挺着脖梗儿,只是"下巴颏儿"和眉毛往下垂了一垂,算是向他们行了见面礼。马老先生深深鞠了一躬,他的腰还没直起来,她已经走进客厅去了。马威提着小箱儿,在伊牧师背后瞪了她一眼,并没行礼。三个人把帽子什么的全放在过道儿,然后一齐进了客厅。温都太太用小手指头指着两个大椅请伊牧师和马老先生坐下,然后叫马威坐在小茶几旁边的椅子上,她自己坐在钢琴前面的小凳儿上。

伊牧师没等别人说话,先夸奖了拿破仑一顿。温都太太开始讲演狗的历史,她说一句,他夸一声好,虽然这些故事他已经听过二十多回了。

在讲狗史的时候,温都太太用"眉毛"看了看他们父子。看着:这俩中国人倒不像电影上的那么难看,心中未免有点疑惑:他们也许不是真正中国人;不是中国人?又是……马老老先生坐着的姿势,正和小官儿见上司一样规矩:脊梁背儿正和椅子垫成直角,两手拿着劲在膝上摆着。小马老先生是学着伊牧师,把腿落在一块儿,左手插在裤兜儿里。当伊牧师夸奖拿破仑的时候,他已经把屋子里的东西看了一个过儿;伊牧师笑的时候,他也随着抿抿嘴。

"伊牧师,到楼上看看去?"温都太太把狗史讲到一个结束,才这样说,"马老先生?"

马老先生看着伊牧师站起来,也僵着身子立起来;小马老先生没等让，连忙站起来替温都太太开开门。

到了楼上，温都太太告诉他们一切放东西的地方。她说一句，伊牧师回答一句："好极了！"

马老先生一心要去躺下歇歇，随着伊牧师的"好极了"向她点头，其实她的话满没听见。他也没细看屋里的东西，心里说：反正有个地方睡觉就行，管别的干吗！只有一样，他有点不放心：床上铺着的东西看着似乎太少。他走过去摸了摸，只有两层毡子。他自己跟自己说："这不冷吗！"在北京的时候，他总是盖两床厚被，外加皮袄棉裤的。

把屋子都看完了，伊牧师见马老先生没说什么，赶快地向温都太太说："好极了！我在道儿上就对他们说来着：回来你们看，温都太太的房子管保在伦敦找不出第二家来！马老先生！"他的两个黄眼珠盯着马老先生："现在你信我的话了吧！"马老先生笑了一笑，没说什么。

马威看出伊牧师的意思，赶紧向温都太太说："房子是好极了，我们谢谢你！"

他们都从楼上下来，又到客厅坐下。温都太太把房钱，吃饭的时间，晚上锁门的时候，和一切的规矩，都当着伊牧师一字一板地交代明白了。伊牧师不管听见没有，只要她一停顿，一喘气的时候，他便加个"好极了"，好像乐队里打鼓的，在喇叭停顿的时候，加个鼓轮子似的。马老先生一声没出，心里说："好大规矩呀！这要娶个外国老婆，还不叫她管得避猫鼠似的呀！"

温都太太说完了，伊牧师站起来说："温都太太，我不知道怎么谢谢你才好！改天到我家里去喝茶，和伊太太说半天子话儿，好不好？"

马老先生听伊牧师说，请温都寡妇喝茶，心里一动。低声地问马威："咱们的茶叶呢？"

马威说小箱儿里只有两筒，其余的都在大箱子里呢。"你把小箱子带来了不是？"马老先生问。

马威告诉父亲，他把小箱子带来了。

"拿过来！"马老先生沉着气说。

马威把小箱子打开，把两筒茶叶递给父亲。马老先生一手托着一筒，对他们说："从北京带来点茶叶。伊牧师一筒，温都太太一筒，不成敬意！"说完把一筒交给伊牧师，那一筒放在钢琴上了；男女授受不亲，哪能交给温都太太的手里呢！

伊牧师在中国多年，知道中国人的脾气，把茶叶接过去，对温都寡妇说："准保是好茶叶！"

温都太太忙着把拿破仑放在小凳上，把茶叶筒拿起来。小嘴微微地张着一点，细细地看筒上的小方块中国字，和"嫦娥奔月"的商标。

"多么有趣！有趣！"她说着，正式地用眼睛——不用眉毛了——看了马老先生一眼。"我可以这么白白地收这么好的东西吗？真是给我的吗？马老先生！"

"可不是真的！"马老先生噘着小胡子说。

"呕！谢谢你，马老先生！"

伊牧师跟温都太太要了张纸，把茶叶筒包好，一边包，一边说："伊太太最爱喝中国茶。马老先生，她喝完你的茶，看她得怎么替你祷告上帝！"

把茶叶筒儿包好，伊牧师愣了一会儿，全身纹丝不动，只是两个黄眼珠慢慢地转了几个圈儿。心里想：白受他的茶叶不带他们出去逛一逛，透着不大和气；再说当着温都太太，总得显一手儿，叫她看看咱这传教的到底与众不同；虽然心里真不喜欢跟着两个中国人在街上走。

"马老先生，"伊牧师说，"明天见。带你们去看一看伦敦；明天早点起来呀！"他说着出了屋门，把茶叶筒卷在大氅里，在腋下一夹；单拿着那个圆溜溜的筒儿，怕人家疑心是瓶酒；传教师的行为是要处处对得起上帝的。

马老先生要往外送，伊牧师从温都太太的肩膀旁边对他摇了摇头。

温都太太把伊牧师送出去，两个人站在门外，又谈了半天。马老先生才明白伊牧师摇头的意思。心里说："洋鬼子颇有些讲究，跟他们非讲圈套不可呢！"

"看这俩中国人怎样？"伊牧师问。

"还算不错！"温都太太回答，"那个老头儿倒挺漂亮的，看那筒茶叶！"

同时，屋子里马威对父亲说："刚才伊牧师夸奖房子的时候，你怎么一声不出呢？还没看出来吗：对外国人，尤其是妇女，事事得捧着说。不夸奖他们，他们是真不愿意！"

"好，不好，心里知道，得了！何必说出来呢！"马老先生把马威干了回去，然后掏出"川绸"手巾，照掸绿皮脸官靴的架势掸了掸皮鞋。

6

正是四月底的天气：晴一会儿，阴一会儿，忽然一阵小雨；雨点还落着，太阳又出来了。窗户棱上横挂着一串小水珠，太阳一出来，都慢慢化成股白汽。屋外刚吐绿叶的细高挑儿杨树，经过了雨，树干儿潮润得像刚洗过澡的象腿，又润，又亮，可是灰蒙蒙的。

马老先生虽然在海上已经睡了四十天的觉，还是非常地疲倦。躺在床上还觉得床铺一上一下地动，也好像还听得见海水沙沙地响。夜里醒了好几次，睁开眼，屋子里漆黑，迷迷糊糊地忘了自己到底是在哪儿呢。船上？北京？上海？心里觉得无着无靠的，及至醒明白了，想起来已经是在伦敦，又觉得有点说不出来的凄惨！北京的朋友，致美斋的馄饨，广德楼的坤戏，故去的妻子，哥哥……上海……全想起来了，一会儿又全忘了，可是从眼犄角流下两个大泪珠儿来。"离合悲欢，人生不过如此！转到哪儿吃哪儿吧！"马老先生安慰着自己："等马威学成了，再享几天福，当几天老爷吧！"这么一想，心里痛快多了。把一手心热汗的手伸出来，顺着毡子边儿，理了理小胡子。跟着把脑袋从枕头上抬起一点来，听听隔壁有声音没有。一点声儿没有。"年轻力壮，吃得饱，睡得着！有出息，那孩子！"他自己嘟囔着，慢慢地把眼睛又闭上。

醒一会儿又睡，睡一会儿又醒，到了出太阳的时候，他才睡安稳了。好像听见马威起来了，好像听见街上过车的声音，可是始终没睁眼。大概有七点半钟了，门上轻轻地响了两声，跟着，温都太太说："马老先生，热水！""谢——哼，啊。"他又睡着了。

不到七点钟，马威就起来了。一心地想逛伦敦，抓耳挠腮的，无论怎样也不能再睡。况且昨天只见了温都姑娘一面，当着父亲的面儿，也没好意思和她谈话。今天吃早饭是他的好机会，反正父亲是决起不来的。他起来，轻轻地把窗子开开。雨刚住了，太阳光像回窝的黄蜂，带着春天的甜蜜，随着马威的手由窗户缝儿挤进来。他把在上海买的那件印花的西式长袍穿上，大气不出地等着热水来好刮脸。刮脸的习惯是在船上才学来的，上船之前，在上海先施公司买了把保险刀儿。在船上的时候，人家还都没起来，他便跑到浴室里去，细细地刮一回；脸上共总有十来根比较重一点的胡子茬儿，可是刮过几天之后，不刮有点刺闹得慌；而且刮完了，对着镜子一照，觉得脸上分外精神，有点英雄的气象。他常看电影里的英雄，刮脸的时候，满脸抹着胰子，就和人家打起来；打完了，手连颤也不颤，又去继续刮脸；有的时候，打完了，抱着姑娘要嘴儿，还把脸上的胰子沫儿印在她的腮上。刮脸，这么看起来，不光是一种习惯，里面还含着些情韵呢。

好容易把热水等来了，赶紧漱口刮脸。梳洗完了，把衣裳细细地刷了一回。穿戴好了，想下楼去；又怕下去太早，叫房东太太不愿意。轻轻开了门往外看：父亲门外的白磁水罐，还冒着点热气。楼下母女说话的声音，他听得真真的。温都姑娘的声音听得尤其真切，而且含着点刺激性，叫他听见一个字，心里像雨点儿打花瓣似的那么颤一下。

楼下铃儿响了，他猜着：早饭必定是得了。又在镜子里照了一照：两条眉毛不但没有向上吊着，居然是往下弯弯着，差不多要弯到眼睛下面来。又正了正领带，拉了拉衣襟，然后才咚咚地下了楼。

温都母女平常是在厨房吃早饭的。因为马家父子来了,所以改在小饭厅里。马威进了饭厅,温都太太还在厨房里,只有温都姑娘在桌子旁边坐着,手里拿着张报纸,正看最新式帽子的图样。见马威进来,她说了声:"咳喽!"头也没抬,还看她的报。

她只穿着件有肩无袖的绿单衫,胸脯和胳臂全在外边露着。两条白胖的胳臂好像一对不知道用什么东西做的一种象牙:又绵软,又柔润,又光泽,好像还有股香味儿。马威端了端肩膀,说了声:"天气不错?"

"冷!"她由红嘴唇挤出这么个字来,还是没看他。

温都太太托着茶盘进来,问马威:"你父亲呢?""恐怕还没起呢。"马威低声儿说。

她没说什么,可是脸像小帘子似的撂下来了。她坐在她女儿的对面,给他们倒茶。她特意沏的马老先生给的茶叶,要不是看着这点茶叶上面,她非炸了不可。饶这么着,倒茶的时候还低声说了一句:"反正我不能做两回早饭!""谁叫你把房租给中国人呢!"温都姑娘把报纸扔在一边,歪着头儿向她母亲说。

马威脸上一红,想站起来就走。皱了皱眉——并没往起站。

温都姑娘看着他,笑了,好像是说:"中国人,挨打的货!就不会生气!"

温都太太看了她女儿一眼,赶紧递给马威一碗茶,跟着说:"茶真香!中国人最会喝茶。是不是?"

"对了!"马威点了点头。

温都太太咬了口面包,刚要端茶碗,温都姑娘忙着拉了她一把:"招呼毒药!"她把这四字说得那么诚恳,自然;好像马威并没在那里；好像中国人的用毒药害人是千真万确，一点含糊没有的。她的嘴唇自自然然地颤了一颤，让你看出来：她决没意思得罪马威，也决不是她特意要精细；她的话纯是"自然而然"说出来的，没心得罪人，她就不懂得什么叫得罪人。只要戏里有个中国人，他一定是用毒药害人的。电影，小说，也都是如此。温都姑娘这个警告是有历史的，是含着点近于宗教信仰的：回回不吃猪肉，谁都知道；中国人用毒药害人——一种信仰！

马威反倒笑了。端起茶碗喝了一口，一声没言语。他明白她的意思，因为他看过英国小说——中国人用毒药害人的小说。

温都太太用小薄嘴唇抿了半口茶，然后搭讪着问马威：中国茶有多少种？中国什么地方出茶？他们现在喝的这种叫什么名字？是怎么制造的？

马威把一肚子气用力压制着，随便回答了几句，并且告诉她，他们现在喝的叫作"香片"。

温都太太又叫他说了一回，然后把嘴嘟着说："杭便。"还问马威她学的对不对。

温都姑娘警告她母亲留心毒药以后，想起前几天看的那个电影：一个英国英雄打死了十几个黄脸没鼻子的中国人，打得真痛快，她把两只肉嘟嘟的手都拍红了，红得像搁在热水里的红胡萝卜。她想入了神，一手往嘴里送面包，一手握着拳在桌底下向马威比画着，心里说：不光是英国男子能打你们这群找揍的货，女英雄也能把你打一溜跟头！心里也同时想到她的朋友约翰：约翰在上海不定多么出风头呢！他那两只大拳头，一拳头还不捶死几十个中国鬼！她的蓝眼珠一层一层地往外发着不同的光彩，约翰是她心目中的英雄!……他来信说:"加入义勇军,昨天一排枪打死了五个黄鬼,内中还有个女的!""……打死个女人,不大合人道!"温都姑娘本来可以这样想,可是,约翰打死的,打死的又是个中国女人;她只觉得约翰的英勇,把别的都忘了。……报纸上说:中国人屠宰了英国人,英国人没打死半个中国人,难道约翰是吹牛撒谎?她正想到这里,听见她母亲说:"杭便。"她歪过头去问:"什么?妈!"她母亲告诉她这个茶叫"杭便",于是她也跟着学。英国人是事事要逞能的,事事要叫别人说好的,所以她忘了马威——只是因为他是中国人——的讨厌。"杭办,杭办,对不对?"她问马威。

马威当然是说:"对了!"

吃完了早饭,马威正要上楼看父亲去。温都姑娘从楼下跑了上来,戴着昨天买的新帽子,帽子上插着一捆老鼠尾巴,看着好像一把儿荞麦面条;戴老鼠尾巴是最新的花样,——所以她也戴。她斜着眼看了马威一下,说了声"再见,"一溜烟似的跑了。

7

温都姑娘上铺子去做工,温都太太出来进去地收拾房屋,拿破仑跟着她左右前后地乱跑。马威一个人坐在客厅里等着伊牧师来。

马威自从八岁的时候死了母亲,差不多没经过什么女性的爱护。在小学里的时候,成天和一群小泥鬼儿打交道;在中学里,跟一群稍微个儿大一点的泥鬼瞎混;只有礼拜天到教堂做礼拜去,能看见几位妇女:祈祷的时候,他低着头从眼角偷偷地看她们;可是好几回都被伊太太看见,然后报告给伊牧师,叫伊牧师用一半中国话,一半英国话臭骂他一顿:"小孩子!不要看姑娘!在祷告的时候!明白?See?……"伊太太祷告的时候,永远是闭着一只眼往天堂上看上帝,睁着一只眼看那群该下地狱的学生;马威的"看姑娘"是逃不出伊太太的眼线的。

教堂的姑娘十之八九是比伊太太还难看的。他横着走的眼光撞到她们的脸上,有时候叫他不由得赶快闭上眼,默想上帝造人的时候或者有点错儿;不然,……有时候也真看到一两个好看的,可是她们的好看只在脸上那一块,纵然脸上真美,到底叫他不能不联想到冥衣铺糊的纸人儿;于是心中未免有点儿害怕!且不管纸人儿吧,不纸人儿吧,能看到她们已经是不容易!跟她们说说话,拉拉手——妄想!就是有一回,他真和女人们在一块儿做了好几天的事。这回事是在他上英国来的前一年,学界闹风潮:校长罢长,教员罢教,学生也罢了学;没有多少人知道为什么这样闹,可是一个不剩,全闹起活儿来;连教会的学堂也把《圣经》扔了一地,加入战团。马威是向来能说会道,长得体面,说话又甜甘受听,父亲又不大管他,当然被举为代表。代表会里当然有女代表,于是他在风潮里颇得着些机会和她们说几句话,有一回还跟她们拉手。风潮时期的长短是不能一定的,也许三天,也许五个月;虽然人人盼着越长越好,可是事事总要有个结束,好叫人家看着像一回事儿似的。这回风潮恰巧是个短期的,于是马威和女人们交际的命运像舞台上的小武丑儿,刚翻了一个跟头,就从台帘底下爬进后台去了。

马威和温都姑娘不一定有什么前缘,也不是月下老人把他和她的大拇脚指头隔着印度洋地中海拴上了根无形的细红线。她不过是西洋女子中的一个。可是,马威头一个见的恰巧是她。她那种小野猫似的欢蹦乱跳,一见面他心里便由惊讶而羡慕而怜爱而痴迷,好像头一次喝酒的人,一盅下去,脸上便立刻红起来了。可是,她的神气,言语……叫他心里凉了好多……她说"再见"的时候确是笑着,眼睛还向他一飞……或者她不见得是讨厌他……对了,她不过是不喜欢中国人罢了!等着,走着瞧,日子多了叫她明白明白中国人到底是怎么回事!……何必一定跟她套交情呢,女子可多了……

马威翻过来掉过去地想,问题很多,可是结论只有一个:"等着吧,瞧!"摸了摸自己的脸蛋儿,颧骨尖儿上那一点特别的热,像有个香火头儿在那里烧着。"等着瞧,别忙!别忙!"他这么叨唠着,嘴唇张着一些,好像是笑,可是没笑出来;好像要恼——恼她?——又不忍的。一会儿照照镜子看自己的白牙,一会儿手插在裤兜里来回走……"别忙!走着瞧!"

"马威!马威!"马老先生一嗓子痰在楼上叫,跟着嗽了嗽,声音才尖溜了一点:"马威!"

马威收了收神,三步两步跑上楼上。马老先生一手开着门,一手端着那个磁水罐。脸上睡的许多红褶儿,小胡子也在一块拧拧着。

"去,弄点热水来!"他把磁罐交给马威。

"我不敢上厨房去呀!"马威说,"昨天晚上您没听房东说吗:不叫咱们到厨房去!早饭的时候,您没去,她已经说了闲话;您看——"

"别说了!别说了!"马老先生揉着眼睛说,"不刮脸啦,行不行?"

"回来伊牧师不是要和咱们一块儿出去哪吗——""不去,行不行？"

马威没言语，把水倒在漱口盂里，递给父亲。

马老先生漱口的当儿，马威把昨天晚上来的箱子打开，问父亲换衣裳不换。马老先生是一脑门子官司，没理马威。马威本想告诉父亲：在英国就得随着英国办法走；一看父亲脸上的神气，他一声没出，溜出去了。

马老先生越想越有气："这是上外国吗？没事找罪受吗！——找罪受吗！起晚了不行，热水没有！没有！早知道这么着，要命也不来！"想了半天："有啦！住旅馆去！多少钱也花，只要不受这个臭罪！"跟着看了看箱子什么的，心里又冷静下去一点："东西太多，搬着太麻烦！"又待了一会儿，气更少了："先在这儿忍着吧，有合适的地方再搬吧！"这么一想，气全没有了，戴上大眼镜，拿起烟袋往书房里去了。

思想是生命里最贱的东西：想一回，觉着有点理；再想一回，觉得第一次所想的并不怎么高明；第三次再想——老实呆着吧，越想越糊涂！于是以前所想的全算白饶！马老先生的由"住旅馆去！"到"忍着吧！"便是这么一档子事；要不怎么他轻易不思想呢！

温都太太专等着马老先生起来问她要早饭，她好抡圆了给他个钉子碰；头一次钉子碰得疼，管保他不再想碰第二次。她听见他起来了，约摸着他已经梳洗完，她嘴里哼唧着往楼上走。走到马老先生的屋门外，门儿半开着，一点声儿没有。忽然听见马老先生咳嗽了两声，她回头一看，书房的门也开着呢：马老先生叼着烟袋在椅子上坐着呢。

"怪不得伊牧师说,中国人有些神魔鬼道儿的,"她心里说,"你不给他早饭吃,他更好,连问也不问!好!你就饿着!"

马老先生一动也没动,吧嗒着烟袋,头上一圈一圈地冒着蓝烟。

伊牧师到十一点多钟才来,他没见温都太太,在街门口问马威:"你父亲呢?出去不出去?"马威跑到楼上去问父亲,马老先生摇了把头,把头上绕着的蓝烟圈弄散开一些。马威跑下来告诉伊牧师:他父亲还没歇过来,不打算出去,于是他自己和伊牧师走下去了。

8

民族要是老了,人人生下来就是"出窝儿老"。出窝老是生下来便眼花耳聋痰喘咳嗽的!一国里要有这么四万万出窝老,这个老国便越来越老,直到老得爬也爬不动,便一声不出地呜呼哀哉了!

"我们的文明比你们的,先生,老得多呀!"到欧洲宣传中国文化的先生们撇着嘴对洋鬼子说:"再说四万万人民,大国!大国!"看这"老"字和"大"字用得多么有劲头儿!"要是'老的'便是'好的',为什么贵国老而不见得好呢?"不得人心的老鬼子笑着回答:"要是四万万人都是饭桶,再添四万万又有什么用呢?"

于是这些宣传中国文化的先生们(凡是上西洋来念书的,都是以宣传中国文化为主,念鬼子书不过是那么一回事;鬼子书多么不好念!)听了这类的话,只好溜到中国人唯一的海外事业,中国饭馆,去吃顿叉烧肉,把肚子中的恶气往外挤一挤。

马则仁先生是一点不含糊的"老"民族里的一个"老"分子。

由这两层"老"的关系，可以断定：他一辈子不但没用过他的脑子，就是他的眼睛也没有一回盯在一件东西上看三分钟的。为什么活着？为做官！怎么能做官？先请客运动呀！为什么要娶老婆？年岁到了吗！怎么娶？先找媒人呀！娶了老婆干吗还讨姨太太？一个不够吗！……这些东西满够老民族的人们享受一辈子的了。马老先生的志愿也自然止于此。

他到英国来，真像个摸不清的梦：做买卖他不懂；不但不懂，而且向来看不起做买卖的人。发财大道是做官；做买卖，拿着血汗挣钱，没出息！不高明！俗气！一点目的没有，一点计划没有，还叼着烟袋在书房里坐着。"已到了英国，"坐腻了，忽然这么想，"马威有机会念书，将来回去做官！……咱呢？吃太平饭吧！哈哈！……"除此以外，连把窗帘打开看看到底伦敦的胡同什么样子都没看；已经到了伦敦，干什么还看，这不是多此一举吗！不但没有看一看伦敦，北京什么样儿也有点记不清了，虽然才离开了四五十天的工夫。到底四牌楼南边有个饽饽铺没有？想不起来了！哎呀，北京的饽饽也吃不着了，这是怎话说的！这么一来，想家的心更重了，把别的事全忘了。咳！——北京的饽饽！

快一点钟了，马老先生的肚子微微响了几声；还勉强吸着烟，烟下去之后，肚子透着分外的空得慌。心里说："看这样儿，是非吃点什么不可呀！"好几次要下楼去向房东说，总觉得还是不开口好。站起来走了几步，不行，越活动越饿。又坐下，重新装上一装烟；没抽，把烟袋又放下了。又坐了半天，肚子不但响，也有点疼了。"下楼试试去！"站起来慢慢往楼下走。

"马老先生，夜里睡得好吧？"温都太太带着点讥讽的意思问。

"很好!很好!"马老先生回答,"温都太太,你好?姑娘出去了吧?"

温都寡妇哼儿哈儿地回答。马老先生好几回话到嘴边——要吃饭——又吞回去了;而且问她的话越来越离"吃饭"远:"天气还是冷呀?啊!姑娘出去了?——呕,已经问过了,对不起!拿破仑呢?"

温都太太把拿破仑叫来,马老先生把它抱起来,拿破仑喜欢极了,直舔马老先生的耳朵。

"小狗真聪明!"马老先生开始夸奖拿破仑。

温都太太早已不耐烦了,可是一听马老称赞狗,登时拉不断扯不断地和他说起来。

"中国人也爱狗吗?"她问。

"爱狗!我妻子活着的时候,她养着三个哈巴狗,一只小兔,四只小东西在一块儿吃食,决不打架!"他回答。"真有趣!有趣极了!"

他又告诉了她一些中国狗的故事,她越听越爱听。马老先生是没事儿惯会和三姥姥五姨儿谈天的,所以他对温都太太满有话回答;妇女全是一样的,据他瞧,所不同的,是西洋妇女的鼻子比中国老娘儿们的高一点儿罢了。

说完了狗事,马老先生还是不说他要吃饭。温都太太是无论怎么也想不到:他是饿了。英国人是事事讲法律的,履行条件,便完事大吉,不管别的。早饭他没吃,因为他起晚了,起晚了没早饭吃是当然的。午饭呢,租房的时候交代明白了,不管午饭。温都太太在条件上没有做午饭的责任,谁还管你饿不饿呢。

马老先生看着没希望,爽得饿一回试试!把拿破仑放下,往楼上走。拿破仑好像很喜爱马老先生,摇着尾巴追了上来。马老先生又归了位坐下,拿破仑是东咬西抓跟他一个劲儿闹:一会儿藏在椅子背儿后面揪他的衣襟,一会儿绕到前面啃他的皮鞋。

"我说,见好儿就收,别过了火!"马老先生对拿破仑说,"你吃饱了,在这儿乱蹦;不管别人肚子里有东西没有!……"

温都太太不放心拿破仑,上楼来看;走到书房门口,门是开着的,正听见马老先生对拿破仑报委屈。

"呕!马老先生,我不知道你要吃饭,我以为你出去吃饭呢!""没什么,还不十分——"

"你要吃,我可以给你弄点什么,一个先令一顿。""算我两个先令吧,多弄点!"

待了半天,温都太太给他端上来一壶茶,一盘子凉牛肉,几片面包,还有一点青菜。马老先生一看东西都是凉的(除了那壶茶。),皱了皱眉;可是真饿,不吃真不行。慢慢地把茶全喝了,凉牛肉只吃了一半,面包和青菜一点没剩。吃饱喝足又回到椅子上一坐,打了几个沉重的嗝儿,然后嚼短了一根火柴当牙签,有滋有味地剔着牙缝。

拿破仑还在那里,斜着眼儿等着马老先生和它闹着玩。马老先生没心再逗它,它委委屈屈地在椅子旁边一卧。温都太太进来收拾家伙;看见拿破仑,赶快放下东西,走过来跪在地毯上,把狗抱起来,问它和马老先生干什么玩来着。

马老先生从一进门到现在,始终没敢正眼看温都太太;君子人吗,哪能随便看妇人呢。现在她的头发上的香味,他闻得真真的。心里未免一热,跟着一颤,简直不知怎么办才好。温都夫人问他:北京一年开多少次"赛狗会",中国法律上对于狗有什么保护,哈巴狗是由中国来的不是……马老先生对于"狗学"和"科学"一样的没有研究,只好敷衍她几句;反正找她爱听的说,不至于出错儿。一边说,一边放大了胆子看着她。她虽然已经差不多有三十七八岁了,可是脸上还不显得老。身上的衣裳穿得干净抹腻,更显得年轻一些。

他由静而动地试着伸手去逗拿破仑。她不但不躲,反倒把狗往前送了一送;马老先生的手差点儿没贴着她的胸脯儿。——他身上一哆嗦!忽然一阵明白,把椅子让给温都太太坐,自己搬过一只小凳儿来。两个人由狗学一直谈到做买卖,她似乎都有些经验。

"现在做买卖顶要紧的是广告。"她说。

"我卖古玩,广告似乎没用!"他回答。

"就是卖古玩,也非有广告不行!"

"可不是!"他很快地由辩论而承认,反倒吓了她一跳。她站起来说:

"把拿破仑留在这儿吧?"

他知道拿破仑是不可轻视的,连忙接过来。

她把家伙都收拾在托盘里,临走的时候对小狗说:"好好的!不准淘气!"

她出去了,马老老先生把狗放在地上,在卧椅上一躺又睡着了。

…………

马威到六点多钟才回来,累得脑筋涨起多高,白眼珠上横着几条血丝儿。伊牧师带他先上了伦敦故宫(就手儿看伦敦桥。),

圣保罗教堂和上下议院。伦敦不是一天能逛完的,也不是一天就能看懂的;伊牧师只带他逛了这三处,其余的博物院,美术馆,动物园什么的,等他慢慢的把伦敦走熟了再自己去。上圣保罗教堂的时候,伊牧师就手儿指给马威,他伯父的古玩铺就正在教堂左边的一个小巷儿里。

伊牧师的两条秫秸棍儿腿是真走得快,马威把腰躬起一点,还追不上;可是他到底不肯折脖子,拼命和伊牧师赛了半天的跑。

他刚进门,温都姑娘也回来了,走得很热,她脸更红得好看。他搭讪着要告诉她刚才看见的东西,可是她往厨房跑了去。

马威到楼上去看父亲,马老先生还叼着烟袋在书房里坐着。马威一一把看见的东西告诉了父亲,马老先生并没十分注意地听。直说到古玩铺,马老先生忽然想起个主意来:"马威!明天咱们先上你伯父的坟,然后到铺子去看一眼,别忘了!"

铃儿响了,父子到饭厅去吃饭。

吃完饭,温都寡妇忙着刷洗家伙。马老先生又回到书房去吃烟。

马威一个人在客厅里坐着,温都姑娘忽然跑进来:"看见我的皮夹儿没有?"

马威刚要答声,她又跑出去了,一边跑一边说:"对了,在厨房里呢。"

马威站在客厅门口看着她,她从厨房把小皮夹找着,跑上来,慌着忙着把帽子扣上。

"出去吗?"他问。

"可不是,看电影去。"

马威从客厅的窗户往外看:她和一个男的,挨着肩膀一路说笑走下去了。

9

马老先生想起上坟,也就手儿想起哥哥来了;夜里梦见哥哥好几回,彼此都掉了几个眼泪。想起哥哥的好处来,心中稍有一点发愧:花过哥哥多少钱!哥哥的钱是容易挣得?不但净花哥哥的钱,那回哥哥寄来钱,还喝得醉猫儿似的,叫两个巡警把他搀回家去。拿哥哥的钱喝酒!还醉得人事不知!……可是又说回来了,过去的事反正是过去的了,还想它作什么?……现在呢,在伦敦当掌柜的,纵然没有做官那么荣耀,到底总得说八字儿不错,命星儿有起色!……对了,怎么没带本阴阳合历来呢!明天上坟是好日子不是呢?……信基督教的人什么也不怕,上帝的势力比别的神都大得多;太岁?不行!太岁还敢跟上帝比比劲头儿!……可是……种种问题,七个上来,八个下去,叫他一夜没能睡实在了。

第二天早晨,天还是阴得很沉,东风也挺凉。马老老先生把驼绒紧身法兰绒汗衫,厚青呢衣裤,全穿上了。还怕出去着了凉,试着把小棉袄絮在汗衫上面,可是棉袄太肥,穿上系不上裤子。于是骂了鬼子衣裳一顿,又把棉袄脱下来了。……要不怎么说,东西文化不能调和呢!看,小棉袄和洋裤子就弄不到一块儿!……

吃过早饭,吧嗒了几袋烟,才张罗着出去。

马威领着父亲出了戈登胡同,穿过陶灵吞大院,一直往牛津街走。马威一边走,一边问父亲:是坐地道火车去,还是坐公众汽车去。坟地的地点,他昨天已经和伊牧师打听明白了。马老先生没有主意,只说了声:"到街上再说吧。"

到了牛津街,街上的汽车东往的西来的,一串一串,你顶着我,我挤着你。大汽车中间夹着小汽车,小汽车后面紧盯着摩托自行车,好像走欢了的鸵鸟带着一群小鸵鸟。好像都要挤在一块儿碰个粉碎,也不是怎股劲儿没挤上;都像要把前面的车顶出多远去,打个毛跟头,也不怎么没顶上。车后面突突的冒着蓝烟,车轮磁拉磁拉地响,喇叭也有"仆仆"地,有的"吧吧"地乱叫。远处也是车,近处也是车,前后左右也全是车:全冒着烟,全磁拉磁拉地响,全仆仆吧吧地叫,把这条大街整个儿的作成一条"车海"。两旁便道上的人,男女老少全像丢了点东西似的,扯着脖子往前跑。往下看,只看见一把儿一把儿的腿,往上看只见一片脑袋一点一点地动;正像"车海"的波浪把两岸的沙石冲得一动一动的。

马老先生抬头看看天,阴得灰糊糊的;本想告诉马威不去了,又不好意思;呆了一会儿,看见街心站着一溜汽车:"马威,这些车可以雇吗?"

"价钱可贵呢!"马威说。

"贵也得雇!"马老先生越看那些大公众汽车越眼晕。"坐地道火车呢?"马威问。

"地道里我出不来气儿!"马老先生想起到伦敦那天坐地道车的经验。

"咱们可别太费钱哪。"马威笑着说。

"你是怎么着?——不但雇车,还得告诉赶车的绕着走,找清静道儿走!我告诉你!晕!——"

马威无法,只得叫了辆汽车,并且嘱咐赶车的绕着走。

上了车，马老先生还不放心：不定哪一时就碰个脑浆迸裂呀！低着声说：

"怎么没带本宪书来呢！这东西赶上'点儿低'，非死不可呀！"

"带宪书干吗？"马威问。

"我跟我自己说呢，少搭茬儿！"马老先生斜着眼瞪了马威一眼。

赶车的真是挑着清静道儿走。一会儿向东，一会儿往西，绕过一片草地，又进了一个小胡同……走了四五十分钟，到了个空场儿。空场四围圈着一人来高的铁栅栏，栅栏里面绕着圈儿种着一行小树。草地上高高矮矮的都是石桩和石碑。伦敦真有点奇怪：热闹的地方是真热闹，清静的地方是真清静。

车顺着铁栏杆转，直转到一个小铁门才站住。父子下了车，马威打算把车打发了，马老先生非叫车等着不可。小铁门里边有间小红房子，孤苦伶仃地在那群石桩子前面站着，山墙上的小烟筒曲曲弯弯地冒着一股烟儿。他们敲了敲那个小铁门，小红屋子的门开了一个缝儿。门缝儿越开越大，慢慢地一个又圆又胖的脸探出来了。两腮一凸一凹，的大概是正嚼着东西。门又开大了一些，这个胖脸和脸以下的那些东西全露出来，把这些东西凑在一块儿，原来是个矮胖的小老太太。

老太太的脸上好像没长着什么玩意儿，光是"光出溜的"一个软肉球。身上要是把胳臂腿儿去了，整个儿是个小圆辘轴。她一面用围裙擦着嘴，一面问他们找谁的坟墓。她走到他们跟前，他们才看出来：她的脸上确是五官俱全，而且两只小眼睛是笑眯眯的；说话的时候露出嘴里只有一个牙，因为没有什么陪衬，这一个牙看着又长又宽,颇有独霸一方的劲儿。

"我们找马老先生的坟,一个中国人。"马威向老太太说。她已经擦完了嘴,用力把手往上凑,大概是要擦眼睛。"我知道,记得!去年秋天死的!怪可怜的!"老太太又要往起撩围裙:"棺材上有三个花圈,记得!秋天——十月七号。头一个中国人埋在这里,头一个!可怜!"说着,老太太的眼泪在脸上横流;脸上肉太多,泪珠不容易一直流下来。"你们跟我来,我知道,记得!"老太太开始向前走,小短腿像刚孵出来的小鸭子的;走的时候,脸上的肉一哆嗦一哆嗦地动,好像冬天吃的鱼冻儿。

他们跟着老太太走,走了几箭远,她指着一个小石桩子说:"那里!"马家父子忙着过去,石桩上的姓名是个外国人的。他们刚要问她,她又说了,"不对!不对!还得走!我知道,记得!那里——头一个中国人!"

又走了一两箭远,马威眼快,看见左边一块小石碑,上面刻着中国字;他拉了马老先生一把,两个人一齐走过去。"对了!就是那里!记得!知道!"老太太在后面用胖手指着他们已经找着的石碑说。

石碑不过有二尺来高,上面刻着马威伯父的名字,马唯仁,名字下面刻着生死年月。碑是用人造石做的,浅灰的地儿,灰紫色的花纹。石碑前面的花圈已经叫雨水冲得没有什么颜色了,上面的纸条已早被风刮去了。石碑前面的草地上,淡淡地开着几朵浅黄野花,花瓣儿上带着几点露水,好像泪珠儿。天上的黑云,地上的石碑和零散的花圈,都带出一股凄凉惨淡的气象;马老先生心中一阵难过,不由得落下泪来;马威虽然没有看见过他的伯父,眼圈儿也红了。

马老先生没管马威和那个老太太,跪在石碑前头恭恭敬敬地磕了三个头,低声地说:"哥哥!保佑你兄弟发财,把你的灵运回中国去吧!"说到这里,他不觉地哭得失了声。

马威在父亲背后向石碑行了三鞠躬礼。老太太已经走过来,哭得满脸是水,小短胳臂连围裙都撩不起来了,只好用手在脸上横来竖去地抹。

哭着哭着,她说了话:"要鲜花不要?我有!""多少钱?"马威问。

"拿来!"马老先生在那里跪着说。

"是,我拿去,拿去。"老太太说完,撩着裙子,意思是要快跑,可是腿腕始终没有一点弯的趋向,干跺着脚,前仰后合地走了。去了老大半天才慢慢地扭回来,连脖子带脸全红得像间小红房子的砖一样。一手撩着裙子,一手拿着一把儿杏黄的郁金香。

"先生,花儿来了。真新鲜!知道——"说着,哆哩哆嗦地把花交给马老先生。他捡起一个花圈来,重新把铁条紧了一紧,把花儿都插上;插好了,把花圈放在石碑前面;然后退了两步,端详了一番,眼泪又落下来了。

他哭了,老太太也又哭了。"钱呢!"她正哭得高兴,忽然把手伸出来:"钱呢!"

马老先生没言语,掏出一张十个先令的票子递给她了。她看了看钱票,抬起头来细细地看了看马老先生:"谢谢!谢谢!头一个中国人埋在这里。谢谢!我知道。谢谢!盼着多死几个中国人,都埋在这里!"这末两句话本来是她对自己说的,可是马家父子听得真真的。

太阳忽然从一块破云彩射出一条光来，正把他们的影子遮在石碑上，把那点地方——埋着人的那点地方——弄得特别地惨淡。马老先生叹了一口气，擦了擦眼泪，回头看了看马威："马威，咱们走吧！"

爷儿俩慢慢地往外走，老太太在后面跟着跑，问他们还要花儿不要，她还有别样的。马威看了她一眼，马老先生摇了摇头。两个人走到小铁门，已经把老太太落下老远，可是还听得见她说："头一个中国人……"

父子又上了车。马老先生闭着眼睛想：怎么把哥哥的灵运回去。又想到哥哥不到六十岁就死了，自己呢，现在已奔着五十走啦！生命就是个梦呀！有什么意思！——梦！

马威也还没把坟地上那点印象忘了，斜靠着车角，两眼直瞪着驶车的宽脊梁背儿。心里想：伯父，英雄！到国外来做事业！英雄！自然卖古玩算不了什么大事业，可是，挣外国的钱，——总算可以！父亲是没用的，他看了马老先生一眼，不是做官，便是弄盅酒充穷酸。做官，名士，该死！真本事是——拿真知识挣公道钱！

10

马家的小古玩铺是在圣保罗教堂左边一个小斜胡同儿里。站在铺子外边，可以看见教堂塔尖的一部分，好像一牙儿西瓜。铺子是一间门面，左边有个小门，门的右边是通上到下的琉璃窗户。窗子里摆着些磁器，铜器，旧扇面，小佛像，和些个零七八碎儿的。窗子右边还有个小门，是楼上那家修理旱伞、箱子的出入口儿。铺子左边是一连气三个小铺子，紧靠马家的铺子也是个卖古玩的。铺子右边是个大衣装存货的地方，门前放着两辆马车，人们出来进去地往车上搬货。铺子的对面，没有什么，只有一溜山墙。

马家父子正在铺子外面左右前后地端详，李子荣从铺子里出来了。他笑着向他们说："马老先生吧？请进来。"

马老先生看了看李子荣：脸上还没有什么下不去的地方，只是笑容太过火。再说，李子荣只穿着件汗衫，袖子卷过胳臂肘儿，手上好些铜锈和灰土，因为他正刷洗整理货物架子。马老先生心里不由得给他下了两个字的批语："俗气！"

"李先生吧？"马威赶紧过来要拉李子荣的手。"别拉手，我手上有泥！"李子荣忙着向裤袋里找手巾，没有找着，只好叫马威拉了拉他的手腕。腕子是又粗又有力气，筋是筋骨是骨的好看。马威亲热地拉着这个滚热的手腕，他算是头一眼就爱上李子荣了。汗衫，挽袖子，一手泥，粗手腕，是个干将！不真干还能和外国人竞争吗！

从外国人眼里看起来，李子荣比马威多带着一点中国味儿。外国人心中的中国人是：矮身量，带辫子，扁脸，肿颧骨，没鼻子，眼睛是一寸来长的两道缝儿，撇着嘴，唇上挂着迎风而动的小胡子，两条哈巴狗腿，一走一扭。这还不过是从表面上看，至于中国人的阴险诡诈，袖子里揣着毒蛇，耳朵眼里放着砒霜，出气是绿气炮，一挤眼便叫人一命呜呼，更是叫外国男女老少从心里打哆嗦的。

李子荣的脸差不多正合"扁而肿"的格式。若是他身量高一点，外国人也许高抬他一下，叫他声日本人（凡是黄脸而稍微有点好处的便是日本人）；不幸，他只有五尺来高，而且两条短腿确乎是罗圈着一点。头上的黑发又粗又多，因脑门儿的扁窄和头发的蓬松，差不多眉毛以上，头发以下，没有多大的空地方了。眼睛鼻子和嘴全不难看，可惜颧骨太平了一些。他的体格可是真好，腰板又宽又直，脖子挺粗，又加着腿有点弯儿，站在那里老像座小过山炮似的。

李子荣算把外国人弄糊涂了：你说他是日本人吧，他的脸真不能说是体面。（日本人都是体面的！）说他是中国人吧，他的黄脸确是洗得晶光；中国人可有舍得钱买胰子洗脸的？再说，看他的腰板多直；中国人向来是哈着腰挨打的货，直着腰板，多么于理不合！虽然他的腿弯着一点，可是走起路来，一点不含糊，真咯噔咯噔地招呼；不但不扭，并且走得飞快，……外国老爷们真弄不清了，到底这个家伙是哪种下等人类的产物呢？"啊！"李子荣的房东太太想出来了："这个家伙是中日合种，"她背地里跟人家说："决不是真正中国人；日本人？他哪配！"

马威和李子荣还没松手，马老先生早挺着腰板儿进了门。李子荣慌忙跑进来，把地上的东西都收拾起来，然后让马老先生到柜房里坐。小铺子是两间的进身，一间是做生意的，一间作柜房。柜房很小，靠后山墙放着个保险箱，箱子前面只有放三四把椅子和一张桌子的地方。保险箱旁边放着个小茶几，上面是电话机和电话簿子。屋子里有些潮气味儿，加上一股酸溜溜的擦铜油儿，颇有点像北京的小洋货店的味儿。"李伙计，"马老先生想了半天，才想起"伙计"这么两个字："先沏壶茶来。"

李子荣抓了抓头上乱蓬蓬的黑头发，瞧了马老一眼，然后笑着对马威说：

"这里没茶壶茶碗，老先生一定要喝茶呢，只好到外边去买；你有钱没有？"

马威刚要掏钱，马老先生沉着脸对李子荣说："伙计！"这回把"李"字也省下了："难道掌柜的喝碗茶，还得自己掏腰包吗！再说，架子上有的是茶壶茶碗，你愣说没有？"马老先生拉过张椅子来，在小茶几前面坐下；把脊梁往后一仰的时候，差点儿没把电话机碰倒了。

李子荣慢慢地把汗衫袖子放下来，转过身来对着马老先生说：

"马老先生，在你哥哥活着的时候，我就在这里帮过一年多的忙；他死的时候，把买卖托付给我照应着；我不能不照着买卖做！喝茶是个人的事，不能由公账上开销。这里不同中国，公账是由律师签字，然后政府好收税，咱们不能随意开支乱用。至于架子上的茶壶茶碗是为卖的，不是为咱们用的。"他又回过身来对马威说："你们大概明白我的意思？也许你们看我太不客气；可是咱们现在是在英国，英国的办法是人情是人情，买卖是买卖，咱们也非照着这么走不可。""对！"马威低声说，没敢看他父亲。

"够了！够了！不喝啦，不喝行不行！"马老老先生低着头说，好像有点怕李子荣的样儿。

李子荣没言语，到外间屋把保险箱的钥匙拿进来，开开箱子，拿出几本账簿和文书，都放在马老先生眼前的一把椅子上。

"马老先生，这是咱们的账本子什么的，请过过眼，你看完了，我还有话说。"

"干什么呀？反正是那么一回事，我还能疑心你不诚实吗？"

马老先生说。

李子荣笑了。

"马老先生,你大概没做过买卖——"

"做买卖?哼——"马老先生插嘴说。

"——好,做过买卖也罢,没做过也罢,还是那句话:公事公办。这是一种手续,提不到疑心不疑心。"李子荣笑也不好,不笑也不好的直为难。明知道中国人的脾气是讲客气,套人情的;又明知道英国人是直说直办,除了办外交,没有转磨绕圈作文章的。进退两难,把他闹得直不知道怎么办才好。只好抓了抓头发,而且把脑门子上的那缕长的,卷,卷,卷成个小圈儿。

马威没等父亲说话,笑着对李子荣说:"父亲刚由伯父坟地回来,心里还不大消停,等明天再看账吧。"

马老先生点了点头,心里说:"到底还是儿子护着爸爸,这个李小子有点成心挤兑我!"

李子荣看了看马老,看了看小马,扑哧一笑,把账本子什么的又全收回去。把东西搁好,又在保险箱的深处轻轻地摸;摸了半天,掏出一个藕荷色的小锦匣儿来。马老先生看着李子荣,直要笑,心里说:"这小子变戏法儿玩呢!还有完哪!"

李子荣把小锦匣递给马威。马威看了看父亲,然后慢慢地把小匣打开,里面满塞着细白棉花;把棉花揭开,当中放着一个钻石戒指。

马威把戒指放在手心上细细地看,是件女人的首饰:一个拧着麻花的细金箍,背儿上稍微宽出一点来,镶着一粒钻石,一闪一闪地放着光。

"这是你伯父给你的纪念物。"李子荣把保险箱锁好,对马威说。

"给我瞧瞧!"马老先生说。

马威赶紧把戒指递过去。马老先生要在李子荣面前显一手儿:翻过来掉过去地看,看了外面,又探着头,半闭着眼睛看戒指里面刻着的字。又用手指头抹上点唾沫在钻石上擦了几下。

"钻石,不错,女戒指。"马老先生点头咂嘴地说,说着顺手把戒指撂在自己的衣兜里啦。

李子荣刚要张嘴,马威看了他一眼,他把话又吞回去了。

待了一会儿,李子荣把保险箱的钥匙和一串小钥匙托在手掌上,递给马老先生。

"这是铺子的钥匙,你收着吧,马老先生!"

"你拿着就结了,嘻!"马老先生的手还在兜儿里摸着那个戒指。

"马老先生,咱们该把事情说明白了,你还用我不用?"李子荣问,手掌上还托着那些钥匙。

马威向父亲点了点头。

"我叫你拿着钥匙,还能不用你!"

"好!谢谢!你哥哥活着的时候,我是早十点来,下午四点走,一个礼拜他给我两镑钱;我的事情是招待客人,整理货物。他病了的时候,我还是早十点来,可是下午六点才能走;他给我三镑钱一个礼拜。现在呢,请告诉我:工钱,事情,和做事的时间。我愿意只做半天工,工钱少一点倒不要紧;因为我总得匀出点工夫去念书。"

"啊,你还念书?"马老先生真没想到李子荣是个念书的。心里说:"这份儿俗气,还会念书,瞧不透!中国念书的人不这样!"

"我本来是个学生。"李子荣说:"你——"

"马威!——"马老先生没主意,看着马威,眼睛里似乎是说:"你给出个主意!"

"我看,我和李先生谈一谈,然后再定规一切,好不好?"马威说。

"就这么办吧!"马老先生站起来了,屋里挺凉,磕膝盖儿有点发僵。"你先把我送回家去,你再回来和李伙计谈一谈,就手儿看看账;其实看不看并不要紧。"他说着慢慢往外走,走到外间屋的货架子前面又站住了。看了半天,回头向李子荣说:

"李伙计,把那个小白茶壶给我拿下来。"

李子荣把壶轻轻地拿下来,递给马老先生。马老先生掏出手绢来,把茶壶包好,交给马威提着。

"等着我,咱们一块儿吃饭,回头见!"马威向李子荣说。

11

父子两个出了古玩铺。走了几步,马老先生站住了,重新细看看铺子的外面。这一回才看见窗子上边横着条长匾,黑地金字,外面罩着层玻璃。"俗气!"他摇着头儿说。说完了,又欠着脚儿,看楼上的牌匾;然后又转过身来,看对面的山墙。"烟筒正对着咱们的窗口,风水不见强!"马威没管他父亲说什么,仰着头儿看圣保罗堂的塔尖,越看越觉得好看。

"父亲,赶明儿个你上这儿来做礼拜倒不错。"马威说。

"教堂是不坏，可是塔尖把风水都夺去了，咱们受不了哇！"马老先生似乎把基督教全忘了，一个劲儿抱怨风水不强。出了小胡同口儿，马老先生还连连地摇头，抱怨风水不好。马威看见一辆公众汽车是往牛津街去的，圣保罗堂的外边正好是停车的地方，他没问父亲坐不坐，拉着老头儿就往车上跳；马老先生还迷迷糊糊的不知道是怎么回事，车已经开了。马威买了票，跟父亲说："别叫李子荣'伙计'呀。你看，这车上的人买张票还对卖票的说'谢谢'呢。他在铺子里又真有用，你叫他'伙计'，不是叫他不好受吗！况且——"

"你说该叫他什么？我是掌柜的，难道掌柜的管伙计叫老爷？"马老先生说着伸手把马威拿着的小茶壶拿过来，掀开手巾，细细看壶底上的篆字。老先生对于篆字本来有限，加上汽车左右乱摇，越发地看不清楚；心里骂马威，不该一声儿不出便上了汽车。

"叫他声李先生，也不失咱们的身份哪！"马威把眉毛皱在一处，可是没有和父亲拌嘴的意思。

汽车正从一个铁桥底下过，桥上面的火车唧咚咕咚地把耳朵震得什么也听不见了；马威的话，自然马老老先生一点没听见。汽车忽然往左边一闪，马老先生往前一出溜，差点没把小茶壶撒了手；嘴里嘟囔着骂了几句，好在汽车的声音真乱，马威也没听见。

"你到底愿意用他不愿意呢？"马威乘着汽车站住的工夫问他父亲。

"怎么不用他呢！他会做买卖，我不会！"马老先生的脸蛋红了一块，把脚伸出去一点，好像如果马威再问，他就往车下跳啦。脚伸出去太猛，差点没踩着对面坐着的老太太的小脚尖，于是赶快把腿收回来，同时把跳车的心也取消了。

马威知道问也无益，反正是这么一回事："你还用他不用？""——怎么不用呀！""何不叫他声先生呢？""——我是掌柜的，我叫他先生，他该管我叫什么！"算了吧，不必问了！他回过头去，留神看街上的牌子，怕走过了站；卖票的虽然到一站喊一站的地名，可是卖票人的英文字的拼法不是马威一天半天能明白的。

到了牛津街，父子下了车，马威领着父亲往家走。走不远，马老先生就站住一会儿，喘口气，又拿起小茶壶来看一看。有时候忽然站住了，后头走道的人们，全赶紧往左右躲；不然，非都撞上，跌成一堆不止。马老先生不管别人，哪时高兴便哪时站住；马威也无法，只好随着父亲背后慢慢轧着步儿走。爷儿俩好像鱼盆里的泥鳅，忽然一动，忽然一静，都叫盆里的鱼儿乱腾一回。好容易到了家了，马老先生站在门外，用袖口儿把小茶壶擦了一个过儿。然后一手捧着茶壶，一手拿钥匙开门。

温都太太早已吃过午饭，正在客厅里歇着。看见他们回来，一声也没言语。

马老先生进了街门，便叫："温都太太！"

"进来，马老先生。"她在屋里说。

马老先生进去了，马威也跟进去。拿破仑正睡午觉，听见他们进来，没睁眼睛，只从鼻子里哼哼了两声。"温都太太，瞧！"马老先生把小茶壶举起多高，满脸堆着笑，说话的声音也嫩了许多，好像颇有返老还童的希望。温都太太刚吃完了饭，困眼巴唧的，鼻子上的粉也谢了，露着小红鼻子尖儿，像个半熟的山里红；可是据马老先生看，这个小红鼻子尖有说不出的美。她刚要往起站，马老先生已经把小茶壶送到她的眼前。他还记得那天逗拿破仑玩的时候，她的头发差点没挨着他的衣裳；现在他所以的放大了胆子往前巴结：爱情是得进一步便进一步的事儿；老不往前迈步，便永远没有接上吻的希望；不接吻还讲什么爱情！马老先生是凡事退步，只有对妇女，他是主张进取的，而且进取的手段也不坏；在这一点，我们不能不说马则仁先生有一点天才。温都寡妇欠着身把小壶儿接过去，歪着头儿细细地看；马老先生也陪着看，脸上笑得像个小红气球儿。

"多么好看！真好！中国磁，是不是？"温都太太指着壶上的红鸡冠子花和两只小芦花鸡说。

马老先生听她夸奖中国磁，心里喜欢得都痒痒了。"温都太太，我给你拿来的！"

"给我？真的？马老先生？"她的两只小眼睛都睁圆了，薄片嘴也成了个大写的"O"，索子骨底下露着的那点胸脯也红了一点。"这个小壶得值好几镑钱吧？"

"不算什么，"马老先生指着茶几上的小瓶儿说，"我知道你爱中国磁，那个小瓶儿就是中国的，是不是？""你真有眼力，真细心！那只小瓶是我由一个兵手里买的。拿破仑，还不起来谢谢马老先生！"她说着把拿破仑抱起来，用手按着狗头向马老先生点了两点；拿破仑是真困，始终没睁眼。叫拿破仑谢完了马老先生，她还是觉得不好意思白收下那个小壶，转了转眼珠儿，又说："马老先生，咱们对换好不好？我真爱这个小壶儿，我要你的壶，你拿我的瓶去卖——大概那个小瓶也值些个钱，我花——多少钱买的呢？你看，我可忘了！""对换？别捣麻烦啦！"马老先生笑着说。

马威站在窗前,眼睛盯着他父亲,心里想:他也许把那个戒指给她呢。马老先生确是在兜儿里摸了摸,可是没有把戒指拿出来。

"马老先生,告诉我,这个小壶到底值多少钱?人家问我的时候,我好说呀!"温都太太把壶抱在胸口前面,好像小姑娘抱着新买的小布人一样。

"值多少钱?"马老先生往上推了推大眼镜,回过头去问马威:"你说值多少钱?"

"我哪知道呢!"马威说,"看看壶盖里面号着价码没有。""对,来,咱看上一看。"马老先生把这几个字说得真像音乐一般的有腔有调。

"不,等我看!"温都太太逞着能说,然后轻轻把壶盖拿下来:"喝!五镑十个先令!五镑十个先令!"马老先生把头歪着挤过去看:"可不是,合多少中国钱?六十来块!冤人的事,六十来块买个茶壶!在东安市场花一块二毛钱买把,准比这个大!"

马威越听越觉得不入耳,抓起帽子来说:"父亲,我得去找李子荣,他还等着我吃饭呢。"

"对了,马老先生,你还没吃饭哪吧?"温都寡妇问,"我还有块凉牛肉,很好,你吃不吃?"

马威已经走出了街口,隔着窗帘的缝儿看见父亲的嘴一动一动地还和她说话。

12

马威又回到古玩铺去找李子荣。

"李先生，对不起！你饿坏了吧？上哪儿去吃饭？"马威问。

"叫我老李，别先生先生的！"李子荣笑着说。他已经把货架子的一部分收拾干净了，也洗了脸，黄脸蛋上光润了许多。"出了这个胡同就是个小饭馆，好歹吃点东西算了。"说完他把铺子锁好，带着马威去吃饭。

小饭铺正斜对着圣保罗教堂，隔着窗子把教堂的前脸和外边的石像看得真真的。一群老太太，小孩子，都拿着些个干粮，面包什么的，围着石像喂鸽子。

"你吃什么？"李子荣问，"我天天就是一碗茶，两块面包，和一块甜点心。这是伦敦最下等的饭铺子，真想吃好的，这里也没有；好在我也吃不起好的。"

"你要什么，就给我要什么吧。"马威想不出主意来。

李子荣照例要的是茶和面包，可是给马威另要了一根炸肠儿。

小饭铺的桌子都是石头面儿，铁腿儿，桌面擦得晶光，怪爱人儿的。四面墙上都安着大镜子，把屋子里照得光明痛快，也特别显着人多火炽。点心和面包什么的，都在一进门的玻璃窗子里摆着，东西好吃不好吃先放在一边，反正看着漂亮干净。跑堂的都是姑娘，并且是很好看的姑娘：一个个穿着小短裙子，头上箍着带褶儿的小白包头，穿梭似的来回端茶拿菜；脸蛋儿都是红扑扑的，和玻璃罩儿里的红苹果一样鲜润。吃饭的人差不多都是附近铺子里的，人人手里拿着张晚报（伦敦的晚报是早晨九点多钟就下街的），专看赛马赛狗的新闻。屋里只听得见姑娘们沙沙地来回跑，和刀叉的声音，差不多没有说话的；英国人只要有报看，是什么也不想说的。马威再细看人们吃的东西，大概都是一碗茶，面包黄油；很少有吃菜的。

"这算最下等的饭铺?"马威问。

"不像啊?"李子荣低声地说。

"真干净!"马威嘴里说,心里回想北京的二荤铺,大碗居的那些长条桌子上的黑泥。

"唉,英国人摆饭的时间比吃饭的时间长,稍微体面一点的人就宁可少吃一口,不能不把吃饭的地方弄干净了!咱们中国人是真吃,不管吃的地方好歹。结果是:在干净地方少吃一口饭的身体倒强,在脏地方吃熏鸡烧鸭子的倒越吃越瘦……"

他还没说完,一个姑娘把他们的吃食拿来了。他们一面吃,一面低声地说话。

"老李,父亲早上说话有点儿——"马威很真诚地说。"没关系!"李子荣没等马威说完,就接过来了:"老人们可不都是那样吗!"

"你还愿意帮助我父亲?"

"你们没我不行,我呢,非挣钱不可!放心吧,咱们散不了伙!"李子荣不知不觉的笑地声音大了一点,对面吃饭的老头子们一齐狠狠地瞪他一眼,他连忙低下头去嚼了一口面包。"你还念书?"

"不念书还行吗!"李子荣说着又要笑,他总觉得他的话说得俏皮可笑,还是不管别人笑不笑,他自己总先笑出来:"我说,快吃,回铺子去说。话多着呢,这里说着不痛快,老头子们净瞪我!"

两个人忙着把东西吃完了,茶也喝净了,李子荣立起来和小姑娘要账单儿。他把账单儿接过来,指着马威对她说:"你看他体面不体面?他已经告诉我了,你长得真好看!""去你的吧!"小姑娘笑着对李子荣说，然后看了马威一眼，好像很高兴有人夸她长得美。

马威也向她笑了一笑，看李子荣和她说话的神气，大概是李子荣天天上这里吃饭来，所以很熟。李子荣掏出两个铜子，轻轻地放在盘子底下，作为小账。李子荣给了饭钱，告诉马威该出十个便士；马威登时还了他。

"英国办法，彼此不客气。"李子荣接过钱来笑着对马威说。

两个人回到铺子，好在没有照顾主儿，李子荣的嘴像开了闸一样，长江大河地说下去："我说，先告诉你一件事：喝茶的时候别带响儿！刚才你喝茶的时候，没看见对面坐着的老头儿直瞪你吗！英国人擤鼻子的时候是有多大力量用多大力量，可是喝东西的时候不准出声儿；风俗吗，没有对不对的理由；你不照着人家那么办，便是野蛮；况且他们本来就看不起我们中国人！当着人别抓脑袋，别剔指甲，别打嗝儿；嗝！规矩多啦！有些留学的名士满不管这一套，可是外国人本来就看不起我们，何必再非讨人家的厌烦不可呢！我本来也不注意这些事，有一回可真碰了钉子啦！是这么回事：有一回跟一个朋友到人家里去吃饭，我是吃饱了气足，仰着脖儿来了个深长的嗝儿；嗝！可坏了！旁边站着的一位姑娘，登时把脸子一摆，扭过头去跟我的朋友说：'不懂得规矩礼道的人，顶好不出来交际！'请吃饭的人呢是在中国传过教的老牧师，登时得着机会，对那位姑娘说：'要不咱们怎得到东方去传教呢，连吃饭喝茶的规矩都等着咱们教给他们呢！'我怎么办？在那里吧，真僵得慌；走吧，又觉得不好意思，好难过啦！其实打个嗝儿算得了什么，他们可是真拿你当野蛮人对待呢！马老，留点神吧！你不怪我告诉你？"

"不！"马威坐下说。

李子荣也坐下了,跟着说:"好,我该告诉你,我的历史啦!我原是出来留学的,山东官费留学生。先到了美国,住了三年,得了个商业学士。得了学位就上欧洲来了,先上了法国;到了巴黎可就坏了,国内打起仗来,官费简直的算无望了。我是个穷小子,跟家里要钱算是办不到的事。于是我东胡搂西抓弄,弄了几个钱上英国来了。我准知道英国生活程度比法国高,可是我也准知道在英国找事,工钱也高;再说英国是个商业国,多少可以学点什么。还有一层,不瞒你说!巴黎的妇女我真惹不起;这里,在伦敦,除非妓女没有人看得起中国人,倒可以少受一点试探。"说到这里,李子荣又乐起来了;而且横三竖四地抓了抓头发。

"老李,你不是说,别当着人抓脑袋吗?"马威故意和他开玩笑。

"可是你不是外国人哪!当着外国人决不干!说到哪儿啦——对,到了伦敦,官费还是不来,我可真抓了瞎啦!在东伦敦住了一个来月,除了几本书和身上的衣裳,简直成了光屁股狗啦!一来二去,巡警局给我找了去啦,叫我给中国工人当翻译。中国工人的英国话有限,巡警是动不动就察验他们。(多么好的中国人也是一脑门子官司,要不怎么说别投生个中国人呢!)我替他们来回作翻译;我的广东话本来有限,可是还能对付,反正我比英国巡警强。我要是不怕饿死,我决不做这个事;可是人到快饿死的时候是不想死的!看着这群老同乡叫英国巡警耍笑!咳,无法!饿,没法子!我和咱们这群同乡一样没法子!做这个事情,一个月不过能得个三四镑钱,那够花的;后来又慢慢地弄些个广告什么的翻成中国文,这笔买卖倒不错:能到中国卖货的,自然不是小买卖,一篇广告翻完了，总挣个一镑两镑的。这两笔钱凑在一处，对付着够吃面包的了，可还是没钱去念书。可巧你伯父要找个伙计，得懂得做买卖，会说英国话；我一去见他，事情就成了功。你想，留学的老爷们谁肯一礼拜挣两镑钱作碎催；可是两镑钱到我手里，我好像登了天堂一样。行了，可以念书了！白天做翻译，做买卖，晚上到大学去听讲。你看怎样？马老？""不容易，老李你行！"马威说。

"不容易？天下没有容易的事！"李子荣咚的一声站起来，颇有点自傲的神气。

"在伦敦一个人至少要花多少钱？论月说吧。"马威问。"至少二十镑钱一个月，我是个例外！我在这儿这么些日子了，一顿中国饭还没吃过；不是我吃不起一顿，是怕一吃开了头儿，就非常吃不可！"

"这儿有中国饭馆吗？"

"有！做饭，洗衣裳，中国人在海外的两大事业！"李子荣又坐下了："日本人所到的地方，就有日本窑子；中国人所到的地方，就有小饭铺和洗衣裳房。中国人和日本人不同的地方，是日本人除了窑子以外，还有轮船公司，银行，和别的大买卖。中国人除了做饭，洗衣裳，没有别的事业。要不然怎么人家日本人老挺着胸脯子，我们老不敢伸腰呢！欧美人对日本人和对中国人一样地看不起；可是，对日本人于藐视之中含着点"怕"、"佩服"的劲儿。对中国人就完全不搁在眼里了。对日本人是背后叫Jap，当面总是奉承；对中国人是当着面儿骂，满不客气！别提啦，咱们自己不争气，别怨人家！问我点别的事好不好？别提这个了，真把谁气死！""该告诉我点关于这个铺子的事啦。"

"好，你听着。你的伯父真是把手，真能干！他不专靠着卖古玩，古玩又不是面包，哪能天天有买卖；他也买卖股票，替广东一带商人买办货物什么的。这个古玩铺一年做好了不过赚上，除了一切开销，二百来镑钱；他给你们留下个二千来镑钱，都是他做别的事情赚下的。你们现在有这点钱，顶好把这个生意扩充一下，好好的干一下，还许有希望；要是还守着这点事情做，连你们爷俩的花销恐怕也赚不出来；等把那二千来镑钱都零花出来，事情可就不好办了。马老，你得劝你父亲立刻打主意：扩充这个买卖，或是另开个别的小买卖。据我看呢，还是往大了弄这个买卖好，因为古玩是没有定价的，凑巧了一样东西就赚个几百镑；自然这全凭咱们的能力本事。开别的买卖简直的不容易，你看街上的小铺子，什么卖烟的，卖酒的，全是几家大公司的小分号，他们的资本是成千累万的，咱们打算用千十来镑钱跟他们竞争，不是白饶吗！"

"父亲不是个做买卖的人，很难说话！"马威的眉毛又皱在一块，脸上好像也白了一点。

"老人家是个官迷，糟！糟！中国人不把官迷打破，永不会有出息！"李子荣愣了一会，又说："好在这里有咱们两个呢，咱们非逼着他干不可！不然，铺子一赔钱，你们的将来，实在有点危险呢！我说，你打算干什么呢？"

"我？念书啊！"

"念什么？又是翻译篇《庄子》骗个学位呀？"李子荣笑着说。

"我打算学商业，你看怎么样？"

"学商业，好哇！你先去补习英文，把英文弄好，去学商业，我看这个主意不错。"

两个人又说了半天，马威越看李子荣越可爱，李子荣是越说越上精神。两个人一直说到四点多钟才散。马威临走的时候，李子荣告诉他：明天早晨他同他们父子到巡警局去报到：

"律师，医生，是英国人离不开身的两件宝贝。可是咱们别用他们才好。我告诉你：别犯法，别生病，在英国最要紧的两件事！"李子荣拉不断扯不断地和马威说，"我说，从明天起，咱们见面就说英国话，非练习不可。有许多留学生最讨厌说外国话，好在你我是'下等'留学生，不用和老爷们学，对不对？"

两个人站在铺子外面又说了半天的话。说话的时候，隔壁那家古玩铺的掌柜的出来了，李子荣赶紧地给马威介绍了一下。

马威抬头看着圣保罗堂的塔尖，李子荣还没等他问，又把他拉回去，给他说这个教堂的历史。

"我可该回去啦！"马威把圣保罗堂的历史听完，又往外走。

李子荣又跟出来，他好像是鲁滨孙遇见礼拜五那么亲热。"马老，问你一件事：你那个戒指，父亲给了你没有？""他还拿着呢！"马威低声儿说。

"跟他要过来，那是你伯父给你的；谁的东西是谁的！"

马威点了点头，慢慢地往街上走。圣保罗教堂的钟正打五点。

第三段

1

春天随着落花走了，夏天披着一身的绿叶儿在暖风儿里跳动着来了。伦敦也居然有了响晴的蓝天，戴着草帽的美国人一车一车地在街上跑，大概其地看看伦敦到底什么样儿。街上高杨树的叶子在阳光底下一动一动地放着一层绿光，楼上的蓝天四围挂着一层似雾非雾的白气；这层绿光和白气叫人觉着心里非常地痛快，可是有一点发燥。顶可怜的是大"牛狗"，把全身的力量似乎都放在舌头上，喘吁吁地跟着姑娘们腿底下跑。街上的车更多了，旅行的人们都是四五十个坐着一辆大汽车，戴着各色的小纸帽子，狼嚎鬼叫地飞跑，简直的要把伦敦挤破了似的。车站上，大街上，汽车上，全花红柳绿的贴着避暑的广告。街上的人除了左右前后地躲车马，都好像心里盘算着怎样到海岸或乡下去歇几天。姑娘们更显着漂亮了，一个个地把白胳臂露在外面，头上戴着压肩的大草帽，帽沿上插着无奇不有的玩意儿，什么老中国绣花荷包咧，什么日本的小磁娃娃咧，什么鸵鸟翎儿咧，什么大朵的鲜蜀菊花咧，……坐在公众汽车的顶上往下看，街两旁好像走着无数的大花蘑菇。

每逢马威看到这种热闹的光景，他的大眼睛里总含着两颗热泪，他自言自语地说："看看人家！挣钱，享受！快乐，希望！看看咱们，省吃俭用的苦耐——省下两个铜子还叫兵大爷抢了去！哼！……"

温都姑娘从五月里就盘算着到海岸上去歇夏，每天晚上和母亲讨论，可是始终没有决定。母亲打算到苏格兰去看亲戚，女儿嫌车费太贵，不如到近处海岸多住几天。母亲改了主意要和女儿到海岸去，女儿又觉着上苏格兰去的锋头比上海岸去的高得多。母亲刚要给在苏格兰的亲戚写信，女儿又想起来了：海岸上比苏格兰热闹得多。本来姑娘们的歇夏并不为是歇着，是为找个人多的地方欢蹦乱跳地闹几天：露露新衣裳，显显自己的白胳臂；自然是在海岸上还能露露白腿。于是母亲一句，女儿一句，本着英国人得独立精神，一人一个主意，谁也不肯让谁，越商量双方的意见越离的远。有一天温都太太说了："玛力！咱们不能一块儿去；咱们都走了，谁给马老先生做饭呢！"（玛力是温都姑娘的名字。）

"叫他们也去歇夏呀！"温都姑娘说，脸上的笑涡一动一动地像个小淘气儿。

"我问过马老先生了，他不歇工！"温都太太把"不"字说得特别有力，小鼻子尖儿往上指着，好像要把棚顶上倒落着的那个苍蝇哄跑似的——棚顶上恰巧有个苍蝇。"什么？什么？"玛力把眼睛睁得连眼毛全一根一根地立起来了："不歇夏？没听说过！"——英国人真是没听说过，世界上会有终年干活，不歇工的！待了一会儿，她扑哧一笑，说："那个小马对我说了，他要和我一块儿上海岸去玩。我告诉了他，我不愿和中——国——人——一块儿去！跟着他去，笑话！"

"玛力！你不应当那么顶撞人家！说真的，他们父子也没有什么多大不好的地方！"

温都太太虽然不喜欢中国人，可是天生来的有点愿意和别人嚼争理儿；别人要说玫瑰是红的最香，她非说白的香得要命不可；至不济也是粉玫瑰顶香；其实她早知道粉玫瑰不如红的香。

"得啦，妈！"玛力把脑袋一歪，撇着红嘴唇说，"我知道，你爱上那个马老老先生啦！你看，他给你一筒茶叶，一把小茶壶！要是我呀，我就不收那些宝贝！看那个老东西的脸，老像叫人给打肿了似的！瞧他坐在那里半天不说一句话！那个小马，更讨厌！没事儿就问我出去不出去,昨天又要跟我去看电影,我——"

"他跟你看电影去,他老给你买票,啊?"温都太太板着脸给了玛力一句!

"我没叫他给我买票呀!我给他钱,他不要!说起来了,妈!你还该我六个铜子呢,对不对,妈?"

"明天还你,一定!"温都太太摸了摸小兜儿,真是没有六个铜子:"据我看,中国人比咱们宽宏,你看马老先生给马威钱的时候,老是往手里一塞,没数过数儿。马威给他父亲买东西的时候,也不逼着命要钱。再说,"温都太太把脑袋摇了两摇,赶紧用手指肚儿轻轻地按了按脑袋后边挂着的小髻儿:"马老老先生每礼拜给房钱的时候,一手把账条往兜儿里一塞,一手交钱,永远没问过一个字。你说——""那不新新①!"玛力笑着说。

"怎么?"她母亲问。

"伦理是随着经济状况变动的。"玛力把食指插在胸前的小袋里,腆着胸脯儿,颇有点大学教授的派头:"咱们的祖先也是一家老少住在一块,大家花大家的钱,和中国人一样;现在经济制度改变了,人人挣自己的钱,吃自己的饭,咱们的道德观念也就随着改了:人人拿独立为荣,谁的钱是谁的,不能有一点儿含糊的地方!中国人,他们又何尝比咱们宽宏呢!他们的经济的制度还没有发展得——"

"这又是打那里听来的,跟我显排?"温都太太问。"不用管我那儿听来的!"玛力姑娘的蓝眼珠一转,歪棱着脑袋扑哧一笑:

---

①新新,指新鲜,奇怪。

"反正这些话有理！有理没有？有理没有？妈？"看着她妈妈点了点头，玛力才接着说："妈，不用护着中国人，他们要是不讨人嫌为什么电影上，戏里，小说上的中国人老是些杀人放火抢女人的呢？"

（玛力姑娘的经济和伦理的关系是由报纸上看来的，她的讨厌中国人也全是由报纸上，电影上看来的，其实她对于经济与中国人的知识，全不是她自己揣摸出来的。也难怪她，设若中国不是一团乱糟，外国报纸又何从得到这些坏新闻呢！）"电影上都不是真事！"温都太太心里也并不十分爱中国人，不过为和女儿辩驳，不得不这么说："我看，拿弱国的人打哈哈，开玩笑，是顶下贱的事！"

"啊哈，妈妈！不是真事？篇篇电影是那样，出出戏是那样，本本小说是那样，就算有五成谎吧，不是还有五成真的吗？"玛力非要把母亲说服了不可，往前探着头问："对不对，妈？对不对？"

温都太太干嗽了一声，没有言语。心里正预备别的理由去攻击女儿。

客厅的门响了两声，好像一根麻绳碰在门上一样。"拿破仑来了，"温都太太对玛力说，"把它放进来。"玛力把门开开，拿破仑摇着尾巴跳进来了。

"拿破仑，宝贝儿，来！帮助我跟她抬杠！"温都太太拍着手叫拿破仑，"她没事儿去听些臭议论，回家来跟咱们露精细！是不是？宝贝儿？"

温都姑娘没等拿破仑往里跑，早并着腿跪在地毯上和它顶起牛儿来。她爬着往后退，小狗儿就前腿伸平了预备往前扑。她噘着嘴忽然说："忽！"小狗儿往后一噘腰，然后往前一伸脖，说："吧！"她斜着眼看它，它横着身往前凑，轻轻地叼住她的胖手腕。……闹了半天，玛力的头发也叫小狗给顶乱了，鼻子上的粉也抹没了；然后拿破仑转回她的身后，咬住她的鞋跟儿。

"妈！瞧你的狗，咬我的新鞋！"

"快来，拿破仑不用跟她玩！"

玛力站起来，一边喘，一边理头发，又握着小白拳头向拿破仑比画着。小狗儿藏在温都太太的脚底下，用小眼睛一眨巴一眨巴地瞅着玛力。

玛力喘过气儿来，又继续和母亲商议旅行的事。温都太太还是主张母女分着去歇夏，玛力不干，她不肯给马家父子做饭。

"再说，我也不会做饭呀！是不是？妈！"

"也该学着点儿啦！"温都太太借机会给女儿一句俏皮的！"这么办：咱们一块去，写信把多瑞姑姑找来，替他们做饭，好不好？她在乡下住，一定喜欢到城里来住几天；可是咱们得替她出火车费！"

"好吧，你给她写信，我出火车费。"

温都姑娘先去洗了手，又照着镜子，歪着脸，用粉扑儿掸了粉。左照照，右照照，直到把脸上的粉匀得一星星缺点没有了，才去把信封信纸钢笔墨水都拿来。把小茶几推到紧靠窗户；坐下；先把衣裳的褶儿拉好；然后把钢笔插在墨水瓶儿里。窗外卖苹果的吆喝了一声，搁下笔，掀开窗帘看了看。又拿起笔来，歪着脖，先在吃墨纸上画了几个小苹果，然后又用中指轻轻地弹笔管儿，一滴一滴的墨水慢慢地把画的小苹果都阴过去；又把笔插在墨水瓶儿里；低着头看自己的胖手；掏出小刀修了修指甲；把小刀儿放在吃墨纸上；又觉得不好，把刀子拿起来，吹了吹，放在信封旁边。又拿起笔来,又在吃墨纸上弹了几个墨点儿;有几个墨点弹得不十分圆,都慢慢地用笔尖描好。描完了圆点,站起来了:"妈,你写吧!我去给拿破仑洗个澡,好不好?""我还要上街买东西呢!"温都太太抱着小狗走过来:"你怎么给男朋友写信的时候,一写就是五六篇呢?怪!""谁爱给姑姑写信呢!"玛力把笔交给母亲,接过拿破仑就跑:

"跟我洗澡去,你个小脏东西子!"

2

马老先生在伦敦三四个月所得的经验,并不算很多:找着了三四个小中国饭铺,天天去吃顿午饭。自己能不用马威领着,由铺子走回家去。英文长进了不少,可是把文法忘了好些,因为许多下等英国人说话是不管文法的。

他的生活是没有一定规律的:有时候早晨九点钟便跑到铺子去,一个人慢条斯理地把窗户上摆着的古玩都重新摆列一回;因为他老看李子荣摆的俗气,不对!李子荣跟他说了好几回,东西该怎摆,颜色应当怎么配,怎么才能惹行人的注意……他微微地一摇头,作为没听见。

头一回摆的时候,他把东西像抱灵牌似的双手捧定,舌头伸着一点,闭住气,直到把东西摆好才敢呼吸。摆过两回,胆子渐渐地大了。有时候故意耍俏:端着东西,两眼特意地不瞧着手,颇像饭馆里跑堂的端菜那么飘洒。遇着李子荣在铺子的时候,他的飘洒劲儿更耍得出神;不但手里端东西,小胡子嘴还叼着一把小茶壶,

小胡子噘噘着,斜着眼看李子荣,心里说:

"咱是看不起买卖人,要真讲做买卖,咱不比谁不懂行,嘻!"

正在得意,嘴里一干,要咳嗽;茶壶被地心吸力吸下去,——粉碎!两手急于要救茶壶,手里的一个小瓶,两个盘子,也都分外的滑溜:李子荣跑过来接住了盘子;小瓶儿的脖子细嫩,掉在地上就碎了!

把东西摆好,马老先生出去,偷偷地看一看隔壁那家古玩铺的窗户。他捻着小胡子向自己刚摆好的东西点了点头,觉得那家古玩铺的东西和摆列的方法都俗气!可是隔壁那家的买卖确是比自己的强,他猜不透,是什么原因,只好骂英国人全俗气!隔壁那家的掌柜的是个又肥又大,有脑袋,没头发的老家伙!还有个又肥又大,有脑袋,也有头发的(而且头发不少)老妇人。他们好几次赶着马老先生套亲热说话,马老先生把头一扭,给他们个小钉子碰。然后坐在小椅子上自己想着碴儿笑:"你们的买卖好哇,架不住咱不理你!俗气!"

李子荣劝他好几回,怎么应当添货物,怎么应当印些货物的目录和说明书,怎么应当不专卖中国货。马老先生酸酸地给了他几句:

"添货物!这些东西还不够摆半天的呀!还不够眼花的呀!"

有时候马老先生一高兴,整天的不到铺子去,在家里给温都太太种花草什么的。她房后的那块一间屋子大的空地,当马家父子刚到伦敦的时候,只长着一片青草,和两棵快死的月季花。温都太太最喜欢花草,可是没有工夫去种,也舍不得花钱买花秧儿。她的女儿是永远在街上买现成的花,也不大注意养花这回事。有一天,马老先生并没告诉温都太太,在街上买来一捆花秧儿:五六棵玫瑰,十几棵桂竹香,还有一堆刚出芽的西番莲根子,几棵没有很大希望的菊花,梗子很高,叶儿不多,而且不见得一定是绿颜色。

他把花儿堆在墙角儿,浇上了两罐子水,然后到厨房把铁锹花铲全搬运出来。把草地中间用土围成一个圆岗儿,把几棵玫瑰顺着圆圈种上。圆圈的外边用桂竹香种成一个十字。西番莲全埋在墙根底下。那些没什么希望的菊秧子都插在一进园门的小路两旁。种完了花,他把铁锹什么的都送回原地方去,就手儿拿了一筒水,浇了一个过儿。……洗了洗手,一声没言语回到书房抽了一袋烟。……跑到铺子去,找了些小木条和麻绳儿,连哈带喘地又跑回来,把刚种的花儿全扶上一根木条,用麻绳松松低捆好。正好捆完了,来了一阵小雨,他站在那里呆呆地看着那些花儿,在雨水下一点头一点头地微动;直到头发都淋得往下流水啦,才想起往屋里跑。

温都太太下午到小院里放狗,慌着忙着跑上楼去,眼睛和嘴都张着:

"马老先生!后面的花是你种的呀?!"

马老先生把烟袋往嘴角上挪了挪,微微地一笑。"呕!马老先生!你是又好又淘气!怎么一声儿不言语!多少钱买的花?"

"没花多少钱!有些花草看着痛快!"马老先生笑着说。"中国人也爱花儿吧?"温都寡妇问。——英国人决想不到:除了英国人,天下还会有懂得爱花的。

"可不是!"马老先生听出她的话味来,可是不好意思顶撞她,只把这三个字说得重一些,并且从嘴里挤出个似笑非笑的笑。愣了一会儿,他又说:"自从我妻子去世以后,我没事就种花儿玩。"想到他的妻子,马老先生的眼睛稍微湿润了一些。

温都太太点了点头,也想起她的丈夫;他在世的时候,那个小院是一年四季不短花儿的。

马老先生让她坐下,两个谈了一点多钟。她问马太太爱穿什么衣服,爱戴什么帽子。他问她丈夫爱吃什么烟,做过什么官。两个越说越彼此不了解;可是越谈越亲热。他告诉她:马太太爱穿紫宁绸坎肩,她没瞧见过。她说:温都先生没做过官,他简直的想不透为什么一个人不做官。……晚上温都姑娘回来,她母亲没等她摘了帽子就扯着她往后院儿跑。

"快来,玛力!给你点新东西看。"

"呕!妈妈!你怎么花钱买这么些个花儿?"玛力说着,哈着腰在花上闻了一鼻子。

"我?马老先生买的,种的!你老说中国人不好,你看——"

"种些花儿也算牙了怎么出奇了不得呀!"玛力听说花儿是马老先生种的,赶紧地直起腰来,不闻了。

"我是要证明中国人也和文明人一样的懂得爱花——""爱花儿不见得就不爱杀人放火呀!妈,说真的,我今天在报纸又看见三张相片,都是在上海照来的。好难看啦,妈!妈!他们把人头杀下来,挂在电线杆子上。不但是挂着,底下还有一群人,男女老少都有,在那块看电影似的看看!"玛力说着,脸上都白了一些,嘴唇不住地颤,忙着跑回屋里去了。

后院种上花之后,马老先生又得了个义务差事:遇到温都太太忙的时候,他得领着拿破仑上街去散逛。小后院儿本来是拿破仑游戏的地方,现在种上花儿,它最好管闲事,看见小蜜蜂儿,它蹦起多高想把蜂儿捉住;它这一跳,虫儿是飞了,花儿可是倒啦;所以天天非把它拉出去遛遛不可；马老老先生因而得着这份美差。玛力姑娘劝她母亲好几回，不叫马老带狗出去。她听说中国人吃狗肉，万一马老一犯馋，半道儿上用小刀把拿破仑宰了，开开斋，可怎么好！"我问过马老先生，他说中国人不吃狗。"温都太太板着脸说。

"我明白你了，妈！"玛力成心戏弄她的母亲，"他爱花儿，爱狗，就差爱小孩子啦！"

（英国普通人以为一个人爱花爱狗爱儿女便是好丈夫。玛力的意思是：温都太太爱上马老啦。）

温都寡妇没言语，半恼半笑地瞪了她女儿一眼。

马威也劝过他父亲不用带小狗儿出去，因为他看见好几次：他父亲拉着狗在街上或是空地上转，一群孩子在后面跟着起哄：

"瞧这个老黄脸！瞧他的脸！又黄又肿！……"

一个没有门牙的黄毛孩子还过去揪马老先生的衣裳。一个姥姥不疼，舅舅不爱的瘦孩子，抱起拿破仑就跑，成心叫马老老先生追他。他一追，别的孩子全扯着脖子嚷："看他的腿呀！看他的腿呀！和哈巴狗一样呀！"……"陶马！"——大概那个姥姥不疼，舅舅不爱的瘦孩子叫陶马——"快呀！别叫他追上！"……"陶马！"一个尖嗓儿的小姑娘，头发差不多和脸一样红，喊："好好抱着狗，别摔了它！"

英国的普通学校里教历史是不教中国事的。知道中国事的人只是到过中国做买卖的，传教的；这两种人对中国人自然没有好感，回国来说中国事儿，自然不会往好里说。又搭着中国不强，海军不成海军，陆军不成陆军，怎么不叫专以海陆军的好坏定文明程度高低的欧洲人看低了！再说，中国还没出一个惊动世界的科学家，文学家，探险家——甚至连在万国运动会下场的人才都没有，你想想，人家怎能看得起咱们！

马威劝了父亲，父亲不听。他（马老先生）积攒了好些洋烟画儿，想去贿赂那群小淘气儿；这么一来，小孩子们更闹得欢了。

"叫他Chink！叫他Chink！一叫他，他就给烟卷画儿！"……"陶马！抢他的狗哇！"……

3

在蓝加司特街的一所小红房子里，伊太太下了命令：请马家父子，温都母女，和她自己的哥哥吃饭。第一个说"得令"的，自然是伊牧师。伊夫人在家庭里的势力对于伊牧师是绝对的。她的儿女（现在都长成人了），有时候还不能完全服从她。儿女是越大越难管，丈夫是越老越好管教；要不怎么西洋女子多数挑着老家伙嫁呢。

伊太太不但嘴里出命令，干脆地说，她一身全是命令。她一睁眼，——两只大黄眼睛，比她丈夫的至少大三倍，而且眼皮老肿着一点儿——丈夫，女儿，儿子全鸦雀无声，屋子里比法庭还严肃一些。

她长着一部小黑胡子，挺软挺黑还挺长；要不然伊牧师怎不敢留胡子呢，他要是也有胡子，那不是有意和她竞争吗！她的身量比伊牧师高出一头来，高，大，外带着真结实。脸上没什么肉，可是所有的那些，全好像洋灰和麻刀做成的，真叫有筋骨！鼻子两旁有两条不浅的小沟，一直通到嘴犄角上；哭的时候（连伊太太有时候也哭一回！）眼泪很容易流到嘴里去，而且是随流随干，不占什么时间。她的头发已经半白了,欹欹松松地在脑后绾着个髻儿,不留神看,好像一团絮鞋底子的破干棉花。

伊牧师是在天津遇见她的,那时候她鼻子旁边的沟儿已经不浅,可是脑后的髻儿还不完全像干棉花。伊牧师是急于成家,她是不反对有个丈夫,于是他们不管三七二十一地就结了婚。她的哥哥,亚力山大,不大喜欢作这门子亲,他是个买卖人,自然看不起讲道德说仁义,而挣不了多少钱的一个小牧师;可是他并没说什么;看着她脸上的两条沟儿,和头上那团有名无实的头发,他心里说:"嫁个人也好,管他是牧师不是呢!再搁几年,她脸上的沟儿变成河道,还许连个牧师也弄不到手呢!"这么一想,亚力山大自己笑了一阵,没对他妹妹说什么。到了结婚的那天,他还给他们买了一对福建漆瓶。到如今伊太太看见这对瓶子就说:"哥哥多么有审美的能力!这对瓶子至少还不值六七镑钱!"除了这对瓶子,亚力山大还给了妹妹四十镑钱的一张支票。

他们的儿女(正好一儿一女,不多不少,不偏不向),都是在中国生的,可是都不很会说中国话。伊太太的教育原理是:小孩子们一开口就学下等言语——如中国话,印度话等等——以后绝对不能有高尚的思想。比如一个中国小孩儿在怀抱里便说英国话,成啦,这个孩子长大成人不会像普通中国人那么讨厌。反之,假如一个英国孩子一学话的时候就说中国话,无论怎样,这孩子也不会有起色!英国的茄子用中国水浇,还能长得薄皮大肚一兜儿水吗!她不许她的儿女和中国小孩子们一块儿玩,只许他们对中国人说必不可少的那几句话,像是:"拿茶来!""去!""一只小鸡!"……每句话后面带着个"!"。

伊牧师不很赞成这个办法，本着他的英国世传实利主义，他很愿意叫他的儿女学点中国话，将来回国或者也是挣钱的一条道儿。可是他不敢公然和他的夫人挑战；再说伊太太也不是不明白实利主义的人，她不是不许他们说中国话吗，可是她不反对他们学法文呢。其实伊太太又何尝看得起法文呢；天下还有比英国话再好的！英国贵族，有学问的人，都要学学法文，所以她也不情愿甘落人后；要不然，学法文？嗜！……她的儿子叫保罗，女儿叫凯萨林。保罗在十二岁的时候就到英国来念书，到了英国把所知道的那些中国话全忘了，只剩下最得意的那几句骂街的话。凯萨林是在中国的外国学校念书的，而且背着母亲学了不少中国话，拿着字典也能念浅近的中国书。

....

"凯！"伊太太在厨房下了命令，"预备个甜米布丁！中国人爱吃米！"

"可是中国人不爱吃搁了牛奶和糖的米，妈！"凯萨林姑娘说。

"你知道多少中国事？你知道的比我多？"伊太太梗着脖子说。她向来是不许世界上再有第二个人知道中国事像她自己知道的那么多。什么驻华公使咧，中国文学教授咧，她全没看在眼里。她常对伊牧师说（跟别人说总得多费几句话）："马公使懂得什么？白拉西博士懂得什么？也许他们懂得一点半点的中国事，可是咱们才真明白中国人，中国人的灵魂！"

凯萨林知道母亲的脾气，没说什么，低着头预备甜米布丁去了。

伊太太的哥哥来了。

"俩中国人还没来？"亚力山大在他妹妹的乱头发底下鼻子上

边找了块空地亲了一亲。

"没哪,进去坐着吧。"伊太太说,说完又到厨房去预备饭。

亚力山大来的目的是在吃饭,并不要和伊牧师谈天,跟个传教士有什么可说的。

伊牧师把烟荷包递给亚力山大。

"不,谢谢,我有——"亚力山大随手把半尺长的一个金盒子掏出来,挑了支吕宋烟递给伊牧师。自己又挑了一支插在嘴里。噌地一声划着一支火柴,腮帮子一凹,吸了一口;然后一凸,噗!把烟喷出老远。看了看烟,微微笑了一笑,顺手把火柴往烟碟儿里一扔。

亚力山大跟他的妹妹一样高,宽肩膀,粗脖子,秃脑袋,一嘴假牙。两腮非常地红,老像刚挨过两个很激烈的嘴巴似的。衣裳穿得讲究,从头至脚没有一点含糊的地方。他一手夹着吕宋烟,一手在脑门上按着,好像想什么事,想了半天:

"我说,那个中国人叫什么来着?天津美利公司跑外的,愣头磕脑的那小子。你明白我的意思?"

"张元。"伊牧师拿着那根吕宋烟,始终没点,又不好意思放下,叫人家看出没有吃吕宋的本事。

"对!张元!我爱那小子;你看,我告诉你,"亚力山大跟着吸了一口烟,又噗的一下把烟喷了个满堂红:"别看他傻头傻脑的,他,更聪明。你看我的中国话有限,他又不会英文,可是我们办事非常快当。你看,他进来说'二千块!'我一点头;他把货单子递给我。我说:'写名字?'他点点头;我把货单签了字。你看,完事!"说到这里,亚力山大捧着肚子,哈哈地乐开了,吕宋烟的灰一层一层地全落在地毯上,直乐得脑皮和脸蛋一样红了,才怪不高兴地止住。

伊牧师觉不出有什么可笑来,推了推眼镜,咧着嘴看着地毯上的烟灰。

马家父子和温都太太来了。她穿着件黄色的衫子,戴着宽沿的草帽。一进门被吕宋烟呛的咳嗽了两声。马老先生手里捧着黑呢帽,不知道放在那里好。马威把帽子接过去,挂在衣架上,马老先生才觉得舒坦一点。

"嘿喽!温都太太!"亚力山大没等别人说话,站起来,举着吕宋烟,瓮声瓮气地说:"有几年没看见你了!温都先生好?他做什么买卖呢?"

伊太太和凯萨林正进来,伊太太忙着把哥哥的话接过来:"亚力!温都先生已经不在了!温都太太!谢谢你来!温都姑娘呢?"

"嘿喽!马老先生!"亚力山大没管他妹妹,扑过马老先生来握手:"常听我妹妹说到你们!你从上海来的?上海的买卖怎么样?近来闹很多的乱子,是不是?北京还是老张管着吧?那老家伙成!我告诉你,他管东三省这么些年啦,没闹过一回排外的风潮!你明白我的意思?在天津的时候我告诉他,不用管——"

"亚力!饭好了,请到饭厅坐吧!"伊太太用全身之力气喊;不然,简直的压不过去他哥哥的声音。

"怎么着?饭得了?有什么喝的没有?"亚力山大把吕宋烟扔下,跟着大家走出客厅来。

"姜汁啤酒!"伊太太梗着脖子说。——她爱她的哥哥,又有点怕他,不然,她连啤酒也不预备。

大家都坐好了，亚力山大又嚷起来了："至不济还不来瓶香槟！"

英国人本来是最讲规矩的，亚力山大少年的时候也是规矩礼道一点不差；自从到中国做买卖，他觉得对中国人不屑于讲礼貌，对他手下的中国人永远是吹胡子瞪眼睛，所以现在要改也改不了啦。因为他这么乱嚷不客气，许多的老朋友现在全不理他了；这是他肯上伊牧师家来吃饭的原因；要是他朋友多，到处受欢迎，他哪肯到这里来受罪，喝姜汁啤酒！"伊太太，保罗呢？"温都太太问。

"他到乡下去啦，还没回来。"伊太太说，跟着用鼻子一指伊牧师："伊牧师，祷告谢饭！"

伊牧师从心里腻烦亚力山大，始终没什么说话，现在他得着机会，没结没完地祷告；他准知道亚力山大不愿意，成心叫他多饿一会儿。亚力山大睁开好几回眼看桌上的啤酒，心里一个劲儿骂伊牧师。伊牧师刚说"阿门！"他就把瓶子抓起来，替大家斟起来，一边斟酒一边问马老先生："看英国怎样？"

"美极了！"马老先生近来跟温都太太学的，什么问题全答以：好极了！美极了！对极了！……"什么意思？美？"亚力山大透着有点糊涂，他心里想不到什么叫做美，除非告诉他"美"值多少钱一斤。他知道古玩铺的大彩瓶美，展览会的画儿美，因为都号着价码。

"啊？"马老先生不知说什么好，翻了翻白眼。

"亚力！"伊太太说，"递给温都太太盐瓶儿！""对不起！"亚力山大把盐瓶抓起来送给温都太太，就手儿差点把胡椒面瓶碰倒了。

"马威，你爱吃肥的，还是爱吃瘦的？"伊姑娘问。

伊太太没等马威说话，梗着脖子说："中国人都爱吃肥的！"跟着一手用叉子按着牛肉，一手用刀切；嘴唇咧着一点，一条眉毛往上挑着，好像要把谁杀了的神气。

"好极了！"马老先生忽然又用了个温都太太的字眼，谁也不知道他为什么说的。

牛肉吃完了，甜米布丁上来了。

"你能吃这个呀？"伊姑娘问马威。

"可以。"马威向她一笑。

"中国人没有不爱吃米的，是不是？马老先生！"伊太太看着凯萨林，问马老先生。

"对极了！"马老先生点着头说。

亚力山大笑开了，笑得红脸蛋全变紫了。没有人理他，他妹妹也没管他，直笑到嘴咧得有点疼了，他自己停住了。

马威舀了一匙子甜米布丁，放在嘴唇上，半天没敢往嘴里送。马老先生吞了一口布丁，伸着脖子半天没转眼珠，似乎是要晕过去。

"要点凉水吧？"伊姑娘问马威。马威点了点头。

"你也要点凉水？"温都太太很亲热地问马老先生。

马老先生还伸着脖子，极不自然地向温都太太一笑。亚力山大又乐起来了。

"亚力！再来一点布丁？"伊太太斜着眼问。

伊牧师没言语，慢慢地给马家父子倒了两碗凉水。他们一口布丁，一口凉水，算是把这场罪忍过去了。"我说个笑话！"亚力山大对大伙儿说，一点没管人家爱听不爱听。

温都太太用小手轻轻地拍了几下，欢迎亚力山大说笑话。

马老先生见她鼓掌，忙着说了好几个"好极了！""那年我到北京，"亚力山大把大拇指插在背心的小兜儿里，两腿一直伸出去，脊梁在椅子背上放平了。"我告诉你们，北京，穷地方！一个大铺子没有，一个工厂没有，街上挺脏！有人告诉我北京很好看，我看不出来；脏和美挵不到一块！明白我的意思？"

"凯！"伊太太看见马威的脸有点发红，赶紧说，"你带马威去看看你兄弟的书房，回来咱们在客厅里喝咖啡。保罗搜集了不少的书籍，他的书房简直是个小图书馆，马威，你同凯去看看。"

"你听着呀！"亚力山大有点不愿意的样子，"我住在北京饭店，真叫好地方，你说喝酒，打台球，跳舞，赌钱，全行！北京只有这么一个好地方，你明白我的意思？吃完饭没事，我到楼下打台球，球房里站着个黑胡子老头儿，中国人，老派的中国人；我就是爱老派的中国人，你明白我的意思？我一打，他噘着胡子嘴一笑。我心里说，这个老家伙倒怪有意思的。我打完球，他还在那里站着。我过去问他，用中国话问的，'喝酒不喝？'"亚力山大说这四个中国字的时候，脖子一仰，把拳头搁在嘴上，闭着眼，嘴里"嗐"的响了一声——学中国人的举动。

伊太太乘着他学中国人的机会，赶紧说："请到客厅坐吧！"

伊牧师忙着站起来去开门，亚力山大奔过马老先生去，想继续说他的笑话。温都太太很想听到过中国的人说中国事，对亚力山大说："到客厅里去说，叫大家听。"

"温都太太，你的黄衫子可真是好看！"伊太太设尽方法想打断亚力山大的笑话。

"好看极了！"马老给伊太太补了一句。

大家到了客厅,伊太太给他们倒咖啡。

伊牧师笑着对温都太太说:"听话匣子吧?爱听什么片子?"

"好极了!可是请等兰茉先生说完了笑话。"(兰茉是亚力山大的姓。)

伊牧师无法,端起咖啡坐下了。亚力山大嗽了两声,继续说他的笑话,心里十分高兴。

"温都太太,你看,我问他喝酒不喝,他点了点头,又笑了。我在前头走,他在后面跟着,像个老狗——""亚力,递给温都太太一个——温都太太,爱吃苹果,还是香蕉?"

亚力山大把果碟子递给她,马不停蹄地往下说:"'你喝什么?'我说。'你喝什么?'他说。'我喝灰色剂。'我说。'我陪着。'他说。我们一对一个地喝起来了,老家伙真成,陪着我喝了五个,一点不含糊!"

"哈哈,兰茉先生,你在中国敢情教给人家中国人喝灰色剂呀!"温都太太笑着说。

伊牧师和伊太太一齐想张嘴说话,把亚力山大的笑话岔过去;可是两个人同时开口,谁也没听出谁的话来,亚力山大乘着机会又说下去了:"喝完了酒,更新新了,那个老家伙给了酒钱。会了账,他可开了口啦,问我上海赛马的马票怎么买,还是一定求我给他买,你们中国人都好赌钱,是不是?"他问马老先生。马老先生点了点头。

温都太太嘴里嚼着一点香蕉,低声儿说:"教给人家赛马赌钱,还说人家——"

她还没说完,伊牧师说:"温都太太,张伯伦牧师还在——"

伊太太也开了口:"马老先生,你礼拜到哪里做礼拜去呢?"

亚力山大一口跟着一口喝他的咖啡,越想自己的笑话越可笑;结果,哈哈地乐起来了。

4

在保罗的书房里,伊姑娘坐在她兄弟的转椅上,马威站在书架前面看:书架里大概有二三十本书,莎士比亚的全集已经占去十五六本。墙上挂着三四张彩印的名画,都是保罗由小市上六个铜子一张买来的。书架旁边一张小桌上摆着一根鸦片烟枪,一对新小脚儿鞋,一个破三彩鼻烟壶儿,和一对半绣花的旧荷包。

保罗的朋友都知道他是在中国生的,所以他不能不给他们些中国东西看。每逢朋友来的时候,他总是把这几件宝贝编成一套说词:裹着小脚儿抽鸦片,这是装鸦片的小壶,这是装小壶之荷包。好在英国小孩子不懂得中国事,他怎说怎好。

"这就是保罗的收藏啊?"马威回过身来向凯萨林笑着说。伊姑娘点了点头。

她大概有二十七八岁的样子。像她父亲,身量不高,眼睛大,可是眼珠儿小。头发和她母亲的一样多,因为她没有她妈妈那样高大的身量,这一脑袋头发好像把她的全身全压得不轻俏了。可是她并不难看,尤其是坐着的时候,小脊梁一挺,带光的黄头发往后垂着,颇有一点东方妇女的静美。说话的时候,嘴唇上老带着点笑意,可是不常笑出来。两只手特别肥润好看,不时地抬起来拢拢脑后的长头发。

"马威,你在英国还舒服吧?"伊姑娘看着他问。"可不是!"

"真的?"她微微地一笑。

马威低着头摆弄桌上那个小烟壶,待了半天才说:"英国人对待我们的态度,我不很注意。父亲的事业可是——我一想起来就揪心!你知道,姐姐!"他在中国叫惯了她姐姐,现在还改不过来:"中国人的脾气,看不起买卖人,父亲简直做对做买卖一点不经心!现在我们指着这个铺子吃饭,不经心成吗!我的话,他不听;李子荣的话,他也不听。他能一天不到铺子去,给温都太太种花草。到铺子去的时候,一听照顾主儿夸奖中国东西,他就能白给人家点什么。伯父留下的那点钱,我们来了这么几个月,已经花了二百多镑。他今天请人吃饭,明天请人喝酒,姐姐,你看这不糟心吗!只要人家一说中国人好,他非请人家吃饭不可;人家再一夸他的饭好,得,非请第二回不可。这还不提,人家问他什么,他老顺着人家的意思爬:普通英国人知道的中国事没有一件是好的,他们最喜把这些坏事在中国人嘴里证明了。比如人家问他有几个妻子,他说'五六个!'我一问他,他急扯白脸地说:'人家信中国人都有好几个妻子,为什么不随着他们说,讨他们的喜欢!'有些个老头儿老太太都把他爱成宝贝似的,因为他老随着他们的意思说话吗!"

"那天高耳将军讲演英国往上海送兵的事,特意请父亲去听。高耳将军讲到半中腰,指着我父亲说:'英国兵要老在中国,是不是中国人的福气造化?我们问问中国人,马老先生,你说——'好,父亲站起来规规矩矩地说:'欢迎英国兵!'那天有位老太太告诉他,中国衣裳好看。他第二天穿上绸子大褂满街上走,招得一群小孩子在后面叫他Chink！他要是自动地穿中国衣裳也本来没有什么；不是，他只是为穿上讨那位老太婆的喜欢。姐姐，你知道，我父亲那一辈的中国人是被外国人打怕了，一听外国人夸奖他们几句，他们觉得非常地光荣。他连一丁点国家观念也没有，没有——"

伊姑娘笑着叹了一口气。

"国家主义。姐姐，只有国家主义能救中国！我不赞成中国人，像日本人一样，造大炮飞艇和一切杀人的利器；可是在今日的世界上，大炮飞艇就是文明的表现！普通的英国人全咧着嘴笑我们，因为我们的陆海军不成。我们打算抬起头来，非打一回不可！——这个不合人道，可是不如此我们便永久不用想在世界上站住脚！"

"马威！"伊姑娘拉住马威的手，"马威！好好地念书，不用管别的！我知道你的苦处，你受的刺激！可是空暴躁一回，能把中国就变好了吗？不能！当国家乱的时候，没人跟你表同情。你就是把嘴说破了，告诉英国人、法国人、日本人：'我们是古国，古国变新了是不容易的，你们应当跟我们表同情呀，不应当借火打劫呀！'这不是白饶吗！人家看你弱就欺侮你，看你起革命就讥笑你，国与国的关系本来是你死我活的事。除非你们自己把国变好了，变强了，没人看得起你，没人跟你讲交情。马威，听我的话，只有念书能救国；中国不但短大炮飞艇，也短各样的人才；除了你成了个人才，你不配说什么救国不救国！！现在你总算有这个机会到外国来，看看外国的错处，看看自己国家的错处，——咱们都有错处，是不是？——然后冷静地想一想。不必因着外面的些个刺激，便瞎生气。英国的危险是英国人不念书；看保罗的这几本破书，我妈妈居然有脸叫你来看；可是，英国真有几位真念书的，真人才；这几个真人才便叫英国站得住脚。一个人发明了治霍乱的药，全国的人，全世界的人，便随着享福。一个人发明了电话，全世界的人跟着享受。从一有世界直到世界消灭的那天，人类是不能平等的，永远是普通人随着几个真人物脚后头走。中国人的毛病也是不念书，中国所以不如英国的，就是连一个真念书的人物也没有。马威，不用瞎着急，念书，只有念书！你念什么？商业，好，只有你能真明白商业，你才能帮助你的同胞和外国商人竞争！至于马老先生，你和李子荣应当强迫他干！我知道你的难处，你一方面要顾着你们的孝道，一方面又看着眼前的危险；可是二者不可得兼，从英国人眼中看，避危险比糊涂地讲孝道好！我生在中国，我可以说我知道一点中国事；我是个英国人，我又可以说我明白英国事；拿两国不同的地方比较一下，往往可以得到一个很明确妥当的结论。马威，你有什么过不去的地方，请找我来，我要是不能帮助你，至少我可以给你出个主意。你看，马威！我在家里也不十分快乐：父母和我说不到一块儿，兄弟更不用提；可是我自己有我自己的事，做完了事，念我的书，也就不觉得有什么苦恼啦！人生，据我看，只有两件快活事：用自己的知识，和得知识！"

说到这里，凯萨林又微微地一笑。

"马威！"她很亲热地说："我还要多学一点中文，咱们俩交换好不好？你教我中文，我教你英文，可是——"她用手拢了拢头发，想了一会儿："在什么地方呢？我不愿意叫你常上这儿来，实在告诉你说，母亲不喜欢中国人！上你那里去？你们——"

"我们倒有间小书房，"马威赶紧接过来说，"可是叫你来回跑道儿，未免——"

"那倒不要紧,因为我常上博物院去念书,离你们那里不远。等等,我还得想想;这么着吧,你听我的信吧!"

谈到念英文,凯萨林又告诉了马威许多应念的书籍,又告诉他怎么到图书馆去借书的方法。

"马威,咱们该到客厅瞧瞧去啦。"

"姐姐,我谢谢你,咱们这一谈,叫我心里痛快多了!"马威低声儿说。

凯萨林没言语,微微地笑了笑。

5

伊太太和温都寡妇的脑门儿差不多都挤到一块了。伊太太的左手在磕膝盖儿上放着,右手在肩膀那溜儿向温都寡妇指着;好几回差一点戳着温都的小尖鼻子。温都太太的小鼻子耸着一点,小嘴儿张着,脑袋随着伊太太的手指头上下左右地动,好像要咬伊太太的手。两位喊喊喳喳地说,没人知道她们说的是什么。

亚力山大坐在椅子上,两只大脚伸出多远,手里的吕宋烟已经慢慢地自己烧灭了。他的两眼闭着,脸蛋儿分外地红,嘴里哧呼哧呼地直响。

马老先生和伊牧师低声地谈,伊牧师的眼镜已经快由鼻子上溜下来了。

伊姑娘和马威进来,伊太太忙着让马威喝咖啡。伊姑娘坐在温都太太边旁,加入她们的谈话。

亚力山大的呼声越来越响,"特噜"一声,把自己吓醒了:

"谁打呼来着?"他眨巴着眼睛问。

这一问,大家全笑了;连他妹妹都笑得脑后的乱头发直颤动。他自己也明白过来,也笑开了,比别人笑的声音都高着一个调门儿。

"我说,马老先生,喝两盅去!"亚力山大扶着马老先生的肩膀说,"伊牧师,你也去,是不是?"

伊牧师推了推眼镜,看着伊太太。

"伊牧师还有事呢!"伊太太说,"你和马老先生去吧,你可不许把马老先生灌醉了,听见没有?"

亚力山大向马老先生一挤眼,没说什么。

马老先生微微一笑,站起来对马威说:"你同温都太太回家,我去喝一盅,就是一盅,不多喝;我老没喝酒啦!"

马威没言语,看了看凯萨林。

亚力山大跟他外甥女亲了个嘴,一把拉住马老先生的胳臂:"咱们走哇!"

伊太太和她哥哥说了声"再见"并没站起来。伊牧师把他们送到门口。

"你真不去?"在门口亚力山大问。

"不!"伊牧师说,然后向马老先生:"一半天见,还有事跟你商议呢!"

两个人出了蓝加司特街,过了马路,顺着公园的铁栏杆往西走。正是夏天日长,街上还不很黑,公园里人还很多。公园里的树叶真是连半个黄的也没有,花池里的晚郁金香开得像一片金红的晚霞。池子边上,挨着地的小白花,一片一片的像刚下的雪,叫人看着心中凉快了好多。隔着树林,还看得见远远的一片水,一群白鸥上下地飞。水的那边奏着军乐,隔着树叶,有时候看见乐人的红军衣。凉风儿吹过来,军乐的声音随着一阵阵地送到耳边。天上没有什么云彩,只有西边的树上挂着一层淡霞,一条儿白,一条儿红,和公园中的姑娘们的帽子一样花哨。

公园对面的旅馆全开着窗子,支着白地粉条,或是绿条的帘子,帘子底下有的坐着露着胳臂的姑娘,端着茶碗,赏玩着公园的晚景。

马老先生看看公园,看看对面的花帘子,一个劲点头夸好。心中好像有点诗意,可是始终作不成一句,因为他向来没做过诗。

亚力山大是一直往前走,有时候向着公园里的男女一冷笑。看见了皇后门街把口的一个酒馆,他真笑了;舐了舐嘴唇,向马老先生一努嘴。马老先生点了点头。

酒馆外面一个瘸子拉着提琴要钱,亚力山大一扭头作为没看见。一个白胡子老头噘着嘴喊:"晚报——!晚报!"亚力山大买了一张夹在胳臂底下。

进了门,男男女女全在柜台前面挤满了。一人手里端着杯酒,一边说笑一边喝。一个没牙的老太太在人群里挤,脸蛋红着,问大伙儿:"看见我的孩子没有?"她只顾喝酒,不知道什么工夫她的孩子跑出去啦。亚力山大等着这个老太太跑出去,拉着马老先生进了里面的雅座。

雅座里三面围着墙全是椅子,中间有一块地毯,地毯上一张镶着玻璃心的方桌,桌子旁边有一架深紫色的钢琴。几个老头子,一人抱着一个墙角,闭着眼吸烟,酒杯在手里托着。一个又胖又高的妇人,眼睛已经喝红,摇着脑袋,正打钢琴。她的旁边站着个脸红胡子黄的家伙,举着酒杯,张着大嘴(嘴里只有三四个黑而危险的牙),高唱军歌。他的声音很足,表情也好,就是唱的调子和钢琴一点不发生关系。看见马老先生进来,那个弹琴的妇人脸上忽然一红,忽然一白,肩膀向上一耸,说:"喝!老天爷!来了个Chink!"说完,一抓头,弹得更欢了,大胖腿在小凳上一起一落地碰得扑哧扑哧的响。那个唱的也忽然停住了,灌了一气酒。四犄角的老头儿全没睁眼,都用烟袋大概其的向屋子当中指着,一齐说:"唱呀!乔治!"乔治又灌了一气酒,吧地一声把杯子放在小桌上,又唱起活儿来;还是歌和琴不发生关系。"喝什么,马老先生?"亚力山大问。

"随便!"马老先生规规矩矩地坐在靠墙的椅子上。

亚力山大要了酒,一边喝一边说他的中国故事。四角的老头子全睁开了眼,看了马老先生一眼,又闭上了。亚力山大说话的声音比乔治唱的还高还足,乔治赌气子不唱了,那个胖妇人也赌气子不弹了,都听着亚力山大说。马老先生看这个一眼,看那个一眼,抿着嘴笑一笑,喝一口酒。乔治凑过来打算和亚力山大说话,因为他的妹夫在香港当过兵,颇听说过一些中国事。亚力山大是连片子嘴一直往下说,没有乔治开口的机会;乔治咧了咧嘴,用他的黑而危险的牙示了示威,坐下了。

"再来一个?"亚力山大把笑话说到一个结束,问马老先生。马老先生点了点头。

"再来一个?"亚力山大把笑话又说到一个结束,又问马老先生。

马老先生又点了点头。

....

喝来喝去，四个老头全先后脚儿两腿拧着麻花扭出去了。跟着，那个胖妇人也扣上帽子，一步三摇地摇出去。乔治还等着机会告诉亚力山大中国事，亚力山大是始终不露空。乔治看了看表，一声没言语，溜出去；出了门，一个人唱开了。酒馆的一位姑娘进来，笑着说："先生，对不起！到关门的时候了！"

"谢谢，姑娘！"亚力山大的酒还没喝足。可是政府有令，酒馆是十一点关门；无法，只好走吧！"马老先生，走啊！"

…………

天上的星密得好像要挤不开了。大街两旁的树在凉风儿里摇动着叶儿，沙沙的有些声韵。汽车不多了，偶尔过来一辆，两只大灯把空寂的马路照得像一条发光的冰河。车跑过去，两旁的黑影登时把这条亮冰又遮盖起来。公园里的树全在黑暗里鼓动着花草的香味，一点声音没有，把公园弄成一片甜美的梦境。

马老先生扶着公园的栏杆，往公园里看，黑丛丛的大树都像长了腿儿，前后左右乱动。而且树的四围挂着些乱飞的火星，随着他的眼睛转。他转过身来，靠定铁栏杆，用手揉了揉眼睛，那些金星儿还是在前面乱飞，而且街旁的煤气灯全是一个灯两道灯苗儿；有的灯杆子是弯的，好像被风吹倒的高粱秆儿。

脑袋也跟他说不来，不扶着点东西脑袋便往前探，有点要把两脚都带起来的意思；一不小心，两脚还真就往空中探险。手扶住些东西，头的"猴儿啃桃"运动不十分激烈了，可是两条腿又成心捣乱。不错，从磕膝盖往上还在身上挂着，但是磕膝盖以下的那一截似乎没有再服从上部的倾向——真正劳工革命！街上的人也奇怪，没有单行客，全是一对一对的，可笑！也不是谁把话匣子片上在马老先生的脑子里啦,一个劲儿转,耳朵里听得见,吱,吱,嗡,嗡,吱嗡吱嗡,一劲儿响。

心虽还很明白,而且很喜欢:看什么都可笑;不看什么时,也可笑。他看看灯杆子笑开了!笑完了,从栏杆上搬下一只手来,往前一抡,嘴一咧:"那边是家!慢慢地走,不忙!忙什么?有什么可忙的呀?嗨!……亚力山大,不对,是亚力山大,他上那儿啦?好人!"说完了,低着头满处找:"刚才谁说话来着?"找了半天,手向上一抡,碰着鼻子了:"嗨!这儿!这儿说话来着!对不对,老伙计?"

………………

6

马威和温都太太到了家。因为和伊太太说话太多了,她有点乏啦。进了门,房里一点声音没有,只听见拿破仑在后院里叫唤呢。温都太太没顾得摘帽子,三步两步跑到后花园,拿破仑正在一棵玫瑰花下坐着:两条前腿笔直,头儿扬着,向天上的星星叫唤呢!听见它主母的脚步声儿,它一蹿蹿到她的眼前,一团毛似的在她腿上乱滚乱绕。

"哈喽!宝贝!剩你一个人啦?玛力呢?"温都太太问。拿破仑一劲儿往上跳,吧吧地叫着,意思是说:"快抱抱我吧!玛力出去不管我!我一共抄了三个大苍蝇吃,吓走了一个黑猫。"

温都太太把狗抱到客厅里去。马威正从窗子往外望,见她进来,他低声儿说:"父亲怎么还不回来呢!"

"玛力也不知上哪儿玩去啦？"温都太太坐下说。

拿破仑在它主母的怀里，一劲儿乱动；甩它的脖子在她的胸上蹭来蹭去。

"拿破仑，老实一点！我乏了！跟马威去玩！"她捧着拿破仑递给马威，拿破仑乘机会用小尾巴抽了她的新帽子一下。马威把他接过来，拿破仑还是乱动乱顶，一点不老实。马威轻轻地给它从耳朵根儿往脖子底下抓，抓了几下，拿破仑老实多了；用鼻子顶住马威的胸口，伸着脖子等他抓。抓着抓着，马威摸着点东西在小狗的领圈上掖着；细一看，原来是个小纸阄儿，用两根红丝线拴着，马威慢慢地解，拿破仑一动也不动地等着，只是小尾巴的尖儿轻轻地摇着。马威把纸条解下来，递给温都太太。她把纸条舒展开，上面写着：

"妈：晚饭全做糊啦，鸡蛋摊在锅上弄不下来。华盛顿找我来了，一块去吃冰激凌，晚上见。拿破仑在后院看着马老的玫瑰呢。玛力。"

温都太太看完，顺手把字条撕了；然后用手背遮着小嘴打了个哈欠。

"温都太太，你去歇着吧，我等着他们！"马威说。

"对了，你等着他们！你不喝碗咖啡呀？"

"谢谢，不喝了！"

"来呀，拿破仑！"温都太太抱着小狗走出去。温都太太近来颇有点喜欢马威，一半是因为他守规矩，说话甜甘；一半是因为玛力不喜欢他；温都太太有点怪脾气，最爱成心和别人别扭着。

马威把窗子开开一点，坐在茶几旁边的椅子上，往街上看。听见个脚步声儿，便往外看看，看了好几回，都不是父亲。从书架上拿下一本小说来，翻了几篇，念不下去，又送回去了。有心试试钢琴，一想天太晚了，没敢弹。又回来坐在窗子里面，皱着眉头想：人家的青年男女多乐！什么也不想，什么也不虑。有烟卷吃，有钱看电影，有足球踢，完事！咱们？……那个亚力山大！伊太太的那脑袋头发！伊姐姐，她的话是从心里说出来的吗？一定是！看她笑得多么恳切！她也不快乐？反正也比我强！想到这里，伊姑娘的影儿站在他面前了：头发在肩上垂着，嘴唇微动地要笑。他心里痛快了一些，好像要想些什么，可是没等想出来，脸就红了。……玛力真可——可是——她美！她又跟谁玩去了？叫别人看着她的脸，或者还许享受她的红嘴唇？他的眉毛皱起来，握着拳头在腿上捶了两下。凉风儿从窗缝吹进来，他立起来对着窗户深深地吸了一口气。

一辆汽车远远地来了，马威心中一跳；探头往外看了看。车一闪的工夫到了门口，车里说了声："就是这儿！"——玛力的声音！车门开开了，下来的并不是玛力，是个大巡警！马威慌着跑出来，还没说话，那个大巡警向他一点头。他跳过去，玛力正从车里出来。她的脸挺白，眼睛睁得挺大，帽子在手里拿着，可是举动还不十分惊慌。她指着车里向马威说："你父亲！"

"死——怎么啦？"马威拉着车门向里边看。他不顾得想什么，可是自然地想到：他父亲一定是叫汽车给轧——至少是轧伤了！跟着，他嗓子里像有些东西糊住，说不出话来，嘴唇儿不住地颤。

"往下抬呀！"那个大巡警稳稳当当地说。

马威听见巡警的话，才敢瞧他的父亲。马老先生的脑袋在车犄角里掖着，两条腿斜伸着，看着分外的长。一只手歇歇松松地在怀里放着；那一只手心朝上在车垫子上摆着。脑门子上青了一块，鼻子眼上有些血点,小胡子嘴还像笑着。"父亲!父亲!"马威拉住父亲一只手叫;手是冰凉,可是手心上有点凉汗;大拇指头破了一块,血已经定了。

"抬呀!没死,不要紧!"那个大巡警笑着说。

马威把手放在父亲的嘴上,确是还有呼吸,小胡子也还微微地动着。他心里安静多了,看了大巡警一眼,跟着脸上一红。

巡警,马威和驶车的把醉马抬下来,他的头四面八方地乱摇,好像要和脖子脱离关系。嗓子里咯喽咯喽地直出声儿。三个人把他抬上楼去,放在床上,他嗓子里又咯喽了一声,吐出一些白沫来。

玛力的脸也红过来了,从楼下端了一罐凉水和半瓶白兰地酒来。马威把罐子和瓶儿接过来,她忙着拢了拢头发,然后又把水罐子拿过来,说:"我灌他,你去开发车钱!"马威摸了摸口袋,只有几个铜子,忙着过来轻轻地摸父亲的钱包。打开钱包,拿出一镑钱来递给驶车的。驶车的眉开眼笑地咚咚一步下三层楼梯,跑出去了。马威把钱包掖在父亲的褥子底下,钱包的角儿上有个小硬东西,大概是那个钻石戒指,马威也没心细看。

驶车的跑了,马威赶紧给巡警道谢,把父亲新买的几支吕宋烟递给他。巡警笑着挑了一支,放在兜儿里,跟着过去摸了摸马老先生的脑门,他说:"不要紧了!喝大发了点儿,哎?"巡警说完,看了看屋里,慢慢地往外走:"再见吧!"

玛力把凉水给马老先生灌下去一点,又拢了拢头发,两个腮帮儿一鼓,叹了一口气。

马威把父亲的纽子解开,领子解下来,回头对她说:"温都姑娘,今个晚上先不用对温都太太说!"

233

"不说!"她的脸又红扑扑的和平常一样好看了。"你怎么碰见父亲的?"马威问。

哇!马老先生把刚灌下去的凉水又吐出来了。

玛力看了看马老先生,然后走到镜子前面照了照,才说:"我和华盛顿上亥德公园了。公园的门关了以后,我们顺着公园外的小道儿走。我一脚踩上一个软的东西,吓了我一大跳。往下一看,他,你父亲!在地上大鳄鱼似的爬着呢。我在那里看着他,华盛顿去叫了辆汽车来,和一个巡警。巡警要把他送到医院去,华盛顿说,你的父亲是喝醉了,还是送回家来好。你看,多么凑巧!我可真吓坏了,我知道我的嘴直颤!"

"温都姑娘,我不知道怎么谢谢你才好!再见着华盛顿的时候,替我给他道谢!"马威一手扶着床,一面看着她说。心里真恨华盛顿,可是还非这么说不可!

"好啦!睡觉去喽!"玛力又看了马老先生一眼,往外走,走到门口回过头来说:"再灌他点凉水。"

温都太太听见楼上的声音,玛力刚一下楼就问:"怎么啦,玛力?"

"没事,我们都回来晚啦!拿破仑呢?"

"反正不能还在花园里!"

"哈!得!明天见,妈!"

7

马威把父亲的衣裳脱下来,把毡子替他盖好。马老先生的眼睛睁开一点，嘴唇也动了一动，眼睛刚一睁，就闭上了！可是眼皮还微微地动，好像受不住灯光似的。马威坐在床旁边，看见父亲动一下，心里放下一点去。

"华盛顿那小子，天天跟她出去！"马威皱着眉头儿想，"可是他们救了父亲！她今天真不错；或者她的心眼儿本来不坏？父亲？真糟！这要是叫汽车轧死呢？白死！亚力山大！好，明天找伊姑娘去！"

马威正上下古今地乱想，看见父亲的手在毡子里动了一动，好像是要翻身；跟着，嘴也张开了：干呕了两声，迷迷糊糊地说：

"不喝了！马威！"

说完，把头往枕头下一溜，又不言语了。

夜里三点多钟，马老先生醒过来了。伸出手来摸了摸脑门上青了的那块，已经凸起来，当中青，四边儿红，像个要坏的鸭蛋黄儿。心口上好像烧着一堆干劈柴，把嗓子烧得一点一点地往外裂，真像年久失修的烟筒，忽然下面升上火。手也有点发僵，大拇指头有点刺着疼。脑袋在枕头上，倒好像在半空里悬着，无着无靠地四下摇动。嘴里和嗓子一样干，舌头贴在下面，像块干透的木塞子。张张嘴，进来点凉气，舒服多了；可是里边那股酸辣劲儿，一气地往上顶，几乎疑心嗓子里有个小干酸枣儿。

"马威！我渴！马威！你在那儿哪？"

马威在椅子上打盹，脑子飘飘荡荡的似乎是做梦，可又不是梦。听见父亲叫，他的头往下一低，忽然向上一抬，眼睛跟着睁开了。电灯还开着，他揉了揉眼睛，说："父亲，你好点啦？"

马老先生又闭上了眼，一手摸着胸口："渴！"

马威把一碗凉水递给父亲,马老先生摇了摇头,从干嘴唇里挤出一个字来,"茶!"

"没地方去做水呀,父亲!"

马老先生半天没言语,打算忍一忍;嗓子里辣得要命,忍不住了:

"凉水也行!"

马威捧着碗,马老先生欠起一点身来,瞪着眼睛,一气把水喝净。喝完,舐了舐嘴唇,把脑袋大咧咧地一摆,摆在枕头旁边了。

待了一会儿:

"把水罐给我,马威!"

把一罐凉水又三下五除二地灌下去了,灌得嗓子里直起水泡,还从鼻子呛出来几个水珠。肚子随着噢噜噜响了几声,把手放在心口上!深深吸了一口气。

"马威!我死不了哇?"马老先生的小胡子嘴一咧,低声地说:"把镜子递给我!"

对着镜子,他点了点头。别处还都好,就是眼睛离离光光的不大好着。眼珠上横着些血丝儿,下面还堆着一层黄不唧的。脑门上那块坏鸭蛋黄儿倒不要紧,浮伤,浮伤!眼睛真不像样儿了!

"马威!我死不了哇?"

"哪能死呢!"马威还要说别的,可是没好意思说。

马老先生把镜子放下,跟着又拿起来了,吐出舌头来照了照。照完了舌头,还是不能决定到底是"死不了哇",还是"或者也许死了"。

"马威!我怎么——什么时候回来的?"马老先生还麻麻胡胡

地记得：亚力山大，酒馆，和公园；就是想不起怎么由公园来到家里了。

"温都姑娘用汽车把你送回来了！"

"啊！"马老先生没说别的，心里有点要责备自己，可是觉得没有下"罪己诏"的必要；况且父亲对儿子本来没有道歉的道理；况且"老要癫狂少要稳"，老人喝醉了是应当的；况且还不至于死；况且……想到这里，心里舒服多了；故意大大方方地说：

"马威，你睡觉去，我——死不了！"

"我还不困！"马威说。

"去你的！"马老先生看见儿子不去睡觉，心里高兴极了，可是不能不故意地这么说。好，"父慈子孝"吗，什么话呢！

马威又把父亲的毡子重新盖好，自己围上条毯子在椅子上一坐。

马老先生又忍了一个盹儿；醒了之后，身上可疼开了。大拇指头和脑门子自然不用提，大腿根，胳臂肘，连脊梁盖儿，全都拧着疼。用手周身地摸，本想发现些破碎的骨头；没有，什么地方也没伤，就是疼！知道马威在旁边，不愿意哼哼出来；不行，非哼哼不可；而且干嗓子一哼哼，分外的不是味儿。平日有些头疼脑热的时候，哼哼和念诗似的有腔有调；今天可不然了，腿根一紧，跟着就得哼哼，没有拿腔作调的工夫！可是一哼哼出来，心里舒服多了——只要舒服就好，管他有腔儿没有呢！

哼哼了一阵，匀着空想到"死"的问题：人要死的时候可是都哼哼呀！就是别死，老天爷，上帝！一辈子还没享过福，这么死了太冤啊！……下次可别喝这么多了，不受用！可是陪着人家，怎好不多喝点？交际吗！只要不死就得！别哼哼了，哼哼不是好现象；

把脑袋往枕头下一缩，慢慢地又睡着了。

含着露水的空气又被太阳的玫瑰嘴唇给吹暖了。伦敦又忙起来，送牛奶的，卖青菜的，都西力哗啷地推着车子跑。工人们拐着腿，叼着小烟袋，一群群地上工。后院的花儿又有好些朵吐了蕊儿。拿破仑起来便到园中细细闻了一回香气，还带手儿活捉了两个没大睡醒的绿苍蝇吃。

马老先生被街上的声音惊醒，心里还是苦辣，嘴里干得厉害，舌头是软中硬的像块新配的鞋底儿。肚子有点空，可是胸口堵得慌，嗓子里不住地要呕，一嘴粘涎子简直没有地方销售。脑门上的"鹅头"，不那么高了；可是还疼。"死是死不了啦，还是不舒服！"

一想起自己是病人，马老先生心里安慰多了：谁不可怜有病的人！回来，李子荣都得来瞧我！小孩子吃生苹果，非挨打不可；可是吃得太多，以至于病了，好办了；谁还能打病孩子一顿；不但不打，大家还给买糖来。现在是老人了，老人而变为病老人，不是更讨人的怜爱吗！对！病呀！于是马老先生又哼哼起来，而且颇有韵调。

马威给父亲用热手巾擦了脸和手，问父亲吃什么。马老先生只是摇头。死是不会啦，有病是真的；有病还能说话？不说。

温都太太已经听说马老先生的探险史，觉得可笑又可气；及至到楼上一看他的神气，她立刻把母亲的慈善拿出来，站在床前，问他吃什么，喝什么；他还是摇头。她坚决地主张请医生，他还是摇头，而且摇得很凶。

温都姑娘吃完早饭也来了。

"我说马老先生，今天再喝一回吧！"玛力笑着说。马老先生忽然扑哧一笑，倒把温都太太吓了一跳；笑完，觉着不大合适，故意哼唧着说:"嗐!玛力姑娘,多亏了你!我好了,给你好好地买个帽子。"

"好啦,可别忘了!"玛力说完跑出去了。

温都太太到底给早饭端来了,马老先生只喝了一碗茶。茶到食道里都有点剌的慌。

马威去找李子荣,叫他早一点上铺子去。温都太太下楼去做事,把拿破仑留在楼上给马老作伴儿。拿破仑跳上床去,从头到脚把病人闻了一个透,然后偷偷地把马老先生没喝了的牛奶全喝了。

马威回来,听见父亲还哼哼,主张去请医生,父亲一定不答应。

"找医生干什么?我一哼哼,一痛快,就好了!"

温都太太从后院折来几朵玫瑰,和一把桂竹香,都插在瓶儿里摆在床旁边。马老先生闻着花香,心里喜欢了,一边哼哼,一边对拿破仑说:"你闻闻!你看看!世界上还有比花儿再美的东西没有!谁叫花儿这么美?你大概不知道,我呢——也不知道。花儿开了,挺香;忽然又谢了,没了;没意思!人也是如此,你们狗也是如此;谁也不知道是怎么一回事!……哎!别死!你看,我死不了吧?"

拿破仑没说什么,眼睛盯住托盘里的白糖块,直舐嘴,可是不敢动。

晚上李子荣来了,给马老先生买了一把儿香蕉,一小筐儿洋莓。马老先生怕李子荣教训他一场,一个劲儿哼哼。李子荣并没说什么,可是和马威在书房里嘀咕了半天。

亚力山大也不是哪儿听来的,也知道马老先生病啦,他很得意地给马老买了一瓶白兰地来。

"马老先生,真不济呀,喝了那么点儿就倒在街上啊?好,来这瓶儿吧！"他把酒放在小桌上，把吕宋烟点着，喷了几口就把屋里全熏到了。

"没喝多！"马老不哼哼了，脸上勉强着笑，"老没喝了，乍一来，没底气！下回看，你看咱能喝多少！"

"反正街上有的是巡警！"亚力山大说完笑开了。

拿破仑听见这个笑声，偷偷跑来，把亚力山大的大皮鞋闻了个透，始终没敢咬他的脚后跟——虽然知道这对肥脚满有尝尝的价值。

8

伦敦的天气变动得不大，可是变动得很快。天一阴，凉风立刻把姑娘们光着的白胳臂吹得直起小鸡皮疙疸，老头儿老太太便立刻迎时当令地咳嗽起来，争先恐后地着了凉。伊牧师对于着凉是向来不落后的：看马老先生回来，在公园大树底下坐了一会儿。坐着坐着，鼻子里有点发痒，跟着哆嗦了一下，打了个喷嚏。赶紧回家，到家就上床睡觉。伊太太给了他一杯热柠檬水，又把暖水壶放在他被窝里。他的喷嚏是一个比一个响，一个比一个猛；要不是鼻子长得结实，早几下儿就打飞了。

伊牧师是向来不惹伊太太的，除了有点病，脾气不好，才敢和她吵一回半回的。看着马老摔得那个样，心里已经不大高兴；回来自己又着了凉，更气上加气，越想越不自在。"好容易运来个中国教徒，好容易！叫亚力山大给弄成醉猫似的！咱劝人信教还劝不过来，他给你破坏！咱教人念《经》，他灌人家老白酒！全是他，亚力山大啊——嘘！瞧！他要不把马老弄醉，我怎能着了凉！全是他！啊——嚏！亚力山大？她的哥哥！非先跟她干点什么不可！他不该灌他酒，她就不该请他，亚力山大，吃饭！看，啊——啊——啊嚏！先教训她一顿！"

想到这里，有心把被子一撩，下去跟她捣一回乱；刚把毡子掀起一点，仅够一股凉气钻得进来的，啊——嚏！老实着吧！性命比什么也要紧！等明天再说！——可是病好一点，还有这点胆气没有呢？倒难说了：从经验上看，他和她拌嘴，他只得过两三次胜利，都是在他病着的时候。她说："别说了，你有理，行不行？我不跟病人捣乱！"就算她虚砍一刀，佯败下去吧，到底"得胜鼓"是他的！病好了再说！她要是虚砍一刀才怪！……这回非真跟她干不可啦，非干不可！她？她的哥哥？一块儿来！我给马老施洗，你哥哥灌他酒！你还有什么说的，我问你！再说，凯萨林一定帮助我。保罗向着他妈，哈哈，他没在家。……其实为马老也犯不上闹架，不过，不闹闹怎么对得起上帝！万一马威问我几句呢！这群年轻的中国人，比那群老黄脸鬼可精明多了！可恶！万一温都太太问我几句呢？对，非闹一场不可！再说，向来看亚力山大不顺眼！

他把热水瓶用脚往下推了推，把脚心烫得麻麻苏苏怪好受的，闭上了眼，慢慢地睡着了。

夜里醒了，窗外正沙沙地下着小雨——又他妈的下雨！清香的凉风从窗子吹进来，把他的鼻子尖吹凉了好些。把头往下一缩，刚要想明天怎么和伊太太闹，赶紧闭上眼：别想了，越想心越软，心软还能在这个世界上站得住！这个世界！吧，吧！吧，吧！街坊的大狗叫了几声。你叫什么？这个世界不是为狗预备的！……

第二天早晨，凯萨林姑娘把他的早饭端来，伊牧师本想不吃，闻着鸡子和咸肉怪香的，哎，吃吧！况且，世界上除了英国人，谁能吃这么好的早饭？不吃早饭？白做英国人！吃！而且都吃了！吃完了，心气又壮起来了，非跟他们闹一回不可；不然，对不起这顿早饭！

伊姑娘又进来问父亲吃够了没有。他说了话："凯！你母亲呢？"

"在厨房呢，干什么？"伊姑娘端着托盘，笑着问。她的头发还没梳好，乱蓬蓬地在雪白的脖子上堆着。"马老先生叫她的哥哥给灌醉了！"伊牧师眼睛乱动，因为没戴着眼镜，眼珠不知道往那儿瞧才对。

伊姑娘笑了一笑，没说什么。

"我用尽了心血劝他信了教，现在叫亚力山大给一扫而光弄得干干净净！"他又不说了，眼睛盯着她。

她又笑了笑——其实只是她嘴唇儿动了动，可是笑的意思满有了，而且非常好看。

"你帮助我，凯？"

伊姑娘把托盘又放下，坐在父亲的床边儿上，轻轻拍着他的手。

"我帮助你，父亲！我永远帮助你！可是，何必跟母亲闹气呢？以后遇见亚力山大舅舅的时候，跟他说一声儿好了！""他不听我的！他老笑我！"伊牧师自己也纳闷，今天说话怎么这样有力气呢，"非你妈跟他说不可；我不跟她闹，她不肯和他说！"他说完自己有点疑心：或者今天是真急了。

伊姑娘看见父亲的鼻子伸出多远，脑筋也蹦着，知道他是真急了。她慢慢地说："先养病吧，父亲，过两天再说。"

"我不能等！"他知道，病好了再说，没有取胜的拿手；继而又怕叫女儿看破,赶紧说:"我不怕她!我是家长!这是我的家!"

"我去跟母亲说,你信任我,是不是,父亲!"

伊牧师没言语,用手擦了擦嘴角上挂着的鸡蛋黄儿。——嘴要是小一点,颇像刚出窝的小家雀。

"你不再要碗茶啦?父亲!"凯萨林又把托盘拿起来。"够了!跟你妈去说!听见没有?"伊牧师明知道自己有点碎嘴子,病人吗,当然如此!"跟你妈去说!""是了,我就去说!"伊姑娘笑着点了点头,托着盘子轻轻走出去了。

"好,你去说!不成,再看我的!"他女儿出去以后,伊牧师向自己发横:"她?啊!忘了告诉凯萨林把烟袋递给我了!"他欠起身来看了看,看不见烟袋在哪块儿。"对了,亚力山大那天给我一支吕宋还没抽呢。亚力山大!吕宋!想起他就生气!"

吃过了午饭,母女正谈马老先生的醉事,保罗回来了。他有二十四五岁,比他母亲个子还高。一脑袋稀黄头发,分得整齐,梳得亮。两只黄眼珠发着光往四下里转,可是不一定要看什么。上身穿着件天蓝的褂子,下边一条法兰绒的宽腿裤子。软领子,系着一条红黄道儿的领带。两手插在裤兜儿里,好像长在那块了。嘴里叼着小烟袋,烟早就灭了。

进了门,他从裤袋里掏出一只手来,把烟袋从嘴里拔出来,跟他母亲和姐姐大咧咧地亲了个嘴。

"保罗,你都干吗来着,这些天?"伊太太看见儿子回来,脸上的干肉颇有点发红的趋势,嘴也要笑。

"反正是那些事罢咧!"保罗坐下,把烟袋又送回嘴里去,手又插在袋里,从牙缝儿挤出这几个字。

伊太太乐了。大丈夫吗，说话越简单越表示出男性来。本来吗，几个青年小伙子到野地扎帐篷玩几天，有什么可说的：反正是那些事罢咧！

"母亲，你回来跟父亲说说得了，他不舒服，脾气不好。"凯萨林想把那件事结束一下，不用再提了。

"什么事？"保罗像审判官似的问他姐姐。

"马老先生喝醉了！"伊太太替凯萨林回答。

"和咱们有什么关系？"保罗的鼻子中间皱起一层没秩序的纹儿来。

"我请他们吃饭，马老先生和亚力山大一齐出去了。"伊太太捎了凯萨林一眼。

"告诉父亲，别再叫他们来，没事叫中国人往家里跑，不是什么体面事！"保罗掏出根火柴，用指甲一掐，掐着了。"呕，保罗，别那么说呀！咱们是真正基督徒，跟别人——你舅舅请马老喝了点——"

"全喝醉了？"

"亚力山大没有，马老先生倒在街上了！"

"我知道亚力山大有根，我爱这老头子，他行！"保罗把烟袋（又灭了）拔出来，搁在鼻子底下闻了闻。回头向他姐姐说："老姑娘，这回又帮助中国人说舅舅不好哇？不用理他们，中国人！你记得咱们小的时候用小泥弹打中国人的脑袋，打得他们乱叫！"

"我不记得了！"凯萨林很冷静的说。

冷不防，屋门开了，伊牧师披着长袍子，像个不害人的鬼，进来了。

"你快回去!刚好一点,我不许你下来!"伊太太把他拦住。

伊牧师看了他儿子一眼。

"哈喽!老朋友!你又着了凉?快睡觉去!来,我背着你。"

保罗说完,扔下烟袋,连拉带扯把父亲弄到楼上去了。

伊牧师一肚子气,没得发散,倒叫儿子抬回来,气更大了。躺在床上,把亚力山大给的那支吕宋烟一气抽完,一边抽烟,一边骂亚力山大。

9

城市生活发展到英国这样,时间是拿金子计算的:白费一刻钟的工夫,便是丢了,说,一块钱吧。除了有金山银海的人们,敢把时间随便消磨在跳舞,看戏,吃饭,请客,说废话,传布谣言,打猎,游泳,生病;其余普通人的生活是要和时辰钟一对一步地走,在极忙极乱极吵的社会背后,站着个极冷酷极有规律的小东西——钟摆!人们的交际来往叫"时间经济"给减去好大一些,于是"电话"和"写信"成了文明人的两件宝贝。白太太的丈夫死了,黑太太给她写封安慰的信,好了,忙!白太太跟着给黑太太在电话上道了谢,忙!

马老先生常纳闷:送信的一天送四五次信,而且差不多老是挨着家儿拍门;那儿来的这么多的信呢?温都太太几乎每天晚上拿着小钢笔,皱着眉头写信;给谁写呢?有什么可写的呢?他有点怀疑,也不由得有点醋劲儿:她,拿着小钢笔,皱着眉头,怪好看的;可是,决不是给他写信!外国娘们都有野——!马老先生说不清自己是否和她发生了恋爱,只是一看见她给人家写信,心里便有点发酸,奇怪!

温都太太,自从马家父子来了以后,确是多用了许多邮票:家里住着两个中国人,不好意思请亲戚朋友来喝茶吃饭;让亲友跟二马一块吃吧?对不起亲友,叫客人和一对中国人坐在一桌上吃喝!叫二马单吃吧?又太麻烦;自然二马不在乎在哪儿吃饭,可是自己为什么受这份累呢!算了吧,给他们写信问好,又省事,又四面讨好。况且,在马家父子来了以后,她确是请过两回客,人家不来!她在回信里的字里行间看得出来:"我们肯跟两个中国人一块吃饭吗?"自然信里没有写得这么直率不客气,可是她,又不是个傻子,难道看不出来吗!因为这个,她每逢写信差不多就想到:玛力说的一点不假,不该把房租给两个中国人!玛力其实一点影响没受,天天有男朋友来找她,一块出去玩。我,温都太太叫着自己,可苦了:不请人家来吃饭,怎好去吃人家的;没有交际!为两个中国人牺牲了自己的快乐!她不由得掉了一对小圆泪珠!可是,把他们赶出去?他们又没有大错处;况且他们给的房钱比别人多!写信吧,没法,皱着眉头写!

早饭以前,玛力挠着短头发先去看有信没有。两封:一封是煤气公司的账条子,一封是由乡下来的。

"妈,多瑞姑姑的信,看这个小信封!"

温都太太正做饭,腾不下手来,叫玛力给她念。玛力用小刀把信封裁开:

"亲爱的温都,谢谢你的信。我的病又犯了,不能到伦敦去,真是对不起！你们那里有两个中国人住着，真的吗？

你的好朋友，
多瑞。"

玛力把信往桌上一扔，吹了一口气："得，妈！她不来！'你们那里有两个中国人住着！'看出来没有？妈！"

"她来，我们去歇夏；她不来，我们也得去歇夏！"温都太太把鸡蛋倒在锅里，油往外一溅，把小白腕子烫了一点："Damn！"

早饭做好，温都太太把马老先生的放在托盘里，给他送上楼去。马老先生的醉劲早已过去了，脑门上的那块伤也好了；可是醉后的反动，非常的慎重，早晨非到十一点钟不起来，早饭也在床上吃。她端着托盘，刚一出厨房的门，拿破仑恰巧从后院运动回来；它冷不防往上一扑，她腿一软，坐在门儿里边了，托盘从"四平调"改成"倒板"，哗啦！摊鸡子全贴在地毯上，面包正打拿破仑的鼻子。小狗看了看她，闻了闻面包，知道不是事，夹着尾巴，两眼溜球着又上后院去了。

"妈！怎么啦？"玛力把母亲搀起来，扶着她问，"怎么啦？妈！"

温都太太的脸白了一会儿，忽然通红起来。小鼻子尖子出了一层冷汗珠，嘴唇一劲儿颤，比手颤的速度快一些。她呆呆地看着地上的东西，一声没出。

玛力的脸也白了，把母亲搀到一把椅子旁边，叫她坐下；自己忙着捡地上的东西，有地毯接着，碟子碗都没碎，只是牛奶罐儿的把儿掉了一半。

"妈!怎么啦?"

温都太太的脸更红了,一会儿把一生的苦处好像都想起来。嘴唇儿颤着颤着,忽然不颤了;心中的委屈破口而出,颇有点碎嘴子:

"玛力!我活够了!这样的生活我不能受!钱!钱!钱!什么都是钱!你父亲为钱累死了!我为钱去做工,去受苦!现在我为钱去服侍两个中国人!叫亲友看不起!钱!世界上的聪明人不会想点好主意吗?不会想法子把钱赶走吗?生命?没有乐趣!——除非有钱!"

说完了这一套,温都太太痛快了一点,眼泪一串一串地往下落。玛力的眼泪也在眼圈儿里转,不知道说什么好,只用小手绢给母亲擦眼泪。

"妈!不愿意服侍他们,可以叫他们走呀!"

"钱!"

"租别人也一样的收房钱呀,妈!"

"还是钱!"

玛力不明白母亲的意思,看母亲脸上已经没眼泪可擦,擦了擦自己的眼睛。温都太太半天没言语。

"玛力,吃你的饭,我去找拿破仑。"温都太太慢慢站起来。

"妈?你到底怎么倒在地上了?"

"拿破仑猛地一扑我,我没看见它。"

玛力把马威叫来吃早饭。他看玛力脸上的神气,没跟她说什么;先把父亲的饭(玛力给重新打点的)端上去,然后一声没言语把自己的饭吃了。

吃过饭,玛力到后院去找母亲。温都太太抱着拿破仑正在玫瑰花池旁边站着。太阳把后院的花儿都照起一层亮光；微风吹来，花朵和叶子的颤动，把四围的空气都弄得分外的清亮。墙角的蒲公英结了好几个"老头儿"，慢慢随着风向空中飞舞。拿破仑一眼溜着他的主母，一眼捎着空中的白胡子"老头儿"，羞答答地不敢出声。

"妈！你好啦吧？"

"好啦，你走你的吧。已经晚了吧？"温都太太的脸不那么红了，可是被太阳晒得有点干巴巴的难过；因为在后院抱着拿破仑又哭了一回，眼泪都是叫日光给晒干了的。拿破仑的眼睛也好像有点湿，看见玛力，轻轻摇了摇尾巴。"拿破仑，你给妈赔不是没有？你个淘气鬼，给妈碰倒了，是你不是？"玛力看着母亲，跟小狗说。

温都太太微微一笑："玛力，你上工去吧，晚了！"

"再见，妈妈！再见，拿破仑！妈，你得去吃饭呀！"

拿破仑看见主母笑了，试着声儿吧吧叫了两声，作为向玛力说"再见"。

10

玛力走了以后，温都太太抱着拿破仑回到厨房，重新沏了一壶茶，煮了一个鸡子。喝了一碗茶；吃了一口鸡子，咽不下去，把其余的都给了拿破仑。有心收拾家伙，又懒得站起来；看了看外面：太阳还是响晴的。"到公园转个圈子去吧？"拿破仑听说上公园，两只小耳朵全立起了，顺着嘴角直滴答唾沫。温都太太换了件衣裳，擦了擦皮鞋，戴上帽子；心里一百多个不耐烦，可是被英国人的爱体面，讲排场的天性鼓动着，要上街就不能不打扮起来，不管心里高兴不高兴。况且自己是个妇人,妇人?美的中心!不穿戴起来还成!这群小姑娘们,连玛力都算在里头,不懂得什么叫美:短裙子露着腿,小帽子像个鸡蛋壳!没法说,时代改了,谁也管不了!自己要是还年轻也得穿短裙子,戴小帽子!反正女人穿什么,男人爱什么!男人!就是和男人说说心里的委屈才痛快!马老?呸!一个老中国人!他起来了没有?上去看看他?管他呢。"拿破仑!来!妈妈给你梳梳毛,哪里滚得这么脏?"拿破仑伸着舌头叫她给梳毛儿,抬起右腿弹了弹脖子底下,好像那里有个虱子,其实有虱子没有,它自己也说不清。

到了大街,坐了一个铜子的汽车,坐到瑞贞公园。坐在汽车顶上,暖风从耳朵边上嗖嗖地吹过去,她深深地吸了一口气。拿破仑扶着汽车的栏杆立着,探着头想咬下道旁杨树的大绿叶儿来,汽车走得快,始终咬不着。

瑞贞公园的花池子满开着花,深红的绣球,浅蓝的倒挂金钟,还有多少叫不上名儿来的小矮花,都像向着阳光发笑。土坡上全是蜀菊,细高的梗子,大圆叶子,单片的,一团肉的,傻白的,鹅黄的花,都像抿着嘴说:"我们是'天然'的代表!我们是夏天的灵魂!"两旁的大树轻俏地动着绿叶,在细沙路上印上变化不定的花纹。树下大椅子上坐着的姑娘,都露着胳臂,树影儿也给她们的白胳臂上印上些一块绿,一块黄的花纹。温都太太找了个空椅子坐下,把拿破仑放在地下。她闻着花草的香味,看着从树叶间透过的几条日光,心里觉得舒展了好些。脑子里又像清楚,又像迷糊的,想起许多事儿来。风儿把裙子吹起一点,一缕阳光射在腿上,暖乎乎的全身都像痒痒了一点;赶紧把裙子正了一正,脸上红了一点。

二十年了！跟他在这里坐着！远远地听见动物园中的狮子吼了一声，啊！多少日子啦，没到动物园去！玛力小的时候，他抱着她，我在后面跟着，拿着些干粮，一块儿给猴儿吃！那时候，多快乐！那时候的花一定比现在的香！生命？惨酷的变化！越变越坏！服侍两个中国人？梦想不到的事！回去吧！空想有什么用处！活着，人们都得活着！老了？不！看人家有钱的妇女，五十多岁还一朵花儿似的！玛力不会想这些事，啊，玛力要是出嫁，剩下我一个人，更冷落了！冷落！树上的小鸟叫了几声："冷落！冷落！"回去吧，看看马老去吧！——为什么一心想着他呢？奇怪男女的关系！他是中国人，人家笑话咱！为什么管别人说什么呢？一个小麻雀擦着她的帽沿飞过去；可怜的小鸟，终日为找食儿飞来飞去！

拿破仑呢？不见了！

"拿破仑！"她站起来四下看，没有小狗。

"看见拿破仑没有？"她问一个小孩子，他拿着一个小罐正在树底下捡落下来的小红豆儿。

"拿破仑？法国人？"小孩子张着嘴，用小黄眼珠看着她。"不是，我的小狗。"她笑了笑。

小孩子摇了摇头，又蹲下了："这里一个大的！"温都太太慌慌张张地往公园里边走，花丛里，树后边，都看了看，没有小狗！她可真急了，把别的事都忘了，一心想找着拿破仑。

她走过公园的第二道门，两眼张望着小河的两岸，还是没有拿破仑的影儿。河里几个男女摇着两只小船，看见她的帽子，全笑起来了。她顾不得他们是笑她不是，顺着河岸往远处瞧。还是没有！她的眼泪差不多要掉下来了，腿也有点软，一下子坐在草地上了。

那群男女还笑呢！笑！没人和你表同情！看他们！身上就穿着那么一点衣裳！拿破仑呢？小桥下两只天鹅领着一群小的，往一棵垂柳底下浮，把小桥的影子用水浪打破了。小桥那边站着一个巡警，心满气足地站在那里好像个铜像。"问问他去。"温都太太想。刚要立起来，背后叫了一声："温都太太！"

马威！抱着拿破仑！

"呕！马威！你！你在哪儿找着它了？"温都太太忙着把狗接过来，亲了几个嘴："你怎么在这儿玩哪？坐下，歇一会儿咱们一块回去。"她喜欢得把什么都忘了，甚至于忘了马威是个中国人。

"我在那里看小孩们钓鱼，"马威指着北边说，"忽然有个东西碰我的腿，一看，是它！"

"你个坏东西，坏宝贝！叫你妈妈着急！还不给马威道谢！"拿破仑向马威吧吧了两声。

抱着小狗，温都太太再看河上的东西都好看了！"看那些男女，身体多么好！看那群小天鹅，多么有趣！""马威，你不摇船吗？"

马威摇了摇头。

"摇船是顶好的运动，马威！游泳呢？"

"会一点。"马威微微一笑，坐在她旁边，看着油汪汪的河水，托着那群天鹅浮悠浮悠地动。

"马威，你近来可瘦了一点。"

"可不是，父亲——你明白——"

"我明白！"温都太太点着头说，居然有点对马威，中国人，表同情。

"父亲——！"马威要说没说，只摇了摇头。

"你们还没定规上哪里歇夏去哪？"

"没呢。我打算——"马威又停住了，心里说，"我爱你的女儿，你知道吗？"

那个捡红豆的小孩子也来了，看见她抱着小狗，他用手擦着汗说：

"这是你的拿破仑吧？姑娘！"

听小孩子叫她"姑娘"，温都太太笑了。

"嗬！姑娘，你怎么跟个中国人一块坐着呀？"

"他？他给我找着了狗！"温都太太还是笑着说。"哼！"小孩子没言语，跑在树底下，找了根矮枝子，要打忽悠悠。忽然看见桥边的巡警，没敢打，拿起小罐跑啦。"小孩子，马威，你别计较他们！"

"不！"马威说。

"我反正不讨厌你们中国人！"温都太太话到嘴边，没说出来："只要你们好好儿的！你们笑话中国人，我偏要他们！"温都太太的怪脾气又犯了，眼睛看着河上的白天鹅，心里这样想。

"下礼拜玛力的假期到了，我们就要去休息几天。你们在外边吃饭，成不成！"

"啊！成！玛力跟你一块儿去，温都太太？"马威由地上拔起一把儿草来。

"对啦！你看，我本来打算找个人给你们做饭——"

"人家不伺候中国人？"马威一笑。

温都太太点了点头，心中颇惊讶马威会能猜透了这个。在英国人看，除了法国人有时候比英国人聪明一点，别人全是傻子。在英国人看，只有英国人想得对，只有英国人能明白他们自己的思想；英国人的心事要是被人猜透，不但奇怪，简直奇怪得厉害！

"马威，你看我的帽子好看，还是玛力的好看？"温都太太看马威精明，颇要从心理上明白中国人的"美的观念"，假如中国人也有这么一种观念。

"我看都好。"

"这没回答了我的问题！"

"你的好看！"

"见玛力，说玛力的好看？"

"真的，温都太太，你的帽子确是好看！父亲也这么说。"

"啊！"温都太太把帽子摘下来，用小手巾抽了一抽。"我得走啦！"马威看了看表说，"伊姑娘今天找我来念书！你不走吗？温都太太！"

"好，一块儿走！"温都太太说，说完自己想："谁爱笑话我，谁笑话，我不在乎！偏跟中国人一块走！"

11

马威近来常拿着本书到瑞贞公园去。找个清静没人的地方一坐，把书打开——不一定念。有时候试着念几行，皱着眉头，咬着大拇指头，翻过来掉过去地念；念得眼睛都有点起金花儿了，不知道念的是什么。把书放在草地上，狠狠地在脑勺上打自己两拳："你干什么来的？不是为念书吗！"恨自己没用，打也白饶；反正书上的字不往心里去！

不光是念不下书去，吃饭也不香，喝茶也没味，连人们都不大愿招呼。怎么了？——她！只有见了她，心里才好受！这就叫作恋爱吧？马威的颧骨上红了两小块，非常地烫。别叫父亲看出来，别叫——谁也别看出来，连李子荣算在里头！可是，他妈的脸上这两点红，老是烫手热！李子荣一定早看出来了！

天天吃早饭见她一面，吃晚饭再见一面；早饭晚饭间隔着多少点钟？一二三四……没完，没完！有时候在晚饭以前去到门外站一站，等着她回来；还不是一样？她一点头，有时候笑，有时候连笑都不笑，在门外等她没用！上她的铺子去看看？不妥当！对，上街上去绕圈儿，万一遇见她呢！万一在吃午饭的时候遇见她，岂不是可以约她吃饭！明知道她的事情是在铺子里头做的，上街去等有什么用，可是万一……在街上站一会儿，走一会儿；汽车上，铺子里，都看一眼，万一她在哪个汽车上，我！飞上去！啊！自己吓自己一跳，她！细一看，不是！有时候随着个姑娘在人群里挤，踩着了老太太的脚尖也不顾得道歉，一劲儿往前赴！赶过去了，又不是她！这个姑娘的脸没有她的白，帽子衣裳可都一样；可恶！和她穿一样的衣裳！再走，再看……心里始终有点疼，脸上的红点儿烫手热！

下雨？下雨也出去；万一她因为下雨早下工呢！"马威你糊涂！那有下雨早放工的事！没关系，反正是坐不住，出去！"伞也不拿，恨拿伞，挡着人们的脸！淋得精湿，帽子往下流水，没看见她！

她，真是她！在街那边走呢！他心里跳得快了，腿好像在裤子里直转圈。赶她！但是，跟她说什么呢？请她吃饭？现在已经三点了，哪能还没吃午饭！请喝茶，太早！万一她有要紧事呢，耽误了她岂不……万一她不理我呢？……街上的人看我呢？万一她生了气,以后永不理我呢?都快赶上她了,他的勇气没有了。站住了,眼看着叫她跑了!要不是在大街上,真的他得哭一场!怎么这样没胆气,没果断!心里像空了一样,不知道怎样对待自己才好:恨自己?打自己?可怜自己?这些事全不在乎他自己,她!她拿着他的心!消极方法:不会把她撇在脑后?不会不看她?世界上姑娘多着呢,何必单爱她?她,每到礼拜六把嘴唇搽得多么红,多么难看?她是英国人,何必呢,何必爱个外国人呢?将来总得回国,她能跟着我走吗?不能!算了吧,把她扔在九霄云外吧!——她又回来了,不是她,是她的影儿!笑涡一动一动的,嘴唇儿颤着,一个白牙咬着一点下嘴唇,黄头发曲曲着,像一汪儿日光下的春浪。她的白嫩的脖子,直着,弯着,都那么自然好看。说什么也好,想什么也好,只是没有说"玛力",想"玛力"那么香甜!

假如我能抱她一回?命,不算什么,舍了命作代价!跟她上过一回电影院,在黑灯影里摸过她的手,多么润美!她似乎没介意,或者外国妇女全不介意叫人摸手!她救我的父亲,一定她有点意;不然,为什么许我摸她的手,为什么那样诚恳地救我父亲?慢慢地来,或者有希望!华盛顿那小子!他不但摸她的手,一定!一定也……我恨他!她要是个中国妇人,我一定跟她明说:"我爱你!"可是,对中国妇人就有这样胆气吗?马威!马威!你是个乏人,没出息!不想了!好好念书!父亲不成,我再不成,将来怎办!谁管将来呢,现在叫我心不疼了,死也干!……眼前水流着,鸟儿飞着,花在风里动着;水,鸟,花,或者比她美,然而人是人,人是肉做的,恋爱是由精神上想不透,在肉体上可以享受或忍痛的东西;压制是没用的!

伊姑娘？呕！她今天来念书！念书？嘻！非念不可。

温都太太抱着小狗，马威后面跟着，一同走回来。走到门口，伊姑娘正在阶下立着。她戴着顶蓝色的草帽，帽沿上钉着一朵浅粉的绢花。蓝短衫儿，衬着件米黄的绸裙，脑袋歪着一点，很安静地看着自己的影儿，在白阶石上斜射着。

"她也好看！"马威心里说。

"啊，伊姑娘！近来可好？进来吧！"温都太太和凯萨林拉了拉手。

"对不起，伊姑娘，你等了半天啦吧？"马威也和她握手。

"没有，刚来。"伊姑娘笑了笑。

"伊姑娘，你上楼吧，别叫我耽误你们念书。"温都太太抱着拿破仑，把客厅的门开开，要往里走。

"待一会儿见，温都太太。"伊姑娘把帽子挂在衣架上，拢了拢头发，上了楼。

马老先生正要上街去吃午饭，在楼梯上遇见凯萨林。"伊姑娘，你好？伊牧师好？伊太太好？你兄弟好？"马老先生的问好向来是不折不扣的。

"都好，马老先生。你大好了？我舅舅真不对，你——""没什么，没什么！"马老先生嗓子里咯了几声，好像是乐呢："我自己不好。他是好意，哥儿们一块凑个热闹。唏唏，唏。"

"马老先生，你走吧，我和马威念点书。"伊姑娘一闪身让马老先生过去。

"那么，我就不陪了，不陪了！唏，唏，唏。"马老先生慢慢下了两层楼梯，对马威说："我吃完饭上铺子去。"说的声音很小，恐怕叫凯萨林听见。"上铺子去"不是什么光荣事；"上衙门去"才够派儿。

凯萨林坐在椅子上，掏出一本杂志来。

"马威，你教我半点钟，我教你半点钟。我把这本杂志上的一段翻成中国话，你逐句给我改。你打算念什么？"

马威把窗子开开，一缕阳光正射在她的头发上，那圈金光，把她衬得有点像图画上的圣母。他拉了把椅子坐在她的里首，因为怕挡住射在她头上的那缕阳光。"她的头发真好，比玛力的还好！然而不知道为什么，玛力总是比她好看。玛力的好看往心里去，凯萨林只是个好看的老姐姐。"马威心里想，听见她问，赶紧敛了敛神，说："你想我念什么好，伊姐姐？"

"念小说吧，你去买本韦尔斯的《保雷先生》，你念我听，多咱我听明白了，多咱往下念，这样你可以一字字地念真了，念正确了。至于生字呢，你先查出来，然后我告诉你哪个意思最恰当。这么着，好不好？你要有好主意，更好。""就这么办吧，姐姐。我今天没书，先教你，下回你教我。"

"叫我占半点钟的便宜？"凯萨林看着他笑了笑。马威陪着笑了笑。

....

"妈！妈！你买了新帽子啦？"玛力一进门就看见凯萨林的蓝草帽儿了。

"哪儿呢？"温都太太问。

"那儿！"玛力指着衣架，蓝眼珠儿含着无限的羡慕。"那不是我的，伊姑娘的。"

"呕！妈，我也得买这么一顶！她干什么来了？哼，我不爱那朵粉花儿！"玛力指点出帽子的毛病来，为是减少一点心中的羡慕，羡慕和嫉妒往往是随着来的。

"你怎么这么早就回来啦？"温都太太问。

"我忘了说啦，妈！我不放心你，早晨你摔了那么一下子，我还得赶紧回去！你好啦吧，妈？妈，我要那样的帽子！我们的铺子里不卖草帽，她也不是那儿买的？"玛力始终没进屋门，眼睛始终没离开那顶帽子；帽子的蓝色和她的蓝眼珠似乎联成了一条蓝线！

"玛力，你吃了饭没有？"

"就吃了一块杏仁饼，一碗咖啡，为是忙着来看你吗！"玛力往衣架那边挪了一步。

"我好了，你去吧！谢谢你，玛力！"

"妈，凯萨林干什么来了？"

"跟马威学中国话呢。"

"赶明儿我也跟他学学！"玛力瞪了那个蓝帽子一眼。

玛力刚要往外走，伊姑娘和马威从楼上下来了。伊姑娘一面招呼她们母女，一面顺手儿把帽子摘下来，戴上，非常地自然，一点没有显摆帽子的样儿，也没有故意造作的态度。

"玛力，你的气色可真好！"凯萨林笑着说。

"伊姑娘，你的帽子多么好看！"玛力的左嘴犄角往上一挑，酸酸地一笑。

"是吗？"

"不用假装不觉乎！"玛力心里说，看了马威一眼。"再见，温都太太！再见，玛力！"凯萨林和她们拉了拉手，和马威一点头。

"妈，晚上见。"玛力也随着出去。

马威在台阶上看着她们的后影：除了她们两个都是女子，剩下没有相同的地方。凯萨林的脖子挺着，帽沿微微地颤。玛力的脖子往前探着一点，小裙子在腿上前后左右地裹。他把手插在裤袋里，皱着眉头上了楼。已经是吃午饭的时候，可是不饿；其实也不是不饿——说不上来是怎么一回子事！……

"妈，牛津大街的加麦公司有那样的草帽。妈，咱们一人买一顶好不好？"玛力在厨房里，抱着拿破仑，跟母亲说。"没富余钱，玛力！把糖罐递给我。"温都太太的小鼻子叫火烤得通红，说话也有点发燥："咱们不是还去歇夏哪吗？把钱都买了帽子，就不用去了！那样的帽子至少也得两镑钱一顶！"——把一匙子糖都倒在青菜上了——"瞧！你净搅我，把糖——"

"要旅行去，非有新帽子不可！"玛力的话是出乎至诚，一使劲把拿破仑的腿夹得生疼。小狗没敢出声，心里说："你的帽子要是买不成，我非死不可呀！还是狗好，没有帽子问题！"

"吃完饭再说，玛力！别那么使劲抱着狗！"

马老先生直到晚饭已经摆好才回来。午饭是在中国饭馆吃的三鲜汤面，吃过饭到铺子去，郑重其事地抽了几袋烟。本想把货物重新摆一摆，想起来自己刚好，不可以多累；不做点什么，又似乎不大对；拿出账本子看看吧！上两个月赚了四十镑钱，上月赔了十五镑钱；把账本收起去；谁操这份心呢！有时候赚，有时候赔；买卖吗，哪能老赚钱？

吃了晚饭，玛力正要继续和母亲讨论帽子问题。马老先生轻轻向她一点头。

"温都姑娘,给你这个。"他递给她一个小信封。"呕,马老先生,两镑钱的支票,干吗?"

"我应许了你一顶帽子,对不对?"

"哈啦!妈——!帽子!"

12

马老先生病好了以后,显着特别的讨好。吃完早饭便到后院去浇花,拿腻虫,剪青草;嘴里哼唧着有声无字的圣诗,颇有点中古时代修道士的乐天爱神的劲儿。心中也特别安适:蜜蜂儿落在脑门上,全不动手去轰;只要你不螫咱,咱就不得罪你,要的是这个稳劲儿,你瞧!

给玛力两镑钱——不少点呀!——买帽子,得,又了啦个心愿!给她母亲也买一顶不呢?上月赔了十五镑,不是玩儿的,省着点儿吧!可是人情不能不讲啊,病了的时候,叫她没少受累,应该买点东西谢谢她!下月再说,下月哪能再赔十五镑呢!马威近来瘦了一点,也不是怎么啦?小孩子,总得多吃,糊吃闷睡好上膘吗,非多吃不可!啊,该上铺子瞧瞧去了,李子荣那小子专会瞎叨唠,叨唠唠,叨唠唠,一天叨唠到晚,今天早去,看他还叨唠什么!嘀!已经十点了,快走吧!等等,移两盆花,搬到铺子去,多好!他要是说我晚了,我有得说,我移花儿来着,嗐!那几棵没有希望的菊秧子,居然长起来了,而且长得不错。对,来两盆菊花吧。古玩铺里摆菊花,有多么雅!——也许把李子荣比得更俗气!

马老先生还是远了雇汽车,近了慢慢走,反正不坐公众汽车和电车；好，一下儿出险，死在伦敦，说着玩儿的呢！近来连汽车也不常雇了：街上是乱的，无论如何，坐车是不保险的！况且，在北京的时候，坐上汽车，巡警把人马全挡住，专叫汽车飞过去，多么出风头，带官派！这里，在伦敦，大巡警把手一伸，车全站住，连国务总理的车都得站住，鬼子吗，不懂得尊卑上下！端着两盆菊秧，小胡子嘴噘噘着一点，他在人群里挤开了。他妈的，哪里都这么些个人！简直的走不开：一个个的都走得那么快，撞丧呢！英国人不会有起色，一点稳重气儿都没有！

到了铺子，耳朵里还是嗡嗡地响；老是这么响，一天到晚是这么响！但愿上帝开恩，叫咱回家吧，受不了这份乱！定了定神，把两盆菊秧子摆在窗子前面，捻着小胡子看了半天：啊，这一棵有个小黄叶儿，掐下去！半个黄叶也不能要，讲究一顺儿绿吗？

"马老先生！"李子荣从柜房出来，又是挽着袖子，一手的泥！（这小子横是穿不住衣裳，俗气！）"咱们得想主意呀！上月简直的没见钱，这个月也没卖了几号儿；我拿着工钱，不能瞪眼瞧着！你要是有办法呢，我自然愿意帮你的忙；你没办法呢，我只好另找事，叫你省下点工钱。反正这里事情不多，你和马威足可以照应过来了！我找得着事与否，不敢说一定，好在你要是给我两个礼拜的限，也许有点眉目！咱们打开鼻子说亮话，告诉我一句痛快的，咱们别客气！"

李子荣话说得干脆，可是态度非常得温和，连马老先生也看出：他的话是真由心里头说出来的——可是，到底有点俗气！

马老先生把大眼镜摘下来，用小手巾轻轻地擦着，半天没说话。

"马老先生，不忙，你想一想，一半天给我准信好不好？"李子荣知道紧逼马老是半点用没有，不如给他点工夫，叫他想一想；其实他想不想还是个问题，可是这么一说，省得都僵在那儿。

马老先生点了点头，继续着擦眼镜。

"我说，李伙计！"马老先生把眼镜戴上，似笑不笑地说，"你要是嫌工钱小，咱们可以商量啊！"

"嘿！我的马老先生，我嫌工钱小！真，我真没法叫你明白我！"李子荣用手挠着头发，说话有点结巴："你得看事情呀，马老先生！我告诉过你多少回了，咱们得想法子，你始终不听我的，现在咱们眼看着赔钱，我，我，真的，我没法说！你看，咱们邻家，上月净卖蒙文满文的书籍，就赚了好几百！我——"

"谁买满蒙文的书啊？买那个干什么？"马老先生不但觉着李子荣俗气，而且有点精神病！笑话，古玩铺卖满蒙文的书籍，谁买呀？"你要嫌工钱小，咱们可以设法；有办法，只要别伤了面子！"

面子！

可笑，中国人的"讲面子"能跟"不要脸"手拉手儿走。马老先生在北京的时候，舍着脸跟人家借一块钱，也得去上亲戚家喝盅喜酒，面子！张大帅从日本搬来救兵，也得和苟大帅打一回，面子！王总长明知道李主事是个坏蛋，也不把他免职，面子！

中国人的事情全在"面子"底下蹲着呢，面子过得去，好啦，谁管事实呢！

中国人的办事和小孩子"摸老瞎"差不多：转着圈儿摸，多咱摸住一个，面子上过得去了，算啦，谁管摸住的是小三，小四，还是小三的哥哥傻二儿呢！

马老先生真为了难！事实是简单的：买卖赔钱，得想主意。可是马老先生，真正中国人，就不肯这么想，洋鬼子才这么想呢；李子荣也这么想，黄脸的洋鬼子！

"买卖赔钱呀？我没要来做这个穷营业呀！"马老先生见李子荣不说话了，坐在椅子上，捻着小胡子，想开了："我要是不上英国来，现在也许在国内做了官呢！我花钱多呀，我的钱，谁也管不了！"心中一横，手里一使劲，差点揪下两根胡子来："我不懂得怎么做买卖，读书的君子就不讲做买卖！挤兑我？成心逼我？姓李的，你多咱把书念透了，你就明白你马大叔是什么回事了！俗气！"他向屋里瞪了一眼："卖满蒙文的书籍？笑话，洋鬼子念满文'十二头儿'？怎么着，洋鬼子预备见佐领挑马甲是怎着？现在我们是'中华民国'了！辞我的工不干了？一点面子不讲？你在这儿还要怎么着？咱姓马的待你错不错？猛孤仃地给咱个辞活不伺候，真有鼻子就结啦！"

马老先生绕着圈儿想，越想自己的理由越充足，越想越离事实远，越离事实远越觉得自己是真正好中国人，——李子荣是黄脸洋鬼子！

"我说李伙计，"马老先生立起来，眼睛瞪着一点，说话的声音也粗了一些，把李子荣吓了一跳，"给你长工钱，你也不干；好吧，你要走，走！现在就走！"

说完了话，学着戏台上诸葛亮的笑法，唏唏了几声。唏唏完了，又觉得不该和李子荣这么不讲面子！可是话已出口，后悔有吗用，来个一气到底："现在就走！"

李子荣正擦一把铜壶，听见马老先生这样说，慢慢把壶放在架子上，看着马老先生半天没言语。

马老先生身子有点不舒坦:"这小子的眼神真足!"李子荣笑了:

"马老先生,你我谁也不明白谁,咱们最好别再费话。我不能现在就走。论交情的话呢,我求你给我两个礼拜的限;论法律呢,我当初和你哥哥定的是:不论谁辞谁,都得两个礼拜以前给信。好了,马老先生,我还在这儿做十四天的事,从今天算起。谢谢你!"

说完,李子荣又把铜壶拿起来了。

马老先生的脸红了,瞪了李子荣的脊梁一眼,开开门出去了。出了门口,嘟囔着骂:"这小子够多么不要脸!人家赶你,你非再干两个礼拜不可!好,让你在这儿两个礼拜,我不能再见你,面子已经弄破了,还在一块儿做事,没有的事!没有的事!!对,回去!回去给他两个礼拜的工钱,叫他登时就走!白给你钱,你还不走吗?你可看明白了,我没辞你,是你不愿意干啦!再干两个礼拜,想再敷衍下去,你当我看不出来呢,谁也不是傻子!对,给他两礼拜的工钱,叫他走!……瞧他那个样儿呀,给他钱,他也不走,他要是说再干两礼拜呀,那算是妥了!没法跟这样人打交道,他满不顾面子!我没法子!赶明儿带马威回国,在外国学不出好来!瞧李子荣,没皮没脸!你叫他走,他说法律吧,交情吧,扯淡!……没法子!……没面子!……去吃点三鲜汤面吧!管他李子荣,张子荣呢!犯不上跟他生气!气着,好,是玩儿的呢!……"

13

"老李!你跟我父亲吵起来了?"马威进门就问,脸上的神气很不好看。

"我能跟他吵架？马老！"李子荣笑着说。

"我告诉你，老李！"马威的脸板着，眉毛拧在一块，嘴唇稍微有点颤："你不应该和父亲捣乱！你知道他的人性，有什么事为什么不先跟我说呢！不错，你帮我们的忙不少，可是你别管教我父亲啊！无论怎说，他比咱们大二十多岁！他是咱们的前辈！"他忽然停住了，看了李子荣一眼。李子荣愣了一会儿，挠挠头发，扑哧地一笑："你怎么了？马老！"

"我没怎么！我就是要告诉你：别再教训我父亲！""呕！"李子荣刚要生气，赶紧就又笑了："你吃了饭没有？马老！"

"吃了！"

"你给看一会儿铺子成不成？我出去吃点甚么就回来。"

马威点了点头。李子荣扣上帽子，出去了，还是笑着。

李子荣出去以后，大约有十分钟，进来一个慈眉善目的老头儿。

"啊，年轻的，你是马老先生的儿子吧？"老头儿笑嘻嘻地说，脑袋歪在一边儿。

"是，先生！"马威勉强笑着回答。

"啊，我一猜就是吗，你们父子的眼睛长得一个样。"老头儿说着，往屋里看了一眼："李先生呢？"

"出去吃饭，就回来——先生要看点什么东西？我可以伺候你！"马威心里想："我也会做生意，不是非仗着李子荣不可！"

"不用张罗我，我自己随便看吧！"老头儿笑了笑，一手贴在背后，一手插在衣袋里，歪着头细细看架子上的东西。看完一件，微微点点头。

马威要张罗他,不好;死等着,也不好;皱着眉,看着老头儿的脊梁盖儿。有时候老头回过头来,他赶紧勉强一笑,可是老头儿始终没注意他。

老头儿身量不高,可是长得挺富态。宽宽的肩膀,因为上了年纪,稍微往下溜着一点。头发雪白,大概其的往后拢着。连腮一部白胡子,把嘴盖得怪好看的。鼻子不十分高,可是眼睛特别地深,两个小眼珠深深地埋伏着,好像专等着帮助脸上发笑。脑袋常在一边儿歪歪着。老头儿的衣裳非常地讲究。一身深灰呢衣,灰色的绸子领带,拴着个细金箍儿。单硬领儿挺高,每一歪头地时候,硬领的尖儿就藏在白胡子里。没戴着帽子。皮鞋非常地大,至少比脚大着两号儿,走道儿老有点擦着地皮,这样,叫裤子的中缝直直地立着,一点褶儿也没有。

"我说,年轻的,这个罐子不能是真的吧?"老头儿从货架子上拿起一个小土罐子,一手端着,一手轻轻地摸着罐口儿,小眼睛半闭着,好像大姑娘摸着自己的头发,非常地谨慎,又非常地得意。

"那——"马威赶过两步去,看了小罐子一眼,跟着又说了个长而无用的"那——"

"啊,你说不上来;不要紧,等着李先生吧。"老头儿说着,双手捧着小罐,嘴唇在白胡子底下动了几动,把小罐又摆在原地方了。"你父亲呢?好些日子没见他了!"老头儿没等马威回答,接着说下去,眼睛还看着那个小罐子:"你父亲可真是好人哪,就是不大会做生意,啊,不大会做生意。你在这儿念书哪吧?念什么?啊,李先生来了!啊,李先生,你好?"

"啊,约翰,西门爵士!你好?有四五天没见你啦!"李子荣脸上没有一处不带着笑意,亲亲热热地和西门爵士握了握手。

西门爵士的小眼睛也眨巴着,笑了笑。

"西门爵士,今天要看点什么?上次拿去的宜兴壶已经分析好了吧?"

"哎,哎,已经分析了!你要是有贱的广东磁,不论是什么我都要;就是广东磁我还没试验过。你有什么,我要什么,可有一样,得真贱!"西门爵士说着,向那个小罐子一指:"那个是真的吗?"

"冲你这一问,我还敢说那是真的吗!"李子荣的脸笑得真像个混糖的开花馒头。一边说,一边把小罐子拿下来,递给老头儿:"釉子太薄,底下的棕色也不够厚的,决不是磁州的!可是,至迟也是明初的!西门爵士,你知道的比我多,你看着办吧,看值多少给多少!马老先生,给西门爵士搬把椅子来!"

"哎,哎,不用搬!我在试验室里一天家站着,站惯了,站惯了!"西门爵士特意向马威一笑:"哎,谢谢!不用搬!"然后端着小罐又仔细看了一过:"哎,你说得不错,底下的棕色不够厚的,不错!好吧,无论怎么说吧,给我送了去吧,算我多少钱?"

"你说个数儿吧,西门爵士!"李子荣搓着手,肩膀稍微耸着点儿,真像个十二分成熟的买卖人。

马威看着李子荣,不知不觉地点了点头。

老头儿把小罐儿捧起来,看了看罐底儿上的价码。跟着一挤眼,说:"李先生,算我半价吧!哎!"

"就是吧,西门爵士!还是我亲身给你送了去?""哎,哎,六点钟以后我准在家,你跟我一块儿吃饭,好不好!"

"谢谢！我六点半以前准到！广东磁器也送去吧？""哎，你有多少？我不要好的！为分析用，你知道——""知道！知道！我这儿只有两套茶壶茶碗，不很好，真正广东货。把这两套送到试验室，这个小罐子送到你的书房，是这么办不是？西门爵士！"

"这家伙全知道！"马威心里说。

"哎，哎，李先生你说得一点儿不错！"

"还是偷偷儿地送到书房去，别叫西门夫人看见，是不是，西门爵士？"李子荣说着，把小罐接过来，放在桌儿上。老头儿笑开了，头一次笑出声儿来。

"哎，哎，我的家事也都叫你知道了！"老头儿掏出块绸子手巾擦了擦小眼睛："你知道，科学家不应该娶妻，太麻烦，太麻烦！西门夫人是个好女人，就是有一样，常搅乱我的工作。哎，我是个科学家兼收藏家，更坏了！西门夫人喜欢珍珠宝石，我专买破罐子烂砖头！哎，妇人到底是妇人！哎，偷偷地把小罐子送到书房去，咱们在那里一块吃饭。我还要问你几个字，前天买了个小铜盒子，盖上的中国字，一个个的小四方块儿，哎，我念不上来，你给我翻译出来吧！还是一个先令三个字，哎？"

"不是篆字？"李子荣还是笑着，倒好像要把这个小古玩铺和世界，全招笑了似的。

"不是，不是！我知道你怕篆字。哎，晚上见吧。连货价带翻译费我一齐给你，晚上给你。晚上见，哎。"西门爵士说完，过去拍了拍马威的肩膀，"哎，你还没告诉我，你念什么书呢！"

"商业！先生——爵士！"

"啊！好，好！中国人有做买卖的才干，忍力；就是不懂得新的方法！学一学吧！好，好好地念书，别净出去找姑娘，哎？"老头儿的小眼睛故意眨巴着，要笑又特意不笑出来，嘴唇在白胡底下动了动。

"是！"马威的脸红了。

"西门爵士，你的帽子呢？"李子荣把门开开，弯着腰请老头儿出来。

"哎，在汽车上呢！晚上见，李先生！"

老头儿走了以后，李子荣忙着把小罐子和两套茶壶茶碗都用棉花垫起来，包好。一边包，一边向马威说："这个老头子是个好照顾主儿。专收铜器和陶器。他的书房里的东西比咱们这儿还多上三倍。原先他做过伦敦大学的化学教授，现在养老不做事了，可是还专研究陶土的化学配合。老家伙，真有意思！贵东西买了存着，贱东西买了用化学分析。老家伙，七十多了，多么精神！我说马老，开两张账单儿，搁在这两个包儿一块。"

李子荣把东西包好，马威也把账单儿开来。李子荣看了马威一眼，说：

"马老，你今儿早晨怎么了？你不是跟我闹脾气，你一定别有心事，借我出气！是不是？大概是爱情！我早看出来了，腮上发红，眉毛皱着，话少气多，吃喝不下，就剩——抹脖子，上吊！"李子荣哈哈地乐起来："害相思的眼睛发亮，害单思的眼睛发浑！相思有点甜味，单思完全是苦的！马老？你的是？"

"单思！"马威受这一场奚落，心中倒痛快了！——害单思而没地方去说的，非抹脖子不可！

"温都姑娘？"

"哼！"

"马老，我不用劝你，没用！我有朝一日要是爱上一个女人，她要是戏耍我，我立刻就用小刀抹脖子！"李子荣用食指在脖子上一抹。"可是，我至少能告诉你这么点儿，你每一想她的时候，同时也这么想：她拿我，一个中国人，当人看不呢？你当然可以给你自己一个很妥当的回答。她不拿咱当人看，还讲爱情？你的心可以凉一点儿了！这是我独门自造的'冰激凌'，专治单思热病！没有英国青年男女爱中国人的，因为中国人现在是给全世界的人作笑话用的！写文章的要招人笑，一定骂中国人，因为只有中国人骂着没有危险。研究学问的恨中国人，因为只有中国人不能帮他们的忙；哪样学问是中国人的特长？没有！普通人小看中国人，因为中国人——缺点多了，简直的说不清！我们当时就可以叫他们看得重，假如今天我们把英国，德国，或是法国给打败！更好的办法呢，是今天我们的国家成了顶平安的，顶有人才的！你要什么？政治！中国的政治最清明啊！你要什么？化学！中国的化学最好啊！除非我们能这么着，不用希望叫别人看得起；在叫人家看不起的时候，不用乱想人家的姑娘！我就见过温都姑娘一回，我不用说她好看不好看，人品怎么样；我只能告诉你一句话，她不能爱你！她是普通男女中的一个，普通人全看不起中国人，为什么她单与众不同的爱个小马威！""不见得她准不爱我！"马威低着头儿说。

"怎见得？"李子荣笑着问。

"她跟我去看电影，她救我的父亲。"

"她跟你去看电影，和我跟你去看电影，有什么分别？我问你！外国男女的界限不那么严——你都知道，不用我说。至于救你父亲，无论是谁，看见他在地上爬着，都得把他拉回家去！中国人见了别人有危险，是躲得越远越好，因为我们的教育是一种独善其身的！外国人见了别人遇难，是拼命去救的，他们不管你是白脸人，黑脸人，还是绿脸人，一样地拯救。他们平时看不起黑脸和绿脸的哥儿们，可是一到出险了，他们就不论脸上的颜色了！她不因为是'你'的父亲才救，是因为她的道德观念如此。我们以为看见一个人在地上躺着，而不去管，满可以讲得下去；外国人不这么想。他们的道德是社会的，群众的。这一点，中国人应当学鬼子！在上海，我前天在报上念的，有个老太婆倒在街上了，中国人全站在那里看热闹，结果是叫个外国兵给搀起来了；他们能不笑话我们吗！我——我说到哪儿去啦？往回说吧！不用往脸上贴金，见她和你握手，就想她爱你！她才有工夫爱你呢！吃我的冰激凌顶好，不用胡思乱思！"

马威双手捧着脑门儿，一声没发。

"马老，我已经和你父亲辞了我的事！"

"我知道！你不能走！你不能看着我们把铺子做倒了！"马威还是低着头，说话有点儿发颤！

"我不能不走！我走了，给你们一月省十几镑钱！""谁替我们做买卖呀！"马威忽然抬起头来，看着李子荣说："那个西门老头儿问我，我一个字答不出，我不懂！不懂！""那没难处！马老！念几本英国书，就懂得好些个。我又何尝懂古玩呢，都仗着念了些书！外国人研究无论哪样东西，都能有条有理地写书，关于中国磁器，铜器，书可多了。念几本就行！够咱们能答得上碴儿的就行！马老，你放心，我走了，咱们还是好朋友，我情愿帮你的忙！"

待了半天，马威问：

"你哪儿去找事呀？"

"说不上来，碰机会吧！好在我现在得了一笔奖金，五十镑钱，满够我活好几个月的呢！你看，"李子荣又笑了，"《亚细亚杂志》征求中国劳工近况的论文，我破了一个月的工夫，连白天带晚上，写了一篇。居然中了选，五十镑！我告诉你，马老！老天爷饿不死瞎家雀，一点不错！我有这五十镑，足够混些日子的！反正事情是不找不来，咱天天去张罗，难道就真没个机会！愿意干事的人不会饿死；饿死的决不是能干的人！马老！把眉头打开，高起兴来干！"李子荣过去按着马威的肩膀，摇了几下子。

马威哭丧着脸笑了一笑。

14

马老先生跟李子荣闹完气，跑到中国饭馆吃了两个三鲜汤面；平日不生气的时候总是吃一个面的。汤面到了肚子里，怒气差不多全没啦。生气倒能吃两个面，好现象！这么一想，几乎转怒为喜了。吃完面，要了壶茶，慢慢滋润着。直到饭座儿全走了，才会账往外溜达。出了饭馆，不知道上哪儿去好。反正不能回铺子！掌柜的和伙计闹脾气，掌柜的总是有不到铺子的权柄！——正和总长生气就不到衙门去一样！一样！可是，上哪儿去呢？在大街上散逛？车马太乱，心中又有气，一下儿叫汽车给轧扁了，是玩儿的呢！听戏去？谁听鬼子戏呢！又没锣鼓，又不打脸，光是几个男女咕噜地瞎说，没意思！找伊牧师去？对！看看他去！他那天说，要跟咱商议点事。什么事呢？哎，管他什么事呢，反正老远地去看他，不至于有错儿！

叫了辆汽车到蓝加司特街去。

坐在车里，心里不由得想起北京：这要是在北京多么抖！坐着汽车叫街坊四邻看着，多么出色！这里，处处是汽车，不足为奇，车钱算白花！

"嘿喽！马老先生！"伊牧师开开街门，把马老先生拉进去，"你大好了？又见着亚力山大没有？我告诉你，马老先生，跟他出去总要小心一点！"

"伊牧师你好？伊太太好？伊小姐好？伊少爷好？"马老先生一气把四个好问完，才敢坐下。

"他们都没在家，咱们正好谈一谈。"伊牧师把小眼镜往上推了一推，鼻子中间皱成几个笑纹。自从伤风好了以后，鼻子上老皱着那么几个笑纹，好像是给鼻子一些运动；因为伤风的时候，喷嚏连天，鼻子运动惯了。"我说，有两件事和你商议：第一件，我打算给你介绍到博累牧师的教会去，做个会员，礼拜天你好有个准地方去做礼拜。他的教会离你那儿不远，你知道游思顿街？哎，顺游思顿街一直往东走，斜对着英苏车站就是。我给你介绍，好不好？"

"好极了！"现在马老先生对外国人说话，总喜欢用绝对式的字眼儿。

"好，就这么办啦。"伊牧师嘴唇往下一垂，似是而非地笑了一笑："第二件是：我打算咱们两个晚上闲着做点事儿，你看，我打算写一本书，暂时叫作《中国道教史》吧。可是我的中文不十分好，非有人帮助我不可。你要是肯帮忙，我真感激不尽！"

"那行！那行！"马老先生赶紧地说。

"我别净叫你帮助我，我也得替你干点什么。"伊牧师把烟袋掏出来，慢慢地装烟："我替你想了好几天了：你应当借着在外国的机会写点东西，最好写本东西文化的比较。这个题目现在很时兴，无论你写的对不对，只要你敢说话，就能卖得出去。你用中文写，我替你译成英文。这样，咱们彼此对帮忙，书出来以后，我敢保能赚些钱。你看怎么样？""我帮助你好了！"马老先生迟迟顿顿地说："我写书？倒真不易了！快五十的人啦，还受那份儿累！"

"我的好朋友！"伊牧师忽然把嗓门提高一个调儿，"你五十啦？我六十多了！萧伯纳七十多了，还一劲儿写书呢！我问你，你看见过几个英国老头子不做事？人到五十就养老，世界上的事都交给谁做呀！"

"我也没说，我一定不做！"马老先生赶紧往回收兵，唯恐把伊牧师得罪了，其实心里说："你们洋鬼子不懂得尊敬老人，要不然，你们怎是洋鬼子呢！"

英国人最不喜欢和旁人谈家事，伊牧师本来不想告诉马老，他为什么要写书；可是看马老迟疑的样子，不能不略略地说几句话：

"我告诉你，朋友！我非干点什么不可！你看，伊太太还做伦敦传教公会中国部的秘书，保罗在银行里，凯萨林在女青年会做干事，他们全挣钱，就是我一个人闲着没事！虽然我一年有一百二十镑的养老金，到底我不愿意闲着——"伊牧师又推了推眼镜，心里有点后悔，把家事都告诉了马老！"儿女都挣钱，老头子还非去受累不可！真不明白鬼子的心是怎么长着的！"马老先生心里说。

"我唯一的希望是得个大学的中文教授，可是我一定要先写本书，造点名誉。你看，伦敦大学的中文部现在没有教授，因为他们找不到个会写会说中国话的人。我呢，说话满成，就差写点东西证明我的知识。我六十多了，至少我还可以做五六年事，是不是？"

"是！对极了！我情愿帮助你！"马老先生想把自己写书的那一层推出去："你看，你若是当了中文教授，多替中国说几句好话，多么好！"

马老先生以为中文教授的职务是专替中国人说好话。伊牧师笑了笑。

两个人都半天没说话。

"我说，马老先生！就这么办了，彼此帮忙！"伊牧师先说了话，"你要是不叫我帮助你，我也就不求你了！你知道，英国人的办法是八两半斤，谁也不要吃亏的！我不能白求你！""你叫我写东西文化，真，叫我打哪儿写起！""不必一定是这个题目哇，什么都行，连小说，笑话都成！你看，中国人很少有用英文写书的，你的书，不管好不好，因为是中国人写的，就可以多卖。"

"我不能乱写，给中国人丢脸！"

"呕！"伊牧师的嘴半天没闭上。他真没想到马老会说出这么一句来！

马老先生自己也说不清，怎么想起这么一句来。

没到过中国的英国人，看中国人是阴险诡诈，长着个讨人嫌的黄脸。到过中国的英国人，看中国人是脏、臭、糊涂的傻蛋。伊牧师始终没看起马老先生，他叫马老写书，纯是为好叫马老帮他的忙！他知道马老是傻蛋，傻蛋自然不会写书。可是不双方定好，彼此互助，伊牧师的良心上不好过，因为英国人的公平交易，是至少要在形式上表出来的!

伊牧师,和别的英国人一样,爱中国的老人,因为中国的老人一向不说"国家"两个字。他不爱,或者说是恨,中国的青年,因为中国的青年们虽然也和老人一样的糊涂,可是"国家","中国"这些字眼老挂在嘴边上。自然空说是没用的,可是老这么说就可恨!他真没想到马老会说:"给中国人丢脸!"

马老先生自己也说不清,怎么想起这么一句来!"马老先生,"伊牧师愣了半天才说,"你想想再说,好在咱们不是非今天决定不可。马威呢,他念什么呢?""补习英文,大概是要念商业。"马老先生回答:"我叫他念政治,回国后做个官儿什么的,来头大一点。小孩子拧性,非学商业不可,我也管不了!小孩子,没个母亲,老是无着无靠的!近来很瘦,也不是怎么啦!小孩子心眼重,我也不好深问他!随他去吧!反正他要什么,我就给他钱,谁叫咱是做老子的呢!无法!无法!"

马老先生说得十分感慨,眼睛看着顶棚,免得叫眼泪落下来。心中很希望:这样地一说,伊牧师或者给他做媒,说个亲什么的。——比方说吧,给他说温都寡妇。自然娶个后婚儿寡妇,不十分体面,可是娶外国寡妇,或者不至于犯七煞,尅夫主——他叹了一口气;再说,伊牧师要是肯给他做媒,也总是替他做了点事,不是把那个做文化比较的事可以岔过去了吗!你替咱做大媒,咱帮助你念中国书:不是正合你们洋鬼子的"两不吃亏"的办法吗!他偷着看了伊牧师一眼。

伊牧师叼着烟袋,没言语。

"马老先生,"又坐了半天,伊牧师站起来说,"礼拜天在博累牧师那里见吧。叫马威也去才好呢,少年人总得有个信仰,总得!你看保罗礼拜天准上三次教会。"

"是!"马老先生看出伊牧师是已下逐客令,心里十二分不高兴地站起来:"礼拜天见!"

伊牧师把他送到门口。

"他妈的,这算是朋友!"马老先生站在街上,低声儿地骂:"不等客人要走,就站起来说'礼拜天见!'礼拜天见?你看着,马大人要是上教堂去才怪!……"

"嘭嘭!——啦!"一辆汽车擦着马老先生的鼻子飞过去了。

15

温都母女歇夏去了,都戴着新帽子。玛力的帽箍上绣着个中国字,是马老先生写的,她母亲给绣的。戴上这个绣着中国字的帽子,玛力有半点来钟没闭上嘴,又有半点来钟没离开镜子。帽子一样的很多,可是绣中国字的总得算新奇独份儿。要是在海岸上戴着这么新奇的帽子,得叫多少姑娘太太们羡慕得落泪,或者甚至于晕过去!连温都太太也高兴得很,女儿的帽子一定惹起一种革命——叫作帽子革命吧!女儿的相片一定要登在报上,那得引起多少人的注意和羡爱!"马老先生,"玛力临走的时候来找马老先生,"看!"她左手提着小裙子,叫裙子褶儿像扇面似的铺展开。脖子向左一歪,右手斜着伸出去,然后手腕轻松往回一撇。同时肩膀微微一耸,嘴唇一动:"看!"

"好极了!美极了!温都姑娘!"马老先生向她一伸大拇指头。

玛力听马老一夸奖,两手忽然往身上一并,一扬脑袋,唏地一笑,一溜烟似的跑了。

其实,马老先生只把话说了半截:他写的是个"美"字,温都太太绣好之后,给钉倒了,看着——美——好像"大王八"三个字,"大"字拿着顶。他笑开了,从到英国还没这么痛快地笑过一回!"啊!真可笑!外国妇女们!脑袋上顶着'大王八',大字还拿着顶!哎哟,可笑!可笑!"一边笑!一边摇头!把笑出来的眼泪全抡出去老远!

笑了老半天,马老先生慢慢地往楼下走,打算送她们到车站。下了楼,她们母女正在门口儿等汽车。头一样东西到他的眼睛里是那个"大王八"。他咬着牙,梗着脖子,把脸都憋红了,还好,没笑出来。

"再见,马老先生!"母女一齐说。温都太太还找补了一句:"好好的,别淘气!出去的时候,千万把后门锁好!"汽车来了,拿破仑第一个蹿进去了。

马老先生哼哧着说了声"再见!好好地歇几天!"汽车走了,他关上门又笑开了。

笑得有点儿筋乏力尽了,马老先生到后院去浇了一回花儿。一个多礼拜没下雨,花叶儿,特别是桂竹香的,有点发黄。他轻轻地把黄透了的全掐下来,就手来把玫瑰放的冗条子也打了打。响晴的蓝天,一点风儿没有,远处的车声,一劲儿响。马老先生看着一朵玫瑰花,听着远处的车响,心里说不上来的有点难过!勉强想着玛力的帽子,也不是怎回事,笑不上来了!抬头看了看蓝天,亮,远,无限的远,还有点惨淡!"几时才能回国呢?"他自己问自己,"就这么死在伦敦吗?不!不!等马威毕业就回国!把哥哥的灵运回去!"想起哥哥,他有心要上坟去看看,可是一个人又懒得去。看着蓝天,心由空中飞到哥哥的坟上去了。那块灰色的石碑,那个散落的花圈,连那个小胖老太太,全活现在眼前了!"哎!活着有什么意味!"马老先生轻轻摇着头念叨,"石碑?连石碑再待几年也得坏了!世界上没有长生的东西,有些洋鬼子说,连太阳将来就是要死的!……可是活着,说回来了!也不错!……那自然看怎样活着,比如能做高官,享厚禄,妻妾一群,儿女又肥又胖,差不多了!值得活着了!……"

马老先生一向是由消极想到积极,而后由积极而中庸,那就是说,好歹活着吧!混吧!混过一天又一天,心中好似……他差点没哼哼出几句西皮快板来。这种好歹活着,便是中国半生不死的一个原因,自然马老不会想到这里。

完全消极,至少可以产生几个大思想家。完全积极,至少也叫国家抖抖精神,叫生命多几分乐趣。就怕,像马老,像马老的四万万同胞,既不完全消极,又懒得振起精神干事。这种好歹活着的态度是最贱,最没出息的态度,是人类的羞耻!

马老先生想了半天,没想出什么高明主意来,赌气子不想了。回到书房,擦了一回桌椅,抽了袋烟。本想坐下念点书,向来没念书的习惯,一拿书本就觉得怪可笑的,算了吧。"到楼下瞧瞧去,各处的门都得关好了!"他对自己说:"什么话呢,人家走了,咱再不经心,还成!"

温都太太并没把屋子全锁上,因为怕是万一失了火,门锁着不好办。马老先生看了看客厅,然后由楼梯下去,到厨房连温都太太的卧室都看了一个过儿。向来没进过她的屋里去,这次进去,心里还是有点发虚,提手蹑脚地走,好像唯恐叫人看见,虽然明知屋里没有人。进去之后,闻着屋里淡淡的香粉味,心里又不由得一阵发酸。他站在镜子前边,呆呆地立着,半天,又要走,又舍不得动。要想温都寡妇,又不愿意想。要想故去的妻子,又渺茫地想不清楚。不知不觉地出来了,心里迷迷糊糊的,好像吃过午饭睡觉做的那种梦,似乎是想着点什么东西,又似乎是麻糊一片。一点脚步声儿没有,他到了玛力卧房的门口。门儿开着,正看见她的小铁床。床前跪着个人,头在床上,脖子一动一动的好像是低声地哭呢。

马威!

马老老先生一时僵在那块儿了。心中完全像空了一会儿,然后不禁不由得低声叫了声:"马威!"

马威猛孤丁地站起来;脸上由耳朵根红起一直红到脑门儿。

父子站在那里,谁也没说什么。马威低着头把泪擦干,马老先生抹着小胡子,手直颤。

马老老先生老以为马威还是十二三岁的小孩子。每逢想起马威,便联想到:"没娘的小孩子!"看见马威瘦了一点,他以为是不爱吃英国饭的缘故。看见马威皱着眉,他以为是小孩子心里不合适。他始终没想到马威是二十多的小伙子了,更根本想不到小孩子会和——马老先生想不起相当的字眼,来表示这种男女的关系;想了半天,到底还是用了个老话儿:"想不到这么年轻就'闹媳妇'!"他不忍责备马威,就这么一个儿子,又没有娘!没有那样的狠心去说他!他又不好不说点什么,做父亲的看见儿子在个大姑娘床上哭,不体面,下贱,没出息!可是,说儿子一顿吧?自己也有错处，为什么始终看儿子还是个无知无识的小孩子！不知道年头儿变了，小孩子们都是胎里坏吗！为什么不事先防备！还算好！他和玛力，还没闹出什么笑话来！这要是……她是个外国姑娘，可怎么好！自己呢，也有时候爱温都寡妇的小红鼻子；可是那只是一时的发狂，谁能真娶她呢！娶洋寡妇，对得起谁！小孩子，想不到这么远！……马老看了小马一眼，慢慢地往楼上走。

马威跟着出来，站在门口看着那个铁床。忽然又进去了，把床单子……自己的泪痕还湿着——轻轻舒展了一回。低着头出来，把门关好，往楼上走。

"父亲！"马威进了书房，低声儿叫："父亲！"马老老先生答应了一声，差点没落下泪来。

马威站在父亲的椅子后面，慢慢地说："父亲！你不用不放心我！我和她没关系！前些日子……我疯了！……疯了！现在好了！我上她屋里去，为是……表示我最后的决心！我再不理她了！她看不起咱们，没有外国人看得起咱们的，难怪她！从今天起，咱们应该打起精神做咱们的事！以前的事……我疯了！李子荣要走，咱们也拦不住他，以后的事，全看咱们的了！他允许帮咱们的忙，我佩服他，信任他，他的话一定是真的！我前两天得罪了他，我没心得罪他，可是，我……疯了！他一点没介意，他真是个好人！父亲！我对不起你，你要是有李子荣那样的一个儿子，什么事也不用你操心了！"

"万幸，我没李子荣那样的一个儿子！"马老先生摇着头一笑。

"父亲！你答应我，咱们一块儿好好地干！咱们得省着点花钱！咱们得早起晚睡打着精神干！咱们得听李子荣的话！我去找他，问他找着事没有。他已经找着事呢，无法，只好叫他走。他还没找着事呢，咱们留着他！是这样办不是，父亲？""好，好，好！"马老先生点着头说，并没看马威："只要你知道好歹，只要你不野着心闹——什么事都好办！我就有你这么一个儿，你母亲死得早！我就指着你啦，你说什么是什么！你去跟李伙计商议，他要是说把房子拆了，咱登时就拆！去把他找来，一块来吃中国饭去，我在状元楼等你们。你去吧，给你这一镑钱。"马老老先生，把一镑钱的票子掖在马威的口袋里。

....

马威这几天的心里像一锅滚开花的粥：爱情，孝道，交情，事业，读书，全交互冲突着！感情，自尊，自恨，自怜，全彼此矛盾着！父亲不好，到底是父亲！李子荣太直爽，可是一百成的好人！帮助父亲做事，还有工夫念书吗？低着头念书，事业交给谁管呢？除此以外，还有个她！她老在眼前，心上，梦里，出没无常。总想忘了她，可是哪里忘得下！什么事都容易摆脱，只有爱情，只有爱情是在心根上下种发芽的！她不爱我，谁管她爱不爱呢！她的笑，她的说话，她的举动，全是叫心里的情芽生长的甘露；她在那儿，你便迷惑颠倒；她在世上，你便不能不想她！不想她，忘了她，只有铁心人能办到！马威的心不是铁石，她的白胳臂一颤动，他的心也就跟着颤动！然而，非忘了她不可！不敢再爱她，因为她不理咱；不敢恨她，因为她是为叫人爱而生下来的！……不敢这么着，不愿意那么着，自己的身份在那儿呢？年轻的人一定要有点火气，自尊的心！为什么跟着她后边求情！为什么不把自己看重了些！为什么不帮助父亲做事！为什么不学李子荣！……完了！我把眼泪洒在你的被子上,我求神明保护你,可是我不再看你了,不再想你了!盼望你将来得个好丈夫,快活一辈子!这是……父亲进来了!……有点恨父亲!可是父亲没说什么,我得帮助他,我得明告诉他!告诉了父亲,心里去了一块病。去找李子荣,也照样告诉他。

"老李!"马威进了铺子就叫,"老李!完了!""什么完了?"李子荣问。

"过去的是历史了,以后我要自己管着我的命运了!""来,咱们拉拉手!马老,你是个好小子!来,拉手!"李子荣拉住马威的手,用力握了握。

"老李,你怎样?是走呀,还是帮助我们?"

"我已经答应西门爵士,去帮助他。"李子荣说,"他现在正写书,一本是他化验中国磁器的结果,一本是说明他所收藏的古物。我的事是帮助他作这本古物的说明书,因为他不大认识中国字。我只是每天早晨去,一点钟走,正合我的适。""我们的买卖怎办呢?"马威问。

"我给你们出个主意:现在预备一大批货,到圣诞节前来个大减价。所有的货物全号上七折,然后是照顾主儿就送一本彩印的小说明书。我去给你们办这个印刷的事,你们给我出点车钱就行。《亚细亚杂志》和东方学院的《季刊》全登上三个月的广告。至于办货物呢,叫你父亲先请王明川吃顿中国饭,然后我和老王去说,叫他给你们办货,他是你伯父的老朋友,他自己又开古玩铺,又专办入口货的事情。交给他五百镑钱办货,货办来以后,就照着我的办法来一下。这一下子要是成功,你们的事业就算站住了。就是失败——大概不会吧!你看怎样?你得天天下午在这里,早晚去念书；专指马老先生一个人不成！货到了之后我来帮助你们分类定价码，可是你们得管我午饭，怎样？"

"老李，你说什么就是什么啦！我们的失败与成功，就看此一举啦！老李，父亲在状元楼等你吃饭呢，你去不去？""不！谢谢！还是那句话，吃一回就想吃第二回，太贵，吃不起！我说马老，你应当上乡下歇一个礼拜去，散逛散逛。好在我还在这儿几天，你正好走。"

"上哪儿好呢？"马威问。

"地方多了，上车站去要份旅行指南来，挑个地方去住一个礼拜，对身体有益！马老！好，你去吃饭吧，替我谢谢马老先生！多吃点呀！"李子荣笑起来了。

马威一个人出来，李子荣还在那儿笑。

第四段

1

从一入秋到冬天，伦敦的热闹事儿可多了。戏园子全上了拿手好戏，铺子忙完秋季大减价，紧跟着预备圣诞节。有钱的男女到伦敦来听戏，会客，置办圣诞礼物。没钱的男女也有不花钱的事儿做：看伦敦市长就职游行，看皇帝到国会行开会礼，小口袋里只要有个先令，当时不是押马，便是赌足球队的胜负。晚报上一大半是赛马和足队比赛的结果，人们在早晨九点钟便买一张，看看自己赢了没有。看见自己是输了,才噘着嘴念点骂外国的新闻,出出恶气。此外溜冰场,马戏,赛狗会,赛菊会,赛猫会,赛腿会,赛车会,一会跟着一会的大赛而特赛,使人们老有的看,老有的说,老有的玩,——英国人不会起革命,有的看、说、玩,谁还有工夫讲革命。伊太太也忙起来,忙着为穷人募捐,好叫没饭吃的人到圣诞节也吃顿饱饭。她头上的乱棉花更乱了,大有不可收拾的趋势。伊牧师也忙得不了,天天抱着本小字典念中国书,而且是越念生字越多。保罗的忙法简直的不易形容,在街上能冒着雨站三点钟,等着看看皇太子,回到家来站在镜子前边微微地笑,因为有人说,他的鼻子真像皇太子的。皇太子那天在无线电传播替失业工人请求募捐,保罗登时捐了两镑钱,要不是皇太子说工人很苦,他一辈子也想不起来这回事;有时候还笑他妈妈的替穷人瞎忙,忙得至于头发都不易收拾。去看足球,棍球,和骂中国人的电影什么的,是风雨勿阻的。凯萨林姑娘还是那么安静,可是也忙。忙着念中文,忙着学音乐,忙着办会里的事,可是她的头发一点不乱,还是那么长长的,在雪白的脖子上轻轻地盖着。温都母女也忙起来,母亲一天到晚添楼上下的火,已足使她的小鼻子尖上常常带着一块黑。天是短①的,非抓着空儿上街买东西不可,而且买的东西很多,因为早早买下圣诞应用的和送礼的东西,可以省一点钱。再说,圣诞的节饼在一个多月以前就得做好。玛力的眼睛简直忙不过来了,街上的铺子没有一家不点缀得一百成花哨的,看什么,什么好看。每个礼拜她省下两个先令,经十五六点钟的研究,买件又贱,又好,又美

---

① 天是短,指白天短,可加注释。

的小东西。买回来，偷偷地藏在自己的小匣里，等到圣诞节送礼。况且，自己到圣诞还要买顶新帽子；这可真不容易办了！拿着小账本日夜地计算，怎么也筹不出这笔钱来。偷偷地花了一个先令押了个马，希望能赢点钱，恰巧她押的马跑到半路折了个毛跟头，一个先令丢了！"越是没钱越输钱！非把钱取消了，不能解决帽子问题！"她一生气，几乎要信社会主义！

伦敦的天气也忙起来了。不是刮风，就是下雨，不是刮风下雨，便是下雾；有时候一高兴，又下雨，又下雾。伦敦的雾真有意思，光说颜色吧，就能同时有几种。有的地方是浅灰的，在几丈之内还能看见东西。有的地方是深灰的，白天和夜里半点分别也没有。有的地方是灰黄的，好像是伦敦全城全烧着冒黄烟的湿木头。有的地方是红黄的，雾要到了红黄的程度，人们是不用打算看见东西了。这种红黄色是站在屋里，隔着玻璃看，才能看出来。若是在雾里走，你的面前是深灰的，抬起头来，找有灯光的地方看，才能看出微微的黄色。这种雾不是一片一片的，是整个的，除了你自己的身体，其余的全是雾。你走，雾也随着走。什么也看不见，谁也看不见你，你自己也不知道是在那儿呢。只有极强的汽灯在空中飘着一点亮儿，只有你自己觉着嘴前面呼着点热气儿，其余的全在一种猜测疑惑的状态里。大汽车慢慢地一步一步地爬，只叫你听见喇叭的声儿；若是连喇叭也听不见了，你要害怕了：世界已经叫雾给闷死了吧！你觉出来你的左右前后似乎全有东西，只是你不敢放胆往左往右往前往后动一动。你前面的东西也许是个马，也许是个车，也许是棵树；除非你的手摸着它，你是不会知道的。

马老先生是伦敦的第一个闲人：下雨不出门，刮风不出门，下雾也不出门。叼着小烟袋,把火添得红而亮,隔着玻璃窗子,细细咂摸雨、雾、风的美。中国人在什么地方都能看出美来,而且美的表现是活的,是由个人心中审美力放射出来的情与景的联合。烟雨归舟咧,踏雪寻梅咧,烟雨与雪之中,总有个含笑的瘦老头儿。这个瘦老头儿便是中国人的美神。这个美神不是住在天宫的,是住在个人心中的。所以马老先生不知不觉地便微笑了,汽车由雨丝里穿过去,美。小姑娘的伞被风吹得歪歪着,美。一串灯光在雾里飘飘着,好像几个秋夜的萤光,美。他叼着小烟袋,看一会儿外面,看一会儿炉中的火苗,把一切的愁闷苦恼全忘了。他只想一件东西,酒!

"来他半斤老绍兴,哎?"他自己叨唠着。

伦敦买不到老绍兴,嗐!还是回国呀!马老始终忘不了回国,回到人人可以赏识踏雪寻梅和烟雨归舟的地方去!中国人忘不了"美"和"中国",能把这两样充地发达一下,中国的将来还能产出个黄金时代。把科学的利用和美调和一下,把不忘祖国的思想用清明的政治发展出来,中国大有希望呀!可惜马老,中国人的一个代表,只是糊里糊涂有点审美的天性,而缺少常识。可惜马老只想回国,而不明白国家是什么东西。可惜马老只想做官,而不知道做官的责任。可惜马老爱他的儿子,而不懂得怎么教育他。可惜……快到圣诞节了,马老先生也稍微忙起来一点。听说英国人到圣诞节彼此送礼,他喜欢了,可有机会套套交情啦!伊家大小四口,温都母女,亚力山大,自然是要送礼的。连李子荣也不能忘下呀!俗气,那小子;给他点俗气礼物,你看!对,给他买双鞋;俗气人喜欢有用的东西。还有谁呢?状元楼的掌柜的。华盛顿——

对，非给华盛顿点东西不可，咱醉了的那天，他把咱抬到汽车上！汽车？那小子新买了摩托自行车，早晚是摔死！唉，怎么咒骂人家呢！可是摩托自行车大有危险，希望他别摔死，可是真摔死，咱也管不了呀！马老撇着小胡子嘴儿笑了。

"几个了？"马老先生屈着手指算，"四个加三个，七个。加上李子荣，状元楼掌柜的，华盛顿，十个。还有谁呢？对，王明川；人家给咱办货，咱还不送人家点东西！十一个。暂时就算十一个吧，等想起来再说！给温都太太买个帽子？"

马老先生不嘟囔了，闭上眼睛开始琢磨，什么样的帽子能把温都太太抬举得更好看一点。想了半天，只想到她的小鼻尖儿，小黄眼珠儿，小长脸；怎么也想不起：什么样的帽子才能把她的小长脸衬得不那么长了。想不起，算了，到时候再说。

"啊！还有拿破仑呢！"马老先生对拿破仑是十分敬仰的——她的狗吗！"这倒难了，你说，给狗什么礼物？还真没给狗送过礼，说真的！啊哈！有了！有了！有了！"马老先生一高兴，把刚装上的一袋烟，又全磕在炉子里了："弄点花纸，包上七个先令，六个便士，用点绒绳一系，交给温都太太。那天听说：新年后她得给拿破仑买年证，七个六一张。咱给它买，嘿！这个主意妙不妙？！他妈的，一个小狗也一年上七个六的捐！管洋鬼子的事呢，反正咱给它买，她——她一定——对！"

他喜欢极了，居然能想出这么高明的主意来，真，真是不容易！快到吃饭的时候了，外面的雾还是很大。有心到铺子去看看，又怕叫汽车给轧死；有心请温都太太给做饭，又根本不喜欢吃凉牛肉。况且在最近一个月内，简直的不敢上铺子去。自从李子荣出主意预备圣诞大减价,马威和李子荣(他天天抓着工夫来帮忙)忙得手脚朝天,可是不许马老动手。有一天马老先生想往家拿个小瓶儿,为插花儿用,李子荣一声没言语,硬把小瓶从马老手里夺过去。而且马威板着脸说他父亲一顿!又一回,马老看马威和李子荣全出去了,他把玻璃窗上的红的绿的单子全揭下来,因为看着俗气,又被马威透透地数落一顿。没法,自己的儿子不向着自己,还有什么法子!谁叫上鬼子国来呢,在鬼子国没地方去告忤逆不孝!忍着吧!可是呀,马威是要强,是为挣钱!就是要强吧,也不能一点面子不留哇!我是你爸爸,你要晓得!"好小子,马威,要强!"马老先生点着头自己赞叹,"可是,要强自管要强,别忘了我是你爸爸!"

窗外的大雾是由灰而深灰,而黄,而红。对面的房子已经完全看不见了。处处点着灯,可是处处的灯光,是似明似灭的,叫人的心里惊疑不定。街上卖煤的,干苦地吆唤,他的声音好像是就在窗外呢,他的身子和煤车可好像在另一世界呢。

"算了吧!"马老先生又坐在火旁,"上铺子去也是挨说,老老实实的在这儿忍着吧!"

马老先生是伦敦第一个清闲的人。

2

不论是伟人,是小人,只要有极强的意志往前干,他便可以做出点事业来。事业的大小虽然不同,可是那股坚强的心力与成功是一样的,全是可佩服的。最可耻的事是光摇旗呐喊,不干真事。

只有意志不坚强的人，只有没主张而喜虚荣的人，才去做摇旗呐喊的事。这种事不但没有成功的可能，不但不足以使人们佩服，简直的连叫人一笑的价值都没有。可有在中国的外国人——有大炮，飞机，科学，知识，财力的洋鬼子——看着那群摇纸旗，喊正义，争会长，不念书的学生们笑？笑？不值得一笑！你们越不念书越好，越多摇纸旗越好。你们不念书，洋鬼子的知识便永远比你们高，你们的纸旗无论如何打不过老鬼的大炮。你们若是用小炮和鬼子的大炮碰一碰，老鬼子也许笑一笑。你们光是握着根小杆，杆上糊着张红纸，拿这张红纸来和大炮碰，老鬼子要笑一笑才怪呢！真正爱国的人不这么干！

爱情是何等厉害的东西：性命，财产，都可以牺牲了，为一个女人牺牲了。然而，就是爱情也可以用坚强的意志胜过去。生命是复杂的，是多方面的：除了爱情，还有志愿，责任，事业……有福气的人可以由爱情的满足而达到他的志愿，履行他的责任，成全他的事业。没福气的人只好承认自己的恶运，回过头来看看自己的志愿、责任、事业。爱情是神圣的，不错，志愿、责任、事业也都是神圣的！因为不能亲一个樱桃小口，而把神圣的志愿、责任、事业全抛弃了，把金子做的生命虚掷了，这个人是小说中的英雄，而是社会上的罪人。实在的社会和小说是两件事。

把纸旗子放下，去读书，去做事；和把失恋的悲号止住，看看自己的志愿、责任、事业，是今日中国——破碎的中国，破碎也还可爱的中国！——的青年的两服好药！

马威在中国的时候，也曾打过纸旗，随着人家呐喊；现在他看出来了：英国的强盛，大半是因为英国人不呐喊，而是低着头死干。英国人是最爱自由的,可是,奇怪,大学里的学生对于学校简直的没有发言权。英国人是最爱自由的,可是,奇怪,处处是有秩序的。几百万工人一齐罢工,会没放一枪,没死一个人。秩序和训练是强国的秘宝,马威看出来了。

他心中忘不了玛力,可是他也看出来了:他要是为她颓丧起来,他们父子就非饿死不可!对于他的祖国是丝毫责任不能尽的!马威不是个傻子,他是个新青年,新青年最高的目的是为国家社会做点事。这个责任比什么也重要!为老中国丧了命,比为一个美女死了,要高上千万倍!为爱情牺牲只是在诗料上增加了一朵小花,为国家死是在中国史上加上极光明的一页!

马威明白了这个!

他的方法是简单的:以身体的劳动,抵制精神的抑郁。早晨起来先到公园去跑一个圈,有时候也摇半点来钟的船。头一天摇的时候,差一点把自己扣在船底下。刮风也出去跑,下雨也出去跑,跑过两三个礼拜,脸上已经有点红光儿。跑回来用凉水洗个澡(现在温都太太已准他们用她的澡盆),把周身上下搓个通红,颇像鱼店里的新鲜大海虾。洗完澡,下来吃早饭。玛力看他,他也看玛力。玛力说话,他也笑着对答。他知道她美,好,拿她当个美的小布人。"你看不起我,我更看不起你!"他自己心里说,"你长得美呀,我要光荣、责任!美与光荣、责任,很难在天平上称一称的!哈哈!"

玛力看着他的脸红润润的,腕子上的筋骨也一天比一天粗实,眼睛分外的亮,倒故意地搭讪着向他套话。因为外国女人爱粗壮的小伙子。马威故意地跳动,吃完早饭,一跳三层楼梯,上楼去念书。在街上遇见她，只是把手一扬，一阵风似的走下去。

"哈哈！有意思！我算出了口气！"马威自己说。能在事事看出可笑的地方，生命就有趣多了。

念完一两点钟的书，马威出门就跑，一直跑到铺子去，把李子荣出的主意，一一地实行出来。货物在圣诞前一个月到了伦敦，他和李子荣拼命地干：点缀门面，定价码，印说明书……整整的一天准干七点钟。王明川给办的货物，并不全是古玩；中国刺绣，中国玩意儿，中国旧绣花的衣裳，全有。于是愿给亲友一点中国东西的老太婆们，也知道了马家铺子，今天买个小荷包，明天买把旧团扇。有的时候因为买这些零杂儿，也带手儿买点贵重的东西。货物刚清理好，李子荣就把老西门爵士运来，叫他捡好的挑。西门爵士歪着头整跟这两个小伙子转了半天；除了自己要买的磁器，还买了一件二十五镑钱的老中国绣花裙子，为是到圣诞节送给他的夫人。这半天就卖了一百五十多镑钱。

"行了！马老！"李子荣抓着头发说。

"行了！老李！"马威已经笑得说不出别的来。

两人又商议了半天，怎么能叫行人看见他们的铺子。李子荣主张在胡同口安上个电灯，一明一灭地射出"买中国古玩"和"送中国东西"，红光和绿光一前一后地交换着。少年人做事快，商议好，到第三天就安好了。

他们一忙，隔壁那家古玩铺的掌柜的有点起毛。他向来知道马老是个不行的行货，净等着马老宣告歇业，他好把马家铺子吸收过来。现在一看这两个年轻的弄得挺火炽，他决定非下手不可了，等马家铺子完全地立住脚可就不好办了。他光着秃脑袋，捧着大肚子,偷偷地把李子荣约出去吃了顿饭,透了点口话。李子荣笑着告诉他:"你好好地去买瓶生发水,先把头发长出来再说。"

那个老掌柜的摸着秃脑袋笑开了(英国人能有自己笑自己的好处),也没再说别的。

马老先生来了好几次,假装着给他们帮忙,其实专为给温都太太拿一两样细巧的小玩艺。他在屋里扯着四方步转,看看这个,又看看那个,摸着这个,又挪挪那个,偷偷看马威一眼,——马威的大眼睛正盯着他呢!他轻轻咳嗽两声,把手塞在裤兜里,又扯着四方步转开了。等有买主进来的时候,他深深给人家鞠躬,鞠完躬,本想上前做一号买卖,显显自己的本领;哪里知道,刚直起腰来,马威早已把照顾主儿领过去了。

"要强!小孩子真成!可是别忘了我是你爸爸!"马老先生自己叨唠着。

圣诞前几天,买卖特别地忙。所卖的东西,十之八九是得包好了给买主送了去。马威和李子荣有时候打包裹打到夜里十点钟,有的送邮局,有的娇细的东西还得自己送去。于是李子荣自告奋勇,到车铺赁了一辆破自行车,拼命飞跑各处送东西。马老先生一见李子荣骑着破车在汽车群中挤,便闭上眼替他祷告上帝。

"告诉李子荣,"马老先生对马威说,"别那么飞跑呀!那是说着玩儿的呢!在汽车缝儿里挤出来挤进去!喝!别跟华盛顿学,他早晚是摔死!"

马威把父亲的善意告诉了李子荣,李子荣笑开了:"谢谢马老先生的好心!不要紧,我已经保险,多咱撞死,多咱保险公司赔我母亲五百镑钱!我告诉你,马老,由两个大汽车间夹挤出去,顶痛快的事了！要不是身上背着古玩，还能跑得更快呢！昨儿晚上和一群骑车的男女赛开了，我眼瞧着眉毛已经和一辆汽车的后背挨上了，你猜怎么着，我也不知道怎股劲儿，把车弄立起来了，车轮子和汽车挨了个亲儿。我，噗咚，跳下来了！那群男女扯着脖子给我喊了三个'好儿！'干！没错！"

马威把这些话告诉了父亲，马老先生没说什么，点着头叹息了两声。

马老老先生看马威这么忙，有一天晚上早早吃完晚饭又回铺子来了。

"马威！"马老先生进门就说，"我非干点什么不可！我不会做生意，难道我还不会包包儿吗！我非帮着你不可！"说着，他把烟荷包，烟袋放在桌上，拿过几张纸来，说："给我些容易包的东西！"

马威给了父亲些东西。马老先生把烟袋插在嘴里，鼻子耸耸着一点，看看纸的大小，又端详了东西的形状。包了半天，怎么也包不齐整。偷偷看李子荣一眼，李子荣已经包完好几个，包得是又齐又好看。其实李子荣只是一手按着东西，一手好像在纸上一切，哼，也不怎么纸那么听他的话；一切，正好平平正正地裹在东西上。马老先生也用手一切，忙着用绳儿捆，怪事，绳子结了个大疙瘩，纸角儿全在外面团团着，好像伊太太的头发。

"瓦匠讲话，齐不齐，一把泥。就是他呀！"马老先生好歹包好一包，双手捧着掂了一掂。又看了他们一眼，他们都偷偷地笑呢："你们不用笑！等你们老了的时候，就明白了！你们年轻力壮，手脚多么灵便，我——老人了！"说完了，双手捧着包儿，转了个圈儿，不知放在哪里好。李子荣赶过来，接过去，叫马威贴签子，写姓名。马威接过去，顺手放在旁边了。

"我的烟荷包呢？"马老先生问。

"没看见，在纸底下，也许。"他们不约而同地说。马老老先生把纸一张一张地都掀开，没有荷包。

"你们不用管我，我会找！丢烟荷包，常有的事！"屋里各处都找到了，找不着。

"奇怪！越忙越出事，真他——！"

一眼看见他刚包好的包儿了。一声没言语，把包儿打开，把烟荷包拿出来。

"马威，我回家了！你们也别太晚了！"

他刚一出门，李子荣跳起多高，笑得都不是声儿了。马威笑得也把墨水瓶碰倒。

"我告诉你，老李！我给父亲的那点东西，是没用的，谁也没买过。我准知道老头儿包不好。要不然我怎么把它放在一边，不往上贴签子呢！"

"买东西，嗐，白饶，哈，烟荷包！嗐，哈，哈，哈，……"

两个青年直笑了一刻钟，或者还许多一点。

3

圣诞节的前一天，伦敦热闹极了。男女老少好像一个没剩，全上了街啦。市场的东西好像是白舍，大嘟噜小挂地背着抱着；街上，除了巡警，简直看不见一个空手走道儿的。汽车和电车公司把车全放出来了，就是这么着，老太太们还挤不上车去，而且往往把筐儿里的东西挤滚了一街。邮差们全不用口袋了，另雇闲人推着小车子，挨家送包裹，在伦敦住的人，有的把节礼送出去，坐着汽车到乡下去过节。乡下的人，同时，坐着汽车上伦敦来玩几天，所以往乡下去的大道上，汽车也都挤满了。

天阴得很沉，东风也挺冷，可是没人觉出来天是阴着，风是很凉。街上的铺子全是新安上的五彩电灯，把货物照得真是五光十色，都放着一股快活的光彩。处处悬着"圣诞老人"，戴着大红风帽，抱着装满礼物的百宝囊。人们只顾着看东西了，忘了天色的黑暗。在人群里一挤便是一身热汗，谁也没工夫说："风很凉啊！"

人们把什么都忘了：政治、社会、官司、苦恼、意见……都忘了。人们全忽然的变成小孩子了，个个想给朋友点新东西，同时想得点好玩意儿。人人看着分外的宽宏大量，人人看着完全的无忧无虑，只想吃点好的，喝些好的，有了富余还给穷人一点儿。这天晚上真好像是有个"救世主"要降生了，天下要四海兄弟地太平了。

直到半夜铺子才关门，直到天亮汽车电车还在街上跑，车上还是挤满了人。胡同儿里也和大街一样的亮，家家点缀好圣诞树，至不济的也挂起几个小彩球。穷小孩子们唱着圣诞的古歌，挨门要钱。富家的小孩子，半夜还没睡，等着圣诞老人来送好东西。贫富是不同的，可是在今天都可以白得一点东西，把他们的小心儿喜欢得像刚降世的耶稣。教堂的钟声和歌声彻夜地在空中萦绕着，叫没有宗教思想的人们，也发生一种庄严而和美的情感。

马老先生在十天以前便把节礼全买好送出去，因为买了存着，心里痒痒得慌。只有给温都母女的还在书房里搁着，温都太太告诉了他,非到圣诞不准拿出来。把礼物送出以后,天天盼着人家的回礼。邮差一拍门,他和拿破仑便争着往出跑。到圣诞的前两天,礼物都来了:伊牧师给他一本《圣经》,伊太太是一本《圣诗》,伊姑娘是一打手绢,伊少爷光是一个贺节片,虽然马老给保罗一匣吕宋烟。本来普通英国人送礼是一来一往的,保罗根本看不起中国人,所以故意地不还礼。马老本想把《圣经》、《圣诗》和保罗的贺片全送回去,后来又改了主意:

"看着伊姑娘的面子,也别这么办!"

这几天简直的没到铺子去,因为那里没他下手的地方。照顾主儿来了,他只会给人家开门,鞠躬,送出去。虽然好几个老太婆都说:

"看那个老头儿多么规矩!多么和气!"可是马老先生的意见不是这么着了:

"你当是,做掌柜的光是为给人家开门吗!"他自己叨唠着,"我知道你成,可是别忘了,我是你爸爸!叫爸爸给人家开门,鞠躬!"

赌气子不上铺子去了!

他自己闲着在街上溜达,看着男女老少都那么忙,心中有点难过:"我要是在中国多么好!过年的时候,咱也是这么忙!在外国过节,无论人家是怎么喜欢,咱也觉不出快活来!盼着发财吧,发了财回国去过节!"越看人家忙,心里越想家;越想家,人家越踩他的脚:"回去吧,回去看看温都太太,帮帮她的忙。"

他慢条斯理地回了家。

温都太太正忙得小脚丫儿朝了天,脑筋蹦着,小鼻子尖儿通红。打地毯，擦桌子，自炉口以至门环，凡有铜器的地方全见一见油。各屋的画儿上全悬上一枝冬青叶，单买了一把儿菊花供在丈夫的相片前面，客厅的电灯上还挂上两枝白相思豆儿。因为没有小孩儿，不便预备圣诞树，可是七八间屋子里总多少得点缀起来，有的地方是一串彩球，有的地方是两对小纸灯，里里外外看着都有点喜气。厨房里，灶上蒸着圣诞饽，烙着果馅点心，不时地还得看一眼，于是她楼上楼下像小燕儿似的乱飞。飞了一天，到晚上还要写贺节片，打点礼物，简直闹得往鼻子尖上拍粉的工夫都没有了。温都姑娘因为铺子里忙节，是早走晚回来，一点不能帮母亲的忙。拿破仑是楼上楼下乱跑，看着彩球叫唤几声，看着小灯笼又叫唤几声；乘着主母在别处的时候，还到厨房去偷一两个剥好的核桃吃。

"温都太太！"马老先生进门便叫，"温都太太！我来给你帮忙，好不好？"

"马老先生，谢谢你！"温都寡妇擦着小红鼻子说，"你先把拿破仑带出去玩一会儿吧，它净在这儿搅乱我。""好啦，温都太太！拿破仑！这儿来！"

拉着小狗出去转了个圈儿，好在小孩子们没跟他捣乱，因为他们都疯着心过节，没工夫起哄。把狗拉回来，正走在门口儿，亚力山大来了。他抱着好些东西，一包一包的直顶到他的大红鼻子。他老远地便喊："马老！马老！把顶上头的那包拿下来，那是你的礼物！"

马老先生把包儿拿下来，拿破仑也凑过去闻了闻亚力山大的大脚。

"马老！谢谢你的礼物！"亚力山大嚷着说，"怎么着，你上我那里过节去好不好？咱们痛痛快快地喝一回！""谢谢！谢谢！"马老先生笑着说，"我过节再去行不行？我已经答应了温都太太在家里凑热闹。"

"哈哈！"亚力山大往前走了两步，低声地说，两眼挤箍着："马老，看上小寡妇了！有你的！有你的！好，就这么办了，圣诞节后两天我在家等你，准来！再见！唉，别忙，把从底下数第四包抽出来，交给温都太太，替我给她道节喜。再见，马老！"

马老先生把包儿拿下来，亚力山大端着其余的包儿，开路鬼似的走下去了。

"温都太太！"马老先生又是进门就叫。

"哈喽！"温都太太在楼上扯着小尖嗓子喊。

"我回来了，还给你带回点礼物来。"

几打疙疸，几打疙疸，温都太太一溜烟似的从楼上跑下来。

"呕！"她把包儿接过去，说，"亚力山大给我的：我没东西给他，可怎么好！"

"不要紧，我这儿还有一匣吕宋烟，包上，送给他，好啦！"马老先生的笑眼盯着她的小红鼻子。

"那赶情好！你多少钱买的，我照数给你。"

"别提钱！"马老老先生还看着她的小红鼻子尖说，"别提钱！大节下的，一匣吕宋烟，过的着，咱们过的多！是不是？"温都太太笑着点了点头。

马老把狗解开，上楼去拿那匣烟。

圣诞的前一天，马威和李子荣忙到午后四点钟就忙完了。"老李！上门哪！该玩玩去了！"马威笑着说。"好，关门！"李子荣笑着回答。

"门口的电灯也捻下去吧？"

"捻下去，留着胡同口上的那个灯。"

"老李，我得送你点礼物，你要什么？"马威问。

"马老先生已经给了我一双皮鞋，别再送了！""那是父亲的，我还非给你点东西不可，你替我们受这么大的累！"

"我告诉你，马老，"李子荣笑着说，"咱们可不准闹客套！我帮助你，你天天可管我的饭呢！"

"无论怎么说，非送你点东西不可。你要什么？"马威问。李子荣抓了半天头发，没言语。

"说话！老李！"马威盯着问。

"你要是非送礼不可呀，给我买个表吧。"李子荣说着从衣袋里把他的破表掏出来，放在耳朵旁边摇了一摇："你看这个表，一高兴，一天快两点多钟。一不高兴，一天慢两点多钟。还外带着只有短针，没长针。好啦，你花几个先令给我买个新的吧！"

"几个先令？老李！"马威睁着大眼睛说，"要买就得买好的！不用捣乱，咱们一块儿去买！走哇！"

马威扯着李子荣走，李子荣向来是什么事不怕，今天可有点退缩，脸上通红，不知道怎样才好。

"别忙，你先等我把那辆破自行车送回去。"

"咱们一块走，你骑上，我在后面站着。"

两个人上了车，忽忽悠悠地跑到车行还了车，清了账。出了车行，马威用力扯着李子荣，唯恐他抽空儿跑了。两个人走一会儿，站一会儿。走着也辩论，站着也辩论。马威主张到节送礼是该当的，李子荣说送礼不应花钱太多。马威说买东西就得要好的，李子荣说他的破表已经戴了三年，实在没买好表的必要。马威越着急，眼睛瞪得越大，李子荣越着急，脸上越红。

两个人从圣保罗教堂穿过贱卖街，到了贾灵十字街，由这里又穿过皮开得栗，到了瑞贞大街。见一个钟表铺，马威便要进去，李子荣是扯着马威就跑。

"我说，老李，你这么着就不对了！"马威有点真急了。"你得答应我，买不过十个先令一个的表，不然我不叫你进去！"李子荣也有点真急了。

"就是吧！"马威无法，只好答应了。

在一家极大的钟表铺，买了一只十个先令的表。马威的脸羞得通红，李子荣一点不觉乎，把表放在袋儿里，挺着腰板好像兵马大元帅似的走出来。

"马老！谢谢你！谢谢你！"在铺子外面，李子荣拉住马威的手不放，连三并四地说："谢谢你！我可不给你买东西了！我可不给你买东西了！"

马威几乎落下泪来，没说什么，只是用力握了握李子荣的手。

"马老，你把铺子里的钱都送到银行去了？"

"都送去了！老李，你明天上哪里玩去？"

"我？"李子荣摇了摇头。

"你明天找我来，好不好？"

"明天汽车电车都就开半天呀，出来不方便！""这么着，你后天来，咱们一块儿听戏去。忙了一节，难道还不玩一天！"

"好啦，后天见吧！谢谢你！马老！"李子荣又和马威拉了一回手,然后赶火车似的向人群里跑去了。

马威看着李子荣,直到看不见他了,才慢慢地低着头回了家。

4

天还是阴着,空中稀拉拉地飘着几片雪花。街上差不多没有什么人马了,男女老少都在家里庆祝圣诞。

温都太太请了多瑞姑姑来过节,可是始终没有回信。直到圣诞早晨末一次邮递,才得着她的一封短简的信,和一包礼物。信中的意思是:和中国人在一块儿,生命是不安全的。

圣诞是快乐享受的节气,似乎不应当自找恐怖与危险。

温都太太看完信,有点不高兴,小嘴噘起多高。可是也难怪多瑞姑姑,普通的人谁不把"中国人"与"惨杀"联在一块儿说!

她噘着小嘴把包儿打开,一双手织的毛线手套是给她的,一双肉色丝袜子是给玛力的。她把女儿叫来,母女批评了一回多瑞姑姑的礼物。玛力姑娘打扮得一朵鲜花似的,红嘴唇抹得深浅正合适,眉毛和眼毛也全打得黑黑的,笑涡四围用胭脂润润地拍红,恰像两朵娇羞的海棠花。温都太太看着女儿这么好看,心中又高了兴,把噘着的小嘴改成笑嘻嘻的,轻轻地在女儿的脑门上吻了一下。母女把多瑞姑姑的礼物收起去,开始忙着预备圣诞的大餐。煎炒的事儿全是温都太太的,玛力只伸着白手指头,离火远远的,剥点果仁,拿个碟子什么的。而且是随剥随吃,两个红笑涡一凸一凹地动,一会儿也没闲着。

马老老先生吃完早饭,在客厅里坐下抽烟,专等看看圣诞大餐到底是什么样儿。坐了没有一刻钟,叫温都太太给赶出了。

"到书房去!"她笑嘻嘻地说,"回来咱们在这里吃饭。不听见铃声别下来,听见没有?"

马老老先生知道英国妇女处处要逞强,有点什么好东西总要出其不意地拿出来,好叫人惊异叫好儿。他叼着烟袋笑嘻嘻地上楼了。

"吃饭的时候,想着把礼物拿下来!"温都姑娘帮着母亲说,"马威呢?"

"马威!马威!"温都太太在楼下喊。

"这儿哪,干什么?"马威在楼上问。

"不到吃饭的时候别进客厅,听见没有?"

"好啦,我带拿破仑出去,绕个圈儿,好不好?"马威跑下来问。

"正好,走你们的!一点钟准吃饭,别晚了!"温都太太把狗交给马威,轻轻地吻了狗耳朵一下。

马威把狗带走。温都母女在楼下忙。马老先生一个人叼着烟袋,在书房里坐着。

"圣诞节!应当到教会去看看!"马老先生想,"等明儿见了伊牧师的时候,也好有话说。……伊牧师!大节下的给我本《圣经》;哪怕你给我点小玩意儿呢,到底有点过节的意味呀!一本《圣经》,我还能吃《圣经》,喝《圣经》!糊涂!"马老先生决定不上教会了。拿出给温都母女买的节礼,打开包儿看了一遍。然后又照旧包好,包好之后,又嫌麻绳太粗,不好看;叼着烟袋到自己屋里去找,找了半天,找不着细绳子。回到书房,想了半天主意:"对了!"跑到马威的屋里去找红墨水,把绳子染红了,放在火旁边烤着。"红颜色多么起眼,妇人们都爱红的!"把绳子烤干,又把包儿捆好,放在桌儿上。然后把红墨水瓶送回去,还细细地看了马威的屋子一回:马威的小桌上已经摆满了书,马老先生也说不清他什么时候买的。墙上挂着李子荣的四寸小相片,头发乱蓬蓬的,脸上挺俗气地笑着,马老先生向相片打了个嚏喷。床底下堆着箱子,靴子,还有一双冰鞋。"这小孩子,什么也干,又学溜冰呢!冰上可有危险呀,回来告诉他,别再去溜冰!好,一下儿掉在冰窟窿里,说着玩儿的呢!"

马老先生回到书房,添上点煤,又坐下抽烟。

"好像忘了点事儿,什么呢?"他用烟袋敲着脑门想,"什么呢?呕!忘了给哥哥的坟上送点鲜花去!晚了,晚了!今天圣诞,大家全歇工,街上准保买不到鲜花!人要是老了,可是糟糕!直想着,直想着,到底是忘了!……盼着发财吧,把哥哥的灵运回去!盼着早早地回家吧!……我要是和她——不!不!不!给马威娶个洋母亲,对不起人!娶她,再说,就不用打算回国了!不回国还成!……可是洋太太们真好看!她不算一百成的好看,可是干净抹腻呢!对了,外国妇人是比中国娘们强,外国妇人就是没长着好脸子,至少有个好身体:腰儿是腰儿,腿儿是腿儿,白胸脯在外边露着,胳臂像小藕棒似的!……啊!大圣诞的,别这么没出息!想点好的:回来也不是吃什么?大概是火鸡,没个吃头!可是,只要不给咱凉牛肉吃就得念佛!……"

烧鸡的味儿从门缝钻进一点来,怪香的;还有点白兰地酒味儿。"啊,今儿还许有一盅半盅的喝呢!"马老先生咽了口唾沫。

马威拉着拿破仑在瑞贞公园绕了个大圈,直到十二点半钟才回来。把狗送到楼下,他上楼去洗手,换鞋,预备吃饭。"马威!"马老先生叫,"上这儿来!"

马威换上新鞋进了书房。

"马威!"马老先生说,"你看,咱们什么时候才能回国呢?"

"你又想家了,父亲!"马威在火旁烤着手说。马老先生没言语。

"明天你跟我们听戏去,好不好?"马威问,脸还向着火。

"你们满街飞走,我赶不上。"马老先生说。

父子全没的可说了。

看见桌上的纸包儿,马威到自己屋里,也把礼物拿来,放在一块。

"你也给她们买东西啦?"马老先生问。

"可不是,妇人们喜欢这个。"马威笑着说。

"妇人们。"马老先生说到这儿,就不言语了。

楼下铃儿响了,马威抱着礼物,马老先生后面跟着下了楼。

温都母女已经坐好,都穿着新衣裳,脸上都是刚搽的粉。拿破仑在钢琴前面的小凳儿上蹲着,脖子上系着根红绒绳儿。琴上点着两支红蜡,小狗看着蜡苗儿一跳一跳的,猜不透其中有什么奥妙。马老先生把包好的七个先令六,放在小狗的腿前面。

"坐下呀,你们男人们!"温都太太笑着说。

马威把送她们的礼物都放在她们前面,父子就了座。桌上是新挑花的台布,碟碗下面全垫五色的小席垫儿,也全是新的。桌子中间一瓶儿粉菊花,花叶上挂着一嘟噜五彩纸条儿。瓶子两边是两高脚碟果子和核桃榛子什么的。碟子底里放着几个棉花做的雪球。桌子四角放着红纸金箍的小爆竹。一个人面前一个小玩意儿，马家父子的是小女磁娃娃，玛力的是个小布人，温都太太的是一只小鸟儿。一个小玩意儿前面又是一个小爆竹。各人的领布全在酒杯里卷着，布尖儿上还插着几个红豆儿。温都太太面前放着一个大盘子，里面一只烧好的火鸡。玛力面前是一盘子火腿和炸肠。两瓶儿葡萄酒在马老先生背后的小桌儿上放着。生菜和煮熟的青菜全在马威那边放着，这样布置，为的是叫人人有点事做。温都太太切火鸡，玛力动手切火腿，马威等着布青菜。马老先生有意要开酒瓶，又不敢动手；试着要把面前的礼物打开看看，看别人不动，自己也不好意思动。

"马老先生，给我们点儿酒！"温都太太说。

马老先生打开一瓶酒，给大家都斟上。

温都太太把火鸡给他们切好递过去，然后给他们每个人一小匙子鲜红的粉冻儿，和一匙儿面包糨子。马老先生闻着火鸡怪香的，可是对鲜红的粉冻儿有点怀疑，心里说："给我什么吃什么吧，不必问！"

大家拿起酒杯先彼此碰了一下，然后她们抿了一口，他们也抿了一口，开始吃火鸡。一边吃一边说笑。玛力特别地欢喜，喝下点酒去，脸上红得更鲜润了。

火鸡吃完，温都太太把圣诞布丁拿来。在切开以前，她往布丁上倒了一匙子白兰地酒，把酒点着，布丁的四围冒着火光。这样烧了一回，才给大家分。

吃完了，玛力给果碟子递给大家，问他们要什么。马老先生挑了一支香蕉,温都太太拿了个苹果。玛力和马威吃核桃榛子什么的。玛力用钳子把榛子夹碎,马威是扔在嘴里硬咬。

"呕!妈妈!看他的牙多么好!能把榛子咬开!"玛力睁着大眼睛非常地羡慕中国人的牙。

"那不算什么,瞧我的!"马老老先生也拿了个榛子,砰的一声咬开。

"呕!你们真淘气!"温都太太的一杯酒下去,心中飘飘忽忽地非常喜欢,她拿起一个雪球,照着马老先生的头打了去。

玛力跟着也拿起一个打在马威的脸上。马威把球接住,反手向温都太太扔了去。马老先生愣了一愣,才明白这些雪球本来是为彼此打着玩的,慢慢抓起一个向拿破仑扔去。拿破仑抱住雪球,用嘴就啃,啃出一张红纸来。

"马老先生,拿过来,那是你的帽子!"温都太太说。

马老先生忙着从狗嘴里把红纸抢过来,果然是个红纸帽子。

"戴上!戴上!"玛力喊。

马老老先生把帽子戴上,喊喊地笑了一阵。

他们也把雪球打开,戴上纸帽子。玛力还是一劲儿用球打他们,直把马老先生打了一身棉花毛儿。

温都太太叫大家拉住小爆竹,拉成一个圈儿。

"拉!"玛力喊。唰!唰!唰!爆竹响了,拿破仑吓得往桌底下藏。一个爆竹里有点东西,温都太太得着两个小哨儿,一齐搁在嘴里吹。马威得着一块糖,马老老先生又得着一个纸帽子,也套在头上,又笑了一回。玛力什么也没得着,非和马老再拉一个不可。他噘着小胡子嘴和她拉,唰!她得着一截铅笔。"该看礼物啦吧?"

马威问。

"别！别！"温都太太说："一齐拿到书房去，大家比一比：看谁的好！"

"妈！别忙！看这个！"玛力说着伸出右手来给她妈妈看。"玛力！你和华盛顿定了婚啦！玛力！"温都太太拉着女儿的手，看着她胖手指头上的金戒指。然后母女对抱着，哼唧着，吻了足有三分钟。

马威的脸转了颜色。马老呆呆地看她们接吻，不知干什么好。

马威定了定神，勉强地笑着，把酒杯举起来；向他父亲一使眼神，马老也把酒杯举起来。

"我们庆贺玛力姑娘！"马威说完，抿了一口酒，咽了半天才咽下去。

玛力坐下，看看马老，看看小马，看看母亲，蓝眼珠儿一动一动的放出一股喜欢的光彩来。

"妈！我真喜欢！"玛力把脑袋靠住母亲的胸脯儿说，"我明天上他家里去，他的亲友正式地庆贺我们！妈！我真喜欢！"

温都太太轻轻拍着她女儿的肩膀，眼中落下泪来。"妈！怎么？你哭了？妈！"玛力伸上去一只手搂定她母亲的脖子。

"我是喜欢的！玛力！"温都太太勉强着一笑，"玛力，你和他们把这些礼物拿到书房去，我去喂狗，就来。""马威，来呀！"玛力说着，拿起她们母女的东西，笑嘻嘻地往外走。

马威看了父亲一眼，惨然一笑，毫不注意地把东西抱起来，走出去。

马老老先生眨巴着眼睛，看出儿子的神气不对，可想不起怎样安慰他。等他们都出去了，他拿起酒杯又斟了一杯，在那挂着相思豆的电灯底下，慢慢地滋润着。

温都太太又回来了，他忙把酒杯放下。她看了他一眼，看了灯上的相思豆儿一眼。脸上一红，往后退了两步。忽然小脖子一梗，脸上更红了，飞快地跑到他的前面，捧着他的脸，正在他的嘴上亲了一亲。

马老的脸一下儿就紫了，身上微微地颤动。嘴唇木木张张地笑了一笑，跑上楼去。

温都太太待了一会儿也上楼来了。

…………

晚上都睡了觉，温都太太在床上抱着丈夫的相片连三并四地吻，眼泪一滴一滴地落。

"我对不起你，宝贝！我不得已！我寂寞！玛力也快走了，没有人跟我做伴！你原谅我！宝贝！最亲爱的！我支持了这些年了，我没法再忍了！寂寞！孤苦！你原谅我！……"她抱着相片睡去了。

5

圣诞的第二天早晨，地上铺着一层白霜，阳光悄悄地从薄云里透出来。人们全出来了，因为阳光在外面。有的在圣诞吃多了，父子兄弟全光着腿往乡下跑，长途的竞走比吃化食丸强。有的带着妻子儿女去看父母，孩子们都不自然地穿着新衣裳，极骄傲地拿着新得的玩意儿，去给祖父母看。有的昨天睡晚，到十二点还在被窝里忍着，脑袋生疼，因为酒喝多了。有的早早就起来，预备早些吃午饭,好去看戏,或是看电影、魔术、杂耍、马戏……无论是看什么吧,反正是非玩一玩不可。

温都母女全起晚了,刚吃过早饭,李子荣就来了。

他的鼻子冻得通红,帽沿上带着几片由树枝飞下来的霜。大氅上有些土,因为穿上新鞋(马老先生给他的),一出门便滑倒了;好在摔跟头是常事,爬起以后是向来不掸土的。他起来得早,出来得早,一来因为外面有太阳,二来因为马威给他的表也是一天快二十多分钟。李子荣把新表旧表全戴着,为是比比哪个走得顶快;时间本来是人造的,何不叫它快一点:使生活显着多忙乱一些呢;你就是不管时间,慢慢地走,难道走到生命的尽头,你还不死吗!

"马老!走哇!"李子荣在门外说。

"进来,坐一会,老李!"马威开开门说。

"别进去了,我们要打算听戏,非早去买票不可。万一买不到票,我们还可以看马戏,或电影去;晚了可就哪儿也挤不进去了!走哇!快!"

马威进去,穿上大氅,扣上帽子,又跑出来。

"先到皮开得栗买票去!"李子荣说。

"好。"马威回答,眉毛皱着,脸儿沉着。

"又怎么啦?马老!"李子荣问。

"没怎么,昨天吃多了!"马威把手插在大氅兜儿里,往前一直地走。

"我不信!"李子荣看着马威的脸说。

马威摇了摇头,心中有点恨李子荣!李子荣这个人可佩服,可爱——有时候也可恨!

李子荣见马威不言语,心中也有点恨他!马威这小孩子可爱——也有时候可恨!

其实他们谁也不真恨谁,因为彼此相爱,所以有时候仿佛彼此对恨。

"又是温都姑娘那回事儿吧?"李子荣把这句话说得分外不受听。

"你管不着!"马威的话更难听。

"我偏要管!"李子荣说完嘻嘻地一笑。看着马威不出声了,他接着说:"马老!事业好容易弄得有点希望,你又要这个,难道你把事业、责任、希望、志愿,就这样轻轻地牺牲了吗!"

"我知道!"马威的脸红了,斜着眼瞪了李子荣一下。"她不爱你,何必平地掘饼呢!"

"我知道!"

"你知道什么呀?我问你!"李子荣是一句不容,句句问到马威的心窝上:"我是个傻小子,我只知道傻干!我不能够为一个女人把事业牺牲了!看事情,看事情!眼前摆着的事:你不干,你们父子就全完事大吉,这点事儿还看不清吗!""你是傻子,看不出爱情的重要来!"马威看了天空一眼,太阳还没完全被云彩遮起来。

"我是个傻子,假如我爱一个不爱我的女人!"李子荣说着,全身一使劲,新鞋底儿硬,又差点儿摔了个跟头。"够了!够了!别说了,成不成?"

"够了?这半天你光跟我抬了杠啦,一句正经的还没说呢!够了?"

"我恨你!李子荣!"

"我还恨你呢,马威!"李子荣笑了。

"无法,还得告诉你!"马威的脸上有一丁点笑容:"这么回事,老李,她和别人定了婚啦!"

"与你有什么相干呢?"

"我始终没忘了她,忘不了!这么两三个月了,我试着把她忘了,遇见她的时候,故意地不看她,不行!不行!她老在我心的深处藏着!我知道我的责任、事业;我知道她不爱我;我可是忘不了她!她定了婚,我的心要碎了!心就是碎了,也无用,我知道,可是——"他眼睛看着地,冷笑了一声,不言语了。

李子荣也没说什么。

走了半天,李子荣笑了,说:"马老,我知道你的委屈,我没法儿劝你!你不是不努力,你不是没试着忘了她,全无效,我也真没法儿啦!搬家,离开她,行不行?"

"等跟父亲商量商量吧!"

两个青年到皮开得栗的戏馆子买票,买了好几家,全买不到,因为节后头天开场,票子早全卖出去了。于是两个人在饭馆吃了些东西,跑到欧林癖雅去看马戏。

李子荣看什么都可笑,猴子骑马,狮子跳圈,白熊骑自行车,小驴跳舞……全可笑。看着马威的脸一点笑容没有,他也不好笑出来了,只好肚子里笑。

看完马戏,两个人喝了点茶。

"马老!还得打起精神干呀!"李子荣说,"事情已经有希望,何必再一歇松弄坏了呢!你已经试过以身体的劳动胜过精神上的抑郁,何不再试一试呢!况且你现在已完全无望,她已经定了婚，何必一定往牛犄角里钻呢！谢谢你，马老！改天见吧！"

"改天见吧，老李！"

....

马威回到家中，温都太太正和他父亲一块儿在书房里坐着说话呢。

"嘿喽，马威！"她笑着说，"看见什么啦？好不好？""去看马戏，真好！"马威坐下说。

"我说，咱们也得去看，今年的马戏顶好啦！""咱们？"马威心中盘算："不用'马老先生'了？有点奇怪！""咱们礼拜六去，好带着玛力，是不是？"马老先生笑着说。

"又是一个'咱们'。"马威心里说。

"别忘了！"温都太太搭讪着出去了。

"父亲！咱们搬家，换换地方，好不好？"马威问。"为什么呢？"马老说。

"不为什么，换个地方，新鲜一点。"

马老老先生往火上添了两块煤。

"你不愿意呢，父亲，作为我没说，搬不搬没多大关系！""我看，在这儿挺舒服，何必瞎折腾，多费点子钱呢！再说，温都——"马老老先生没往下说，假装咳嗽了两声。

父子都不言语了。楼下玛力姑娘唱起来，琴弹得乱七八糟，可是她的嗓子怪清亮的。马威站起来，来回走了几趟。"马威！"马老先生低声地说："你伯父留下的那个戒指，你给我啦？"

"我多咱说给你来着？父亲！"

"你给我好不好？"

"那是伯父给我的纪念物,似乎我应当存着,其实一个戒指又算得了什么呢!父亲,你要那个干什么?你又不戴。""是这么一回事,马威!"马老的脸慢慢地红起来,说话也有点结巴:"是这么一回事:你看,我有用。是,你看——温都太太!我无法——对不起你!无法!她——你看!"马威要说的话多了,自己想起来的,和李子荣责备他的,多了!但是,他不能说!有什么脸说父亲,看看自己!李子荣可以说,我,马威,没资格说话!况且,父亲娶温都太太倒许有点好处呢。她会过日子,她不像年轻的姑娘那么奢侈。他有个家室,也许一高兴,死心踏地地做买卖。可是,将来怎回国呢?想到这里,不知不觉地就说出来了。

"父亲,你要是在这里安了家,将来还回国不呢?"

马老先生叫马威问愣了!真的,会没想到这一层!回国是一定的,带着她?就是她愿意去,我怎么处置她呢?真要是个大财主,也好办了,在上海买大楼,事事跟在英国一样。可是,咱不是阔人,叫她一个人跟着咱去,没社会,没乐趣,言语不通,饮食不服?残忍!她去了非死不可!不带她回国,我老死在这里,和哥哥的灵埋在一块儿?不!不!不!非回国不可,不能老死在这里!没办法!真没办法!"马威!把这个戒指拿去!"

马老老先生低着头把戒指递给马威,然后两手捧着脑门,一声也不出了!

....

马老真为了难,而且没有地方去说!跟马威说?不成!父子之间哪好正本大套地谈这个!跟伊牧师去说?他正恨着咱不帮助念中国书,去了是自找钉子碰!没地方去说,没地方去说!半夜没睡着觉，怎想怎不是路，不想又不行！及至闭上眼睡熟了，偏巧就梦见了故去的妻子！妇人们，死了还不老实着！马老先生对妇人们有点怀疑；可是，怀疑也没用，妇人是妇人，就是妇人们全入了"三仙庵"当尼姑，这些事还是免不了的！妇人们！

第二天早晨起来，心中还是糊糊涂涂的，跟天上的乱黑云一样。吃早饭的时候，马威一句话没说，噘着嘴死嚼面包，恨不能把牙全嚼烂了才好。马老先生斜着眼睛，由眼镜的边框上看他儿子，心里有点发酸；赶紧把眼珠转回来，心不在焉地伸手盛了一匙子盐，倒在茶碗里了。温都母女正谈着马戏的事儿，玛力的眼睛好像蓝汪汪的水上加上一点油那么又蓝又润，看着妈妈的小尖鼻子。她已经答应和她妈妈一块儿去看，及至听说马老先生也去，她又设法摆脱，先说华盛顿约她看电影，后又说有人请她去跳舞。马威听着不顺耳，赌气子一推碟子，站起来，出去了。

"哟！怎么啦？"温都太太说，说完，小嘴儿还张着，好像个受了惊的小母鸡。

玛力一耸肩，笑了笑。

马老老先生没言语，喝了口碗里的咸茶。

吃过早饭，马老先生叼着烟袋，慢慢地溜出去。

大街上的铺子十之八九还关着门，看着非常的惨淡。叫了辆汽车到亚力山大家里去。

亚力山大的街门是大红的，和亚力山大的脸差不多。马老一按铃，出来个五十多岁的老太婆，脸上只有一只眼睛。鼻子挺大挺红，好像刚喝完两瓶啤酒。此外没有可注意的东西。

马老老先生没说什么，老太婆也没说什么。她一点头，那只瞎眼睛无意识地一动,跟着就往里走,马老后面随着。两个人好像可以完全彼此了解,用不着言语传达他们的心意。

亚力山大的书房是又宽又大,颇有点一眼看不到底的样儿。山墙中间一个大火,烧着一堆木头,火苗往起喷着,似乎要把世界都烧红了。地上的毯子真厚,一迈步就能把脚面陷下去似的。只有一张大桌子,四把大椅子;桌子腿儿稍微比象腿粗一点,椅子背儿可是比皇上的宝座矮着一寸多些。墙上挂满了东西,什么也有:相片儿,油画,中国人做寿的喜幛子,好几把宝剑,两三头大鹿脑袋,犄角很危险地往左右撑着。

亚力山大正在火前站着,嘴里叼着根大吕宋烟,烟灰在地毯上已经堆了一个小坟头。

"哈!马老!快来暖和暖和!"亚力山大给他拉过把椅子来,然后对那老太太说:"哈定太太,去拿瓶'一九一十'的红葡萄来,谢谢!"

老太太的瞎眼动了动,转身出去了,像个来去无踪的鬼似的。

"我说,马老,节过得好不好?喝了回没有?不能!不能!那个小寡妇决不许你痛痛快快地喝!你明白我的意思?"亚力山大拍了马老肩膀一下,马老差点摔到火里去。

马老老先生定了定神,咕吃咕吃地笑了一阵。亚力山大也笑开了,把比象腿粗点的桌腿儿震得直颤动。

"马老,给你找俩外钱儿,你干不干?"亚力山大问。"什么事?"马老先生似乎有点不爱听"外钱儿"三个字。

脸上还是笑着,可是鼻洼子那溜儿显出点冷笑的意思。"先不用提什么事,五镑钱一次,三次,你干不干吧?"亚力山大用吕宋烟指着马老的鼻子问。

门开了,前面走着个老黑猫,后面跟着哈定太太。她端着个小托盘,盘子上一瓶葡萄酒,两个玻璃杯。把托盘放在桌上,她给他们斟上酒。斟完酒,瞎眼睛动了一动,就往外走;捎带脚儿踩了黑猫一下。

"马老,喝着!"亚力山大举起酒杯来说,"真正一九一十的!明白我的意思?我说,你到底干不干哪?五镑钱一次!""到底什么事?"马老喝了口酒,问。

"做电影,你明白我的意思?"

"我哪会做电影呢,别打哈哈!"马老先生看着杯里的红酒说。

"容易!容易!"亚力山大坐下,把脚,两只小船似的,放在火前面。"我告诉你:我现在帮着电影公司写布景,自然是关于东方的景物;我呢,在东方不少年,当然比他们知道得多;我告诉你,有一分知识挣一分钱;把知识变成金子,才算有用;往回说,现在他们正做一个上海的故事,他们在东伦敦找了一群中国人,全是扁鼻子,狭眼睛的玩意儿,你明白我的意思?自然哪,这群人专为成群打伙的起哄,叫影片看着真像中国,所以他们鼻子眼睛的好歹,全没关系;导演的人看这群人和一群羊完全没分别:演乡景他们要一群羊,照上海就要一群中国人,你明白我的意思?再往回说:他们要个体面的中国老头,扮中国的一个富商,并没有多少作派,只要长得体面,站在那里像个人儿似的就行。演三幕,一次五镑钱,你干不干?没有作派,导演告诉你站在哪儿,你站在哪儿;叫你走道儿,你就走几步。容易!你明白我的意思?白捡十五镑钱!你干不干?"

亚力山大越说声音越高；一气说完，把一杯酒全灌下去，灌得喉咙里直咕咕地响。

马老老先生听着亚力山大嚷，一面心中盘算："反正是非娶她不可，还是一定得给她买个戒指。由铺子提钱买，就是马威不说什么，李子荣那小子也得给马威出坏主意。这样充一回富商，又不难，白得十五镑钱，给她买个小戒指，倒不错！自然演电影不算什么体面事，况且和东伦敦那把子东西一块挤，失身份！失身份！可是。"

"你到底干不干哪？"亚力山大在马老的耳根子底下放了个炸弹似的："再喝一杯？"

"干！"马老老先生一面揉耳朵，一面点头。

"好啦，定规了！过两天咱们一同见导演的去。来，再喝一杯！"

两个人把一瓶酒全喝了。

"哈定太太！哈定——！"亚力山大喊，"再给我们来一瓶！"

瞎老太太又给他们拿来一瓶酒，又踩了黑猫一脚。黑猫翻眼珠看了她一眼，一声也没出。

亚力山大凑到马老的耳朵根儿说："傻猫！叫唤不出来了，还醉着呢！昨儿晚上跟我一块喝醉了！它要是不常喝醉了，它要命也不在这里；哈定太太睁着的那只眼睛专看不见猫！你明白我的意思？"亚力山大笑开了。

马老老先生也笑开了，把这几天的愁闷全笑出去了。

6

新年不过是圣诞的余波，人民并不疯了似的闹，铺子也照常的开着。"快乐的新年"虽然在耳边嗡嗡着,可是各处没有一点快乐与新鲜的表现。天气还是照常的悲苦,雾里的雨点,鬼鬼啾啾的,把人们打得都缩起脖子,像无精失采的小鹭鸶。

除夕的十二点钟,街上的钟声,汽笛,一齐响起来。马威一个人,光着头,在街上的黑影里站着,偷偷落了几点泪。一来是有点想家,二来是心中的苦处触机而发。擦了擦泪,叹了一口气:

"还得往前干哪!明天是新年了,忘了已往的吧!"

第二天早早的他就起来了,吃过早饭,决定远远地去走一回,给新年一个勇敢的起始。告诉了父亲早一点到铺子去,他自己到十二点以后才能到。

出门坐上辆公众汽车,一直到植物园去。车走了一点来钟才到了植物园外面。园外没有什么人,园门还悄悄地关着。他折回到大桥上,扶着石栏,看着泰晤士河。河水灰汪汪地流着,岸上的老树全静悄悄地立着,看着河水的波动。树上只有几只小黑鸟,缩着脖儿,彼此唧咕,似乎是诉什么委屈呢。靠着岸拴着一溜小船,随着浪一起一落,有点像闲腻了,不得不动一动似的。马威呆呆地看着河水,心思随着灰波越走越远,似乎把他自己的存在全忘了。远处的灰云把河水,老树,全合成一片灰雾,渺茫茫的似另有一个世界,和这个世界一样灰淡惨苦,只是极远极远,不容易看清楚了。远处的钟敲了十点,马威迟迟顿顿的,好像是舍不得,离开大桥,又回到园门来。门已开了,马威把一个铜子放在小铁桌子上,看门的困眼巴唧地看了他一眼,马威向他说了声"快乐的新年"。

除了几个园丁,园内看不见什么人,马威挺着胸,吸了几口气,园中新鲜的空气好像是给他一个人预备的。老树、小树、高树、矮树，全光着枝干，安闲地休息着；没有花儿给人们看，没有果子给鸟儿吃，只有弯曲的瘦枝在空中画上些自然的花纹。小矮常青树在大树后面蹲着，虽然有绿叶儿，可是没有光着臂的老树那么骄傲尊严。缠着枯柳的藤蔓像些睡了的大蛇，只在树梢上挂着几个磁青的豆荚。园中间的玻璃温室挂着一层薄霜，隔着玻璃还看得见里边的绿叶，可是马威没进去看。路旁的花池子连一枝小花也没有，池中的土全翻起来，形成许多三角块儿。

河上的白鸥和小野鸭，唧唧鸭鸭地叫，叫得非常悲苦。野鸭差不多都缩着脖蹲着，有时候用扁嘴在翅上抹一抹，看着总多少有点傻气。白鸥可不像鸭子那么安稳了，飞起来，飞下来，在灰色的空中扯上几条不连续的银线。小黑鸭子老在水上漂着，小尾巴后面扯着条三角形的水线；也不往起飞，也不上岸去蹲着，老是漂着，眼睛极留神地看，有时候看见河内的倒影，也探下头去捞一捞。可怜的小黑鸭子！马威心里有些佩服这些小黑玩意儿：野鸭太懒，白鸥太浮躁，只有小黑鸭老含着希望。

地上的绿草比夏天还绿上几倍，只是不那么光美。靠着河岸的绿草，在潮气里发出一股香味，非常地清淡，非常的好闻。马威顺着河岸走，看着水影，踏着软草，闻着香味，心里安闲极了，只是有点说不出来的愁闷在脑子里萦绕着。河上几只大白鹅，看见马威，全伸着头上的黄包儿，跟他要吃食。马威手里什么也没有，傻鹅们斜愣着眼彼此看了看，有点失望似的。走到河的尽处，看见了松梢上的塔尖，马威看见老松与中国宝塔，心中不由高兴起来。呆呆地站了半天，他的心思完全被塔尖引到东方去了。

站了半天，只看见一两对游人，从树林中间影儿似的穿过去。

他定了定方向，向小竹园走了去。竹园内没有人，没有声音，只有竹叶，带着水珠，轻轻地动。马威哈着腰看竹根插着的小牌子：日本的，中国的，东方各处的竹子，都杂着种在一块。

"帝国主义不是瞎吹的！"马威自己说，"不专是夺了人家的地方，灭了人家的国家，也真的把人家的东西都拿来，加一番研究。动物、植物、地理、言语、风俗，他们全研究，这是帝国主义厉害的地方！他们不专在军事上霸道，他们的知识也真高！知识和武力！武力可以有朝一日被废的，知识是永远需要的！英国人厉害，同时，多么可佩服呢！"

地上的潮气把他的脚冰得很凉，他出了竹园，进了杜鹃山——两个小土山，种满杜鹃，夹着一条小山沟。山沟里比别处都暖一点，地上的干叶闻着有股药味。

"春天杜鹃开花的时候，要多么好看！红的，白的，浅粉的，像——"他忽然想到，"像玛力的脸蛋儿！"

想到这儿，他周身忽然觉得不合适，心仿佛也要由嘴里跳出来。不知不觉地把大拇指放在唇上，咬着指甲。"没用！没用！"他想着她，同时恨自己，着急而又后悔："非忘了她不可！别和父亲学！"他摸了摸口袋，摸着那个小戒指，放在手心上，呆呆地看着，然后用力地往地上一摔，摔到一堆黄叶里去，那颗钻石在一个破叶的缝儿里，一闪一闪地发亮。

愣了半天，听见远远的脚步声儿，他又把戒指捡起来，仍旧放在袋儿里。山沟是弯弯的，他看不见对面来的人，转身，往回走，不愿意遇见人。

"马威！马威！"后面叫。

马威听见了有人叫他,他还走了几步,才回头看。"嘿喽!伊姐姐!"

"新禧!新禧!"伊姑娘用中国话说,笑着和他握了握手。

她比从前胖了一点。脖子上围着一条狐皮,更显得富态一点。她穿着一身蓝呢的衣裙,加着一顶青绒软帽,帽沿自然地往下垂着些,看着稳重极了。在小山沟里站着,叫人说不上来,是她,还是那些冷静的杜鹃,更安稳一些。"伊姐姐!"马威笑着说,"你怎么这么早?"

"上这里来,非早不可。一等人多,就没意思了!你过年过得好?马威!"她用小手绢揉了揉鼻子,手指在手套里鼓膨膨地把手套全撑圆,怪好看的。

"好。你没上哪里去?"

两个齐着肩膀走,出了小山沟。她说:"没有。大冷的天,上哪儿也不舒服。"

马威不言语了,眉头皱着一点,大黑眼珠儿盯着地上的青草。

"马威!"伊姑娘看着他的脸说,"你怎么老不喜欢呢?"她的声音非常地柔和,眼睛发着些亮光,显着慈善,聪明,而且秀美。

马威叹了口气,看了她一眼。

"告诉我,马威!告诉我!"她说得很恳切很自然;跟着微微一笑,笑得和天上的仙女一样纯洁,和善。"叫我从何处说起?姐姐!"马威勉强着一笑,比哭的样子还凄惨一些。"况且,有好些事不好告诉你,姐姐,你是个姑娘。"

她又笑了,觉得马威的话真诚,可是有点小孩子气。"告诉我,不用管我是姑娘不是。为什么姑娘应当比男人少听一些事呢！"她又笑了，似乎把马威和世上的陋俗全笑了一下。

"咱们找个地方坐一会儿，好不好？"他问。

"你要是不乏，咱们还是走着谈好，坐定了太冷。我的小脚指头已经冻了一个包啦。说吧，马威！"

"全是没法解决的问题！"他迟钝地说，还是不愿意告诉她。

"听一听，解决不解决是另一问题。"她说得非常痛快，声音也高了一些。

"大概其的说吧！"马威知道非说不可，只好粗粗地给她个大略；真要细说，他的言语是不够表现他的心思的："我爱玛力，她不爱我，可是我忘不了她。我什么方法都试了，试、试、试，到底不行。恨自己也没用，恨她也没用。我知道我的责任、事业，但是，她、她老在我心里刺闹着。这是第一个不能解决的问题。第二个是父亲，他或者已经和温都太太定了婚。姐姐你晓得，普通英国人都拿中国人当狗看，他们要是结婚，温都太太就永远不用想再和亲友来往了，岂不是陷入一个活地狱。父亲带她回国，住三天她就得疯了！咱们的风俗这么不同，父亲又不是个财主，她不能受那个苦处！我现在不能说什么，他们相爱，他们要增加彼此的快乐——是快乐还是苦恼，是另一问题——我怎好反对。这又一个不易解决的问题。还有呢，我们的买卖，现在全搁在我的肩膀上了，我爱念书，可是不能不管铺子的事；管铺子的事，就没工夫再念书。父亲是简直的不会做买卖，我不管，好啦，铺子准一月赔几十镑，我管吧，好啦，不用打算专心念书；不念书，我算干吗来啦！你看，我忙得连和你念英文的时候都没有了！我没高明主意，我不知道我是干什么呢！姐姐，你聪明，你爱我们，请你出个好主意吧！"

两株马老尾松站在他们面前,枝上垂着几个不整齐的松塔儿。灰云薄了一点,极弱秀的阳光把松枝照得有点金黄色。

马威说完,看着枝上的松塔。凯萨林轻轻地往松了拉了拉脖上的狐皮,由胸间放出一股热嘟嘟的香味。

"玛力不是已经和华盛顿定婚了吗?"她慢慢地说。"你怎么知道?姐姐!"他还看着松塔儿。

"我认识他!"凯萨林的脸板起来了。待了半天,她又笑了,可是很不自然:"她已属别人,还想她干吗呢?马威!"

"就这一点不容易解决吗!"马威似乎有点嘲笑她。"不易解决!不易解决!"她好像跟自己说,点着头儿,帽沿儿轻轻地颤。"爱情!没人明白到底什么是爱情!"

"姐姐,你没好主意?"马威有点着急的样儿。凯萨林似乎没听见,还嘟囔着:"爱情!爱情!"

"姐姐,你礼拜六有事没有?"他问。

"干什么?"她忽然看了他一眼。

"我要请你吃中国饭,来不来?姐姐!"

"谢谢你,马威!什么时候?"

"下午一点吧,在状元楼见。"

"就是吧。马威,看树上的松塔多么好看,好像几个小铃铛。"

马威没言语,又抬头看了看。

两个人都不言语了。穿出松林,拐过水池,不知不觉地到了园门。两个都回头看了看,园中还是安静,幽美,清凉。他们把这些都留在后边,都带着一团说不出的混乱,爱情,愁苦,出了园门——快乐的新年?

7

伦敦的几个中国饭馆要属状元楼的生意最发达。地方宽绰，饭食又贱，早晚真有群贤毕集的样儿。不但是暹罗人，日本人，印度人，到那里解馋去，就是英国人，穷美术家，系着红领带的社会党员，争奇好胜的胖老太太，也常常到那里喝杯龙井茶，吃碗鸡蛋炒饭。美术家和社会党的人，到那里去，为的是显出他们没有国界思想，胖老太太到那里去，为的是多得一些谈话资料；其实他们并不喜欢喝不加牛奶的茶；和肉丝，鸡蛋，炒在饭一块儿。中国人倒不多，一来是吃不着真正中国饭。二来是不大受女跑堂儿的欢迎。在中国饭馆里做事，当然没有好姑娘。好姑娘哪肯和中国人打交道。人人知道跟中国人在一块儿，转眼的工夫就有丧掉生命的危险。美而品行上有可怀疑的姑娘们就不在乎了，和傻印度飞飞眼，晚上就有两三镑钱入手的希望。和日本人套套交情，至不济也得一包橘汁皮糖。中国人呢，不敢惹，更不屑于招待；人们都看不起中国人吗，妓女也不是例外。妓女也有她们的自由与骄傲，谁肯招呼人所不齿的中国人呢！

范掌柜的颇有人缘儿，小眼睛眯缝着，好像自生下来就没睡醒过一回；可是脸上老是笑。美术家很爱他，因为他求他们在墙上随意地画：小脚儿娘们，瘦老头儿抽鸦片，乡下老儿，带着小辫儿，给菩萨磕头，五光十色地画了一墙。美术家所知道的中国事儿正和普通人一样，不过他们能够把知道的事画出来。社会党的人们很爱他，因为范掌柜的爱说："*Me no like scapitalis-ma!*" 胖老太太们很爱他,因为他常把*me*当*I*,有时候高兴,也把I当me,胖老太太们觉着这个非常有可笑的价值。设若普通英国人讨厌中国人,有钱的英国男女是拿中国人当玩意儿看。中国人吃饭用筷子,不用刀叉;中国人先吃饭,后喝汤;中国人喝茶不搁牛奶、白糖;中国人吃米,不加山药蛋;这些事在普通人——如温都母女——看,都是根本不对而可恶的;在有钱的胖老太太们看,这些事是无理取闹的可笑,非常地可笑而有趣味。

范掌柜的和马老先生已经成了顶好的朋友,真像亲哥儿们似的。马老先生虽然根本看不起买卖人,可是范掌柜的应酬周到,小眼睛老眯缝着笑,并且时常给马老先生做点特别的菜,马老先生真有点不好意思不和老范套套交情了。再说,他是个买卖人,不错,可是买卖人里也有好人不是!

马老先生到饭馆来吃饭,向来是不理学生的,因为学生们看着太俗气,谈不到一块儿。况且,这群学生将来回国都是要做官的,马老先生想到自己的官运不通,不但不愿意理他们,有时候还隔着大眼镜瞪他们一眼。

马老先生和社会党的人们弄得倒挺热活。他虽然不念报纸,不知道人家天天骂中国人,可是他确知道英国人对他的劲儿,决不是自己朋友的来派。连那群爱听中国事的胖老太太们,全不短敲着撩着地损马老几句。马老有时候高兴,也颇听得出来她们的口气。只有这群社会党的人,只有他们,永远向着中国人说话,骂他自己政府的侵略政策。马老先生虽不知道什么是国家,到底自己颇骄傲是个中国人。只有社会党的人们说中国人好,于是马老不自主地笑着请他们吃饭。吃完饭,社会党的人们管他叫真正社会主义家,因为他肯牺牲自己的钱请他们吃饭。

马老要是告诉普通英国人:"中国人喝茶不搁牛奶。""什么?不搁牛奶!怎么喝?!可怕!"人们至少这样回答,他噘着小胡子不发声了。

他要是告诉社会党的人们,中国茶不要加牛奶,他们立刻说:"是不是,还是中国人懂得怎么喝茶不是?中国人替世界发明了喝茶,人家也真懂得怎么喝法!没中国人咱们不会想起喝茶,不会穿绸子,不会印书,中国的文明!中国的文明!唉,没有法子形容!"

听了这几句,马老先生的心里都笑痒痒了!毫无疑义地信中国人是天下最文明的人!——再请他们吃饭!

马威到状元楼的时候,马老先生已经吃完一顿水饺子回家了,因为温都太太下了命令,叫他早回去。

状元楼的厨房是在楼底下,茶饭和菜都用和汲水的辘轳差不多的一种机器拉上来。这种机器是范掌柜的发明,简单适用而且颇有声韵,牛咕噪牛咕噪,带着一股不可分析的菜味一齐上来了。

食堂是分为内外两部:外部长而狭,墙上画着中国文明史的插画:老头儿吸鸦片,小姑娘裹小脚……还写着些"清明时节雨纷纷"之类的诗句。内部是宽而扁,墙上挂着几张美人香烟的广告。中国人总喜欢到内部去,因为看着有点雅座的意味。外国人喜欢在外部坐,一来可以看墙上的画儿,二来可以看辘轳的升降。

外部已经坐满了人,马威到了内部去,找了张靠墙角的空桌坐下。屋里有两位中国学生,他全不认识。他向他们有意无意地微微一点头,他们并没理他。

"等人？"一个小女跑堂的歪着头，大咧咧地问。马威点了点头。

那两位中国学生正谈怎么请求使馆抗议骂中国人的电影。马威听出来，一个姓茅，一个姓曹，马威看出来，那个姓茅的戴着眼镜，可是几乎没有眉毛；那个姓曹的没戴着眼镜，可是眼神决不充足。马威猜出来，那个姓茅的主张强迫公使馆提出严格抗议：如使馆不办，就把自公使至书记全拉出来臭打一顿。那个姓曹的说，国家衰弱，抗议是没用的；国家强了，不必抗议，人们就根本不敢骂你。两个人越说越拧葱，越说声音越高。姓茅的恨不得就马上打老曹一顿，而姓曹的决没带出愿意挨打的神气，于是老茅也就没敢动手。两个人不说了，低着头吃饭，吃得很带杀气。

伊姑娘进来了。

"对不起，马威，我晚了！"她和马威握了握手。"不晚，不晚！"马威说着把菜单递给她，她拉了拉衣襟，很自然地坐下。

曹和茅同时看了她一眼。说了几句中国话，跟着开始说英文。

她点了一碟炸春卷，马威又配上了两三样菜。

"马威，你这两天好点啦吧？"伊姑娘微微一笑。"精神好多了！"马威笑着回答。

姓茅的恶意地看了马威一眼，马威心中有点不舒坦，可是依旧和凯萨林说话。

"马威，你看见华盛顿没有？"伊姑娘看着菜单，低声儿问。

"没有，这几天晚上他没找玛力来。"马威说。"啊！"伊姑娘似乎心中安慰了一些，看了马威一眼，刚一和他对眼光儿，她又看到别处去了。

春卷儿先来了,马威给她夹了一个。她用叉子把春卷断成两段,非常小心地咬了一口。下巴底下的筋肉轻轻地动着,把春卷慢慢咽下去,吃得那么香甜,安闲,美满;她的举动和玛力一点也不一样。

马威刚把春卷夹开,要往嘴里送,那边的老茅用英文说:"外国的妓女是专为陪着人们睡觉的,有钱找她们去睡觉,茶馆酒肆里不是会妓女的地方!我告诉你,老曹,我不反对嫖,我嫖的回数多了;我最不喜欢看年轻轻的小孩子带着妓女满世界串!请妓女吃中国饭!哼!"

伊姑娘的脸红得和红墨水瓶一样了,仍然很安稳地,把叉子放下要站起来。

"别!"马威的脸完全白了,嘴唇颤着,只说了这么一个字。

"老茅,"那个眼神不十分充足的人说,"你怎么了!外国妇女不都是妓女!"他是用中国话说的。

姓茅的依旧用英国话说:"我所知道的女人,全是妓女,可是我不爱看人家把妓女带到公众的地方来出风头!"他又看了马威一眼:"出哪家子锋头!你花得起钱请她吃饭,透着你有钱!咱讲究花钱和她们睡一夜!"

伊姑娘站起来了,马威也站起来,拦着她:"别!你看我治治他!"

凯萨林没言语,还在那里站着,浑身颤动着。

马威走过去,问那位老茅:"你说谁呢?"他的眼睛瞪着,射出两条纯白的火光。"我没说谁,饭馆里难道不许说话吗?"茅先生不敢叫横,又不愿意表示软弱,这样地说。

"不管你说谁,我请你道歉,不然,你看这个!"马威把拳头在桌上一放。

老茅像小蚂蚱似的往里一跳,跳到墙角,一劲儿摇头。马威往前挪了两步,瞪着茅先生。茅先生的"有若无"的眉毛鬼鬼啾啾地往一块拧,还是直摇头。

"好说,好说,不必生气。"姓曹的打算拦住马威。马威用手一推,老曹又坐下了。马威盯着茅先生的脸问:"你道歉不?"

茅先生还是摇头,而且摇得颇有规律。

马威冷笑了一声,看准茅先生的脸,左右开花,奉送了两个嘴巴。正在眼镜之下,嘴唇之上,茅先生觉得疼得有点入骨;可是心里觉着非常痛快,也不摇头了。

女跑堂的跑进来两个,都唧咕唧咕地笑,脸上可都转了颜色。外部的饭座儿也凑过来看,谁也莫明其妙怎回事。范掌柜的眯缝着眼儿过来把马威拉住。

伊姑娘看了马威一眼,低着头就往外走,马威也没拦她。

她刚走到内外部分界的小门,看热闹的有一位说了话:"凯!你!你在这儿干吗呢?"

"保罗!咱们一块回家去吧!"凯萨林低着头说,没看她的兄弟。

"你等等,等我弄清楚了再走!"保罗说着,从人群里挤进去,把范掌柜的一拉,范掌柜笑嘻嘻地就倒在地上啦,很聪明地把头磕在桌腿上,磕成一个青蓝色的鹅峰。"马威,你是怎回事?"保罗把手插在衣袋里问:"我告诉你,别以为你是个人似的,和我们的姑娘一块混!要贪便宜的时候,想着点英国男人的拳头!"

马威没言语,煞白的脸慢慢红起来。

"你看,老曹,往外带妓女有什么好处?"茅先生用英国话说。

马威一咬牙,猛地向茅先生一扑;保罗兜着马威的下巴就是一拳;马威退、退、退、退了好几步,扶住一张桌子,没有倒下;茅先生小蚂蚱似的由人群跳出去了。范掌柜的要过来劝,又迟疑,笑嘻嘻地用手摸着头上的鹅峰,没敢往前去。"再来!"保罗冷笑着说。

马威摸着脖子,看了保罗一眼。

门外的中国人们要进来劝,英国人们把门儿拦住:"看他们打,打完了完事。公平交易,公平地打!"

几个社会党的人,向来是奔走和平,运动非战的;可是到底是英国人,一听见"公平地打",从心根儿上赞同,都立在那里看他们决一胜负。

马威缓了一口气,把硬领一把扯下来,又扑过保罗去。保罗的脸也白了,他搪住马威的右手,一拳照着马威的左肋打了去,又把马威送回原地。马威并没缓气,一扶桌子,登时一攒劲,在保罗的胸部虚晃了一下,没等保罗还手,他的右拳打在保罗的下巴底下。保罗往后退了几步,一咬牙,又上来了,在他双手还替身体用力平衡的时候,马威稳稳当当又给了他一拳。保罗一手扶着桌子,出溜下去了。他两腿拼命地往起立,可是怎么也立不起来了。马威看着他,他还是没立起来。马威上前把他搀起来,然后把右手伸给他,说:"握手!"

保罗把头一扭,没有接马威的手。马威把他放在一张椅子上,捡起硬领,慢慢往外走,嘴唇直往下滴滴血。

几位社会党的人们,看着马威,没说什么,可是心里有点恨他！平日讲和平容易，一旦看见外人把本国人给打了，心里不知不觉地就变了卦！

茅先生和曹先生早已走了，马威站在饭馆外面，找伊姑娘，也不见了。他安上硬领，擦了擦嘴上的血，冷笑了一阵。

8

"妈！妈！"玛力含着泪说，两个眼珠好像带着朝露的蓝葡萄珠儿，"好几天没看见他了，给他写信，也没回信。我得找他去，我得问问他！妈，我现在恨他！"她倒在母亲的怀里，呜呜地哭起来。

"玛力，好玛力，别哭！"温都太太拍着玛力的脑门儿说，眼中也含着泪，"华盛顿一定是忙，没工夫看你来。爱情和事业是有时候不能兼顾的。信任他，别错想了他，他一定是忙！玛力，你是在礼拜六出去惯了，今天没人和你出去，所以特别地不高兴。你等着，晚上他一定来，他要是不来，我陪你看电影去。玛力？"

玛力抬起头来，抱着母亲的脖子亲了亲。温都太太替女儿往后拢了拢头发。玛力一边抽搭，一边用小手绢擦眼睛。"妈妈，你看他是忙？你真这么想吗？连写个明信片的工夫都没有；我不信！我看他是又交了新朋友了，把我忘了！男人都是这样，我恨他！"

"玛力，别这么说！爱情是多少有些波折的。忍耐，信任，他到末末了还是你的人！你父亲当年……"温都太太没往下说，微微摇了摇头。

"妈，你老说忍耐，信任！凭什么女的总得忍耐，信任，而男人可以随便呢!"玛力看着母亲的脸说。

"你已经和他定了婚,是不是?"温都太太问,简单而厉害。

"定婚的条件是要双方守着的,他要是有意破坏,我为什么该一个人受苦呢!再说,我没要和他定婚,是他哀告我的,现在——"玛力还坐在她母亲的怀里,脚尖儿搓搓着地毯。"玛力,别这么说!"温都太太慢慢地说,"人类是逃不出天然律的,男的找女的,女的不能离开男的。婚姻是爱的结束,也是爱的尝试,也是爱的起头!玛力,听妈妈的话,忍耐,信任,他不会抛弃了你,况且,我想这几天他一定是忙。"玛力站起来,在镜子前面照了照,然后在屋里来回地走。

"妈妈,我自己活着满舒服,欢喜,可以不要男人!""你?"温都太太把这个字说得很尖酸。

"要男人的时候,找男人去好了,咱们逃不出天然律的管辖!"玛力说的有点嘲弄的意思,心里并不信这个。

"玛力!"温都太太看着女儿,把小红鼻子支起多高。

玛力不言语了,依旧地来回走。心中痛快了一点,她一点也不信她所说的话,可是这么说着颇足以出出心中的恶气!

在爱家庭的天性完全消灭以前,结婚是必不可少的。不管结婚的手续,形式,是怎样,结婚是一定的。人类的天性是自私的,而最快活的自私便是组织起个小家庭来。这一点天性不容易消灭,不管人们怎么提倡废除婚姻。玛力一点也不信她所说的,只是为出出气。

温都太太也没把玛力的话往心里听,她所盘算的是:怎么叫玛力喜欢了。她知道青年男女,特别是现代的青年男女,是闲不住的。总得给他们点事做，不拘是跳舞，跑车，看电影……反正别叫他们闲着。想了半天，还是看电影最便宜；可是下半天还不能去，因为跟马老老先生定好一块上街。想到这里，温都太太的思想又转了一个弯：她自己的婚事怎么告诉玛力呢！玛力是多么骄傲，能告诉她咱要嫁个老Chink！由这里又想到：到底这个婚事值得一干不值呢？为保存社会的地位，还是不嫁他好。可是，为自己的快乐呢？……真的照玛力的话办？要男人的时候就去找他？结果许更坏！社会，风俗，男女间的关系是不会真自由的！况且，男女间有没有真自由存在的地方？——不能解决的问题！她擦了擦小鼻子，看了玛力一眼，玛力还来回地走，把脸全走红了。"温都太太！"马老老先生低声在门外叫。

"进来！"温都太太很飘洒地说。

马老老先生叼着烟袋扭进来。新买的硬领，比脖子大着一号半，看着好像个白罗圈，在脖子的四围转。领带也是新的，可是系得绝不直溜。

"过来！"温都太太笑着说。

她给他整了整领带。玛力斜眼看他们一眼。

"咱们不是说上街买东西去吗？"马老先生问。"玛力有点——不舒服，把她一个人搁下，我不放心。"温都太太说，然后向玛力："玛力，你跟我们一块儿去，好不好？""我不去，我在家等着华盛顿，万一他今天来呢！"玛力把恶气出了，还是希望华盛顿来。

"也好。"温都太太说着出去换衣裳。

马威回来了。他的脸还是煞白，嘴唇还滴滴血，因为保罗把他的牙打活动了一个。硬领儿歪七扭八的,领带上好些个血点。头发刺刺着。呼吸还是很粗。

"马威!"马老先生的脖子在硬领里转了个大圈。"呕!马威!"玛力的眼皮红着,嘴唇直颤。

马威很骄傲地向他们一笑,一下子坐在椅子上,用袖子擦了擦嘴。

"马威!"马老先生走过来,对着马威的脸问:"怎么了?""打架来着!"马威说,眼睛看着地毯。

"跟谁?跟谁?"马老先生的脸白了,小胡子也立起来。"保罗!我把他打啦!"马威笑了笑,看了看自己的手。

"保罗——"

"保罗——"

马老先生和玛力一齐说,谁也不好意思再抢了,待了一会儿,马老先生说:

"马威,咱们可不应当得罪人哪!"

马老先生是最怕打架,连喝醉了的时候,都想不起用酒杯往人家头上摔。马太太活着的时候,小夫妻倒有时候闹起来,可是和夫人开仗是另一回事,况且夫人多半打不过老爷!马威小时候,马老先生一天到晚嘱咐他,别和大家打架,遇到街上有打架的,躲远着点!得,现在居然在伦敦打洋鬼子,而且打的是保罗,伊牧师的儿子!马老先生呆呆地看着儿子,差点昏过去。

"呕!马威!"温都太太进来,喊得颇像吓慌了的小鸟。"他把保罗打了,怎么好,怎么好?"马老先生和温都太太叨唠。

"呕,你个小淘气鬼!"温都太太过去看着马威。然后向马老先生说:"小孩子们打架是常有的事。"然后又对玛力说:"玛力,你去找点清水给他洗洗嘴!"然后又对马老先生说:"咱们走哇!"

马老先生摇了摇头。

温都太太没说什么,扯着马老先生的胳臂就往外走,他一溜歪斜地跟着她出去。

玛力拿来一罐凉水,一点漱嘴的药,一些药棉花。先叫马威漱了漱口,然后她用棉花轻轻擦他的嘴唇。她的长眼遮毛在他的眼前一动一动的,她的蓝眼珠儿满含着慈善和同情,给他擦几下,仰着脖子看一看,然后又擦。她的头发挨着他的脸蛋,好像几根通过电的金丝,叫马威的脸完全热透了,完全红了。他低下头去,不敢再看她,可是他觉到由她胸脯儿出来的热气,温和,香暖,叫他的全身全颤动起来。"马威,你们怎么打起来的?"玛力问。

"我和伊姑娘一块儿吃饭,他进来就给我一拳!"马威微笑着说。

"呕!"玛力看着他,心里有点恨他,因为他居然敢和保罗打架;又有点佩服他,因为他不但敢打,而且打胜了。英雄崇拜是西洋人的一种特色,打胜了的总是好的,玛力不由得看着马威有点可爱。他的领子歪着,领带上的血点,头发乱蓬蓬的,都非常有劲地往外吸她心中的爱力,非常地与平日不同,非常地英美,特别地显出男性:力量、胆子、粗鲁、血肉,样样足以使女性对男性的信仰加高一些,使女性向男性的趋就更热烈一点。她还给他擦嘴,可是她的心已经被这点崇拜英雄的思想包围住,越擦越慢,东一下,西一下,有时候擦在他的腮上,有时候擦在他的耳唇上。他的黄脸在她的蓝眼珠里带上了一层金色,他的头上射出一圈白光;他已经不是黄脸讨厌的马威,他是一个男性的代表,他是一团热血,一个英雄、武士。

她的右手在他脸上慢慢地擦,左手轻轻地放在他的膝上。他慢慢地,颤着,把他的手搁在她的手上。他的眼光直着射到她的红润的唇上。

"玛力,玛力,你知道,"马威很困难地一个字一个字往外挤,"你知道,我爱你?"

玛力忽然把手抽出去,站起来,说:"你我?不可能的事!"

"为什么?我是个中国人?爱情是没有国界的,中国人就那么不值钱,连爱情都被剥夺了吗!"马威慢慢地站起来,对着她的脸说:"我知道,你们看不起中国人;你们想中国人的时候永远和暗杀、毒药、强奸联在一块儿。但是咱们在一块儿快一年啦,你难道看不出我来,我是不是和你们所想的一样?我知道你们关于中国人的知识是由造谣言的报纸,和下贱的小说里得来的,你难道就真信那些话吗?我知道你已经和华盛顿定婚,我只求你做我的好朋友,我只要你知道我爱你。爱情不必一定由身体的接触才能表现的,假如你能领略我的爱心,拿我当个好朋友,我一生能永远快乐!我羡慕华盛顿,可是因为我爱你,我不敢对他起一点嫉妒心!我——"马威好像不能再说,甚至于不能再站着,他的心要跳出来,他的腿已经受不住身上的压力,他咕咚一下子坐下了。玛力用小木梳轻轻地刮头,半天没言语。忽然一笑,说:"马威,你这几天也没看见华盛顿?"

"没有,伊姑娘也这么问我来着,我没看见他。""凯萨林?

她问他干甚么？她也认识华盛顿？"玛力的眼睛睁得很圆，脸上红了一点，把小木梳撂在衣袋里，搓搓着手。

"我不知道！"马威皱着眉说，"对不起！我无心中提起凯萨林来！我不知道他们的关系！好在一个人不能只有一个朋友，是不是？"他微微一笑，故意地冷笑她。

玛力忽然瞪了他一眼，一声没出，跑出去了。

9

温都太太挺着小脖子在前边走，马老先生缩着脖子在后面跟着；走大街，穿小巷，她越走越快，他越走越慢；越人多她越精神，她越精神他越跟不上。要跟个英国人定了婚，在大街上至少可以并着肩，拉着手走；拉着个老中国人在街上扭，不能做的事；她心中有点后悔。要是跟中国妇人一块儿走，至少他可以把她落下几丈多远，现在，居然叫个妇人给拉下多远；他心中也有点后悔。她站住等着他，他躬起腰来往前扯大步；她笑了，他也笑了，又全不后悔了。

两个进了猴儿笨大街的一家首饰店。马老先生要看戒指，伙计给他拿来一盒子小姑娘戴着玩的小铜圈，全是四个便士一只。马老先生要看贵一点的，伙计看了他一眼，又拿出一盒镀银的来，三个先令两只，马老老先生还要贵的，伙计笑得很不自然地说：

"再贵的可就过一镑钱了！"

温都太太拉了他一把，脸上通红，说："咱们上有贵重东西的地方去买吧！"

马老先生点了点头。

"对不起！太太！"伙计连忙道歉，"我错了，我以为这位先生是中国人呢，没想到他是日本人，我们很有些个日本照顾主儿，真对不起！我去拿好的来！"

"这位先生是中国人！"温都太太把"是"字说得分外的有力。

伙计看了马老先生一眼，进去又拿来一盒子戒指，都是金的。把盒子往马老先生眼前一送，说："这都是十镑钱以上的，请看吧！"然后恶意地一笑。

马老先生也较上劲儿啦，把盒子往后一推，问："有二十镑钱以上的没有？"

伙计的颜色变了一点，有心要进去打电话，把巡警叫来；因为身上有二十镑钱的中国人，一定是强盗；普通中国人就没有带一镑钱的资格，更没有买戒指的胆量；据他想。他正在迟疑不定，温都太太又拉了马老先生一把。两个一齐走出来。伙计把戒指收起去，赶快地把马老先生的模样，身量，衣裳，全记下来，预备发生了抢案，他好报告巡警。温都太太都气糊涂了，出了店门，拉着马老先生就走。一边走一边说："不买啦！不买啦！"

"别生气！别生气！"马老先生安慰着她说，"小铺子，没有贵东西，咱们到别处去买。"

"不买啦！回家！我受不了这个！"她说着往马路上就跑，抓住一辆飞跑的公众汽车，小燕儿似的飞上去。马老先生在汽车后面干跺了几脚，眼看着叫汽车跑了。自己叨唠着："外国娘们，性傲，性傲！"

马老先生有点伤心：妇人性傲，儿子不老实，官运不通，汽车乱跑……"叫咱老头子有什么法子！无法！无法！只好忍着吧！"他低着头自己叨唠："先不用回家，给他们个满不在乎；咱越将就，他们越仰头犯脾气！先不用回家，对！"他叫了辆汽车到伊牧师家去。

"我知道你干什么来了，马老先生！"伊牧师和马老先生握了握手，说，"不用道歉，小孩子们打架，常有的事！"

马老本来编了一车的好话儿，预备透底地赔不是，听见伊牧师这样说，心里倒有点不得劲儿了，惨惨地笑了一笑。

伊牧师脸上瘦了一点，因为昼夜地念中国书，把字典已掀破两本，还是念不明白。他的小黄眼珠颇带着些失望的神气。

"伊牧师，我真没法子办！"马老先生进了客厅，说，"你看，我只有马威这么一个，深了不是，浅了不是！他和保罗会——"

"坐下！马老先生！"伊牧师说，"不用再提这回事，小孩子们打完，完事！保罗念书的时候常和人家打架，我也没办法，更不愿意管！我说，你到教会去了没有？"

马老先生的脸红了，一时回答不出；待了半天，说："下礼拜去！下礼拜去！"

伊牧师也没再下问，心里有点不愿意。他往上推了推眼镜问："我说，马老先生！你还得帮我的忙呀！我的中文还是不成，你要是不帮助我，简直的——"

"我极愿意帮你的忙！"马老先生极痛快地说。他心里想：马威打了保罗，咱要是能帮助伊牧师，不是正好两不找，谁也不欠谁的吗！

"马老先生，"伊牧师好像猜透了马老先生的心思，"你帮助我，和保罗他们打架，可是两回事。他们打架是他们的事，咱们管不着。你要是愿意帮我，我也得给你干点什么。光阴是值钱的东西，谁也别白耽误了谁的工夫，是不是？""是。"马老先生点了点头，其实他心里说："洋鬼子真他妈的死心眼儿，他非把你问得棱儿是棱儿，角儿是角儿不可！"伊牧师眨巴着眼睛笑了："马老先生，你几时有工夫？我帮你做什么？咱们今天决定好，就赶快地做起来！""我哪天都不忙！"马老先生恨这个"忙"字。

伊牧师刚要说话，伊太太顶着一脑袋乱棉花进来了。她鼻子两旁的小沟儿显着特别地深，眼皮肿得特别地高，看着傻而厉害。

"马老先生，马威是怎么回事？！"她干辣辣地问。

"我来……"

她没等马老先生说完，梗着脖子，又问："马威是怎么啦？！我告诉你，马老先生，你们中国的小孩子要反呀！敢打我们！二十年前，你们见了外国人就打哆嗦，现在你们敢动手打架！打死一个试试！这里不是中国，可以无法无天地乱杀乱打，英国有法律！"

马老先生一声儿没出，咽了几口唾沫。

伊牧师看着马老怪可怜的，看着伊太太怪可怕的，要张嘴，又闭上了。

马威并没把保罗打伤，保罗的脖筋扭了一下，所以马威得着机会把他打倒。伊太太虽然爱儿子，可是她决不会因为儿子受一点浮伤就这么生气，她动了怒，完全是因为马威——一个小中国孩子——敢和保罗打架。一个英国人睁开眼，他，或是她，看世界都在脚下：香港，印度，埃及，非洲……都是他，或是她的属地。他不但自己要骄傲,他也要别的民族承认他们自己确乎是比英国人低下多少多少倍。伊太太不能受这种耻辱,马威敢打保罗!虽然保罗并没受什么伤!谁也不能受这个,除了伊牧师,她有点恨她的丈夫!

"妈!"凯萨林开开一点门缝叫,"妈!"

"干什么?"伊太太转过身去问,好像座过山炮转动炮口似的。

"温都姑娘要跟你说几句话。"

"叫她进来!"伊太太又放了一炮。

凯萨林开开门,玛力进来了。伊太太赶过两步去,笑着说,"玛力你好?"好像把马老先生和伊牧师全忘了。伊牧师也赶过来,也笑着问:"玛力你好?"

玛力没回答他们。她手里拿着帽子,揉搓着帽花儿。脑门上挺红,脸和嘴唇都是白的。眼睛睁得很大,眼角挂着滴未落尽的泪。脖子往前探着一点,两脚松松歇歇地在地上抓着,好像站不住的样儿。

"你坐下,玛力!"伊太太还是笑着说。

伊牧师搬过一把椅子来,玛力歪歪拧拧地坐下了,也没顾得拉一拉裙子;胖胖的腿多半截在外边露着,伊太太撇了撇嘴。

凯萨林的脸也是白的,很安静,可是眼神有点慌,看看她妈,看看玛力。看见马老先生也没过去招呼。"怎么了,玛力?"伊太太过去把手放在玛力的肩上,显着十分的和善;回头瞪了马老一眼,又显着十分的厉害。

"问你的女儿,她知道!"玛力颤着指了凯萨林一下。

伊太太转过身来看着她女儿,没说话,用眼睛问了她一下。

"玛力说我抢了她的华盛顿!"伊姑娘慢慢地说。

"谁是华盛顿？"伊太太的脑袋在空气中画了个圈。"骑摩托自行车的那小子，早晚出险！"马老先生低声告诉伊牧师。

"我的未婚夫！"玛力说，说完用两个门牙咬住下嘴唇。

"你干吗抢他？怎么抢的？"伊太太问凯萨林。"我干吗抢他！"凯萨林安稳而强硬地回答。

"你没抢他，他怎么不找我去了？！你刚才自己告诉我的：你常和他一块去玩，是你说的不是？"玛力问。"是我说的！我不知道他是你的情人，我只知道他是我的朋友；朋友们一块出去游玩是常有的事。"伊姑娘笑了一笑。

伊太太看两个姑娘辩论，心中有点发酸。她向来是裁判一切的，哪能光听着她们瞎说。她梗起脖子来，说："凯！你真认识这个华盛顿吗？"

"我认识他，妈！"

伊太太皱上了眉。

"伊太太，你得帮助我，救我！"玛力站起来向伊太太说，"我的快乐，生命，都在这儿呢！叫凯萨林放了他，他是我的人，他是我的！"

伊太太冷笑了一声：

"玛力！小心点说话！我的女儿不是满街抢男人的！玛力，你错想了！设若凯真像你所想的那么坏，我能管教她，我是她母亲，我'能'管她！"她喘了一口气，向凯萨林说："凯，去弄碗咖啡来！玛力，你喝碗咖啡？"

玛力没言语。

"玛力，咱们回家吧！"马老先生看大家全不出声，乘机会说了一句。

玛力点了点头。

马老先生和伊牧师握了手,没敢看伊太太,一直走过来,拉住玛力的手,她的手冰凉。

玛力和凯萨林对了对眼光,凯萨林还是很安稳,向马老先生一笑,跟着和玛力说:"再见,玛力。咱们是好朋友,是不是?别错想了我!再见!"

玛力摇摇头,一举手,把帽子扣上。

"玛力,你等等,我去叫辆汽车!"马老先生说。

10

吃早饭的时候,大家全噘着嘴。马老先生看着儿子不对,马威看着父亲不顺眼,可是谁也不敢说谁;只好脸对脸儿噘着嘴。温都太太看着女儿怪可怜的,可是自己更可怜;玛力看着母亲怪可笑的,可是要笑也笑不出来;只好脸对脸儿噘着嘴。苦了拿破仑,谁也不理它;试着舐玛力的胖腿,她把腿扯回去了;试着闻闻马老先生的大皮鞋,他把脚挪开了;没人理!拿破仑一扫兴,跑到后花园对着几株干玫瑰噘上嘴!它心里说:不知道这群可笑的人们为什么全噘上嘴!想不透!人和狗一样,噘上嘴的时候更可笑!

吃完早饭,马老先生慢慢地上了楼,把烟袋插在嘴里,也没心去点着。玛力给了母亲一个冰凉的吻,扣上帽子去上工。马威穿上大氅,要上铺子去。

"马威,"温都太太把马威叫住,"这儿来!"

马威随着她下了楼，到厨房去。温都太太眼睛里含着两颗干巴巴的泪珠，低声儿说："马威，你们得搬家！"

"为什么？温都太太！"马威勉强笑着问。

温都太太长长地叹了一口气："马威，我不能告诉你！没原因，你们预备找房得了！对不起，对不起得很！""我们有什么错过？"马威问。

"没有，一点没有！就是因为你们没有错过，我叫你们搬家！"温都太太似是而非地一笑。

"父亲——"

"不用再问，你父亲，你父亲，他，一点错处没有！你也是好孩子！我爱你们——可是咱们不能再住下，住下；好吧，马威，你去告诉你父亲，我不能和他去说！"

她的两颗干巴巴的泪珠，顺着鼻子两旁滚下去，滴得很快。

"好吧，温都太太，我去告诉他。"马威说着就往外走。她点了点头，用小手绢轻轻地揉着眼睛。

"父亲，温都太太叫咱们搬家！"马威冷不防地进来说，故意地试一试他父亲态度。

"啊！"马老先生看了马威一眼。

"咱们就张罗着找房吧？"马威问。

"你等等！你等等！听我的信！"马老先生拔出嘴中的烟袋，指着马威说。

"好啦，父亲，我上铺子啦，晚上见！"马威说完，轻快地跑下去。

马老先生想了半点多钟，什么主意也没想出来。下楼跟她去当面说，不敢。一声儿不出就搬家，不好意思。找伊牧师来跟她说，又恐怕他不管这些闲事；外国鬼子全不喜欢管别人的事。

"要不怎么说，自由结婚没好处呢！"他自己念道，"这要是中间有个媒人，岂不是很容易办吗：叫大媒来回跑两趟说说弄弄，行了！你看，现在够多难办，找谁也不好；咱自己是没法去说！"

马老老先生又想了半点多钟，还是没主意；试着想温都太太的心意：

"她为什么忽然打了退堂鼓呢？想不透！一点也想不透！嫌我穷？咱有铺子呀！嫌咱老，她也不年轻呀！嫌咱是中国人？中国人是顶文明的人啦，嗐！嫌咱丑？有眼睛的都可以看出来，咱是多么文雅！没脏没玷儿，地道好人！不要我，新新！"他的小胡子立起来，颇有生气的趋势："咱犯得上要她不呢？这倒是个问题！小洋娘们，小尖鼻子，精明鬼道，吹！谁屑于跟她捣乱呢！吹！搬家，搬就搬！太爷不在乎！"马老老先生生气的趋势越来越猛，嘴唇带着小胡子一齐地颤。忽然站起来，叼着烟袋就往楼下走。

"喝一回去！"他心里说，"给他个一醉方休！谁也管不了！太爷！"他轻轻拍了胸膛一下，然后大拇指在空中一挑。

温都太太听见他下来，故意地上来看他一眼。马老先生斜着眼瞟了她一下，扣上帽子，穿上大氅，开门出去了。出了门，回头向门环说："太爷。"

温都太太一个人在厨房里哭起来了。

....

马威在小柜房儿坐着，看着春季减价的报单子，明信片，目录，全在桌儿上堆着，没心去动。

事情看着是简单,当你一细想的时候,就不那么简单了。马威心中那点事,可以用手指头数过来的;只是数完了,他还是照样地糊涂,没法办!搬家,跟父亲痛痛快快地说一回,或者甚至闹一回;闹完了,重打鼓,另开张,干!这很容易,想着很容易;办办看?完了!到底应搬家不?到底应和父亲闹一回不?最后,到底应把她完全忘掉?说着容易!大人物和小人物有同样的难处,同样的困苦;大人物之所以为大人物,只是在他那点决断。马威有思想,有主见,只是没有决断。

他坐在那里,只是坐着。思想和伦敦的苦雾一样黑暗,灵魂像在个小盒子里扣着,一点亮儿看不见,渐渐要沉闷死了。心中的那点爱,随着玛力一股,随着父亲一股,随着李子荣一股,零落地分散尽了;只剩下个肉身子坐在那里。活的地狱!

他盼着来个照顾主儿,没有,半天连一个人也没来。盼着父亲来,没有,父亲是向不早来的。

李子荣来了。

他好像带着一团日光,把马威的浑身全照亮了。"马老!怎么还不往外送信呀?"李子荣指着桌上的明信片说。

"老李,别忙,今天准都送出去。"马威看着李子荣,大眼睛里发出点真笑:"你这几天干什么玩呢?""我?穷忙一锅粥!"他说着把帽子摘下来,用袖子擦擦帽沿,很慎重地放在桌儿上:"告诉你点喜事!马老!""谁的喜事?"马威问。

"咱的!"李子荣指着自己的鼻子说,脸上稍微红了一点:"咱的,咱定了婚啦!"

"什么?你?我不信!我就没看见你跟女人一块走过!"马威

扶着李子荣的肩膀说。

"你不信？我不冤你，真的！母亲给定的！"李子荣的脸都红匀了："二十一岁，会做饭，做衣裳，长得还不赖！""你没看见过她？"马威板着脸问。

"看见过！小时候，天天一块儿玩！"李子荣说得很得意，把头发全抓乱了。

"老李，你的思想很新，怎么能这么办呢！你想想将来的乐趣！你想想！你这么能干，这么有学问；她？一个乡下佬儿，一个字不认识，只会做饭，做衣裳，老李，你想想！""她认识字，认识几个！"李子荣打算替她辩护，不由得说漏了。

"认识几个！"马威皱着眉说，"老李，我不赞成你的态度！我并不是看咱们自己太高，把普通的女人一笔扫光，我是说你将来的乐趣，你似乎应当慎重一点！你想想，她能帮助你吗，她不识字——"

"认识几个！"李子荣找补了一句。

"——对，就算认得几个吧，你想她能帮助你的事业吗？你的思想，学问；她的思想和那几个字，弄不到一块儿！""马老，你的话有理。"李子荣想了一想，说："但是，你得听我的，我也有一片傻理儿不是？咱们坐下说！"两个青年脸对脸地坐下，李子荣问："你以为我的思想太旧？"

"假如不是太糊涂！"马威说，眼珠里挤出一点笑意。"我一点也不糊涂！我以为结婚是必要的，因为男女的关系——"李子荣抓了抓头发，想不起相当的字眼儿来，看了棚顶一眼，说："可是，现在婚姻的问题非常地难解决：我知道由相爱而结婚是正当的办法，但是，你睁开眼看看中国的妇女，看看她们，看完了，你的心就凉了！中学的，大学的女学生，是不是学问有根底？退一步说是不是会洗衣裳，做饭？爱情，爱情的底下，含藏着互助，体谅，责任！我不能爱一个不能帮助我，体谅我，替我负责的姑娘；不管她怎么好看，不管她的思想怎样新——"

"你以为做饭，洗衣裳，是妇女的唯一责任？"马威看看李子荣问。

"一点不错，在今日的中国！"李子荣也看着马威说，"今日的中国没妇女做事的机会，因为成千累万的男人还闲着没事作呢。叫男人都有了事做，叫女人都能帮助男人料理家事！有了快乐的，稳固的家庭，社会才有起色，人们才能享受有趣的生活！有一点知识是最危险的事，今日的男女学生就是吃这个亏，只有一点知识，是把事实轻轻地一笔勾销。念过一两本爱情小说，便疯了似的讲自由恋爱，结果，还是那点老事，男女到一块儿睡一夜，完事！男女间相互的责任，没想；快乐，不会有的！我不能说我恨他们，但是我宁可娶个会做饭，洗衣裳的乡下佬，也不去和那位'有一点知识'，念过几本小说的姑娘去套交情！"

"好啦，别说了，老李！"马威笑着说："去和我父亲谈一谈吧，他准爱听你这一套！不用说了，你不能说服了我，我也不能叫你明白我；最好说点别的，不然，咱们就快打起来了！"

"我知道你看不起我！"李子荣说，"看我俗气！看我不明白新思想！我知道，马老！"

"除去你太注重事实，没有看不起的地方，老李！""除去你太好乱想，太不注重事实，没有看不起你的地方，马老！"

两个青年全笑起来了。

"咱们彼此了解,是不是?"李子荣问。

"事实上!感情上咱们离着很远很远,比由地球到太阳的距离还远!"马威回答。

"咱们要试着明白彼此,是不是?"

"一定!"

"好了,庆贺庆贺咱的婚事!"

马威立起来,握住李子荣的手,没说出什么来。"我说,马老!我不是为谈婚姻问题来的,真!把正事儿都忘了!"李子荣很后悔的样子说:"我请你来了!""请我吃饭,庆贺你的婚事?"马威问。

"不是!不是!请你吃饭?你等着吧,多咱你听说老李成了财主,多咱你才有吃我的希望!"李子荣笑了一阵,觉得自己说的非常俏皮:"是这么回事:西门太太今天晚上在家里请客,吃饭,喝酒,跳舞,音乐,应有尽有。这一晚上她得花好几百镑。我告诉你,马老,外国阔人真会花钱!今天晚上的宴会是为什么?为是募捐建设一个医院。你猜什么医院?猫狗医院!穷人有了医院,穷人的猫狗生了病上那儿去呢?西门太太没事就跟西门爵士这样念叨。募捐立个猫狗医院!西门爵士告诉她。你看,还是男人有主意不是,马老?我说到那里去了?"李子荣拍着脑门想了想:"对了,西门夫人昨天看见了我,叫我给她找个中国人,做点游戏,或是唱个歌。她先问我会唱不会。?我说,西门太太,你要不怕把客人全吓跑了,我就唱。她笑了一阵,告诉我,她决无意把客人全吓跑!我于是便想起你来了,你不是会唱两段'昆曲'吗,今天晚上去唱一回,你帮助她,她决不会辜负你!我的经验是:英国的工人顶有涵养,英国的贵族顶有度量;我就是不爱英国中等人!你去不去?白吃白喝一晚上,就手儿看看英国上等社会的状况,今天的客人全是阔人。你去不去?""我没礼服呀!"马威的意思是愿意去。

"你有中国衣裳没有?"

"有个绸子夹袄,父亲那里还有个缎子马褂。""成了!成了!你拿着衣裳去找我,我在西门爵士的书房等你,在那里换上衣裳,我把你带到西门太太那里去。你这一穿中国衣裳,唱中国曲,她非喜欢坏了不可!我告诉你,你记得年前西门爵士在这儿买的那件中国绣花裙子?西门太太今天晚上就穿上,我前天还又给她在皮开得栗找了件中国旧灰鼠深蓝官袍,今天晚上她是上下一身儿中国衣裳。一来是外国人好奇,二来中国东西也真好看!我有朝一日做了总统,我下令禁止中国人穿西洋衣服!世界上还有比中国服装再大雅,再美的!"

"中国人穿西装也是好奇!"马威说。

"俗气的好奇!没有审美的好奇!"李子荣说。"西服方便,轻利!"马威说。

"做事的时候穿小褂,一样的方便!绸子衫儿,葛布衫儿比什么都轻利,而且好看!"李子荣说。

"你是顽固老儿,老李!"

"你,维新鬼!马老!"

"得,别说了,又快打起来啦!"

"晚上在西门宅上见,七点!不用吃晚饭,今天晚上是法国席!晚上见了!"李子荣把帽子拿起来,就手儿说,"马老!把这些传单和信，赶紧发出去。再要是叫我看见在这里堆着，咱们非打一回不可！"

"给将来的李夫人寄一份去吧？"马威笑着问。"也好，她认识几个字！"

"这是英文的，先生！"

李子荣扣上帽子，打了马威一拳，跑了。

11

风里裹着些暖气，把细雨丝吹得绵软无力，在空中逗游着，不直着往下落。街上的卖花女已经摆出水仙和一些杂色的春花，给灰暗的伦敦点缀上些有希望的彩色。圣诞和新年的应节舞剧，马戏，什么的，都次第收场了；人们只讲究着足球最后的决赛，和剑桥牛津两大学赛船的预测。英国人的好赌和爱游戏，是和吃牛肉抽叶子烟同样根深蒂固的。

公园的老树挂着水珠，枝儿上已露出些红苞儿。树根的湿土活软地放出一股潮气，一两个小野水仙从土缝儿里顶出一团小白骨朵儿。青草比夏天还绿的多，风儿吹过来，小草叶轻轻地摆动，把水珠儿次第地摆下去。伦敦是喧闹的，忙乱的，可是这些公园老是那么安静幽美，叫人们有个地方去换一口带着香味的空气。

马老老先生背着手在草地上扭，脚步很轻，恐怕踩死草根伏着的蚯蚓。没有拿伞，帽沿上已淋满了水珠。鞋已经湿透，还是走；虽然不慌，心中确是很坚决的，走！走着，走着，走到街上来了；街那边还有一片草地；街中间立着个战死炮兵的纪念碑。马老先生似乎记得这个碑,又似乎不大认识这个地方;他向来是不记地名的;更不喜欢打听道儿。打算过街到那边的公园看看,马路上的汽车太多,看着眼晕。他跺了跺鞋上的泥,又回来了。

找了条板凳,坐了一会儿。一个老太太拉着条脸长脖子短的小狗,也坐下了。他斜眼瞪了她一眼,瞪了小狗半眼,立起来往草地上走。

"丧气!大早晨的遇见老娘们,还带着条母狗!"他往草叶上吐了两口唾沫。

走了一会儿,又走到街上来了,可是另一条街:汽车不少,没有纪念碑。"这又是什么街呢?"他问自己。远处的墙上有个胡同名牌,身份所在,不愿意过去看;可有贵人在街上找地名的?没有!咱也不能那么干!打算再回公园去绕,腿已经发酸,鞋底儿冰凉;受了寒不是玩的!回家吧!

回家?把早晨带出来的问题一个没解决,就回家?不回去?再在公园绕上三天,三个礼拜,甚至于三年,就会有了主意吗?不一定!难!难!难!自幼儿没受过困苦,没遭过大事,没受过训练,那能那么巧,一遇见事就会有办法!回家,还是回家!见了她就说!

叫了辆汽车回家。

温都太太正收拾书房,马老先生进来了。

"嘿喽!出去走得怎么样?"她问。

"很好,很好!"他回答。"公园里很有意思,小水仙花,这么一点,"他伸着小指说,"刚由土里冒出来。玛力上工去啦?她今天欢喜点了吧?"

"她今天可喜欢了!"她一边擦窗户一边说,并没看着他:

"多瑞姑姑死了,给玛力留下一百镑钱,可怜的多瑞!这一百镑钱把玛力的小心给弄乱了,她要买帽子,要买个好留声机,要买件皮袄,又打算存在银行生利。买东西就不能存起来生利,不能两顾着,是不是?小玛力,简直的不知道怎么好了!""华盛顿还是没来?"马老先生问。

"没有!"她很慢地摇摇头。

"少年人不可靠!不可靠!"他叹息着说。

她回过头来,看着他,眼中有一星的笑意。

"少年人不可靠!少年人的爱情是一时的激刺,不想怎么继续下去,怎么组织起个家庭来!"马老先生自有生以来没说过这么漂亮的话,而且说得非常自然,诚恳。说完了一摇头,又表示出无限的感慨!——早晨这一趟公园漫步真没白走,真得了些带诗味的感触。说完,他看着温都太太,眼里带出不少恳求哀告的神气来。

她也听出他的话味来,可是没说什么,又转回身去擦玻璃。

他往前走了两步,很勇敢,很坚决,心里说:"今儿个就是今儿个了,成败在此一举啦!"

"温都太太!温都太太!"他只叫了这么两声,他的声音把心中要说的话都表示出来。他伸着一只手,手指头都沉重地颤着。

"马老先生!"她回过身来,手在窗台上支着,"咱们的事儿完了,不用再提!"

"就是因为那天买戒指的时候,那个伙计说了那么几句话?"他问。

"不!理由多了!那个不过是一个起头。那天回来,我细细想了一回,理由多了,没有一个理由叫我敢再进行的!我爱你——"

"爱就够了，管别的呢！"他插嘴说。

"社会！社会！社会专会杀爱情！我们英国人在政治上是平等的，可是在社交上我们是有阶级的。我们婚姻的自由是限于同等阶级的。有同等地位，同等财产，然后敢谈婚姻，这样结婚后才有乐趣。一个王子娶一个村女，只是写小说的愿意这么写，事实上是做不到的！就打算这是事实，那个小乡下姑娘也不会快乐，社会，习惯，礼节，言语，全变了，全是她所不知道的，她怎能快活！"她喘了一口气，无心地用抹布擦了擦小鼻子，然后接着说："至于你我，没有阶级的隔膜；可是，种族的不同在其中作怪！种族比阶级更厉害！我想了，细细地想了，咱们还是不冒险好！你看，玛力的事儿，十分有九分是失败了；为她打算，我不能嫁你；一个年轻气壮的小伙子爱上她，一听说她有个中国继父，要命他也不娶她！人类的成见，没法子打破！你初来的时候，我也以为你是什么妖怪野鬼，因为人人都说你们不好吗。现在我知道你并不是那么坏，可是社会上的人不知道；咱们结婚以后还是要在社会上活着的；社会的成见就三天的工夫能把你我杀了！英国男人娶外国妇人是常有的事，人们看着外国的妇女怀疑可是不讨厌；英国妇人嫁外国男人，另一回事了；你知道，马老先生，英国人是一个极骄傲的民族，看不起嫁外国人的妇人，讨厌娶英国老婆的外国人！我常听人们说：东方妇女是家中的宝贝，不肯叫外人看见，更不肯嫁给外国人，英国人也是一样，最讨厌外国人动他们的妇女！马老先生，种族的成见，你我打不破，更犯不上冒险的破坏！你我可以永远做好朋友，只能做好朋友！"

马老先生浑身全麻木了，一句话也说不出来了。待了老大半天,他低声儿说:"我还可以在这儿住?"

"呕!一定!我们还是好朋友!前些天我告诉马威,叫你们搬家,是我一时的冲动!我要真有心叫你搬,为什么我不催促你呢!在这儿住,一定!"她笑了一笑。

他没言语,低着头坐下。

"我去叫拿破仑来跟你玩。"她搭讪着走出去了。

第五段

1

三月中间,伦敦忽然见着响晴的蓝天。树木,没有云雾的障蔽,好像分外高瘦了一些。榆树枝儿纷纷往下落红黄的鳞片,柳枝很神速地挂上一层轻黄色。园中的野花,带着响声,由湿土里往外冒嫩芽。人们脸上也都多带出三分笑意。肥狗们乐得满街跳,向地上的树影汪汪地叫。街上的汽车看着花哨多了,在日光里跑得那么利嗖,车尾冒出的蓝烟,是真有点蓝色了。铺子的金匾,各色的点缀,都反射出些光彩来,叫人们的眼睛有点发花,可是心中痛快。

虽然天气这么好,伊家的大小一点笑容都没有,在客厅里会议。保罗叼着烟袋,皱着眉。伊牧师的脑勺顶着椅子背,不时地偷看伊太太一眼。她的头发连一点春气没有,干巴巴地在头上绕着,好像一团死树根儿。她的脖子还是梗得很直,眼睛带出些毒光,鼻子边旁的沟儿深,很深,可是很干,像两条冻死的护城河。

"非把凯萨林拉回来不可！我去找她，我去！"伊太太咬着牙说。

"我不能再见她的面！趁早不用把她弄回来！妈！"保罗说，态度也很坚定。

"咱们不把她弄回来，玛力要是告下华盛顿来，咱们全完，全完！谁也不用混啦！我在教会不能再做事，你在银行也处不下去啦！她要是告状，咱们就全完，毁到底！你我禁得住报纸的宣扬吗！把她弄回来，没第二个办法！"伊太太说，说得很沉痛，字字有力。

"她要是肯和人跑了，咱们就没法子把她再叫回来！"保罗说，脸上显着非常的愤怒："我早知道她！自私，任性，不顾脸面！我早知道她！"

"不用空恨她！没用！想办法！你恨她，我的心都碎了！自幼儿到现在，我哪一天不给她些《圣经》上的教训？我哪一天不拿眼睛盯着她？你恨她，我才真应当恨她的呢！可是，无济于事，恨她算不了什么；再说，咱们得用爱力感化她！她跑了，咱们还要她，只要她肯改邪归正；只要她明白基督的教训；只要她肯不再念那些邪说谬论！我去找她，找到天边，也把她找回来！我知道她现在不会快乐，我把她找回来，叫她享受一切她从前的快乐；我知道她跟我在一块儿是最快活的；叫我的女儿快活是我的责任，不管她怎么样对不起我！"伊太太一气说完，好像心中已打好了稿子，一字不差地背了一过。眼中有点湿润，似乎是一种泪，和普通人的泪完全不同。

"她决不会再回来！她要是心里有咱们，她就决不会跟华盛顿那小子跑了！妈，你怎办都好，我走！我要求银行把我调到印度，埃及，日本，哪儿也好；我不能再见她！英国将来有亡的那一天，就亡在这群自私，不爱家，不爱国，不爱上帝的男女们！"保罗嚷着说，说完，站起来，出去了。

欧洲大战的结果，不但是摇动各国人民的经济基础，也摇动了人们的思想：有思想的人把世界上一切的旧道德，旧观念，重新估量一回，重新加一番解释。他们要把旧势力的拘束一手推翻，重新建设一个和平不战的人类。婚姻、家庭、道德、宗教、政治，在这种新思想下，全整个地翻了一个筋斗；几乎有连根拔去的样子。普通的人们在这种波浪中，有的心宽量大，随着这个波浪游下去，在这种波浪中，他们得到许多许多的自由；有的心窄见短，极力地逆着这个潮浪往回走，要把在浪中浮着的那些破残的旧东西，捉住，紧紧地捉住。这两队人滚来滚去，谁也不了解谁，谁也没心去管谁；只是彼此猜疑，痛恨；甚至于父子兄弟间也演成无可调和的惨剧。

英国人是守旧的，就是守旧的英国人也正在这个怒潮里滚。

凯萨林的思想和保罗的相差至少有一百年：她的是和平，自由；打破婚姻，宗教；不要窄狭的爱国；不要贵族式的代议政治。保罗的呢：战争，爱国，连婚姻与宗教的形式都要保存着。凯萨林看上次的大战是万恶的，战前的一切是可怕的；保罗看上次的大战是最光荣的，战前的一切是黄金的！她的思想是由读书得来的；他的意见是本着本能与天性造成的。她是个青年，他也是个青年，大战后的两种青年。她时时处处含着笑怀疑，他时时处处叼着烟袋断定。她要知道，明白；他要结果，效用。她用脑子，他用心血。谁也不明白谁,他恨她,因为他是本着心血,感情,遗传,而断定的!

她很安稳地和华盛顿住在一块,因为他与她相爱。为什么要买个戒指戴上?为什么要上教堂去摸摸《圣经》?为什么她一定要姓他的姓?……凯萨林对这些问题全微微地一笑。

玛力——和保罗是一样的——一定要个戒指,一定要上教堂去摸《圣经》,一定叫人称呼她华盛顿太太。她的举动像个小野猫儿,她的思想却像个死牛。她喜欢露出白腿叫男人看,可是她的腿只露到膝下,风儿把裙子刮起一点,便赶快地拉住,看着傻气而可笑。她只是为态度,衣帽,叫男人远远看着她活着的。她最后的利器便是她的美。凭着她的美捉住个男人,然后成个小家庭,完了!她的终身大事只尽于此!她不喜欢有小孩,这虽是新思想之一,可是玛力信这个只是为方便。小孩子是最会破坏她的美貌的,小孩是最麻烦的,所以她不愿意生小孩;而根本不承认她有什么生育制限的新思想。

华盛顿拿玛力与凯萨林一比较,他决定和凯萨林一块住了。他还是爱玛力,没忘了她;可是他和凯萨林的关系似乎在"爱"的以上。这点在"爱"以上的东西是欧战以后的新发现,还没有人知道是什么东西。这点东西是不能以形式限制住的,这点东西是极自由的,极活泼的。玛力不会了解,还不会享受,因为她的"爱"的定义是以婚姻,夫妇,家庭,来限定的;而这点东西是决不能叫那些老风俗捆住的。

凯萨林与华盛顿不耻手拉着手儿去见伊太太,也不怕去见玛力;只是伊太太与玛力的不了解,把他与她吓住了;他与她不怕人,可是对于老的思想有些不敢碰。这不是他与她的软弱,是世界潮流的击撞，不是个人的问题，是历史的改变。他与她的良心是平安的，可是良心的标准是不同的；他与她的良心不能和伊太太，玛力的良心搁在同一天平上称。好吧，他与她顶好是不出头，不去见伊太太与玛力。"可怜的保罗！要强的保罗！我知道他的难处！"伊太太在保罗出去以后，自己叨唠着。

伊牧师看了她一眼，知道到了他说话的时候了，嗽了两下，慢慢地说：

"凯不是个坏丫头，别错想了她。"

"你老向着她说话，要不是你惯纵着她，她还作不出这种丑事呢！"伊太太一炮把老牧师打闷过去。

伊牧师确是有点恨她，可是不敢发作。

"我找她去！我用基督耶稣的话把她劝回来！"伊太太勉强一笑，和魔鬼咧嘴一样的和善。

"你不用找她去，她不回来。"伊牧师低声的说："她和他在一块儿很快乐呢，她一定不肯回来；要是不快乐呢，她有挣饭吃的能力，也不肯回来。我愿意她回来，她最爱我，我最疼她！"他的眼圈儿湿了，接着说："可是我不愿意强迫她回来。她有她的主张，意见。她能实行她的主张与意见，她就快活；我不愿意剥夺她的快活！现在的事，完全在玛力身上，玛力要告状，咱们全完；她高高一抬手，万事皆休；全在她一个人身上。你不用去找凯，我去看她，听一听她的意见，然后我去求玛力！"

"求——玛力！！求！！！"伊太太指着他的鼻子说，除了对于上帝，她没用过这个"求"字！

"求她！"伊牧师也叫了劲，声音很低，可是很坚决。"你的女儿跑了,去求一个小丫头片子!你的身份,伊牧师!"伊太太喊。

"我没身份!你和保罗都有身份,我没有!你要把女儿找回来,只为保持你的脸面,不管她的快乐!同时你一点没想到玛力的伤心!我没身份,我去求她!她肯听我的呢,她算牺牲了自己,完成凯萨林的快乐;她不肯听我的呢,她有那分权利与自由,我不能强迫她!可怜的玛力!"

伊太太想抓起点东西往他的头上摔;忽然想起上帝,没敢动手。她恶狠狠地瞪了他一眼,顶着那头乱棉花走出去了。

....

伊牧师和温都太太对着脸坐着,玛力抱着拿破仑坐在钢琴前面。在灯光下,伊牧师的脸是死白死白的。

"玛力!玛力!"他说,"凯萨林不对,华盛顿也不对;这委屈了你!可是事已至此,你要严重地对他呢,连他带我就全毁了!你有法律上的立脚地,你请求赔偿,是一定可以得到的。连赔偿带手续费,他非破产不可!报纸上一宣扬,我一家子也全跟着毁了!你有十足的理由去起诉,你有十足的理由去要求赔偿,我只是求你,宽容他一些!华盛顿不是个坏小子,凯萨林也不是个坏丫头,只是他们的行动,对不起你;你能宽容他们,他们的终身快乐是你给的!你不饶恕他们,我一点也不说你太刻,因为你有充分的理由;我是来求你,格外的留情,成全他们,也成全了我们!在法律上他与她是应当受罚的,在感情上他们有可原谅的地方。他们被爱情的冲动做下这个错事,他们决无意戏弄你,错待你,玛力!你说一句话,玛力,饶恕他们,还是责罚他们。玛力姑娘,你说一句话!"

玛力的泪珠都落在拿破仑的身上,没有回答。

"我看,由法律解决是正当的办法,是不是?伊牧师!"温都太太嘴唇颤着说。

伊牧师没言语,双手捧着脑门。

"不!妈!"玛力猛孤丁地站起来说,"我恨他,我恨他!我——爱他!我不能责罚他!我不能叫他破产!可是,得叫他亲自来跟我说!叫他亲自来!我不能听旁人的,妈,你不用管!伊牧师,你也管不了!我得见他,我也得见她!我看看他们,只要看看他们!哈哈!哈哈!"玛力忽然怪笑起来。

"玛力!"温都太太有点心慌,过去扶住女儿。伊牧师坐在那里像傻了一样。

"哈哈!哈哈!"玛力还是怪笑,脸上通红,笑了几声,把头伏在钢琴上哭起来。

拿破仑跑到伊牧师的腿旁,歪着头看着他。

2

马威和李子荣定好在礼拜天去看伦敦北边的韦林新城。这个新城是战后才建设的。城中各处全按着花园的布置修的,夏天的时候,那一条街都闻得见花香。城中只有一个大铺子,什么东西都卖。城中全烧电气,煤炭是不准用的,为是保持空气的清洁。只有几条街道可以走车马,如是,人们日夜可以享受一点清静的生活。城中的一切都近乎自然,可是这个"自然"的保持全仗着科学:电气的利用,新建筑学的方法,花木的保护法,道路的布置,全是科学的。这种科学利用,把天然的美增加了许多。把全城弄成极自然，极清洁，极优美，极合卫生，不是没有科学知识的所能梦想得到的。

科学在精神方面是求绝对的真理，在应用方面是给人类一些幸福。错用了科学的是不懂科学，因科学错用了而攻击科学，是不懂科学。人生的享受只有两个：求真理与娱乐。只有科学能供给这两件。

两个人坐车到邦内地，由那里步行到新城去。顺着铁路走，处处有些景致。绿草地忽高忽低，树林子忽稀忽密。人家儿四散着有藏在树后的，有孤立在路旁的，小园里有的有几只小白鸡，有的挂着几件白汗衫，看着特别的有乡家风味。路上，树林里，都有行人：老太婆戴着非常复杂的帽子，拄着旱伞，上教堂去做礼拜。青年男女有的挨着肩在树林里散逛，有的骑着车到更远的乡间去。中年的男人穿着新衣裳，带着小孩子，在草地上看牛、鸡、白猪、鸟儿，等等。小学生们有的成群打伙地踢足球，有的在草地上滚。

工人们多是叼着小泥烟袋，拿着张小报，在家门口儿念。有时候也到草地上去和牛羊们说回笑话。

英国的乡间真是好看：第一样处处是绿的，第二样处处是自然的，第三样处处是平安的。

"老李，"马威说，"你看伊姑娘的事儿怎么样？你不赞成她吧？"

李子荣正出神地看着一株常绿树，结着一树的红豆儿，好像没听见马威说什么。

"什么？呕，伊姑娘！我没有什么不赞成她的地方。你看那树的红豆多么好看？"

"好看！"马威并没注意地看，随便回答了一句，然后问，"你不以为她的行动出奇？"

"有什么出奇！"李子荣笑着说，"这样的事儿多了！不过我决不肯冒这个险。她，她是多么有本事！她心里有根：她愿意和一个男人一块住，她就这么办了，她有她的自由，她能帮助他。她不愿意和他再混，好，就分离，她有能力挣饭吃。你看，她的英文写得不错，她会打字，速记，她会办事，又长的不丑，她还怕什么！凡是敢实行新思想的，一定心里有点玩意儿；没真本事，光瞎喊口号，没有个成功！我告诉你，马老，我就佩服外国人一样：他们会挣钱！你看伊太太那个家伙，她也挣三四百一年。你看玛力，小布人似的，她也会卖帽子。你看亚力山大那个野调无腔，他也会给电影厂写布景。你看博物院的林肯，一个小诗人，他也会翻译中国诗卖钱。我有一天问他，中国诗一定是有价值，不然你为什么翻译呢？你猜，他说什么？'中国东西现在时兴，翻点中国诗好卖钱！'他们的挣钱能力真是大，真厉害。有了这种能力，然后他们的美术、音乐、文学，才会发达，因为这些东西是精神上的奢侈品，没钱不能做出来。你看西门爵士那一屋子古玩，值多少钱！他说啦，他死的时候，把那些东西都送给伦敦博物院。中国人可有把一屋子古玩送给博物院的？连窝窝头还吃不上，还买古玩，笑话！有了钱才会宽宏大量，有了钱才敢提倡美术，和慈善事业。钱不是坏东西，假如人们把钱用到高尚的事业上去。我希望成个财主，拿出多少万来，办图书馆，办好报纸，办博物院，办美术馆，办新戏园，多了！多了！好事情多了！"李子荣吸了口气，空气非常地香美。

马威还想着伊姑娘的事，并没听清李子荣说的是什么。"可怜的玛力！"马威叹息了一声。

"我说的话，你全没听？马老！"李子荣急了。

"听见了，全听见了！"马威笑了，"可怜的玛力！""扔开你的玛力和凯萨林！可怜？我才可怜呢！一天到晚穷忙，还发不了财！"李子荣指手画脚地嚷，把树上的小鸟吓飞了一群。

马威不说话了，一个劲儿往前走。头低着，好像叫思想给赘沉了似的。

李子荣也不出声，扯开粗腿，和马威赛开了跑。两个人一气走了三里，走得喘吁吁的。脸全红了，手指头也涨起来。

谁也不服谁，谁也不说话，只是走，越走越有劲。

马威回头看了李子荣一眼，李子荣往起一挺胸脯，两个人又走下去了。

"可怜的玛力！"李子荣忽然说，学着马威的声调。马威站住了，看着李子荣说："你是成心耍我呀，老李！什么玛力呀？又可怜呀？""你老说我太注重事实吗，我得学着浪漫一点，是不是？"李子荣说。

两个人走得慢了。

"老李，你不明白我！"马威拉住李子荣的胳臂，说："说真的，我还是对玛力不死心！我简直的没办法！有时候我半夜半夜地睡不着觉，真的！我乱想一回：想想你的劝导，想想父亲的无望，想想事业，想想学问；不论怎么想吧，总忘不了她！她比仙女还美，同时比魔鬼还厉害！""好马老，你我真和亲弟兄一样，我还是劝你不必妄想！"李子荣很诚恳地说，"我看她一定把华盛顿给告下来，至少也要求五六百镑的赔偿。她得了这笔钱，好好地一打扮,报纸上把她的影片一登,我敢保,不出三个月她就和别人结婚。外国人最怕报纸,可是也最喜欢把自己的姓名,相片,全登出来。这是一种广告。谁知道小玛力?没人!她一在报纸上闹腾,行了,她一天能接几百封求婚书。你连半点希望也没有!不必妄想,马老!"

"你不知道玛力,她不会那么办!"马威很肯定地说。

"咱们等着瞧!钱,名,都在此一举,她不是个傻子!况且华盛顿破坏婚约,法律上有保护玛力的义务。"

"我没望?"马威说得很凄惨。

李子荣摇了摇头。

"我再试一回,她再拒绝我,我就死心了!"马威说。

"也好!"李子荣带着不赞成的口气。

"我告诉你,老李,我跟她说一回;再跟父亲痛痛快快说一回,关于铺子的事。她拒绝我呢,我无法。父亲不听我的呢,我走!他一点事儿不管,老花钱,说不下去;我得念书。不能一天粘在铺子里。我忍了这么些日子了,他一点看不出来;我知道不抓破面皮地跟他说,他要命也不明白我们的事情,非说不可了!"

"打开窗子说亮话,顶好的事!不过——"李子荣看见路旁的里数牌:"哈,快到了,还有半里地。我说,现在可快一点钟了,咱们上哪儿去吃饭呢?新城里一定没饭馆!"

"不要紧,车站上许有酒馆,喝杯酒,来两块面包,就成了。"马威说。

离车站不远有一带土坡,上面不少小松树。两个人上了土坡,正望见新城。高低的房屋,全在山坡下边,房屋那边一条油光光的马路，是上剑桥的大道。汽车来回地跑，远远看着好像几个小黑梭。天是阴着，可是没雾，远远的还可以看见韦林旧城。城里教堂的塔尖高高地在树梢上挺出来，看着像几条大笋。两城之间，一片高低的绿地，地中圈着些牛羊。羊群跑动，正像一片雪被风吹着流动似的。

两个人看了半天，舍不得动。教堂的钟轻轻地敲了一点。

....

自从由韦林新城回来，马威时时刻刻想和玛力谈一谈，可是老没得机会。

有一天晚上，温都太太有些头疼，早早地就睡了。马老先生吃完晚饭出去了，并没告诉别人到哪里去。玛力一个人抱着拿破仑在客厅里坐着，哭丧着脸和拿破仑报委屈。马威在屋外咳嗽了一声，推门进来。

"哈喽，马威！"

"玛力，你没出去？"马威说着过去逗拿破仑。"马威，你愿意帮助我吗？"玛力问。

"怎么帮助你？"马威往前又凑了凑。

"告诉我，华盛顿在哪儿住？"她假意地笑着说。"我不知道，真的！"

"无关紧要，不知道不要紧！"她很失望地一撇嘴。"玛力，"他又往前凑凑，说，"玛力！你还是爱华盛顿？你不会给真爱你的人一点机会？"

"我恨他！"玛力往后退退身子，"我恨你们男人！"

"男人里有好的！"马威的脸红了一点，心里直跳。玛力乐了，乐得挺不自然。

"马威，你去买瓶酒，咱们喝，好不好？我闷极了，我快疯了！"

"好，我去买，你要喝什么？"

"是有辣劲的就成，我不懂得酒。"

马威点点头，拿上帽子，出去了。

....

"马威。我脸红了！很热！你摸！"

马威摸了摸她的脸蛋，果然很热。

"我摸摸你的！"玛力的眼睛分外的光亮，脸上红得像朝阳下的海棠花。

他把她的手握住了，他的浑身全颤动着。他的背上流着一股热气。他把她的手，一块儿棉花似的，放在他的唇边。她的手背轻轻往上迎了一迎。他还拉着她的手，那一只手绕过她的背后，把嘴唇送到她的嘴上。她脸上背上的热气把他包围起来，他什么也不知道了，只听得见自己心房的跳动。他把全身上的力量全加到他的唇上，她也紧紧搂着他，好像两个人已经化成一体。他的嘴唇，热，有力，往下按着；她的唇，香软，柔腻，往上凑和。他的手脚全凉了，无意识地往前躬了躬身，把嘴唇更严密地，滚热地，往下扣。她的眼睛闭着，头儿仰着，把身子紧紧靠着他的。

她睁开眼，用手轻轻一推他的嘴，他向后退了两步，差点没倒下。

她又灌下去一杯！喝得很凶，怪可怕的。舐了舐嘴唇，她立起来，看着马威。

"哈哈，原来是你！小马威！我当你是华盛顿呢！你也好，马威,再给我一个吻!这边!"她歪着右脸递给他。马威傻子似的往后退了两步,颤着说:"玛力!你醉了?"

"我没醉!你才醉了呢!"她摇晃着向他走过来,"你敢羞辱我,吻我!你!"

"玛力!!"他拉住她的手。

她由他拉着手,低下头,一个劲儿笑。笑着,笑着,她的声音变了,哭起来。

拿破仑这半天看着他们,莫明其妙是怎一回事。忽然小耳朵立起来,叫了两声。马老先生开门进来了。

看见他们的神气,马老先生呆着想了半天,结果,他生了气。

"马威!这是怎回事呀!"马老先生理直气壮地问。马威没回答。

"玛力,你睡觉去吧!"他问玛力。

玛力没言语,由着马威把她搀到楼下去。

马威心里刀刺的难过。后悔不该和她喝酒,心疼她的遭遇,恨她的不领略他的爱情,爱她的温柔嘴唇,想着过去几分钟的香色……难过!没管父亲,一直上楼了。

马老先生的气头不小,自从温都太太拒绝了他,他一肚的气,至今没地方发送;现在得着个机会,非和马威闹一回不可。

他把他们剩下的酒全喝了,心气更壮了。上了楼来找马威。

马威也好,把门从里面锁好,马老先生干跺脚,进不去。"明天早晨见,马威!明天咱们得说说!没事儿把人家大姑娘灌醉了,拉着人家的手!你有脸皮没有哇?明天见!"马威一声也没出。

3

马老先生睡了一夜平安觉,把怒气都睡出去了。第二天早晨,肚子空空的,只想吃早饭,把要和马威算账也忘了。吃完早饭,他回到书房去抽烟,没想到马威反找他来了。

马威皱着眉,板着脸,眼睛里一点温和的样儿也没有。马老先生把昨天晚上的怒气又调回来了。心里说:"我忘了,你倒来找寻我!好,咱们得说说,小子!"

马威看着他父亲没有一处不可恨的。马老先生看着儿子至少值三百军棍。谁也没这么恨过谁,他们都知道;可是今天好像是有一股天外飞来的邪气,叫他们彼此越看越发怒。

"父亲,"马威先说了话,"咱们谈一谈,好不好?""好吧!"马老先生咂着烟袋,从牙缝里挤出这么两个字来。

"先谈咱们的买卖?"马威问。

"先谈大姑娘吧。"马老先生很俏皮地看了他儿子一眼。马威的脸色白了,冷笑着说:"大姑娘吧,二姑娘吧,关于妇女的事儿咱们谁也别说谁,父亲!"

马老先生嗽了两声,没言语,脸上慢慢红起来。"谈咱们的买卖吧?"马威问。

"买卖,老是买卖!好像我长着个'买卖脑袋'似的!"马老先生不耐烦地说。

"怎么不该提买卖呀?"马威瞪着他父亲问,"吃着买卖,喝着买卖!今天咱们得说开了,非说不可!"

"你，兔崽子！你敢瞪我！敢指着脸子教训我！我是你爸爸！我的铺子，你不用管，用不着你操心！"马老先生真急了，不然，他决不肯骂马威。

"不管，更好！咱们看谁管，谁管谁是王——"马威没好意思骂出来，推门出去了。

马威出了街门，不知道上哪儿好。不上铺子去，耽误一天的买卖；上铺子去，想着父亲的话真刺心。压了压气，还是得上铺子去；父亲到底是父亲，没法子治他；况且买卖不是父亲一个人的，铺子倒了，他们全得挨饿。没法子，谁叫有这样的父亲呢！

伦敦是大的，马威却觉着非常地孤独寂寞。伦敦有七百万人，谁知道他，谁可怜他；连他的父亲都不明白他，甚至于骂他！玛力拒绝了他，他没有一个知心的！他觉着非常地凄凉，虽然伦敦是这么热闹的一个地方。他没有地方去，虽然伦敦有四百个电影院，几十个戏馆子，多少个博物院，美术馆，千万个铺子，无数的人家，他却没有地方去；他看什么都凄惨；他听什么都可哭；因为他失了人类最宝贵的一件东西：爱！

他坐在铺子里，听着街上的车声，圣保罗堂的钟声，他知道还身在最繁华热闹的伦敦，可是他寂寞，孤苦，好像他在戈壁沙漠里独身游荡，好像在荒岛上和一群野鸟同居。

他鼓舞着自己，压制着怒气，去，去跳舞，去听戏，去看足球，去看电影；啊，离不开这个铺子！没有人帮助我，父亲是第一个不管我的！和他决裂，不肯！不管他罢，也不去跳舞，游戏；好好地念书，做事，由苦难中得一点学问经验；说着容易，感情的激刺往往胜过理智的安排。心血潮动的时候不会低头念书的！

假如玛力能爱我,马威想:假如我能天天吻她一次,天天拉拉她的手,能在一块儿说几句知心的话,我什么事也不管了,只是好好做事,念书;把我所能得的幸福都分给她一半。或者父亲也正这么想,想温都太太,谁管他呢!可怜的玛力,她想华盛顿,正和我想她一样!人事,爱情,永远是没系统的,没一定的!世界是个大网,人人想由网眼儿撞出去,结果全死在网里;没法子,人类是微弱的,意志是不中用的!

不!意志是最伟大的,是钢铁的!谁都可以成个英雄,假如他把意志的钢刃斫断了情丝,烦恼!马威握着拳头捶了胸口两下。干!干!往前走!什么是孤寂?感情的一种现象!什么是弱懦?意志的不坚!

进来个老太婆,问马威卖中国茶不卖。他勉强笑着把她送出去了。

"这是事业?呕,不怪父亲恨做买卖!卖茶叶不卖?谁他妈的卖茶叶!"

只有李子荣是个快乐人!马威想:他只看着事情,眼前的那一丁点事情,不想别的,于是也就没有苦恼。他和狮子一样,捉鹿和捉兔用同等的力量,而且同样的喜欢;只要捉住些东西就好,不管大小。李子荣是个豪杰,因为他能自己造出个世界来!他的世界里只有工作,没有理想;只有男女,没有爱情;只有物质,没有玄幻;只有颜色,没有美术!然而他快乐,能快乐的便是豪杰!

马威不赞成李子荣,却是佩服他,敬重他。有心要学他,不成,学不了!

"嘿喽,马威!"亚力山大在窗外喊,把玻璃震得直颤,"你父亲呢？"他开开门进来，差点给门轴给推出了槽。他的鼻子特别红，嘴中的酒味好像开着盖的酒缸。他穿着新红灰色的大氅，站在那里，好似一座在夕阳下的小山。"父亲还没来，干什么？"马威把手搁在亚力山大的手中，叫他握了握。亚力山大的大拇指足有马威的手腕那么粗。"好，我交给你吧。"亚力山大掏出十张一镑钱的票子。一边递给马威，一边说："他叫我给押两匹马，一匹赢了，一匹输了；胜负相抵，我还应当给他这些钱。"

"我父亲常赌吗？"马威问。

"不用问，你们中国人都好赌。你明白我的意思？"亚力山大说，"我说，马威，你父亲真是要和温都太太结婚吗？那天他喝了几盅，告诉我他要买戒指去，真的？""没有的事，英国妇人哪能嫁中国人，你明白我的意思？"马威笑着说，说得非常俏皮而不好听。

亚力山大看了马威一眼，撇着大嘴笑了笑。然后说："他们不结婚，两好，两好！我问你，你父亲没告诉你，他今天到电影厂去？"

"没有，上那儿去做什么？"马威问。

"你看，是不是！中国人凡事守秘密，不告诉人。你父亲允许帮助我做电影，今天应当去。他可别忘了哇！"马威心中更恨他父亲了。

"他在家哪？"亚力山大问。

"不知道！"马威回答的干短而且难听。

"回头见，马威！"亚力山大说着，一座小山似的挪动出去。

"赌钱，喝酒，买戒指，做电影，全不告诉我！"马威自己叨唠，"好！不用告诉我！咱们到时候再说！"

4

四月中的细雨,忽晴忽落,把空气洗得怪清凉的。嫩树叶儿依然很小,可是处处有些绿意。含羞的春阳只轻轻地,从薄云里探出一些柔和的光线;地上的人影,树影都是很微淡的。野桃花开得最早,淡淡的粉色在风雨里摆动,好像媚弱的小村女,打扮得简单而秀美。

足球什么的已经收场了,人们开始讲论春季的赛马。游戏是英国教育中最重要的一部,也是英国人生活中不可少的东西。从游戏中英国人得到很多的训练:服从、忍耐、守秩序、爱团体……

马威把他的运动又搁下了,也不去摇船,也不去快走;天天皱着眉坐在家里,或是铺子里,咂着滋味发愁。伊姑娘也见不着,玛力也不大理他。老拿着本书,可是念不下去,看着书皮上的金字恨自己。李子荣也不常来;来了,两个人也说不到一块儿。马老先生打算把买卖收了,把钱交给状元楼的范掌柜的扩充饭馆的买卖,这样,马老先生可以算作股东,什么事不用管,专等分红利。马威不赞成这个计划,爷儿俩也没短拌嘴。

除去这些事实上的缠绕,他精神上也特别地沉闷。春色越重,他心里身上越难过,说不出的难过;这点难过是由原始人类传下来的,遇到一定的时令就和花儿一样地往外吐叶发芽。

他嫌大氅太重,穿着件雨衣往铺子走。走到圣保罗堂的外面,他呆呆地看着钟楼上的金顶;他永远爱看那个金顶。"马老!"李子荣从后面拉了他一把。

马威回头看,李子荣的神色非常地惊慌,脸上的颜色也不正。

"马老!"李子荣又叫了一声,"别到铺子去!""怎么啦?"马威问。

"你回家!把铺子的钥匙交给我!"李子荣说得很快,很急切。

"怎样啦?"马威问。

"东伦敦的工人要来拆你们的铺子!你赶快回家,我会对付他们!"李子荣张着手和马威要钥匙。

"好哇!"马威忽然精神起来,"我正想打一回呢!拆铺子?好!咱们打一回再说!"

"不!马老!你回家,事情交给我了!你我是好朋友不是?你信任我?"李子荣很急切地说。

"我信任你!你是我的亲哥哥!但是我不能把你一个人留下,万一他们打你呢?"马威问。

"他们不会打我!你要是在这儿,事情可就更不好办了!你走!你走!马威,你走!"李子荣还伸着手和他要钥匙。马威摇了摇头,咬着牙说:"我不能走,老李!我不能叫你受一点伤!我们的铺子,我得负责任!我和他们打一回!我活腻了,正想痛痛快快地打一回呢!"

李子荣急得直转磨,马威是无论怎说也不走。

"你要把我急死,马威!"李子荣说,喷出许多唾沫星儿来。

"我问你,他们有什么理由拆我们的铺子呢?"马威冷笑着问。

"没工夫说,他们已经由东伦敦动了身!"李子荣搓着手说。

"我不怕!你说!"马威极坚决地说。

"来不及了!你走!"

"你不说,好,你走,老李!我一个人跟他们拼!"

"我不能走,马老!到危险的时候不帮助你?你把我看成什么东西了?"李子荣说得非常地堂皇,诚恳,马威的心软了。马威看李子荣,在这一两分钟内,不只是个会办事挣钱的平常人,也是个心神健全的英雄。马威好像看透了李子荣的心,一颗血红的心,和他的话一样的热烈诚实。

"老李,咱们谁也别走,好不好?"

"你得允许我一个条件:无论遇见什么事,不准你出来!多咱你听见我叫你打,你再动手!不然,你不准出柜房儿一步!你答应这个条件吗?"

"好,我听你的!老李,我不知道说什么好!你为我们的事这样——"

"快走,没工夫扯闲话!"李子荣扯着马威进了胡同,"开门!下窗板!快!"

"给他们收拾好了,等着叫他们拆?"马威问,脸上的神色非常激愤。

"不用问!叫你做什么,做什么!把电灯捻开!不用开柜房的电门!好了,你上里屋去,没我的话,不准出来!在电话机旁边坐下,多咱听我一拍手,给巡警局打电,报告被抢!不用叫号码,叫'巡警局',听见没有?"李子荣一气说完,把屋中值钱的东西往保险柜里放了几件。然后坐在货架旁边,一声也不发了,好像个守城的大将似的。

马威坐在屋里,心中有点跳。他不怕打架,只怕等着打架。他偷偷地立起来,看看李子荣。他心里平安多了,李子荣纹丝不动地在那里坐着，好像老和尚参禅那么稳当；马威想：有这么个朋友在这里，还有什么可怕的呢！"坐下！马老！"李子荣下了命令。马威很机械地坐下了。

又过了四五分钟，窗外发现了一个戴着小柿饼帽子的中国人，鬼鬼啾啾地向屋内看了一眼。李子荣故意立起来，假装收拾架子上的货物。又待了一会儿，窗外凑来好几个戴小柿饼帽子的了，都指手画脚地说话。李子荣听不清楚他们说的是什么，只听见广东话句尾的长余音：呕——！喽——！呕——……

哗啦！一块砖头把玻璃窗打了个大窟窿。

李子荣一拍手，马威把电话机抄在手里。

哗啦！又是一块砖头。

李子荣看了马威一眼，慢慢往外走。

哗啦！两块砖头一齐飞进来，带着一群玻璃碴儿，好像两个彗星。一块刚刚落在李子荣的脚前面，一块飞到货架上打碎了一个花瓶。

李子荣走到门前面。外面的人正想往里走。李子荣用力推住了门钮，外面的人就往里撞。李子荣忽然一撒手，外面的人三四个一齐倒进了，摔成一堆。

李子荣一跳，骑在最上边那个人身上，两脚分着，一脚踩着底下的一支脖子。呕——！哼！喽——！底下这几位无奇不有地直叫。李子荣用力往下坐，他们也用力往起顶。李子荣知道他不能维持下去，他向门外的那几个喊："阿丑！阿红！李三兴！潘各来！这是我的铺子，我的铺子！你们是怎回事？！"他用广东话向他们喊。

他认识他们，他是他们的翻译官，是东伦敦的华人都认识他。

外面的几个听见李子荣叫他们的名字,不往前挤了,彼此对看了看,好像不知道怎么办才好。李子荣看外边的愣住了,他借着身下的顶撞,往后一挺身,正摔在地上。他们爬起来了,他也爬起来了,可是正好站在他们前面,挡着他们,不能往前走。

"跑!跑!"李子荣扬着手向他们喊,"巡警就到!跑!"他们回头看了看胡同口,已经站了一圈人;幸而是早晨,人还不多。他们又彼此看了看,还正在犹疑不定,李子荣又给了他们一句:"跑!!!"

有一个跑了,其余的也没说什么,也开始拿腿。巡警正到胡同口,拿去了两个,其余的全跑了。

....

各晚报的午饭号全用大字登起来:"东伦敦华人大闹古玩铺。""东伦敦华人之无法无天!""惊人的抢案!""政府应设法取缔华人!"……马家古玩铺和马威的相片全在报纸的前页登着,《晚星报》还给马威相片下印上"只手打退匪人的英雄"。新闻记者一群一群地拿着像匣子来和马威问询,并且有几个还找到戈登胡同去见马老先生;对于马老先生的话,他们登的是:"*Me no say. Me no speak.*"虽然马老先生没有这么说。写中国人的英文,永远是这样狗屁不通;不然,人们以为描写的不真;英国人没有语言的天才,故此不能想到外国人会说好英文。

这件事惊动了全城,东伦敦的街上加派了两队巡警,监视华人的出入。当晚国会议员质问内务总长,为什么不把华人都驱出境外。马家古玩铺外面自午到晚老有一圈人,马威在三点钟内卖了五十多镑钱。

马老先生吓得一天没敢出门，盼着马威回来，看看到底儿子叫人家给打坏了没有。同时决定了，非把铺子收闭了不可，不然，自己的脑袋早晚是叫人家用砖头给打下来。

门外老站着两个人，据温都太太说，他们是便衣侦探。马老先生心更慌了，连烟也不抽了，唯恐怕叫侦探看见烟袋锅上的火星。

5

伦敦的华工分为两党：一党是有工便做，不管体面的。电影厂找挨打的中国人，便找这一党来。第二党是有血性的苦工人，不认识字，不会说英国话，没有什么手艺，可是真心的爱国，宁可饿死也不做给国家丢脸的事。这两党人的知识是一样的有限，举动是一样的粗鲁，生活是一样的可怜。他们的分别是：一党只管找饭吃，不管别的；一党是找饭吃要吃的体面。这两党人是不相容的，是见面便打的。傻爱国的和傻不爱国的见面没有第二个办法，只有打！他们这一打，便给外国人许多笑话听；爱国的也挨骂，不爱国的也挨骂！

他们没有什么错处，错处全在中国政府不管他们！政府对人民不加保护，不想办法，人民还不挨骂！

中国留英的学生也分两派：一派是内地来的，一派是华侨的子孙。他们也全爱国，只是他们不明白国势。华侨的子孙生在外国，对中国国事是不知道的。内地来的学生时时刻刻想使外国人了解中国，然而他们没想到：中国的微弱是没法叫外国人能敬重我们的；国与国的关系是肩膀齐为兄弟，小老鼠是不用和老虎讲交情的。

外国人在电影里，戏剧里，小说里，骂中国人，已经成了一种历史的习惯，正像中国戏台上老给曹操打大白脸一样。中国戏台上不会有黑脸曹操，外国戏台上不会有好中国人。这种事不是感情上的，是历史的；不是故意骂人的，是有意做好文章的。中国旧戏家要是做出一出有黑脸曹操的戏，人家一定笑他不懂事；外国人写一出不带杀人放火的中国戏，人们还不是一样笑他。曹操是无望了，再过些年，他的脸也不见得能变颜色；可是中国还有希望，只要中国人能把国家弄强了，外国人当时就搁笔不写中国戏了。人类是欺软怕硬的。

亚力山大约马老演的那个电影，是英国最有名一位文人写的。这位先生明知中国人是文明人，可是为迎合人们心理起见，为文学的技艺起见，他还是把中国人写得残忍险诈，彼此拿刀乱杀；不这样，他不能得到人们的赞许。

这个电影的背景是上海，亚力山大给布置一切上海的景物。一条街代表租界，一条街代表中国城。前者是清洁，美丽，有秩序；后者是污浊，混乱，天昏地暗。

这个故事呢，是一个中国姑娘和一个英国人发生恋爱，她的父亲要杀她，可是也不知怎么一股劲儿，这个中国老头自己服了毒。他死了，他的亲戚朋友想报仇，他们把她活埋了；埋完了她，大家去找那个英国少年；他和英国兵把他们大打而特打；直到他们跪下求情，才饶了他们。东伦敦的工人是扮演这群挨打的东西。马老先生是扮一个富商，挂得小辫，人家打架的时候，他在旁边看热闹。

听见这件事，伦敦的中国学生都炸了烟。连开会议，请使馆提出抗议。使馆提出抗议去了，那位文人第二天在报纸上臭骂了中国使馆一顿。骂一国的使馆，本来是至少该提出严重交涉的；可是中国又不敢打仗，又何必提出交涉呢。学生们看使馆提议无效，而且挨了一顿骂，大家又开会讨论办法。会中的主席是那位在状元楼挨打的茅先生。茅先生的意见是：提出抗议没用，只好消极地不叫中国人去演。大家举了茅先生作代表，到东伦敦去说。工人们已经和电影厂签了字，定了合同，没法再解约。于是茅先生联合傻爱国的工人们，和要做电影的这群人们宣战。马老先生自然也是一个敌人，况且工人们看他开着铺子，有吃有喝的，还肯做这样丢脸的事，特别地可恨。于是大家主张先拆他的铺子，并且臭打马老先生一顿。学生们出好主意，傻工人们答应去执行，于是马家古玩铺便遭了砖头的照顾。

李子荣事前早有耳闻，但是他不敢对马说。他明知道马老先生决不是要挣那几镑钱，亚力山大约他，他不能拒绝，中国人讲面子吗（他不知道马老先生要用这笔钱买戒指）。他明知道一和马威说，他们父子非吵起来不可。他要去和工人们说，他明知道，说不圆全，工人许先打他一顿。和学生们去说，也没用，因为学生们只知道爱国而不量实力。于是他没言语。

事到临头了，他有了主意：叫马家父子不露面，他跟他们对付，这样，不致有什么危险。叫工人们砸破些玻璃，出出他们的恶气；砸了的东西自然有保险公司来赔；同时叫马家古玩铺出了名，将来的买卖一定大有希望。现今做买卖是第一要叫人知道，这样一闹呢，马家父子便出了名，这是一种不花钱的广告。他对工人呢，也没意思叫他们下狱受苦；他们的行动不对，而立意不错；所以他叫马威等人们来到才给巡警打电话，匀出他们砸玻璃的工夫，也匀出容他们跑的工夫。

他没想到巡警捉去两个中国人。

他没想到马老先生就这么害怕，决定要把铺子卖了。他没想到学生会决议和马威为难。

他没想到工人为捉去的两人报仇，要和马老先生拼个你死我活。

他没想到那片电影出来得很快，报纸上故意地赞扬故事的奇警，故意捎着撩着骂中国使馆的抗议。

他故意地在事后躲开，好叫马威的相片登在报上（一种广告），谁知道中国人看见这个相片都咬着牙咒骂马威呢！

世事是繁杂的，谁能都想得到呢！但是李子荣是自信的人——他非常的恨自己。

马威明白李子荣，他要决心往下做买卖，不管谁骂他，不管谁要打他。机会到了，不能不好好做一下。他不知道他父亲的事，工人被捕也不是他的过错。他良心上无愧，他要打起精神来做！这样才对得起李子荣。

他没想到他父亲就那么软弱，没胆气，非要把铺子卖了不可！卖了铺子？可是他要卖，没人能拦住他，铺子是他的！

马老先生不明白人家为什么要打他，成天噘着小胡子叹息世道不良。他不明白为什么马威反打起精神做买卖，他总以为李子荣给马威上了催眠术；心中耽忧儿子生命的安全，同时非常恨李子荣。他不明白为什么温都太太庆贺他的买卖将来有希望，心里说：

"妈的，铺子叫人家给砸了，还有希望？外国人的心不定在哪块长着呢！"

打算去找伊牧师去诉委屈，白天又不敢出门，怕叫工人把他捉了去；晚上去找他，又怕遇见伊太太。

亚力山大来了一次，他也是这么说："马老！你成了！砸毁的东西有保险公司赔偿！你的铺子已经出了名，赶紧办货呀！别错过了机会！你明白我的意思？"

马老先生一点也不明白。

他晚上偷偷地去找状元楼范掌柜的，一来商议出卖古玩铺，二来求范老板给设法向东伦敦的工人说和一下，他情愿给那两个被捉的工人几十镑钱。范老板答应帮助他，而且给马老热了一碟烧卖，开了一瓶葡萄酒。马老先生喝了盅酒，吃了两个薄皮大馅的烧卖，落了两个痛快的眼泪。

回家看见马威正和温都母女谈得欢天喜地，心中有点吃醋。她们现在拿马威当个英雄看，同时鼻子眼睛第颇看不起马老。马老老先生有点恨她们，尤其是对温都太太。他恨不能把她揪过来踢两脚，可是很怀疑他是否打得过她，外国妇女身体都很强壮。更可气的是：拿破仑这两天也不大招呼他，因为他这几天不敢白天出门，不能拉着小狗出去转一转；拿破仑见了他总翻白眼看他。

没法子，只好去睡觉。在梦里向故去的妻子哭了一场！——老没梦见她了！

6

马威立在玉石牌楼的便道上，太阳早已落了，公园的人们也散尽了。他面前只有三个影儿：一个无望的父亲，一个忠诚的李子荣，一个可爱的玛力。父亲和他谈不到一块，玛力不接受他的爱心，他只好对不起李子荣了！走！离开他们！

　　............

　　屋里还黑着，他悄悄立在李子荣的床前。李子荣的呼声很匀，睡得像个无知无识的小孩儿。他站了半天，低声叫："子荣！"李子荣没醒。他的一对热泪落在李子荣的被子上。"子荣，再见！"

　　伦敦是多么惨淡呀！当人们还都睡得正香甜的时候。电灯煤气灯还都亮着，孤寂地亮着，死白地亮着！伦敦好像是个死鬼，只有这些灯光悄悄地看着——看着什么？没有东西可看！伦敦是死了，连个灵魂也没有！

　　再过一两点钟，伦敦就又活了，可是马威不等着看了。"再见！伦敦！"

　　"再见！"好像有个声音这样回答他。谁？

　　............